姐姐的眼泪

THE SISTERS

Nancy Jensen

[美] 南希·简森 著

蓝晓鹿 译

CNS PUBLISHING & MEDIA 湖南文艺出版社 HUNAN LITERATURE AND ART PUBLISHING HOUSE 博集天卷 CS-BOOKY

给我的母亲，我生命的港湾

……我很穷，只有梦，

我把我的梦铺在你的脚下，

轻轻踩啊，因为你踩着的是我的梦。

——叶芝

我们总是把最珍贵的保留起来。

——詹姆斯·乔伊斯

阿尔伯特 · 费雪（1889–1918）↔ 伊莫金 · 伊斯特（1890–1922）↔ 吉姆 · 布彻

查尔斯（未出生，1922）

梅贝尔（生于1908）

贝蒂（生于1913）↔ 汉斯

黛丝（生于1930）↔ 巴瑞

爱玛（生于1929）↔ 戈登

卡尔 ↔ 芮妮（生于1937）↔ 马歇尔

詹妮（生于1966）↔ 史蒂芬

米尔顿（生于1956）↔ 潘妮

琳恩（生于1957）↔ 萨姆

葛瑞丝（生于1962）↔ 肯恩

邦妮（生于1997）

莎拉（生于1994）

泰勒（生于1990）

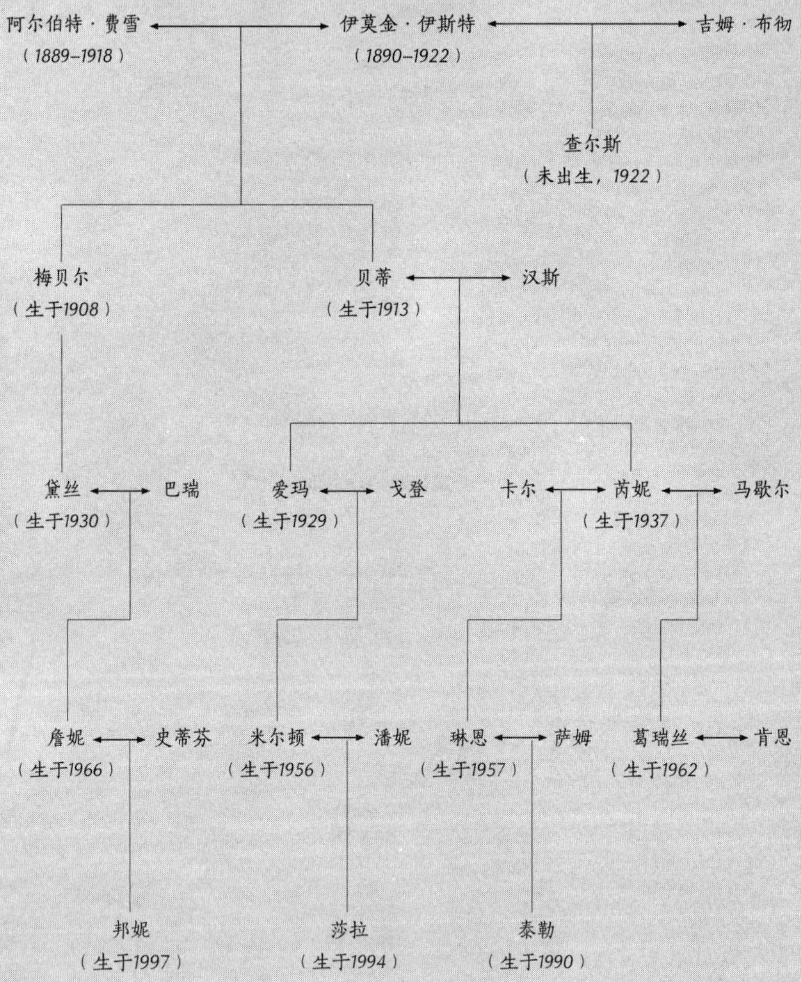

目录
CONTENTS

第一章
结业典礼

一九二七年六月
肯塔基州，杜松镇

贝蒂

真是件可爱的连衣裙。柔软的面料，浅粉的颜色好像拂晓时的朝霞。贝蒂喜欢丝带穿过她的颈项形成的修长线条，这让她宽阔的肩膀显出几分秀气。想着走上台阶去拿初中毕业证书时，裙摆会窸窣作响，她便不由得开心起来。不过她最喜欢的还是袖摆下的扣子，两颗银玫瑰把袖笼束在手腕上。姐姐梅贝尔为这件连衣裙忙了两个月，每天提早一小时去肯德尔夫人那边，和肯德尔夫人说好，到妹妹毕业的时候，可以多拿一些薪水，让贝蒂挑选件她喜欢的衣服。贝蒂在镜子前转了个圈儿，绾起头发看看效果，果然绾起头发后她变高了，甚至还带着几分优雅。印象中她没有这般漂亮，穿上这件连衣裙真的是女大十八变。她甚至为姐姐感到一点儿难过，因为姐姐一向是美丽的，修长身材配上一张娃娃脸，大眼睛，一头亮晶晶的短发，简直是杜松镇的影星克拉拉·鲍，所以姐姐是无法尝到转变的快乐的——那种化茧成蝶的喜悦。

贝蒂伸直手臂，让头发在身后自然垂下，弯腰打开衣橱最下方的抽屉，伸手去够角落里的梅贝尔照片。这是张实体幻灯片，两个影像并排着，照片中的梅贝尔坐在一架秋千上，身后是画出来的公园。片子上的梅贝尔好像一对孪生姐妹，一对穿着白色蕾丝的不快乐新娘，那时她的头发还很长，又长又密的头发披了姐姐一肩。

贝蒂的手指伸入自己的发间，她的头发并不密，但是细致光滑，非常柔软。有时候，华莱士在亲吻她的脸颊之前，也会这般拨弄她的头发。他从未赞美过她的头发，不过他一定觉得那很美。不然，他怎么会选肯德尔夫人橱窗里，贝蒂指过的那条浅绿丝带当圣诞礼物？

贝蒂从未戴过，一次也没有。这会不会让华莱士以为她不在意他呢，想到这里她突然感觉心里一阵刺痛。这个礼物是他俩的秘密，其他人连梅贝尔都不知道。贝蒂拿回家就悄悄藏了起来，只有一个人在家时才拿出来，把丝带贴在脸颊上。因为她怕继父看了，会生气地发问，问她打哪儿弄来的这种东西。

好吧，她终于要戴上它了。就在这个礼拜六，毕业典礼的那天。她要戴上华莱士送的丝带，不管别人怎么说。漂亮的绿色丝带搭配着她的新连衣裙，好像春天里刚长出的玫瑰花苞。戴上绿色丝带，华莱士就知道她也是爱他的，或许等上一年，华莱士高中毕业后，他们就可以和华莱士的父母提婚事了。就算老韩士福夫妇不同意他们马上结婚，等贝蒂满十六七岁，她离开学校也可以找份工作，和华莱士一起赚钱，再省着点儿花，他们应该很快就可以张罗一处住所。

这想法若让梅贝尔知道，她一定会不安。近来姐姐总是兴致勃勃地谈到贝蒂可以完成高中学业的事，就像妈妈当初一样。那个寒冬里，看过医师，又担心肚里的孩子，妈妈开始卧床。九岁的贝蒂放学之后，总是直接冲进妈妈的房间，连湿外套都来不及脱下。她会俯下身子，用被风吹得冻僵的嘴唇先吻一下妈妈，然后才去拥抱梅贝尔，姐姐就手把她的外套拿去厨房。贝蒂则在母亲床边坐下。

"小宝宝出生之后，"贝蒂说，"我就留在家里帮忙。"

"你要继续上学。"妈妈拉近了贝蒂，"别在意你继父说的。我们会想出办法来的。你姐已经在帮忙了，暑假的时候，你们俩都可以帮我。"妈妈的声音中带着疲倦，语音有些飘忽，但是语气却很坚定。"秋天来的时候，我要你们姐妹俩都回到学校去，你们应该待在里头的。"

妈妈这么说的时候，贝蒂也这么相信了。但是不一会儿，到了餐桌上，继父吉姆·布彻将含着满嘴食物，眼睛不看着两姐妹，说出他脑中的计划。"你们学也上够了，"他对梅贝尔说，"会算数就好。"在叉上食物之前，他用叉子指着贝蒂说："就算她也学得比我多，而我也比我老爸学得多。你们又会认字，又会写字，该会的都会啦。这就够了。"

"但是如果妈妈身体好一些的话……"梅贝尔说。

"那就是另一回事了。"

通常吉姆·布彻喝醉的时候，他就会讲起自己的故事，说他曾经如何穿过麦田，独自躺在贝洛林的地上，身上覆盖着腐败的落叶和松针，这时上帝亲口告诉他，承诺要给他三个儿子。他时不常地喝酒，后来全镇的人都听说了他的故事。

不过吉姆·布彻唯一的儿子还没吸一口气，便挂了。经过两天的挣扎，还是没打娘胎里生出来，后来他便放弃了，同时还带走了妈妈。失去妈妈是世上最糟的事，但是贝蒂忍不住又觉得，对妈妈来说，这未必不好，因为这免去了以后三四年，甚至五年的生育之苦，这些会让妈妈更老更辛苦，为留给姐妹俩的负担更担忧。

只是因为姐姐梅贝尔事事都顺着布彻，找了份工作，又打理家里，贝蒂才得以重回学校。姐姐梅贝尔扮演起母亲的角色，烧饭、洗衣，期待着贝蒂的未来。

要怎么开口对姐姐说，上高中对她来说不那么重要？她和姐姐不一样，姐姐对读书对学习是很有兴趣的，但是贝蒂念什么都很吃力。而她唯一期待的是和华莱士一起生活，待在他身边，为他生儿育女，到老都陪着他。

贝蒂的手又伸进打开的抽屉里，这回终于摸到了薄纸包着的丝带。这会儿，梅贝尔应该在厨房里准备早餐，吉姆·布彻应该坐在床边的椅子上，那床是妈妈生前的，而布彻脑子里想着的应该是怎么让贝蒂自觉低下，就像之前她从牛栏里走出来，不小心被绊了一下牛奶溅出来时一样，他总是说她又笨又蠢。

但是贝蒂现在不在乎。她站到镜子前面，把丝带抽了出来，丝带与连衣裙的颜色搭配得极好。她想把丝带当作发箍，让头发如瀑布般垂在脑后；或者也可以把头发束在脑后，把丝带打成一个蝴蝶结。重要的是，她将要戴上丝带，华莱士将会看到，然后，在毕业典礼结束后，华莱士将如承诺的带她去外面跳舞，他会带着她在草地上转圈圈，一直转到头晕才停下，华莱士将望进她的眼里，抚弄着丝带，告诉她，她有多美。

贝蒂又拿起了姐姐的照片，让照片面对镜子，想跟姐姐比比看。不，她不该看的。但是她已经拿自己和梅贝尔比较了，她又开始想着为什么姐姐这么讨厌这张照片，为什么那晚她要把长发剪了，为什么吉姆·布彻从路易斯维尔把照片拿回来时，她想把照片烧了。

但是当下贝蒂决定要开心起来。她已经挨过了周六和周日，今天是周一了，只要再上几天学就可以看到华莱士了，他依然如往常那样在某个门前的台阶上等候着她，准备牵她的手慢慢走回家，走过镇子，到巷口转角处，吻她一下，才放她回去。

“阿尔伯特！”布彻笨重的脚步声还没到，他的粗喉咙倒抢了先。

贝蒂把丝带丢进抽屉里，关上抽屉，等继父出现在门口时，她说道：“先生？”

看到贝蒂之后，布彻后退一步，愣住了。上上下下打量着她，好像不认识似的。有一会儿贝蒂几乎不能呼吸，她伸出手来稳住自己。这个时候，她该看看奶牛要喝的水够不够，或者去西红柿田里把昨晚冒出的杂草拔掉，却躲在这里试衣服。继父气起来，或许就不让她去参加毕业典礼了，甚至连今天的期末考都不让她去参加，如果不参加考试，学校舍弃了她，她就永远也不能出席毕业典礼了。想到继父可能说的话，她生起自己的气来，应该等到晚上再试衣服的。

布彻的眼神越过贝蒂，望向窗外空荡荡的晒衣绳。贝蒂想不起来上回继父直直望着她是多久前的事了。这一转变让她更加紧张起来。

“你家务活儿都干完了？”布彻又望向贝蒂，但也可以说是不完全望着她。

“快了，先生。”贝蒂说，努力让自己放松，可以吸口气，“我这就要去了，换下衣服就去，我只是看看衣服合不合身。”

继父依然站在门口，望着她。难道指望她现在就脱下衣服？

贝蒂朝门口走了一步：“我等下就出来，先生。换了衣服就来。”

“周六的活动要多久啊？”

贝蒂不敢再往前一步，害怕继父发现她在颤抖。“仪式三点开始。”她说，“在教堂。之后会供应一些小点心……”为什么继父冷冷的直视让她如此难过？要不，仪式结束后就回来吧，不要再去跳舞，也不要提到这个。别说丝带了。别跟华莱士在草坪上跳舞了。华莱士会理解的。是吗？她有八成把握，他会理解的。

“之后……”贝蒂又开口了，突然梅贝尔出现在布彻身后。

“爸爸，”她说，轻轻碰了一下他的手臂，“你的早餐好了，晚上煮鸡肉吃，好吗？”

爸爸，贝蒂想了想。她喜欢姐姐，但是蔑视她叫这个男人爸爸。

布彻把头微微转向梅贝尔，又往下看了看自己的手臂，姐姐的手依然停留在那里。他没有抬起头来，对着贝蒂的方向说：“周六，你给我八点半前到家。一分钟也不能晚。”

他走向厨房，梅贝尔在他身后说道：“我等下就来，爸爸。”

梅贝尔迅速往后看了一眼，然后侧身进了卧室，关上身后的门：“我来帮你扣上后面的扣子。”

贝蒂转身对着镜子：“你干吗那样叫他？”

梅贝尔没有回答，她拿起梳妆台上的梳子，在妹妹头上梳了好几下。“大小刚合适。”梅贝尔说，“那连衣裙，好像是特别为你做的。”她朝镜子里的妹妹笑了笑。“看看你多漂亮啊。”

贝蒂闭上眼睛，享受着每一梳梳下去头皮微微刺痛的感觉。贝蒂今年十四岁了，妈妈过世那年，姐姐也是十四岁的光景，在她哭泣的时候，姐姐总是会来安慰她。那会儿她们总是窝在床上看幻灯机里的照片。妈妈曾经也这样和两姐妹打发时光。不久之后，吉姆·布彻便开始了几周的粗鲁追求，打发妈妈新寡的孤单，并且说服她，没有一个男人在旁边，仅有的一片土地也保不住，这可是她给自己女儿的唯一保障。

妈妈过世后的几个月里，两姐妹总是听见布彻在屋后丢着石子或空瓶子，要不就是柴火棒或玉米棒，反正在畜棚边捡到什么，他就随手丢出去，对天空咆哮着，诅咒上帝是个不守信的浑蛋。为了盖过咒骂的声音，梅贝尔会大声地念书，或者和贝蒂一起唱妈妈教她们的歌。不过，通常没多久，她们就会拿出妈妈自小收集的卡片，梅贝尔会一次一张放在幻灯机上。

贝蒂最喜欢的一张是“母亲温柔的吻”，那是母亲在与她们的父亲结婚前一年收到的。日期写着一九〇五年，那是一场在花墙前举办的婚礼，连天花板上都饰满了百合。照片上每一个人——穿着多层纱裙的女人和合身黑西装的男人——都望向新娘，而新娘因为母亲俯身的最后一吻而眼泛泪光。贝蒂小的时候，总是以为这就是妈妈与爸爸的婚礼，后来知道不是之后，她觉得爸爸妈妈的婚礼也该是这样的吧，那一天有鲜花，有漂亮的女人，还有帅气的男人，充满喜乐，彼此相爱。

“梅贝尔，”贝蒂说话了，接过姐姐手中的梳子，“你结婚的时候，我该做什么？”

“谁说我要结婚啦？”

“你总有一天要结婚的，男孩子们喜欢你。”

梅贝尔伶俐的手指温和地把贝蒂的头发分成三股，开始编起辫子来。“我不会的，”她说，“所以别操那个心。”

“你还念着弗莱迪啊？”

去年整整一年，贝蒂都在担心梅贝尔离开她，嫁给弗莱迪·波特。那阵子，不管走到哪里，她都听见人们在议论，梅贝尔该好好把握，别让这个机会溜走了。弗莱迪有个叔叔在路易斯维尔开家具行，传闻他有意让弗莱迪继承事业。这让那几个年纪长一点儿的女孩儿忌妒极了，在姐姐被迫离开学校前，曾经是姐妹淘的好友，现在却说弗莱迪看中姐姐是因为她的长相。贝蒂知道不是这样的。或许当时她还不很明白，但是她却记得，弗莱迪看姐姐的眼神就像华莱士望着自己的眼神一样。突然，现在她是那个快结婚的人，是她要留下姐姐独自和那个可恶的男人在一起，贝蒂觉得非常自责，当初布彻把弗莱迪赶跑的时候，她竟然没打心眼儿里觉得难过。因为一想到要留下来独自和继父生活，她就觉得恐惧至极，以至她从来没问过梅贝尔，弗莱迪离开的时候，她有没有难过。

“你很喜欢他吧？”贝蒂问，“弗莱迪？”

梅贝尔编好了辫子，把发尾握在手中。“是的。”她说，“不过，现在没关系了。你想我把头发夹上去，还是绑起来？”

“我有这个。”贝蒂小心弯腰，免得发尾从梅贝尔手中滑落，又打开了最下方的抽屉，缎带很容易就拿到了。“用这个可以吗？”

“要编进头发里好像长了点儿。”梅贝尔说，“我来想别的办法。”

“不要吧，把头发夹上去就好，”贝蒂说，抽开了缎带，“我得留到一个特别的场合。”梅贝尔对她笑了笑，这个反应让贝蒂很惊讶。

“这是华莱士送你的，对吗？”

姐姐的发现让贝蒂红了脸，但是过一会儿她想到的是，雪纺纱的发饰看上去还真丑，大概是颜色换掉的关系。“你怎么……”

梅贝尔笑了：“你忘了我们从学校回家时要经过的那间商店吗？我已经看到你们两个好了几个月啦，从去年十月就开始了吧。”她把手臂交织放在妹妹胸前，用脸颊靠了靠妹妹的脸，那是华莱士常常吻贝蒂的地方。“我为你感到开心，贝蒂。”她说，“我喜欢华莱士。”

梅贝尔快速把辫子围成一个圈，然后拿起梳子在自己的短发上快速梳了几下。在镜中与贝蒂对视之后，梅贝尔的头往卧室门口的方向点了点，小声嘟囔：“不能让他知道，他一定会不高兴的。”说完把梳子放回梳妆台上，“我最好在他鬼叫前下去。你也把衣服换一换吧，不然来不及做完上学前要做的那些事。”

换上平常的衣服，围起的发圈显得有些奇怪，叫人看到会被笑话的，说她装模作样，于是贝蒂拔出发夹，摇摇头把头发松开，只用一根绳子把头发抓在脑后。华莱士眼里的她是怎样的呢？她是如此平凡，在人群中都找不出来。

环顾室内，一切都井井有条。若不是梅贝尔，她不晓得要从这里出走多少回了。但是姐姐总是息事宁人，她知道怎么说话可以让布彻平静下来。然后在深夜的时候，在听见他走进门厅睡下之后，梅贝尔会重新点亮灯，拿出幻灯机，姐妹俩轮流操作，幻灯片就放在地毯上。

梅贝尔会拿出旧金山、新奥尔良或者芝加哥市中心的照片，说道："你和我去那里吧。"

这时贝蒂就会望着灰蒙蒙的城市，努力想象着自己在那里的样子。但是她怎么也想不出来，因为她从未离开过杜松镇。"钱怎么办？"她说，"他指望我一毕业就去上班。"

梅贝尔笑一笑，这个笑容中带着神秘，也安慰了贝蒂的焦虑，好像一些她不知道的事在保护着她的安全。"每回他叫我去杂货店买东西，"梅贝尔对她说，"我就藏个一角或一分的，反正是不会被发现的数，然后存起来。只要可以，我就多加一点儿班，就像之前加班为你买毕业礼服那样。等你高中毕业后，我存的钱就够我们离开了，我们去找处新地方，从头开始吧。"

布彻的保险箱里有很多钱，保险箱放在威士忌酒瓶后方的矮柜里。梅贝尔应该也知道吧，或许她不知道，贝蒂之前也不知道，去年冬天的一个早上，她走进屋里的一角，他正要出门去找私酒贩，往口袋里装了好些钱。他没注意到贝蒂，但是贝蒂看到他把柜子放回原来隐秘的地方。

一两周之前，在看一张纽约的图片时，梅贝尔又提起来："我们去那儿吧。你和我。有一天。”

“啊，梅贝尔，我们现在就去吧。”她的钱会让梅贝尔大吃一惊，她可以编个故事告诉梅贝尔她是怎么挣来的，或者说是妈妈藏起来的。“一毕业，我们就走。我也可以工作的。”贝蒂这么说是认真的，想到可以离开布彻她真想马上行动，但是一想到华莱士，她又犹豫起来。离开杜松镇，就意味着离开华莱士，可是贝蒂舍不得离开他。

“我们中间有一个必须完成学业。”梅贝尔握了握贝蒂的手，“为了妈妈。此外，我身上的钱都不够我们其中一个走出镇子的。要离开，至少也得到印第安纳波利斯去，城市愈大离得愈远愈好。”她仰身横卧在床上。“如果可以开始新生活，一切都不一样啦。”

贝蒂快速朝镜子里望了一眼，然后拿起书本，在把马群赶进小牧场，把马棚扫干净之后，就可以直接去学校了。她知道有人在背后议论她，议论她的脏衣服脏鞋子，但是如果华莱士不在意，那又有什么关系？

她走进大厅时，刚好听见梅贝尔在说：“再来一杯咖啡吗，爸爸？”声音还真够嗲的。

贝蒂也想爱梅贝尔，真正地爱她，但是遇上眼前这种时候，贝蒂就疑惑了，怎样去爱一个你无法理解的人呢，一个做出奇怪举止的人。她也知道，有八九成把握梅贝尔和她一样恨布彻，但是梅贝尔从来没有承认，在两姐妹私底下也不曾说过。有时候，贝蒂觉得梅贝尔叫“爸爸”的声音中带着几分蔑视，但是即便如此，叫他爸爸就是对亲生老爸的一种不敬。梅贝尔比贝蒂大五岁，对父亲的印象应该也更深一点儿吧。父亲应召入伍时，贝蒂还没上学呢。离家之后，她们只收到过父亲一两封信，再之后就是一纸电文，说在搭船前往欧洲的一周前，父亲死于流感。

对于父亲贝蒂印象深刻，她依然可以讲起父亲教她如何在树下采黑莓，有年夏天父亲还为她做了一架鹰形的秋千。父亲把秋千挂在前院的一棵枫树上，说道："现在你想飞多高就飞多高，想飞多远就飞多远。"

梅贝尔怎么可以记得这些，还管吉姆·布彻叫爸爸呢？这让贝蒂无法接受，也无法原谅，不管梅贝尔对她有多好。今天，现在，她就要说出来。她站在厨房门口，气鼓鼓地望着姐姐。但是若被布彻看到，怎么办呢？

她走到门口时，看到布彻支起粗壮的手臂，靠在桌边上，那手臂如钢铁般坚硬。贝蒂立即慌了神。好像感觉到贝蒂在看着他们，梅贝尔猛然抬起头来，她瞪大了眼睛，好像受了惊吓，点了点头，示意贝蒂快点儿出门去。

梅贝尔的眼神让贝蒂忘了布彻，她又回过神来。一方面梅贝尔的眼神惹恼了她，又一方面她饿了。她想走进去，切一片面包当早餐，再带一片奶酪当午餐。

她朝前走了一步，梅贝尔抬起一只手来，好像在说别往前了。她的目光在贝蒂和吉姆·布彻之间流转，梅贝尔在猛烈地摇着头，她的眼神在恳求贝蒂，快走，现在。仿佛在说："看在上帝的分上，现在快离开。"

以马内利浸信会[1]的会所里人山人海，复活节的那个周日都没拥进这么多人。每一个位置上都坐了人，没位置的挤在走廊和墙角。毕业生并排紧紧坐在最前面的两排。贝蒂又站起身来，完全不在乎埃玛·韩德森拉着她的手臂，要她坐下来。“他们快开始了，贝蒂，拜托你！”埃玛又用力拉了拉，贝蒂依然站着。

他们应该在的啊。但是不管她怎么张望，一张脸、一张脸地寻过去，就是看不到他们，梅贝尔不在，华莱士也不在。或许是在她坐着的时候，他们刚好进来了，但是他们若看到她一定会朝她挥手的呀。她的眼睛一排排看过去，每个角落都不放过，依然没有他们的身影。

舞台的边儿上老姑娘克拉涵坐在钢琴边，开始弹起《当我们聚在一起》，她一年级的学生排成合唱队形，准备开始唱歌。贝蒂一年级时也学过这首曲子，虽然对大部分歌词的意思她并不了解。“受逼迫的病者不再心痛”，这是什么意思呢？她平常是怎样说出这样的祷告词：“求你依然做我未来的守护。”现在和教堂里的其他人站在一起时，这些话语轻易地又从她的嘴边溜出，就算明白这些话的含义，她真的听进去了吗？

不过聚在一起这句就让她快要哭出来了。她究竟是做了什么，让梅贝尔和华莱士这样抛弃她？大家一定都注意到了。她班上的同学都至少有一个家长来陪，还有爷爷奶奶、哥哥妹妹、堂兄弟表姐妹全家出动的，而她却孤零零一个人。

当校长站到牧师布道的位置上，说到一九〇〇年他身为一名穷教

① 基督教主要宗派之一。十七世纪上半叶产生于英国及在荷兰的英国流亡者中，属清教徒中的独立派。

师踏出杜松镇的车站时，贝蒂捏紧了手中的雪纺纱。现在在她眼里，这身裙装够蠢的，颜色太淡了些，像每回婚礼上克拉涵唱歌时穿着的老式粉红绸裙。梅贝尔帮她挑选连衣裙的时候，就想到这点了吗？是自己的姐姐让她出丑的吗？

她不想相信梅贝尔是这样的，但是现在怎么能不信呢？这个姐姐就是不可靠啊。时不时地，梅贝尔总是要她顺从吉姆·布彻，瞧瞧她自己那样，软语温柔，低眉顺眼，脸上还堆着笑，有时还温和地触碰他。上周情况更严重，简直好像在挑逗布彻。只有周一除外，那天在试穿裙子时，梅贝尔来帮贝蒂梳头，后来坐在床上看幻灯片，然后说到上学的事，说到华莱士。

说到华莱士呢，也是同一天，就是周一那天，他没去等她放学。原来他站着的位置换成了亨利·莱曼。莱曼说，华莱士这周都不会来了，贝蒂问起原因时，莱曼只耸耸肩说："他只交代了一句。"

真是奇怪的事啊，至少贝蒂不想接受。

我喜欢华莱士。梅贝尔说过的。

当初华莱士开始关注贝蒂的时候，没人比她自己更惊讶了。倒不是华莱士长得帅，他才比贝蒂高三厘米，褐色的头发总是乱蓬蓬的，辛苦劳作之后他身上布满着擦伤撞伤，乱蓬蓬的头发硬得好像树枝。但是大家都说他是镇上的好人，心地善良又有责任感。

华莱士大贝蒂许多，只比梅贝尔小一岁，尽管如此，只要他开口，贝蒂明天就可以嫁他。她心里担心的是哪天华莱士真想结婚时，会觉得自己太小。不久前，她听见两个男孩儿在说笑，说是找上费雪家的女儿，就要惹上布彻这个麻烦，若喜欢的是梅贝尔还好，若喜欢的是贝蒂，那就更不值了。

她不想把最后一块拼图放回去，但是事情还是自己显露了出来。

两天前，贝蒂那时已经知道华莱士不来等她放学了，她走去镇上找线，想买和连衣裙配色的线，如果纽扣临时掉了，或者缝线脱落，可以补回去。梅贝尔应该在肯德尔夫人那里待到五点半才下班，这回却和华莱士站在五金店的遮阳棚底下，两个人缩在一架洗脸盆的后面。华莱士握住了梅贝尔的双手，低头靠向她，而梅贝尔点着头，一脸紧张，不晓得他们在说什么，但是似乎一致同意了什么。然后华莱士把梅贝尔拉进怀里，搂着她，手抚着她的头发，梅贝尔也把头靠在他的脖子旁。

你们在干什么呢？贝蒂从心里对他们叫唤着，但是声音却哽在喉口。你们在干什么呢？一双坚定的手握在她的肩头，把她拉到人行道上，让她继续往前走。

“贝蒂，你在做什么？”埃玛极小的声音传到她的耳中，“他们叫到你啦。”埃玛推着她往前，扶着她走上台阶，走到舞台中央，一路抓着她的手臂下台阶，免得她转错方向。

典礼结束之后，贝蒂也由着埃玛拉着她同其他毕业生一同去了教堂的大厅，她在自助餐点前游移，舀了些食物放进她的餐盘里，但是几分钟之后，这些食物动也没动就放在角落的没人经过的桌上。

贝蒂经过安德森一家，那一大家人正在庆祝双胞胎儿子毕业，这时教堂的钟声敲了五下。

在安德森一家的笑闹声中，她听见有人在叫她。“贝蒂！贝蒂，等一等。”她转头寻找着年轻男子的声音。华莱士来了！她可以肯定，一定是华莱士。如果他穿过众人来到她面前，握住她的手时，她一定要好好骂他，因为他迟到了。好吧，就稍许骂一下下就好。“贝蒂！”叫她的声音又传来了。

可不是华莱士。她看到亨利·莱曼努力往她身边挤。他手举过头，挥舞着什么，大概是张纸条吧，叫她等一会儿。

这个亨利又来送信啦。真是烂伎俩，真差劲儿。如果华莱士想跟她说什么，假如想说他更喜欢梅贝尔，尽管当面来说啊。贝蒂也想看着梅贝尔说个明白。她不想听他们胡乱塞给亨利的理由。

贝蒂对亨利摇了摇头，亨利依然在人群中往前挣扎。她断然转身，走到门外。

街上一个鬼影都没有，三两只狗在教堂院子里打滚儿。早上还明亮的阳光，此刻躲到了灰蒙蒙的云层后方，空中有种大雨欲来的气氛。

只要可以不用回家，她付出什么都愿意，但是她想把身上滑稽的衣服换了，也想躲开人们的眼光。这消息很快就会传出去的，在贝蒂最特别的日子里，梅贝尔和华莱士竟然一起跑出去了，大家都会笑她的。

如果可以找到一份工作的话，她自己一个人生活，这有可能吗？她可以确定的是，即便少了一个帮手，布彻也不会在意的。而梅贝尔在不在意，她管不上。听说奈丽·帕金斯在招女工，去她的小旅馆打扫打扫，煮点儿东西什么的。如果可以过去，住在小旅馆，她只要几元钱薪资零用就好。如果动作快一点儿，换上一套干净衣裳，就可以在天黑前到帕金斯家。

尽管右脚后跟起了泡儿，贝蒂还是一路小跑地往前，快到几个月来华莱士亲吻她道别的地方时，贝蒂全力跑起来。转上通往家里的小巷时，这个春天雨水少，路面因为干燥而起了灰尘，她在米歇尔家门前停下脚步，喘口气，也拎了拎贴在身上的雪纺纱。

“贝蒂，来我家。”米歇尔太太站在屋檐下，手在围裙上擦着。

“我要回去了，太太。”贝蒂说了一句，继续往家走。

米歇尔太太走下台阶，出了大门。她的全身都在颤抖，眼眶也红了。颤抖着打开门上的搭扣：“不行，宝贝儿，听话。”她说着，手伸出来，想握住贝蒂的手腕。“你进来吧，我弄点儿柠檬水给你喝。”

贝蒂再次拒绝了，她说要急着回去，已经开了门闩的米歇尔太太索性走出门外来，挽住贝蒂的肩膀，带着她穿过前院，走过室内，去了厨房。“你现在必须待在这儿，”她说，“你家里出了点儿乱子，你得待在这边等一会儿才能回去。”

“什么乱子？”

再怎么问，米歇尔太太也不愿说出究竟发生什么事了。她只是摇着头，多削了些碎冰丢进贝蒂的玻璃杯里，后来她望了望窗外厚重的云层：“我要把晒衣绳上的衣服收回来，你就留在这里，贝蒂，多倒些柠檬水喝。”

机会来了。米歇尔太太身后的纱门刚砰的一声关上，贝蒂立即从前门冲了出去，路上几乎所有女人都在望着她，从她们自家的门前朝她打招呼，或者在厨房的窗户里朝她挥着抹布，但是她继续往前赶路。不管出了什么样的乱子，这一定就是梅贝尔和华莱士未出席典礼的原因。一种不祥的预感让贝蒂脑袋晕晕的，想到他们可能背叛了自己，她觉得受到了羞辱。

到自家鸡舍的围栏前时，她精疲力竭地停了下来。

畜棚外站了五六个男人，有一扇门半掩着。

四周非常安静，鸡舍里没有声音，连在风雨前会啄食的鸟也无声无息，只有树叶在空中颤动。

贝蒂认出了米歇尔先生和其他几个邻居，还有些她认不出的生面孔。他们前前后后地站着，往半掩的门里张望着，直到贝蒂经过他们身边，他们才注意到她。

"哇，贝蒂。"米歇尔先生一把抓住她，像他太太一样，把她带离畜棚，往屋子那边靠过去。"你站在前门这边，我马上就来带你去我家。"

"发生什么事了？"贝蒂问。没人回答她的问题，那些男人甚至看也不看她一眼。

样样事情都好奇怪。

有人把牛拴到栅栏上，刚好在少了一栏的地方，于是牛把头伸出来，啃着脚踝高的麦秆。

早上布彻说要种些豆子，现在犁放在田地中央，马也没上嚼子，在黄瓜田里溜达。

时不时有风起的时候，贝蒂就听见门框撞着的声音，好像后面的纱门忘记关上了。

有一个不认识的男人从畜棚里走了出来，从贝蒂站着的地方，她看见了男人的徽章，是警长大人。他取下帽子，停下脚步和米歇尔先生聊了起来，朝贝蒂这边望了一两眼。米歇尔先生摇摇头，慢慢朝畜棚走去。

警长大人朝贝蒂这边走来，在她身后最高一级台阶上坐了。“贝蒂·费雪？阿尔伯特的简称[①]？”

她点点头。警官伸出手来，握住她的手。贝蒂想抽手，但是想想最好还是别动。

“是我叫他们别让你接近畜棚的，”他说，警官的手温暖又有力，却又带着几分悲凉，“你继父上吊了。他们正在把他放下来。”

“我姐姐在哪儿？”

天空开始下起小雨来，警官朝天空望了望，好像答案写在云上。“看来她跑了。”他说，伸手往口袋里掏出一张皱巴巴的字条给贝蒂。“在楼上有几只空的威士忌酒瓶，邻居说布彻是酒鬼？”警官望着贝蒂，想从她脸上得到肯定的答案，虽然答案已经在他心中了。“在他身边找到的。”他说，朝字条点点头，“我想他在晃荡晃荡的时候，还握着字条吧，之后……就掉下来了。”

贝蒂接过警官手上的字条，摊平在膝盖上。没写收件人，也没写地址，只有这几个字：和华莱士走了。下面写了一个M，不论每回写什么梅贝尔都会这样签上这个字母。

---

① 贝蒂英文原文为“Bertie”，是阿尔伯特原文“Alberta”的简称。

第二章
离开

一九二七年六月
肯塔基州，杜松镇

梅贝尔

“等一下！”梅贝尔用力拉着华莱士的手。

“我们会搭不上这班车的。”

尽管四点十八分出发的火车已经拉响了汽笛，从杜松树影的后方，梅贝尔看得见几个人已经聚集在车站前方了。这会儿贝蒂应该坐在教堂里吧，毕业证书放在膝盖上，等着校长训诫完自发与纪律的重要，她就要穿过众家长来找梅贝尔和华莱士了。当她发现自己一个人被丢下的时候，她脸上会是什么表情呢？是困惑还是害怕？受伤？失落？梅贝尔把涌入脑中的画面推开，她不忍多想，她想不下去。

“梅贝尔，我们必须现在就走，”华莱士说，“再不走，就走不了了。”他因为急着赶路出了很多汗，格子衬衣一块块贴在胸前，头发也湿了，好像沾了泥土的枯草。

几根干草屑粘在他的脖子上，就是看到这个梅贝尔才叫他停一下的。梅贝尔捡起来，给他看了一下，才把它们掸开。两人一句话没说，转身往车站走去。

华莱士买票时，梅贝尔眼睛低垂着，尽管如此，她还是感觉到车上的人，还有四五个没上车的人正在望着他们，望着这对没带行李的蓬头少年，她感觉得到他们的疑惑。她想抬起眼来看看，看看他们当中有没有熟人，但是她没那个胆子。接着华莱士的手臂挽住了她的肩头，护着她上了车厢，穿过面前的乘客，找了个后面靠窗户的位置，坐在她的旁边，把她的头拉到自己胸前。

“这是唯一的办法，”梅贝尔说，“不是吗？”再次鸣过汽笛之后，火车就开动了。等到了路易斯维尔，他们就可以消失在人群中，然后买票去芝加哥，再留下另一张票给贝蒂。

华莱士好像旧弹簧一样发出闷闷的声音：“是吗？”

在此之前他不止一次提过这一问题。梅贝尔抬起头来望着他，或许他没注意到梅贝尔的动作，即便注意到了他也没有任何回应。他的眼神迷茫，望着一处梅贝尔看不见的地方，在他心里无声地上演着一出剧目。之后该是这样的：她和华莱士经过一夜旅程，抵达另一天，各自困在自己的疑惑里。接下来的两天也是一样，直到第三天，他们三人安全抵达芝加哥，她才可以对贝蒂和盘托出一切。

可是她真的可以吗？梅贝尔可以把对华莱士说的，通通都告诉贝蒂吗？况且那也不是一刀未剪版啊。妹妹可以承受这一切吗？这个答案五天前，她和华莱士还非常确定的。短短五天前，也就是周一的时候，他们还确定除此之外别无他法。现在对每一个看似无法避免的选择，梅贝尔都想到其他四五个替代方案。她或许可以想到一个办法，找点儿理由，让贝蒂先离开。但是如何让吉姆·布彻不起疑呢？梅贝尔要怎么说，才不会引起疑问，不会挑起他的怒火？或者她和华莱士应该赶去毕业典礼，匆匆与贝蒂会合，然后一起去车站搭晚一点儿的火车？不，拖延就是危险，贝蒂和他们一起，简直是险上加险。

或许她该等一等的，等等看有没有其他办法。但是等下去会怎样呢？一个月，一周，甚至一天，贝蒂经得起这样的等待吗？

都是布彻望着贝蒂的一个眼神。梅贝尔走进客厅，要告诉他早餐已经准备好的时候，尽管站在暗处，她看到了他试图潜入妹妹房间的身影，他侧着头，手握着门把。

还没决定什么，只是一种直觉。轻轻碰触他的手臂，一个笑脸，一个晚餐吃什么的提问，暂时打破着迷的状态，但是可以维持多久呢？

几年前，布彻也用这样的眼神看过她。当时没人帮她，而她就像现在的贝蒂一样天真，不懂那眼光的含意。和贝蒂一样的是，当时她也在镜子前试穿漂亮衣服，那件墨绿的中式裙装是妈妈的嫁衣，修改之后刚好合身，她准备穿去参加她的第一次圣诞舞会。当布彻眯起眼睛，直直望着她的时候，梅贝尔匆忙解释说，那是妈妈的衣服，从军的父亲死于流感之后，妈妈就把一些衣物打包起来放在一边，这是其中的一件。布彻听完依然瞪着她，梅贝尔心头怦怦直跳，问是不是不该穿妈妈的衣服。他摇着头说：“你当然可以穿你妈的衣服，很合身的。”说完，他还笑了。于是梅贝尔就信了他的话。晚上舞会结束后赶夜路回来，贝蒂已经熟睡了，他那晚对她真温柔。

他生了火，煮了一壶热茶，温在炉边，里头还加了半匙糖。当他递上这杯热茶时，梅贝尔的手正冻得像冰一样，茶的温暖让她满怀感激。

“是你妈妈教我如何煮出一壶好茶来的。”他说，“得像煮咖啡一样煮出苦味来，加上一碗糖和一和。”

“味道不错，”梅贝尔说，“和妈妈煮的一样。”这不是真话。放了太多茶叶，又在炉子上煮了太久，不过这个举动已经够用心了。

接着他问起了舞会，认定她是舞会上最漂亮的女孩儿，和传说中这个年纪的她母亲一样漂亮。一个年轻的寡妇，两个稚女，她们只能接一些外出打扫的工作，这样的辛苦让妈妈失去了过去的美丽，就是在这个时候吉姆·布彻出现在她的生活中，他刻意讨好她，说服她可以把那一小块空地变成良田。

当时他拨着火，说到他有多么想念母亲，因为没有温柔待她而难过，说到母亲的名字“伊莫金”时，在突然升起的金色火光中，他的眼睛流露出一种悲哀。片刻之间，梅贝尔突然对他生出一点儿柔情，那是自他进这个家门没有过的。或许他也不是她一向看到的那么坏，只是个面恶心善的粗人，战后的光景，又喝上一点儿酒，对自己、对世界都感到愤怒。她妈妈曾经说过：“他在那里看到了恐怖的事，那是不该有人见到的，也必须做些没人应该做的事。”在战争年代，这样的人很多。

过了午夜之后，布彻站起身来，脸上红红的，朝梅贝尔伸出手来。“想给你看点儿东西。”他领着梅贝尔进到他的房间，打开床边桌上的台灯。床上放着妈妈的实体幻灯机，夹子里放满卡片。“坐吧。”他说，示意梅贝尔在床上坐下，“我知道你们都喜欢看这个。这里有些图片是你从未见过的。”他在她身边坐下，把机子递过来。梅贝尔把幻灯机靠近额前，看着里头的图景。片子被染了色，背景后方色彩丰富，粉嫩性感的女人如此靠近，几乎触手可及。

画面上有五个女人，三个站在铺了富丽毯子的台阶上，一个倚靠着大理石般的廊柱，另一个坐在大方形的水池边，都穿着华丽的丝绸，分别是玫红、茶色、橘黄、亮绿和古铜色。她们头上戴了同色的头巾，有些还装饰了孔雀羽毛。女人们的后方有长长的窗户，窗沿由郁金香花形做雕饰，窗外是碧蓝的天空。图景一旁有棕榈叶、大型金塔，浴池边有浅碗装饰。

“好棒啊。”她说，“这是在土耳其吗？贝蒂一定会喜欢的。”她望向继父，“我明天可以拿给她看吗？”

“不急嘛。”他说，“再看看。”他移走了第一张图片。站在台阶上的两个女孩儿敞开丝绸上衣，露出了胸部。她们肌肤的颜色、胸部细节，加上光学透视原理的呈现，使得这一切栩栩如生。

梅贝尔尚未开口之前，布彻又抽走了另一张照片。前面三个女子的上衣已经完全褪去了。有一个女子伸手帮另一个宽衣解带，站在廊柱旁的女子也移位到了水池边。她们全都裸露着身体，彼此打量着。一个伸出手来仿佛要抚摸另一个女子的胸部。

布彻的手一翻动，画面上全部女子都裸身出现，她们的丝质衣服斑斓地堆成一堆。有几个到了浴池里，但是都站着展露出身体，另两个面对面坐在外面的地上，她们的腿交缠在一起。

梅贝尔抛开幻灯机，猛然站起来，但是被布彻拉住了，并被推至床上。“最漂亮的女孩儿。”他说，并用嘴唇压上她的嘴唇，他的口腔吞噬着她的呼喊，他的胸部压制着她的反抗。他以体力制服了她，嘴唇移开之后，他一手捂着她的嘴，一手卡住她的喉咙。“现在，别出声。”卡住喉咙的手力道加重了，“别声张。这事止于你我之间。惹出麻烦来，要你两姐妹好看。”

害怕加上无知让她不再喊叫。当时梅贝尔对男女之间的事情了解很少，她躺在床上，由着他把舞会衣服从肩头褪至臀部，并打开胸衣脱去丝袜时，她只是以为他想看看她，或许还想打她吧。此外她想不到其他。所以当他翻转她的身体，把她的脸塞在羊毛毯里时，她不知道他要干什么。想象着他要把她的内脏掏出来，她曾经见过他肢解一头鹿，她想今晚是要被肢解了。

他对鹿还比较温和一点儿，因为他是先杀后肢解的。

在清晨的微光中醒来时，她很惊讶自己还活着，躺在他的床上。髋骨痛得好像从身上脱离开了，或许是断了吧，里头疼痛灼人，好像他把一根燃着的蜡烛放进她的体内，外头用蜡油封上了。但是她却异常清醒。有种薰衣草的幽香从她身上传出来，原来她穿了妈妈的亚麻睡衣。

虽然很痛，但是她还是翻了身，她想溜出去而不惊醒布彻，但是他的手臂紧紧环绕着她。他呼出来的气息吹到她的脖子上，他低声说：“小女人，”他说，“在这间屋里，你是我的小女人。”

“噢，不不。”热泪从梅贝尔的脸上滚落。她再次想努力挣脱。

“我的意思是说，在这间屋里。”布彻的手指好像一个钳子，夹住她的下巴，让她望着他。“在其他任何地方，你则是我的小女儿。”他的眼睛比煤炭还要黑，“说！说‘是的，爸爸。’”梅贝尔扭过头去，但是他立即把她扳了回来。这回夹得更紧了，“说啊。”

“是的，爸爸。”

“要真心地说。”

她闭上眼睛，努力吞了口口水，想象着自己父亲的模样，出现在脑海里的却是贝蒂的脸，她祈求小贝蒂还睡着，想着两间屋外的贝蒂和布彻昨晚的话，她深吸了两口气，又吞咽一回，才轻声说：“是的，爸爸。”

车厢窗外，雨点好像大把沙砾打在玻璃上。身旁的华莱士脸背着她坐着，手掩着眼睛。梅贝尔又望了望走道另一边的窗户，河流的北边，一道闪电划过云际。

等到芝加哥后，华莱士会找住的地方，梅贝尔留在车站等贝蒂坐的那趟车。贝蒂一定累坏了，又担心又害怕，第一天会是最难过的一天，比妈妈过世的那天还要难熬。但是只要贝蒂来了，他们可以握住她的手，拍着她的脸颊，对她说明一切，贝蒂会理解的，会原谅他们的。

火车哐当哐当的声音减慢了，前方停靠的是一个小而美的镇子，和杜松镇一样。几张座位外的一对大人和两个小孩儿站起身来，把大大小小的包收拢了准备下车。

华莱士把眼睛上的手拿开：“路易斯维尔？”

“不是，”梅贝尔说，“是个小站，我也不记得哪一个了。”要经过三个还是四个这样的小镇，她也不记得了。她只去过路易斯维尔一回，是十六岁生日那天布彻坚持要给她的特别待遇。那天他先带梅贝尔去了斯图尔特，他先叫她试穿了半打店员挑出来的衣服，又是要站直身体，又是要扭来转去，最后选了白色蕾丝的那套。然后，他们去茶室用午餐，服务人员聚拢来说了祝福的话，并在她面前摆上鲜花装饰的蛋糕。

出了茶室之后，梅贝尔往火车站的方向转去，又被布彻拉住了，领她去了第四街。经过很多条热闹的商业街，转入一个幽暗的巷弄里，门户上没有门牌标示，砖墙也是乌黑的。他敲了一扇破旧的绿门，很快一个穿着居家衣服的胡楂儿男来应了门，他指了指薄帘半遮的角落，说道："带她去后头，我一下就好。"

这会儿布彻把客套丢在一边，把斯图尔特的盒子塞到梅贝尔的手上："换上这些。全都换上。"

她退到帘子后方最角落的地方，把衣服盒子放在地上。蕾丝衣服的下方放着丝质内衣，白色丝袜，还有象牙色银白色丝线装饰的白鞋。从帘子朝外望去，两个男人背对着她，倚着桌子在交谈，她把身上的衣服脱下，挂在帘子上多一层遮挡，冰凉的丝质衬衣让她身体一颤，这才套上蕾丝衣服。

"梅贝尔，叫你快点儿穿。"

从帘子后方走出来，布彻握住她的手，把她拉到胡楂儿男面前："跟你说了她很漂亮的。"说完，便用力吻她，用舌头拨开她的嘴唇，用手臂抱起她，带她进了另一间屋子。那里有一架秋千，后头画着夏日花园的景致。布彻把她放到秋千上之后，对照相机后方的男人示意一下。"照他交代的做。"

五天前，见到布彻看贝蒂穿上连衣裙的眼神，梅贝尔就去找华莱士，告诉他自从十五岁的那个圣诞节，继父每隔几天便把她从姐妹俩的床上拉到自己那边去，有时甚至是一整个星期天天如此。她对华莱士说，继父如何以贝蒂做威胁，让她习惯于沉默。但是照片一事她却只字未提。

这是一组幻灯图片，一组十二张，穿着土耳其的传统服饰。在之后的日子里，布彻会让她看着这些图片，然后用手抚遍她全身的每一条曲线。

第一张照片有两份，一份给贝蒂来证明梅贝尔去城里过了一个华丽的生日。那张照片中，她害羞地坐在秋千上，闪耀的长发披在肩头。一张接一张，她的衣服一件件褪去，先是裙装，再是束衣、束裤，接着是贴身内衣，最后到袜子。而后六张她是完全裸露，被要求趴在秋千上，弯起身，张开腿。

“准备最后一张。”胡楂儿男说，然后要梅贝尔跪在椅子上。

会挺过去的，她对自己说。再一张就好。她闭上了眼睛，深吸了一口气，让自己脱离身体。秋千咯吱响了一声。

布彻也赤裸着身体，眼睛上戴了黑色眼罩，坐在她旁边。

“靠过去，小妞。”镜头后的男人说。

布彻把手绕到她脖子后方，压低她的头，她的脸距离他的腿不出几英寸，而她的黑发垂到他的膝上。

最后一声鸣笛惊醒了她，列车员发出最后警告：“从肯塔基的克雷克开往路易斯维尔的列车就要出发了。请旅客们上车。”

梅贝尔惊跳起来：“我们必须回去。”

华莱士握住她的手："梅贝尔，火车都已经开了。"

她跨过华莱士的腿，头着地摔倒在走廊上。她调整一下身体，踉跄着往前："停车！"她大叫着，一脸的慌乱。

在另一位男子的帮助下，华莱士把她扶了起来，安置到原来的位置上。车厢里的所有旅客，全都望着他们，指指点点的。

华莱士紧紧抱住她，但是梅贝尔依然发着抖。"下一站。"她说，"我们下一站回头。"

"我们不可以。"华莱士摇晃着她的身体，声音却极温柔，"我们不可以。"

"我们在车站等贝蒂，我们搭下一班火车。"

"亲爱的，"华莱士说，"我们回不去的，你知道，我们不能回去。"

"不然就是路易斯维尔。我们就在路易斯维尔等她。"

"梅贝尔……"

"拜托了，华莱士。"

华莱士伸手放在她的嘴唇上，让她别说下去了，却止不住她的眼泪往下流。"她不可以……她不能回去家里。万一她折回去了怎么办？"

"你不是对她说了，要她别回去，"华莱士说，"在纸条上写着，不是吗？"

梅贝尔长叹了一口气："没用的，没用的。一定会出状况的。她一定会回去取东西的，拿幻灯机。我们就回去一趟吧，就拿那个幻灯机。"

“我们可以在芝加哥给她找一台。”

“你不懂的！”梅贝尔又想挣脱着离开座位，但是这回华莱士拉她入怀里，让她的头靠在他的胸前。

“梅贝尔，梅贝尔。”华莱士低语着，“太晚了，太晚了。”

是的，是太晚了。已经回不去了。

第三章
信

一九三三年十一月
印第安纳州，纽曼

贝蒂

雨总算停了一会儿。点上煤油灯把灯罩转回去时，生锈的螺纹打了滑。不该在一天的这个时段点上煤油灯，贝蒂也知道。但是屋外光线太暗了，她的手又快冻僵了，没法儿切卷心菜。汉斯会抱怨的，但是她得提醒说是他说过电费要省着点儿的。不过等下他回来又会说，煤油也要花钱的，然后就等着晚餐，不再多说什么了。她要让煤油灯点着，直到把火烧旺起来。

想到等下就要在屋里蔓延开的卷心菜味儿，贝蒂的胃一阵翻腾，像之前在畜棚里找到的一件梅贝尔的半干羊毛外套一加热之后的刺鼻味道。如果有多的盐，她就可以把卷心菜切细了做成泡菜，不过即便是有盐，她也不会用的，因为万一没做成，倒把好好的食物浪费了。况且就算泡菜做成了，这几周要吃什么啊。

至少女儿爱玛睡着了，只要贝蒂用爸爸的旧毛衣裹住女儿，往摇椅上一放，她就睡了。这倒是叫贝蒂放心一些。这孩子不晓得怎么的，只要看到卷心菜便大哭起来，孩子说不出是什么让她难过，但是贝蒂明白，因为吃过之后胃会胀气。四岁小孩儿的胃受不了天天吃卷心菜，就算成人的胃也受不起啊。但是日子就是这么过的。好几个月来，每周汉斯的购物袋里都装着两三棵卷心菜。有一天，他突然带着土豆回来时，他们觉得简直好像圣诞节到了。接下来的几个月里，又天天都是土豆，每过一周这些土豆都软一点儿、皱一点儿。再之后便完全没有蔬菜了，除了罐装的西红柿和干燥的豆子。购物袋里唯一确定的是，里头的食物分量永远也不够，在一周的最后一两天里，先是贝蒂开始不吃什么，然后是汉斯，让爱玛可以有些食物果腹。

她把切碎的卷心菜放进锅里，又用手掌把台子抹了一遍，以免有菜叶落在外头。如果刚好有茴香，或磨碎的胡椒就好了，妈妈以前也会加一些来提味。把洋葱切细末也可以替代一下的吧。贝蒂擦干了手，把切菜刀在锅边擦了一下，准备来切洋葱，她留了一些想放在汤里的。但是在动刀前，她却住了手。汉斯明天需要这点儿洋葱，夹在最后一片面包里当午餐。如果她用洋葱来调了味，明天她就要让汉斯外出工作时没有午餐，这也不好。

不过至少他还有活儿做。她认识的很多女人，连这一句都说不上来呢。一天过一天，汉斯从来不晓得第二天会做什么，可能是卡车卸货，可能是开挖沟渠，或者做清洁，铺砖头。比尔·克瑞斯关掉小作坊的时候，辞去了一百来号人，只留了十来个人组成一个团队，尽管汉斯有条腿不方便，也在这十来个人之中。两年来，他们一早六点在废弃的作坊门口集合，克瑞斯总能帮他们找到活儿干，有时候一天要赶三四处地方。汉斯回来说过，克瑞斯总是对他们很好，和他们一起干活儿，然后再多花几小时，张罗隔天的活儿。

有很多人需要帮忙，却没有钱可以支付，连替代的物品也没有，但是克瑞斯却很为手下着想，不接白做的活儿。他想尽办法，让每个人每周都可以赚上几美元，但是大部分的时候，他以物品支付，让钱发挥更大效用。眼看着冬天快来了，贝蒂希望煤炭公司继续找他们做事，因为他们会以煤炭支付工资。每卖出一车煤，他们去帮忙的就可以一人分到一铲，生意好的时候一天可以卖出五六车，一天结束的时候，他们就会把货车上剩下的煤渣儿分一分。虽然报酬不高，但是至少去年冬天里，在爱玛上床前，屋里可以烤得暖和和的。

贝蒂把卷心菜煨上炉子，便捻灭了煤油灯。在炖菜的时候，没事可做，只等汉斯回来装盘就好。贝蒂以前一直觉得自己娘家穷，但也没穷成这样。圣诞节的时候没礼物，在胸部和屁股没比姐姐大之前，她身上穿的都是二手货。他们学会样样省着用，在学校里，她们在批示过的作业边缘写上新作业，这招可是快把老师搞疯了。但是直到现在，她才体会到真正贫穷的滋味。她想到要做许许多多的事，比方说，把爱玛脱线的蓝裙子缝一缝，但是怎么缝呢？从她的旧衣服上拆一条线头下来吗？她的衣服都穿了那么多年，就算拆得下线来，只怕缝的时候也会断吧。她想擦擦窗户，但是一滴醋也没有；她想补一补椅子，但是手边找不到一根藤条；她想把头发洗一洗，至少汉斯回来时也像个样子，但是却没有肥皂。她想，她想，她想……这些年都是这么过的。

后门传来砰砰砰的敲门声，连窗户都震得响。贝蒂望了爱玛一眼，见她依然在摇椅里睡着，才走到客厅里。是艾丽斯·康拉德。她每周都要来上一两回，向贝蒂要点儿糖啊、酵母啊，或者是些培根，都是些贝蒂没有也买不起的。并且总要提上一句，小作坊关了让她丈夫丢了工作。附近像艾丽斯一样的女人还有两三个，对贝蒂的丈夫还有事做，她们的丈夫却没了工作总是要说上两句。

一天，贝蒂带着爱玛去看船时，经过她们身边，听见了她们的碎嘴。一个起先说："我对你们说啊，比尔·克瑞斯的哥哥是得小儿麻痹死的。"其他人点点头。接着艾丽斯就说出了大家心中想说的那一句："怪可怜的。不过，这就是为啥跛子留着，其他人却被遣了回来。"

贝蒂现在真希望当时她说出真心话，克瑞斯留着汉斯是因为他人好，每天去上班，什么重活儿都干。但是当时她什么也没说，加紧脚步走到她们前头，还拖着爱玛。即便说了，她们也不信，她们只管抬起头来，扬长而去。但是或许该说的，至少她们就不会上门来要东要西地打扰她。她做不来，但是她也确实讨厌她们那副模样。

"下午好呀，贝蒂。"艾丽斯也不等贝蒂请她进来，转动门把手跨进门来。"煮卷心菜啊？"经过炉子时，她掀开锅盖看了看，"我家小亨利就爱吃卷心菜，特别是加点儿腌肉的。上回是什么时候煮的，我都想不起来啦。"

贝蒂和上回一样管住了自己的舌头。上周她还看到艾丽斯从救济中心出来，带着一堆杂货，最上头就放着腌牛肉罐头。自从罗斯福当选之后，那些从小作坊遣散回来的男人日子过得很舒心呢，又是救济金又是物资。若汉斯不做事，也会因残疾而得些补助的，但是要他不做事，靠领救济金过日子，他宁愿去死。

“你有多的面粉，可以借我一杯吗？”艾丽斯问。

“昨天做面包时就用完了。”贝蒂说。这不是实话，不过也差不太多。

“今天苏过生日，你知道的，”苏和爱玛同年，“只要再多一点儿面粉，我就可以给她做个小蛋糕。我已经存了好几个月的糖了。”艾丽斯的手上捏着一张纸，她不时用手指磨蹭着纸边。

“上回爱玛过生日我都没能帮她烘蛋糕呢，”贝蒂没有关上门，反而是把门拉得更开了，对艾丽斯说，“这个年纪的小孩儿，还不知道什么。”

艾丽斯拖了张椅子出来，坐下，把纸摊平在桌上：“贝蒂，外头的风可冷啦。你屋里真暖和啊。”

贝蒂只好关上门，走到桌前。她没有坐下，却站到艾丽斯旁边，看着她手上的东西。那是一个信封。同样的浅黄色，同样的蓝色墨迹。是邮差丢错了，放进了艾丽斯的信箱，现在她来打探了。

“你这是拿着什么呢？”贝蒂问。

“哦，我发誓，”艾丽斯说，“今儿个早上我准是把头脑忘在枕头上啦。”她对自己说出来的话大笑着，贝蒂也勉强挤出一点儿笑容来。“这跑去我家了。看起来是要给你的。”她把信凑到脸前，好像第一回仔细看似的。“不过也不像。那些邮局的人一定是把你和另一个名叫阿尔伯特·费雪的人搞混了。”

贝蒂不用看也知道信封上的字：阿尔伯特·费雪小姐，存局候领，杜松镇，肯塔基州。回邮地址是芝加哥某处。梅贝尔从来不签署自己的名字，她总是用一个M来替代，但是即便没有这个字母，贝蒂也知道信是谁寄来的。梅贝尔的字娟秀漂亮，她一眼就能认出来。在原来的地址上，又写上了伊莫金·乔治森太太，印第安纳州纽曼克拉克街738号，一定是杜松镇邮局的人写的。在刚结婚时，她曾经给杜松镇邮局留过一张字条，告诉他们新地址，若有信件可以转来，现在她真想把那张字条取回来。那位邮局工作人员一定觉得她的举动很奇怪。她这一辈子也没收到过一封信，现在这位工作人员自掏腰包贴了寄费，把四五个月无法投递的信寄了来，她还必须签收。

“我娘家是姓费雪的。”她对艾丽斯说，“他们也总爱叫我阿尔伯特。”她伸出手来，想接过信去。

“这还是远道而来的信呢。”艾丽斯说，又装作刚刚发现，好像在踏进这个家门前不曾研究过似的。“印戳是伊利诺伊州芝加哥。你有亲戚在芝加哥啊？”

“对了艾丽斯，我想起来了，我想我还留了一点儿面粉的。你说你要一杯？”

“两杯更好。”

艾丽斯从桌边站起来，椅子刮到地板，贝蒂指了指睡在摇椅上的爱玛。贝蒂把储藏室的门开了一条小缝儿，可以伸手够到面粉罐。没必要让艾丽斯看到储藏室里的其他东西。贝蒂应该把面粉装在一个小袋子里，但是却用了两只咖啡杯来装，这样艾丽斯就得把信留下了。

“我还要谢谢你把信送来了，”贝蒂说，领着艾丽斯到门边儿，

“希望蛋糕可以做成。”

艾丽斯把眼神从面粉上转到贝蒂身上。“我急着想知道你那封信上的内容呢。”

“再见啦。”贝蒂说，快速关上门，艾丽斯只得快步走出去。

贝蒂回到厨房后，关上客厅的门，免得热气跑出去，然后坐在桌边，拿起了信。很多人都期待收到信，但是就像之前转到纽曼来的其他信一样，贝蒂却不想看到。

第一封信来的时候，汉斯还站起来，一脸严肃，好像这是什么重要的电文，但是贝蒂很快编了一个谎言，给他看信是如何转来转去的。她说，没什么事，不过是奶奶的一位姐姐写来的，她不太常写信，然后就折起来放进围裙口袋里，省得他再问。和汉斯彼此熟一些之后，她又对他说，虽然继承了母亲的名字伊莫金，但是家人又喜欢叫她的中间名阿尔伯特，也就是简称贝蒂。她很惊讶，谎言怎么说得这么顺口，而且感觉起来就跟真的一样。

就汉斯了解的是，她的名字叫作伊莫金·阿尔伯特·费雪，她刚过了二十六岁，而不是二十一岁。离开杜松的时候，她用了妈妈的名字，姐姐的年纪，并且对外一致说明，还在小时候父母便因为一九一八年的流感而过世，后来她被浸信会收养，一直到她长大成人。这套说辞中也有几分真实，父亲是死于流感，牧师确实收养了她直到奈丽·帕金斯的小旅馆雇了她。贝蒂现在认为当初怀里揣着吉姆·布彻保险柜里的买酒钱，搭了火车离开杜松镇时，应该直接用母亲的全名，伊莫金·伊斯特，她也有几分心思希望留点儿蛛丝马迹，万一华莱士想来找她。

奇怪的是第一封信和这封一样，都用了存局候领的方式，没直接寄去老家。或许梅贝尔也从哪里听说了吉姆·布彻的事吧。或许她只是猜想，她一走贝蒂也不会留在那边的。这点她倒是猜对了。贝蒂的喉咙里一阵酸涩。有时候，她也想过，梅贝尔那般离开是不是有其他原因，但是最后都觉得这不重要。她就是那样做了。她就是那么一个人。

每回收到信，贝蒂都期望这回是最后一封了，到今天大概已经有八九封了吧。但是梅贝尔就是不放弃。幸运的是，除了第一封信外，其他都是汉斯上班的时候，邮差送信时送到的。不过，现在又得担心了，多了一个艾丽斯·康拉德，这个多嘴的女人。不晓得会对谁说出去。好在至少她还没打开信件，信封还封得好好的，但是艾丽斯想说什么还不全在她。

好吧，这信必须到此为止。但是要怎么不回信，就可以让来信停止呢？

第一封信寄来的时候，汉斯去上班之后，贝蒂险些要拆开看了，希望知道一点儿华莱士的消息，但是她没办法让自己看梅贝尔说的话，没什么可说的，说出来也是谎话。说抱歉太沉重，况且以她对梅贝尔的了解，她不相信梅贝尔会道歉。

“妈妈。”爱玛从摇椅上滑了下来，脸颊苍白凹陷，浅褐色的鬈发散了一头，爸爸褪色的绿开衫毛衣从她的肩头滑下来。爱玛刚刚出生的时候，胖得跟团面似的，贝蒂还担心女儿长大了会和自己一样壮，好吧，是以前的自己，但是没想到现在的女儿竟可以用弱不禁风来形容。她甚至从来也不要什么，不像通常四岁的孩子，贝蒂琢磨着，大概是因为爱玛知道要也是没有用的。现在贝蒂还发现，孩子若不是想要她知道自己醒了，也不太叫妈妈了。

“过来这边吧。”贝蒂在桌边坐下，把爱玛拉到她的腿上，把毛衣的袖子往女儿小手腕儿上卷了卷，“我们来数数。”爱玛伸出手来绕在妈妈的脖子上，但是贝蒂握住女儿的手，把它们放下，让她转身面对桌子。贝蒂把自己的手伸平了，说：“数数看。”爱玛逐一摸着妈妈的手指，没什么精神地数着。“现在来数扣子。”贝蒂说，俯身从矮柜里找出一个旧的烟草罐，里面装着从旧衣服上拆下来的纽扣。她倒了一把在桌上，让爱玛有事忙。

“花花。”爱玛说，用手指转着一个雕花的银色小纽扣。

“玫瑰。”贝蒂说，从女儿手上接过纽扣。“玫瑰是一种花。”她递给爱玛另外一种黄褐色的纽扣，并说两种纽扣颜色的差异，然后把爱玛抱到一张椅子上，“再帮妈妈找出两颗同样的来。”她站起身来说道。在爱玛忙着找其他扣子时，贝蒂把玫瑰纽扣放进了口袋里。不该留着的，她应该从旧盒子里找出另一颗银玫瑰纽扣，然后把它们丢掉，但是这样好像浪费了。等爱玛大一点儿的时候，这两颗扣子缝到衣服上应该也蛮好看。况且，纽曼的人没人知道那件粉色的连衣裙，就算是汉斯，就算结婚去法院时她穿过一回，他也不晓得这件连衣裙的故事。

不久之前，汉斯还突然冒出来一句：“你后来都没穿啦。”

“没什么场合需要穿它。”她把拳头用力压进台子上的面团里，“去教堂穿太花哨了点儿。”

“我们的结婚周年快到了，你可以穿一穿。”

“不行，”她说，“前一阵子慈善活动我捐出去了，也不合身了。”她害怕看着他的脸，所以双手举起面团，把面翻了个身，只听见“啪”的一声，然后消失了。她没想到汉斯还记得那件衣服。时不常地他总会有些细腻得让她感动一下，这些都是她以为汉斯不会的。她当然不可能告诉他实情，在婚礼的第二天她就把连衣裙剪成了碎片。

婚礼不是她想象的那样，当然在认识汉斯之前，她的梦想也被遗忘得差不多了。在此之前，她最期待的就是嫁给华莱士，此心切切。他们也没钱办豪华婚礼，就在浸信会会所前在他们认识的熟人面前结婚，每个人会因见证他们的爱情而流下眼泪。

然后呢？她期待的未来是怎样的呢？他们之前说到过孩子的事儿，他们要生很多孩子，贝蒂几乎看见自己擦着孩子们的小脸蛋儿，看见在雪天的早上华莱士与小宝贝儿笑闹着，看见一年又一年自己握着孩子的小手看着豆子的种子在田里可撒出去多远。

故事书上说到的傻女孩儿，她这就是了。尽管如此，她还是很乐意可以说她爱汉斯，六年来她已经开始爱上他了，她也明白这不是真的爱，而是一种温暖稳定的感觉。她想应该算是一种尊重吧，一种欣赏。说到爱呢？她还是爱华莱士的，想起他就有一种刺痛，一种涌动，即使是现在偶尔想起一两分钟，这样的感觉也会又回到心中。

当然她也不确定汉斯是不是爱她。他从未说过，他甚至都没有献过殷勤。她去饭店柜台上班时，他是那儿的一位常客。一开始她就直接把他定位成一个玩弄女孩儿情感的人。他常常与饭店的女服务员调笑，独自来店里或者与三两女伴一起来，他会请这些女客人用点心和咖啡，后来贝蒂注意到被邀请过的女人下回到店里时，她们会朝他挥手或点头，快速打个招呼，然后就望向别处。如果他真的侮辱了她们的话，她们照说根本就不会再理他，或者会走出店外。直到有一天，贝蒂看见他站起来埋单才了解真相。才一分钟之前，贝蒂听见和他一桌的女孩儿同意与他去看电影，但是一看到他起身，女孩立即反悔说答应过妈妈要回去帮一下忙，汉斯点点头，伸出手来给女孩儿握了，等女孩儿匆匆走出门外，然后拖着瘸腿，痛苦跛行到结账台。第二天中午他来用餐时，她舀了一大匙的土豆泥请他，也不知道怎么两人便聊了起来。上班时间贝蒂是不可以坐下来和客人聊天的，但是等到她换班的时候，汉斯提出请她去看电影，她便一口答应了。

他友善而纯良，但是他俩之间从来没有浪漫情愫。第一次约会，看完电影他慢慢送她回家的路上，她随口扯到自己十九了，大概是因为这个，没几个礼拜后，他便提出要娶她。他今年二十四了，整整大了她十岁，想有个家，这点他倒是一直毫无隐瞒。连他一起，他家兄弟姐妹共十个，除他之外其他人都结婚了。也因为他是单身王老五，所以照顾父母的担子落到了他身上，现在父母也都过世了。贝蒂之前注意到，只要电影上出现爱情画面，他便有些坐立不安，直到他说到父母从丹麦来美国前就被安排结婚了，她想到在他脑中大概没有人们要相爱才结婚的观念。他设法存了一些钱，然后才说道：“如果你也看得上我，我想娶你。”他又立即补充说，“我想买间房子，你就把工作辞了吧。我想我们可以生四五个孩子，不管养孩子多辛苦，我也愿意。”

那时她差点儿就要说出华莱士的事，还有梅贝尔，不过要和一个人说你姐姐欺骗了你，拐了你的男友，两人一起私奔了，还真是要非常信任才说得出口。况且如果说到这个，也就要和盘说出吉姆·布彻，还有人们的闲言，他们说是梅贝尔的错导致他自杀的。那些女人的私语都进了贝蒂的耳朵。

“或许他很蠢，又是个酒鬼。但是她当着男孩儿的面数落他，我就坐在这里，那个男孩儿是她妹妹的男友。”

“想不到韩士福家的男孩儿也卷进去了。”

“好男人拒绝不了那双破鞋。她妈妈过世还不到一年，她就让那可怜的男人晕头转向，我们都看得出来，埃米莉，你也和我们一样看到了吧。我想吉姆·布彻地下有知，一定觉得后悔，他是昏了头。不晓得，那丫头走了才是好事。”

“她把华莱士勾到身边，也太坏了，看把她妹妹伤的。这两天把华莱士的妈妈难过的，我再没看过这样的了。”

这些闲言尽管难听，但是贝蒂总也是可以想着法子对汉斯说的，还有更不堪的。继父下葬之后没几天，她对瑞夫兰德·斯摩牧师的太太说，想回家里取点儿衣物。牧师和太太坚持要陪她一起去。

“你去把衣服找一找，宝贝儿。”斯摩太太说，“瑞夫兰德和我去吉姆房里看看有没有你妈妈的物件。”

“如果看到幻灯机，请带给我。”

回到自己房间，贝蒂迅速把衣柜抽屉里的衣服装进斯摩太太给她准备好的洗衣盆里。还有一样她不能落下的东西。把满满的洗衣盆放到床上，她悄悄走进客厅。斯摩夫妻在议论着什么，用他们特有的难过口吻。贝蒂确定没人知道布彻的私房钱藏在哪里，她可不想留给来拍卖房子的人。她一下就到了厨房，刚好可以够到威士忌酒瓶后方的保险箱。就在这时一声尖叫传来，声音离贝蒂很近，让她以为被发现了，她打翻了一个瓶子在地上，得踮起脚小心跨过去，很快钞票进了她的口袋，她回到客厅，循着尖叫声来到布彻的房间。

瑞夫兰德·斯摩把他的太太从地上拉起来，让她坐到了一张椅子上，也就是布彻平时坐着穿鞋的地方。

“怎么了？”

瑞夫兰德·斯摩抬起头来，他脸色苍白，目光闪躲着。贝蒂止步不前。

瑞夫兰德跪在妻子旁边，握住她的手，开始祷告。贝蒂低下头，她看到幻灯机放在床边的地上，旁边散放着一些片子。有一张掉到门口那边，用她的脚就可以踢到，此时斯摩夫妻手握着手，闭眼祷告。她一眼就看出秋千和花园是梅贝尔生日照的背景，但是这还只是局部。起先她也只注意到背景。再仔细看看，一个女人坐在秋千上，身上只穿了胸衣和丝袜，分得很开的腿间露出比头发还浓密的耻毛。她的头低垂着，好像想把脸藏起来。不用捡起照片，贝蒂也看得出上头的女人就是梅贝尔。

这些要怎么和汉斯说呢？这么一个老实人，若知道自己的大姨子会如此展示自己，他以后会怎么看待妻子呢？这点让她非常疑惑。而尽管她也认为梅贝尔是破鞋，有过于以色列王亚哈的淫荡妻子耶洗别，但是她依然认为吉姆·布彻还是死了的好，这又怎么开得了口？或许他会担心妻子的坏品性会遗传给他们的孩子，而收回求婚请求，那么她期待不用自己独自挣扎着过活，可以过上平静日子的机会就没了。

显然他也是有事瞒着她的。他没告诉她，在他看来他的就是那一大家子的。刚结婚那年的春夏两季，她在屋子的后院以及周围种了玉米、豆子、辣椒、黄瓜、西红柿，甚至还有洋葱和莳萝，差点儿没忙死累死。

到了采收的季节，她更是起早摸黑，装了一罐又一罐，当她把最后一罐搬到地窖去的时候，正好遇上汉斯带着三个姐妹，每人手上提着一个板条箱。他带着她们一起下来，指着架上满满的收成说道："要什么尽管拿吧。"

至今他还不明白她究竟为什么气成这样。晚上她又哭又闹的，一遍又一遍地对他说，这是她的辛苦得来的，他不可以这样。但是他说"我们家都是如此"，还说"我们不会私藏"。她当时便下决心，叫他再不能做同样的事。第二年春天，她不再耕种，把所有的空罐子都打包了卖给街上的女人们。

还有威士忌，他也瞒着没说。贝蒂无法忍受喝酒，尽管他的酒是合法来的，不同于吉姆·布彻走私来的酒。对于最痛恨的事，她的反抗也止于大哭。结婚那天从法院回来，带她绕着新屋子走了一圈之后，他从橱柜里拿出一个扁扁胖胖的杯子，斟上一杯之后，她忍不住大哭起来。

"这是为了我的腿。"他说。但是她依然哭着。

"我听过男人找各种理由来喝酒。"

"真的，贝蒂。"他说，"医师写过处方的。我的腿晚上痛得厉害，得喝上两口才能入睡。"他伸出手来想抱她，但是她推开了冲进房里。还好他识趣没跟上来。她听见厨房抽屉开开关关的声音。最后等他上来时，他温和地拍着她的肩膀，并递上了一张揉得皱皱的纸条，上头印着医师的名字，纸条上她认识的字只有一个，那就是：威士忌。

当下她只好接受了，可能是医师把威士忌当药一般开了处方。直到小作坊关了，汉斯每个礼拜只能挣很少钱回来，她才明白没有酒，他有多难过。因为不管是不是处方，他们都买不起酒了，于是汉斯夜夜徘徊，安顿不下来。她心底偶尔也漾起一点儿安慰，屋子里总算没有威士忌了。

现在总统解除了禁酒令，这对他们关系也不是太大，因为他们也没什么钱。酒类又可以合法贩卖了，看起来随处可见。有时候，汉斯晚上进房之后，爬到她的身上，她就得屏住呼吸，免得他呼出的甜腻酒味儿喷到脸上。更糟的是，有时候因为疼痛他变得不耐烦，急着要灌些酒下去，看会不会缓和些。这时她就由着汉斯在厨房里，靠在桌边喝了一杯又一杯，她就抱着爱玛，窝在被子里，等他终于上来时，她总假装睡熟了。

知道她因为布彻的关系，厌恶饮酒的男人，华莱士曾对她发誓，滴酒不沾。说来华莱士是了解她的，这个部分她对梅贝尔讲得不多。特别是对梅贝尔的一些情结，比方说站在梅贝尔身边她觉得自己是丑小鸭，对梅贝尔的聪明机智她有几分妒意。她甚至也对华莱士说过，她有点儿恨梅贝尔，比方说她对布彻的态度。按说和如此亲密的人，怎么会落跑了呢？是梅贝尔唆使的，没错，但是时间可以解开所有谜团，不是吗？他怎么也不写信来解释一下呢？他怎么不来找她呢？

贝蒂在桌边坐下了，给爱玛多倒了一把扣子，并在其中立即找到了另一颗银玫瑰纽扣。在爱玛发现之前，她迅速把银玫瑰放进口袋，与前一颗摆在一起。她又拿起信来，走到炉边，搅了搅卷心菜，把火拧小了。

华莱士是不会写信的。现在就把他埋葬起来，把过去的一切都埋葬起来。贝蒂打开火炉的盖子，伸手到口袋里摸出一颗银纽扣，丢进火里，纽扣在火中噼啪作响，撞上了炉壁。她惊了一下，把另一颗放回口袋里，她得想个别的法子干掉它。她把信高高放在火焰上方，感觉到信封在手中变热了，但是却没有把信丢进火里。

她转身离开火炉，打开水槽旁放杂物的抽屉，在一堆旧钉子、破碗碟以及麻绳之间摸索了一阵，找到了一截儿铅笔。笔芯钝了，她又拿来刀削尖了。她必须让信停止寄来，一劳永逸。把料理台擦干之后，她才把信放下，又拿出笔来，划去杜松镇邮递员写上的名字和地址。确认看不出她在纽曼的蛛丝马迹后，她才觉满意，又把铅笔削了一回。写上：已亡。在这两个字下方画了一个箭头，指向自己以前的旧名字，并用笔把名字圈了出来。在信封下方，她又写了一遍：已亡。退回寄件人。

第四章

像秀兰·邓波儿一样

一九三七年一月
印第安纳州，纽曼

爱玛

“鸡蛋、牛奶、苏打饼干。鸡蛋、牛奶、苏打饼干。”爱玛一开始只是重复着，这样等到了杂货店时可以记得要买什么，到后来她一边念着一边捏着手套里的硬币，让自己不要去想寒冷。但是这招似乎没用，天空乌黑得好像炭笔，雨开始夹着雪花一起落下来。帽子已经湿了，湿冷开始透过她的外套往里钻。

早上去学校时，老师们站在外头要大家都立即回去。爱玛也看到水已经漫到校园里，在经过一群大些的女孩儿时，她听见她们中的一个说，水已经渗到了地下室，校长担心教学楼会被水冲垮。爱玛班上的一个男生瑞克·克里奇跑到女孩儿们的前面，拉了拉她们的围巾和帽子，大叫着：“不用上学啦！淹水啦！不用上学啦！”女孩儿们冷冷望着他，个头儿最高的推开他，直叫他是蠢小孩儿、笨小孩儿。

爱玛照老师说的，直接回家了。她对妈妈说没有苏打饼干可以配茶时，妈妈又支她出来了。“买得到的时候快去买些回来吧。”妈妈说，从发酵粉罐子里取出一美元递给爱玛。

“他们也会让爸爸回来吗？”爱玛问。但是妈妈只是嗯了一声，说因为肚里的孩子而背痛，要再躺一会儿。

今天早上爸爸跟着那些人一起去让妈妈很生气。他们一早儿开了辆大卡车来，前前后后敲了马路上所有人家的门。征求自愿者去装沙袋、建木船和做其他需要的事。

爱玛随爸爸一起去了后门廊，挤在斜放拖把的角落里，爸爸坐在水桶上，穿上胶鞋，妈妈这时进来了，说道：“那都是些什么人啊？”

“我也搞不清，都是镇上的吧。大家有力出力吧。”

妈妈站在大门正中，双手交叉，刚好放在突起的肚子上方：“这份活儿谁付钱？我只想知道这个。谁？”

爸爸摇摇头：“我得走了。”

“对他们说，你腿不方便。你也知道，这么冷的天，你路都走不好。”

爸爸扣好胶鞋上的扣子，站起身来。他伸手想握住妈妈的手，但是妈妈双手交缠得更紧了。“水涨得太高之前我就会先回来。”他想让声音平静些，但是爱玛听出来声音里有一点点恼火，好像收音机里的静电噪音。她常听见妈妈发怒的声音，好像并不想如此，但是声量却自动抬高了。但是爸爸很少如此。“家里还麻烦你多照料。”他对妈妈说，“把东西都放高了，然后打个包，以防万一需要离开。”

他伸出手来，抱起爱玛亲了一下。“现在要你照顾妈妈了。妈妈要你做什么，就去做。”爱玛的手紧紧搂住爸爸的脖子，脸在爸爸衣领上磨蹭着。隔了一晚，衣领还是湿的，发出霉味儿来。穿着这身湿衣服出门，爸爸一定会冷的。她想说出来，央求父亲留下来，但是她知道爸爸不喜欢瞎紧张，若是她哭出来，爸爸会失去耐心的。

爸爸抚了抚她的背，温和地拉了拉她的手臂。“得走啦，宝贝儿。”他把爱玛放下，面对着妻子，妈妈侧身让他离开。

爱玛跟着妈妈来到厨房，妈妈坐到桌旁，垂下了头。爱玛静静站在她身边，等她吩咐做什么，但是妈妈依然静静待着。爱玛知道妈妈没哭，但是她还是伸手放在妈妈肩头，因为爱玛难过的时候总希望有人抚着她的肩。

妈妈因这举动而坐直了身体，但是她并没有转过头来看着爱玛。“你还是回学校去吧。”

“爸爸要我帮你忙。”

“爸爸说的你记着就好。现在去上学吧。”

所以她去了学校，不过很快又回来了。她进屋的时候，妈妈站在厨房的梯子上，把上面的橱柜整理出来，方便将下面橱柜里的东西移上去，但是她的动作并不匆忙。

“学校到处都是水，”爱玛说，“老师说要等收音机上通知，才能再回学校。”

妈妈扶着打开橱柜的下方架子，从梯子上走下来。她闭上眼睛，头转了一圈又一圈，抚擦着后背。“我要去躺一下了。”她说，“乖乖，帮妈妈倒杯茶顺顺肠胃。再拿几块苏打饼干给我。”

爱玛有点儿怕炉子，燃气嗞嗞作响，还要划根火柴点燃火焰，而且完全不晓得火苗蹿出来会有多高，好像一条邪恶的蛇。但是爸爸已经吩咐她要听话了，而且妈妈又是一副“别吵我”的口气，她也没的选。把水壶装满水，把盖子压紧，放到炉台上。拿出火柴在涂层上划过时，她的手颤抖起来。燃气在她面前晃了一下，形成了一小圈儿火，她又把门阀开大了一点儿，火焰闪耀着舔着壶底。爱玛从炉子前后退几步，火焰不停地变换着形状，这是她从未注意到的。她也不敢离开厨房去告诉妈妈，只是站在一边等着水开。每当妈妈叫唤她时，她便回答说快好了。

最后水壶终于鸣叫起来，爱玛关了火，靠在料理台上松了口气。她拿稳沉重的水壶，把热水倒在一个杯子里，又从一旁的盘子里拿出一个泡软的茶包。妈妈说一个茶包可以用两天，她把茶包往杯里上下浸了三回，免得茶太浓。

往卧室的路上，她迈着小碎步，免得茶泼到衣服上，更糟的是沾到地上。妈妈闭着眼睛坐在床上，爱玛把茶杯放在床边的茶几上，又踮着脚走了出去。

“那是茶吗？”妈妈问，睁开眼来。拍了拍身旁的位置，“谢谢，宝贝儿。我来喝，坐着吧。”

当妈妈这样温柔的时候，爱玛就会忘记其他。在记忆中，她曾经努力想要找出什么让妈妈开心，什么让妈妈火大，但是似乎没有规律，今天让妈妈开心的事明天可能会让妈妈发火。爸爸说，那是因为妈妈最近不舒服，他说等待孩子出生有时会让女人焦虑。但是爸爸妈妈说到孩子也是夏天之后的事，而在此之前妈妈也常常是泼辣的，这些爱玛都还记得。

很久之前树叶开始转成橘红色的时候，妈妈的肚子也开始圆了起来，那时妈妈似乎很开心。一天爱玛放学回家时，爸爸跛着脚围绕在妈妈周围跳舞，妈妈一个劲儿地笑着。看到爱玛站在门口，她也跳了起来，并把爱玛抱起来，转动着身体往爸爸那边舞动。收音机里正播放着一首名为《蓝月》的交响乐曲，父亲用瘸脚打着拍子，唱着自己编的歌词，虽然并没有完全跟上节奏。“克瑞斯的作坊又开了……美元滚滚来……贝蒂买个了煤气炉……蓝月。”

“茶还不错嘛。”妈妈啜了一口，说道，“给我一点儿糖和饼干。”

“没了。”爱玛说，妈妈的嘴角瘪了，把茶放回茶几上，腿垂荡在床边。“我们最好看看还缺些什么。”

爱玛在衣领里找了一块干燥的地方，把脸藏进去，又开始念起购物单来：“鸡蛋、牛奶、苏打饼干。”她想着父亲在修船。接着又想到父亲在装沙包，这时她不由得担心起来，沙子会掉进父亲的胶鞋套，又进入父亲的鞋子里，刮磨着他的脚。刹那间她觉得自己的脚冷得已经失了知觉，往下一看，她大叫起来。水已经在周围漫了上来，就像夏天淌着溪水一样。但这不是溪流，是马路，她已经快到杂货店了，下一个街口就是，如果没买到东西回去，妈妈又该生气了，所以她又继续涉着水往前。等她到吉贝森的店时，水已经快到她脚踝处了。店关着门。她敲了敲，又等了一会儿，没人来应。

街的另一端近河的地方，水涨起来好像要朝她扑过来般，一路抬高。她转身往回走，就在吉贝森家等候的那一会儿，水又涨高了一些，现在连跑也不能了，每迈出一步，她都快滑倒了。她只能一步步朝前走，在混浊的泥水中，每一步都走得有些艰难。到毕拉街时，水流得不那么快，也淹得不那么深。一转入克拉克街她拔腿跑起来，也不管脚有没有感觉，也不管每一步都溅起的水花进入了她的鞋里。

她喘着气，推开了后门，由着纱门在她身后关上。“妈妈！妈妈！”

妈妈看着爱玛空空的手，收紧了嘴巴。“妈妈，河水涨上来了。店都关门了。”

妈妈拉开帘子，往街上看去。“去打开收音机，”她说，“拿出你的棉裤，暖和的毛衣，好一点儿的衣服，还有两件换洗内衣，放到我床上，加上一样玩具——记住，只能一样。”

爱玛知道她该拿些什么，根本不能拿玩具。雨已经下了两周了，周四的时候，她的老师就在班上说过，河水一直涨，再下雨河水就会泛滥。“想想除了你家人之外，还有什么最珍贵。”她说。同学们轮流站起来说出如果只能拿一样，该拿什么。爱玛说她要带着一个瓷器娃娃，老师笑了。但是她心里是明白的，她要带着她的秀兰·邓波儿封面的剪贴簿。

封面上秀兰穿着淡黄色的裙装好像正要从绿色的背景中走出来，她对每一个人微笑着。爱玛在学校最得意的作品都留在剪贴簿里，加上一张爸爸的照片，还有一张报纸，上头是一个被偷走的小孩，这是爸爸拿给她的，并说孩子的爸爸是个名人，是开飞机的，爱玛就把报纸留起来了，她觉得这是一件非常重要的事件。她把报纸剪下贴起来只是为了让爸爸开心，但是她并不喜欢小孩儿被偷的故事，有张印第安母亲的着色画她很喜欢，在学校着完色后她就带了回来，贴到剪贴簿上，她又在白纸上画了一个娃娃，沿外框线剪下来，这样好像一个纸娃娃。她知道杂货店的褐色包装纸妈妈都会留着，在妈妈忙着晾衣服时，她去取了一张来。剪了一个弯弯曲曲的圆形，中间粘上胶水，贴在印第安妈妈的旁边。然后把褐色纸的底边和两侧都往内折起，把纸娃娃塞入其中。又在妈妈的针线盒里找来连着线的针，从一侧缝进去，留下一条长长的线头，把针从另一侧穿出来，也留的长线头，将两边的线头绑在一起，这样纸娃娃就稳稳当当地包在褐色纸里面了。她喜欢偶尔把白纸娃娃取出来，在印第安妈妈怀里放一下，然后再放回到褐色纸里头。

她还有一张玛娜·洛伊的照片，是从一本杂志上剪下来的，杂志是爸爸有天在药店外头的椅子上捡到的。图片中玛娜·洛伊围着围裙，捧着一个托盘，上头装着烤火鸡，周围装饰着苹果和玫瑰。图片下方写着："洛伊在厨房与在银幕上一样，是明星。"

本子上最棒的收藏是一张卡片，卡片上两张一样的照片并列放着，一个黑头发的女孩儿坐在秋千上，女孩儿穿着漂亮的衣服，还有白色的蕾丝，虽然她没有笑，但是她甚至比玛娜·洛伊还要漂亮。爱玛不知道两张照片为什么如此相似，她也不知道照片上的女孩儿是谁，有时候看久了，觉得和妈妈有几分神似。尽管她一直想问妈妈，却始终没开口，因为是从家里一本《圣经》里头偷拿出来的，它就夹在《启示录》的后面，没人看过。如果她真想问，只有把卡片再夹回去，然后装作突然发现的样子。但是她怕这样妈妈就把卡片拿走了，藏到一个她找不到的地方去。

“你确定要带这些？”妈妈叫起来，“快点儿，爱玛！”

爱玛趴在地上，从床底下够出她的剪贴簿来。在她的衣橱里，有两件毛衣，不过绿色的那件原本是爸爸的。她拿了绿毛衣，想象着自己穿着毛衣去救爸爸的情景。她想象着自己站在船头，指挥着大人该去哪里，用信心让大家镇定，就像秀兰·邓波儿那样。如果在混乱中父亲被捕，像秀兰·邓波儿的爸爸在《小叛逆[①]》中那样，她也要穿上像样的衣服，去见总统，把爸爸搭救出来。这是爸爸带她去看过的最好看的电影。其他的电影总是在说小孩的父母不晓得怎么就不见了。与爸爸走出电影院时，爱玛总不忘记对爸爸说，她多么喜欢今天的电影。但是稍晚回到家，她就把脸埋在枕头上，为电影中可怜的孩子而哭泣。

“爱玛，快点儿！”

爱玛回头看了自己的房间一眼，然后卷着衣物回到妈妈房里。妈妈折起一件衣服，放进打开的箱子里，旁边是一双鞋子。在箱子旁边的一摞衣服上，放着那本《圣经》，它也将被收进箱子里。妈妈伸出手来，接过爱玛手上的衣物，说道：“确定这些是要带走的？其他留下的就要毁了。”爱玛想着河水淹到家里来，淹过煤气炉，淹过厨房的桌子，冲到她的房间，她的洋娃娃和玩具猴都要淹在水中，眼泪像小河一样流淌在脸上。

“爱玛？”

---

① 1935年上映，由秀兰·邓波儿主演。

她点点头：“这要留作纪念。”

妈妈看了她一下，扬起一边的嘴角。然后折起衣服，把剪贴簿放在箱子的底层。

妈妈弄好之后，就把箱子关好放到前面的房间里，然后坐在大椅子上，闭上了眼睛。爱玛走到窗前，望着外头。雨下得更大了。对面梅尔巴克太太家门前停了一辆车，是给周三回来的儿子开着载她购物时用的，现在水已经淹到车轮一半高。爱玛把脸贴在窗户玻璃上，眯起眼睛，她似乎看到梅尔巴克太太也从二楼的窗户朝下望着。而从他们自己家的地下室上来，就是一楼了。收音机里的音乐停了，只有人们大声念着家里的地址，要人过去帮忙。这些人家没电话，但是爱玛不为他们担心，因为她知道，父亲会去帮他们的。他说过的。

客厅的钟敲了一回又一回。水淹过他们的院子，第一级台阶也浸在水里。爱玛站在门口的台阶上，扶着一旁的扶梯，数着漂过门前的奇怪杂物，有一两把木椅，一顶男人的帽子，三条领带，一只死猫，六七个豌豆罐头，还有一些她叫不出名字。从她后下方的某处，传来一声巨响，好像水阀打开的声音。

妈妈猛地开了门。“到地下室了。”她红了眼眶，睁大眼睛，把爱玛搂在怀里，拉进屋来。

“爸爸一会儿就要回来了。”爱玛说，尽力想着秀兰会怎么说。妈妈在屋里来回走动着，一手抚着肚子，一手揉着眼睛。

一小时过去后，水又涨了一个台阶。再淹一级台阶就要淹到室内了。街对面的梅尔巴克太太从楼上的窗户里探出身来，大叫着，她家的狗也跟着汪汪叫起来，不过那是只小狗，所以爱玛看不见。

妈妈过来望了望窗外，掩住耳朵。“她以为鬼叫有用吗？”妈妈拿起爸爸红色的烟灰缸，原本放在椅子上的烟灰缸朝墙壁飞了过去。爱玛在沙发边缩成一团。她不想哭，也没有哭。爸爸一会儿就会回来的，他会看到女儿有多勇敢。

爱玛从沙发旁伸出头来时，妈妈已经离开了，她听得见妈妈在厨房发出噼噼啪啪的声音，梅尔巴克依然在尖叫着，这回爱玛听见她在叫什么了：“到那儿了！淹到这么高了。”

没错，有条船从街头划了过来。但是从窗户里看不太清楚，她走出去到台阶上，爱玛跳上跳下，挥舞着手臂，又跑回到屋里。“爸爸回来了。”

她和妈妈围上围巾，快速穿上外套，妈妈提了箱子和她一起走到门外台阶上，母女俩一起挥舞手臂，呼喊起来。船上站着两个男人，另外两个坐着的在划船，他们周围坐着一个女人带着三个孩子。

街对面的梅尔巴克探出窗外，朝船上的男人挥手，接着她拉下窗户。一会儿之后，她穿上大衣站到门口，怀里抱着她的小白狗。

船快到跟前了，船上有个男人朝爱玛挥手，爱玛大叫起来：“爸爸！爸爸！”其他人面面相觑。

桨手把船划到门前，一个男人走下船，走上淹水的台阶。爱玛不认识他，爱玛又望了望其他男人，他们朝她点头，示意她上船，但是这些人都不是爸爸。

“屋里还有其他人吗，太太？”第一个下船的人对妈妈说。

妈妈摇摇头，把提箱递过去，然后催着爱玛快点儿上船。另一位男人跳下船来，扶妈妈上去。之后掉转船头，朝梅尔巴克太太家划去。

梅尔巴克太太伸出手来，把小白狗递给船上的男人时，妈妈想要起身。“我不要跟一只脏狗同船！”

“乔治森太太，”梅尔巴克太太说，“它很听话的，我会抱好它，不会打扰到你的。”

妈妈抬头望着抱爱玛来船上的男人。“你们不可以带上狗！现在应该是救人优先。”

爱玛想说两句话，但是看到妈妈很生气的样子，又不敢开口了。福莱兹是条温驯的狗，很听梅尔巴克太太的话。它可以后脚站立，还可以像马戏团的狗一样转圈圈。

“我不能这样，我不愿如此。”妈妈不时说着话，“你们不可以让一条脏狗和我以及我的小孩儿同坐一条船。”妈妈把手放在肚子上。爱玛听见一个男人对另一个耳语着妈妈的想法。

梅尔巴克太太退回台阶上，把福莱兹搂得紧紧的，她冷冷地望了妈妈一眼，对男人说：“你们可以再派一条船来吗？如果可以，就麻烦啦！”

男人们对着妈妈摇摇头，又对着梅尔巴克点点头。船身移动了，转到毕拉街时，爱玛看着台阶上的梅尔巴克和福莱兹愈变愈小。

她们在船上似乎还要待好一阵子。沿路经过每一个门户，船都会停下来，又接了彼得斯太太和她的儿女，还有颤巍巍的老纳希和他姐姐。船上现在坐满了人，人们依然从窗户里朝他们招呼，请求他们停下来。路上他们还超过了其他小船，船上客满，每经过一艘爱玛都努力寻找着，但是始终没有看到爸爸的脸。刚过了珍珠街的路标，一个男人便说，大家都要下船，走去山路街，那里有卡车等着他们。

刚刚在划桨的男人们都来帮忙，让他们走到淹水的街上。水深及爱玛的膝盖，她冷得透不过气来。有一会儿她觉得自己几乎快掉进水里了，但是随即感到妈妈的手紧紧拉着她。他们顺着男人指引的方向走，慢慢水只到她的脚踝。爱玛望着男人沿珍珠街回去了，她希望他们是去接梅尔巴克太太和她的小狗。

沿山路街往上走，每过一条街，水便退得低一点儿，直到后来路面几乎是干的。这里聚集了许多人，人们呼喊哀号的声音，卡车发动的声音，还有锯木和敲钉的声音，混杂在一起。天主教教堂的前方，排了二三十个在造船的男人，他们都穿着黑色的湿外套，帽子几乎遮住了脸，看起来都长得差不多，但是爱玛依然不放弃，她寻找着爸爸。

妈妈拉了一下她的手："过来。"他们前方站着一位修女，她把大家的名字记在一个本子上，然后叫大家爬到卡车上。在他们等候的当下，已经有三四辆卡车出发了，车厢后头站满了人，几乎紧紧贴在一起。

妈妈拖着她往一辆卡车走去，经过几个在修船的男人。爱玛望啊望，这时看到一个男人跛足经过一堆木料，她从妈妈手中挣脱出来，大叫着："爸爸！爸爸！"

真的是爸爸。等她到面前时，爸爸用手臂搂住她，但是没有把她抱起来。

"我们要上卡车了。"爱玛说，"快来。我帮你带了件毛衣。"

父亲握住她的肩膀，望着她的脸，一脸正色地说："你现在就走。”他说，“我要留在这里。靠你妈妈近一点儿。”

爱玛往后看，妈妈跟来了，她看起来气坏了。“再像这样跑掉，给我试试看。”妈妈对着爱玛的脸就是一巴掌，然后粗鲁地拉住爱玛的手臂。“你想我们上不了那辆卡车吗？”

脸上一阵刺痛，爱玛觉得脸变得又红又热，眼泪也止不住流下来。她望着爸爸，他似乎也为女儿感到难过不安。“现在，快去吧。”他说，拍拍女儿的屁股，“去吧。”

一个身形高大的男人把她往轰隆隆的车上抱，她在男人的手臂下扭动着，想挣脱开，然后从男人肩膀上和爸爸挥手道个别。但是爸爸又消失在一群黑衣男人当中。车上的另一双手臂把她接了过去，现在她除了挤在周围的身影，什么也看不到了。街道上有人叫喊着，让他们靠紧一点儿，可以腾出一些位置来。很多人前胸贴后背地挤着，即便车子摇摇晃晃地开了，也不会有人跌倒。她周围的人都在说话，只有妈妈一声不响地抬头望着灰蒙蒙的天空。没人知道他们即将去哪里。

第五章
神情

一九四三年四月
伊利诺伊州，芝加哥

梅贝尔

梅贝尔看出女孩儿想把古铜色的头发夹上去梳成一个发髻，或者她真正想的是和其他女孩儿一样剪成短发，但是她的父亲却坚持女儿把头发披在肩头。“头发是女人的荣耀，黛丝，”父亲说，“特别是你的。”一梳一梳，他举起女儿的荣耀，好像掬起一捧捧的水，发流从他指间流过，源自山林溪水之神的头部。

粗看上去，女孩儿的神情平静可爱，好像法国画家雷诺阿[①]笔下的孩子，可是梅贝尔就是粗看不了，她了解神情后的含义：嘴角和脸颊上有刻意的平静，眼睛闪着天真，但是凝望着的却是深层内在某种了然的真实，梅贝尔也带过这个表情。这个名叫黛丝的女孩儿大概十二岁，比

---

① 皮埃尔·奥古斯特·雷诺阿（1841—1919），法国印象派重要画家。

梅贝尔带着这个表情生活时的年岁还小一点儿。

“瞧瞧吧，”黛丝的父亲埃默森·哈克退后两步，看了看他的杰作。“不信你可以问问费雪女士，这样拍出来更漂亮。是不是，费雪？”

竟然问她的意见，这让梅贝尔吃了一惊，她的眼光从黛丝身上转到她父亲身上。“好照片是没有公式的。”虽然黛丝柔顺的头发形成的阴影与白色衣服形成了对比，显然让肖像画的层次丰富了，但是她不会对哈克说这个的。

梅贝尔从照相机后面走出来，看看黛丝，让她把头抬高一点儿，或者把手的位置调整一下，每一个动作不用说第二遍，她总是可以一次到位。

拍完之后，梅贝尔说：“我想再帮黛丝拍几张没摆姿势的照片，可以在家里吗？”哈克瞪着她。梅贝尔想大概是想看出她到底在想什么吧。“当然要在你方便的时候。”她说，露出专业的笑容，“这是我的专长。”她朝工作室墙壁四周挥了挥，让他注意墙上挂的照片，照片以主题来陈列，大部分是军人以及他们的家人，混搭着些家庭生活照。“不另外收费，”梅贝尔说。“这部分费用就已经包括一两小时穿家居服的照片组。”这是谎话。“你可以选择觉得自在的地方，家里、公园或教堂，”梅贝尔装作没注意到男人惊讶的眼神，“随你便。”

哈克转眼望向黛丝时，梅贝尔也望着女孩儿，她是个谨慎的孩子，很温顺，神情依然如先前一样安静。

哈克双手交叉，放在胸前，重重踩着地板，从一组相片走到下一组相片，死瞪着图片，好像它们触犯了他一样。“你不可以把她的照片挂在墙上，我不希望这些冲动的男孩儿来缠着我女儿，只因他们要上战场了而搭上别人的女儿。周围已经有很多战争寡女了。”

梅贝尔关上补光灯，又瞄了黛丝一眼，并让口气听起来是不经意的。“如果没有得到客人许可，我是不会把照片挂出来的，”她说，“况且就算挂了，我也不会说出人物的姓名。”她来到哈克站立的地方，指着前面的照片，那是一个年轻海军躺在起居室的沙发上打盹儿，沙发上垫着常春藤图案的垫子，他的军服皱了，小宝宝躺在他胸前。“万一他回不来，”梅贝尔说，“他的太太会非常珍视这张照片，甚至超过他们的结婚照。”她的头朝结婚照示意一下，这时新郎还没入伍，拼命站直了身体。而新娘一身蕾丝，从头纱后面睁大眼睛往外看着，两个人都想做出成熟典雅的模样，不过都失败了。“瞧瞧她多年轻，真的，对吧？”哈克转头望着她。梅贝尔对相片点点头，“新娘。”

或许话说多了，但是梅贝尔决定继续说下去，别让哈克认为她受惊了。她指着另一张照片，那是一位海军军人和父母围在厨房餐桌旁，他们一边大笑着，一边大口咬着黑莓派。“你和黛丝也可以来我这边拍，”她说，“不过如果你让我选，我会觉得在家里的效果比较好。”

哈克用指尖刮了刮前额，他转头看了看黛丝，依然坐在背景前的凳子上。他无法直视梅贝尔。“周六下午。”他说，“大约两点。三点前结束。”他从口袋里掏出一个小本子，写下他的地址和电话，递给梅贝尔。“出门的时候给我电话。”

梅贝尔依然沿袭了保罗的习惯，照相馆周四到下午才开，早上的时间就可以冲印相片。来保罗这边上班的第一周，她就问过：“为什么是周四啊？”他说，周四生意冷清，尤其是早上，于是他想这个时间不如休息，以应付周末的人潮。不过，梅贝尔倒是没有遇见过什么人潮，即便是在经济衰退的好几年之前，他们都谈不上有什么时段特别忙碌。照相馆得以生存全靠为《芝加哥论坛报》拍摄明星照片之类的活儿。每个早上都和其他早上一样清闲，但是她很快就发现规律对保罗来说有多重要，他是多么期待在暗房红灯下独处的这段时光，直到他准备好了，才出来面对外头的阳光。虽然梅贝尔现在都是平日关门后把照片洗好，但她依然守着保罗的规矩，确保自己周四早上不被打扰。

她唰的一声把冲洗出来的照片挂好，注视着黛丝·哈克脸部的轮廓。梅贝尔后方还有很多张黛丝的底片，没来得及冲洗。她要赶出一些带上，以在周日哈克后悔时可以说服他。她上方的架子上还有许多其他没来得及冲洗的底片，上头的女孩儿是拍下自己要寄去给前线男友的，也有男孩儿与男人的，所有这些都是拼命要记录的已经过去的时光，让稍纵即逝的记忆触手可及。

战争给梅贝尔带来生意，一个人都快忙不过来了。为了帮埃默森·哈克出一趟外景，她得重新安排另外两位的日程，但是如果保罗在，他也会做同样的事。忙了这一阵以后十来年就可以悠闲度日，这段生意兴隆的日子保罗没赶上，让梅贝尔觉得命运对他未免太不公平，但是梅贝尔想，他不用经历战争，这也算是幸事了。在珍珠港爆发战事的两个月前，他因肺积水而辞世。

保罗曾对她说过，是待在法国的五个月时间让他变成一位摄影师的。倒不是他想记录一战时马恩河会战[1]的惨烈，他说："跟那没关。我在那个时间点，那个场合决定，希望日后我可以控制自己看见什么。"她也喜欢掌控意象。但是等自己开始掌镜时，她很快就发现，最好的图片往往在于真实，而不是摆出来的姿势。虽然掌控图片的向往落了空，但是她发现摄影给了另一样她一直期待的：那就是退隐。站在黑色摄影箱的后面，她消失不见了，变成一个不可被观察的观察者。除了第一次要得到工作她让保罗拍了一张照片，她以后再不让他拍自己。

十五年前，她穿着脏兮兮的黑外套，从未摸过摄像机，就这样走在路上被保罗拉了进来，现在想起来还真荒唐。那时华莱士在联合火车站消失了三天，每一次火车即将开车的提醒，都让她到人群中寻找华莱士有没有在其中。最后，她躺在大厅靠天窗的一张椅子上睡下了，值班主任带着警卫走了过来，对她说，流浪者不可在此逗留，请她离开。"我在找我的家人，"她说，"我有地方住。"主任不信她说的，还调侃说："那就回你住的地方睡去。"

她说的有地方住也不假，不过这时她已经快到最后期限了，因为这周的房租还没着落。去找杂货店老板娘维妮芙也没用，老板娘每回都提醒她，能在那里做事已经有很多人羡慕了。为维妮芙太太做事，

① 第一次世界大战期间，协约国军队同德军于1914年和1918年在法国马恩河地区进行的会战，以法军击退德军告终。

一天十二小时都得像山猫一样来回走动，若不是充抵薪水的烂苹果、歪萝卜、蔫青菜和发芽的土豆可以让她和华莱士维生，她真想辞了工作。她用辛苦赚来这些蔬菜和华莱士省吃俭用，存点儿小钱让贝蒂可以前来和他们团聚。

但是贝蒂始终没有来。

在芝加哥的第一天，梅贝尔熬过了漫长的等待，期待贝蒂的火车抵达，想象着她们重逢的情景，她会感觉到妹妹肩膀的宽阔，在妹妹柔软的发丝中呼吸，闻着她汗水的香甜气息，就像上回拥抱她一样，那是姐妹俩第一回也是最后一回紧紧相拥。

就在火车快要进站前，华莱士回来了。他找了个又便宜又干净的屋子，他说和梅贝尔是姐弟，父亲过世了，他们要合力过下去，房东太太就信了。为了庆祝找到新居，他还买了三只可爱的苹果放进口袋。

火车离开后，他们在火车站等了很久，上上下下找遍了车站所有月台，想说服自己，贝蒂已经下车了，就在车站的某个黑暗角落等着他们。“她也许在路易斯维尔没换到车。”最后华莱士说，“你也知道，来往杜松镇的车总是误点。”

“是吗？”梅贝尔从来不知道这事，数年来，听着十点四十五分火车进站的微弱笛声，她会夹住看到的页码，把书放在一边，关上灯，吻一下妹妹睡梦中的脸颊，但是她却希望华莱士所说是对的。“是啊！”她说，“一定是啦。”

华莱士耸耸肩说：“让我们先去查一查从路易斯维尔来的班次表吧。”

他们回到租屋处休息，但是两人整晚没睡，怕错过了早上的第一班车。六点不到就该到了。贝蒂不在这趟车上，也不在下趟车上，没在任何一班车上。这点他们其实心里也知道，因为接下来的四天里，每一班来自路易斯维尔、印第安纳波利斯，或者任何一班往来于杜松镇与芝加哥之间的列车，他们都没错过。

他们身上的钱已经不够再买一张车票了。他们因此写了信给她："亲爱的贝：我们七月十五日寄路费给你。我们在车站见，到时会解释一切。请原谅我们。保持平静。爱你的M和W。"没写寄信地址，免得杜松镇的人找了来，他们寄的是留局存取。

七月的时候，他们寄去了盘缠，等待着火车。八月的时候，又寄一回等一回，九月、十月、十一月也继续着，都附上具体的时间，坐八点三十五分从路易斯维尔往芝加哥的车，十九节车厢。

虽然看出华莱士的信心已经快没有了，但是梅贝尔却没有放弃希望。她对自己说，偶尔掉一两封信，寄的钱被偷也是有可能的，或许贝蒂起初没空去邮局吧。不过，她过一阵总是会去的，或者邮递员也会打听到她，找到她的吧，然后告诉她有信在邮局。如果错过了上一封信，下个月会有新的信，她可以搭下一趟车。梅贝尔相信到圣诞节的时候，他们就可以团圆了，她瞒着华莱士买了一些贝蒂喜欢的甜酒。一月的时候，她希望看到贝蒂回到学校，等她念完，他们家就有一个高中毕业生了，如果妹妹和华莱士的感情依旧，为什么他们会有变化啊，就安排他们结婚吧。

想象着有一天坐在火炉旁，脚边坐着贝蒂和华莱士的孩子，对他们讲妈妈曾经讲过的故事：《秘密花园》《国王叙事诗》《身残女孩儿》，这些想象伴随着梅贝尔度过了六月，现在她还有什么？在信中，他们只能说敢说的，只能说华莱士依然爱着她，只能说他和梅贝尔之间只有友情，但是贝蒂没有原谅他们。她没出现就说明了一切。了解到这一层，华莱士便离开了。

起先，梅贝尔还没意识到他已经离开了。她是在六点半左右回去他们的小窝的，准备把素菜杂烩热一热，好让华莱士晚上出门之前吃点儿东西。华莱士没回来，她想或许是跟往常一样，为了多赚一点儿他替了半天警卫的班。但是等到第二天早上，他还没回来时，梅贝尔就明白了。他没穿外套，替换的衬衣挂在床头的挂钩上，离开杜松镇时他口袋里揣着的一支笔放在洗手台上。此外一无所有，没有留言条，哪怕是写了几个字后揉成一团的也没有。留下的只有回忆。每回从车站回来，华莱士的身影都愈加矮小，沾了融雪的头发湿漉漉的，只说贝蒂又没赶上车；有时候梅贝尔醒早了，黑暗中听见华莱士在帘子的另一端哭泣，叫着贝蒂的名字，叹息着："天哪，原谅我吧。"

那个早上，梅贝尔在雪堆中走着，找遍了她与华莱士在芝加哥分分合合的每一处地点，在她往杂货店去的路上，在华莱士往办公大楼做打扫的路上，向每一个愿意停下来听她说话的人，打听有没有见过如此这般的一个人。最后，她又冷又累，去了火车站。有一会儿，她燃起一股希望，希望华莱士冒险回到杜松镇去，亲自把贝蒂带出来。但是如果他有此打算，他会穿上干净的衬衣，也会留言告诉她的啊。如果他想去别处开始新生活，不管带上还是不带上贝蒂，也该说一声啊。不是吗？到第三天的时候，梅贝尔只祷告着希望出现一点儿痕迹显示华莱士是平安的，哪怕他选择了一个人生活也没关系。但是，一点儿蛛丝马迹也没有。

从车站出来之后，她在路上晃荡，不晓得该去哪里，朝商店的橱窗里看，却什么也没看见。保罗就是这时候发现她的，从他的工作室走出来，往他的旧衬衫上披了一件深咖啡色的毛衣开衫。

尽管她想拔腿就跑，但是面前站着一位摄影师又让她不敢动弹。“我不喜欢被拍。”她说，望着眼前这位大男人，他正红着脸，露齿而笑。他年长得可以做父亲，大概和吉姆·布彻相仿。但是他又和他们不一样，只要不像布彻就好。他不如自己的生父一样自在安然，尽管看上去不具杀伤力。当然，那个时候她也不知道自己可不可以信他。“你为什么想要拍我？”

“好样本会招来生意。”他说，“一位客人进来，看到一个漂亮女孩儿的照片，他会想，这家伙还行。”说着他笑了起来，把前额的一缕头发往后拨了拨，不过笑过之后就咳嗽起来，肩头随之颤动。他转开身，从口袋里掏出手绢捂着嘴巴，等平静之后，他才转回来对着她，若无其事地接着说道：“这个道理很简单吧，是不是？我拍一张你的照片，哪怕没什么特别的，只是看着舒服，也会让我因上帝所造之物得到些赞誉。”

她有些喜欢他，身不由己，但是却不想让他知道，至少现在不行。“不行。”她说，“你可以找别人啊。”她跨开一步想要离开，几乎快要撞上一位圣诞购物满载而归的女人，嘟囔一声抱歉之后，梅贝尔回头望着保罗说：“况且我也没钱给你。”

“不用付钱，不用不用。”他说，“是你帮了我一个忙。”在说话的过程中，他始终没有往前跨一步，生怕吓跑了她。他颤抖的手握在身后，显出平静。“进来看看吧，”他说，“看看我是做什么的。”

他拍的照片有些挂在墙上，有些裱了大的相框，对此他颇引以为荣，但是看在梅贝尔的眼里，照片上的人都有些呆板，似乎拍照过程很折磨，即便是笑着也很刻意。而工作室里则是一团乱，闪光灯泡丢得到处都是，桌上椅子上放着冲印出来的照片，还有东一件西一件的衣服，两三个盘子里放着干掉的奶酪和面包。他需要的不是一张她的照片。

而梅贝尔需要的是一个可以安顿的地方，她可以一边找华莱士，一边设法让她的小家人团圆。“我们来做笔交易吧，”她说，“我让你给我拍照并把照片挂在这里，你让我帮个佣，把这儿打扫干净。我也蛮会做发型的，可以帮客人在拍照前打理一番。”

“成交。”他伸手出来。梅贝尔讶异自己怎么如此鲁莽，而如此荒唐的条件对方竟然同意了，让她又怀疑又惊讶。第一周他还多付了她几美元，让她可以付房租。逆着冷风往回走时，梅贝尔开始怀疑，是不是整件事都在保罗计划之内，他故意惹出些状况来，好给她一份工作。直到今天，她依然这么认为。或许有点儿想太多了，不过也真的不无可能。对他认识愈多，感觉这种可能就愈大。

保罗有种能力，可以感受到别人的困苦，即便是很细小的征兆也难逃他的眼睛，然后不用别人开口，他便会主动提供协助。隔壁是家烘焙店，老板娘出去付费时，转头就发现面粉已经抬到收藏室的架子上。小邮差半推半拖着他的脚踏车修胎，出来就会发现脚踏车的轮辐上绑着一美元。而他们自己的客人往往是存了很久钱，来拍一些具有特殊意义的照片，常常发现账结错了又折回来，保罗就喜滋滋地拍着脑门说：“是我搞错了。”如果这时他们说哪天得把差额补回来，他就会说：“是保罗·考罗林弄错了，要自己负责。”让他们尽管放心回去。

几乎所有的邻居都会把自己的伤心事对保罗说，因为他容许别人以自己的方式，在自己认为适合的时间，聊自己的心事。大约是在两年前，梅贝尔也对他说了华莱士，只说他是自己的哥哥。过了几个月的时间，又说到华莱士与她如何一封封信写回去，却从未收到过答复。说到贝蒂时，她必须交代华莱士的真实身份，不是亲兄弟，而是贝蒂的未婚夫。这么说的时候，梅贝尔没有承认自己前头说了谎，她就好像第一次提到华莱士一样，自然说了起来。而保罗的眼睛甚至连眨也没眨一下。他从未过问她为什么要离开杜松镇，为什么不直接回去和贝蒂说清楚。她也因此而爱上了他。

梅贝尔巧妙躲过保罗的偷拍，但是她又很高兴借要测试光线，要卷胶卷的机会，而捕捉了他下意识的动作，一年里大概有个十来张。她把这些底片都悄悄珍藏起来，放在一个贴着M.布朗劳的柜子里，这个名字叫人联想到搭救雾都孤儿的好心人。保罗过世之后，她把每一张底片都冲印出来，老友的任何一张照片她都不想丢了。但是在暗室里只挂出一张，在幽暗的光线下，好像老友依然健在，在身后指点着她。而她最喜欢的一张挂到了工作室里，柜台上方。若是保罗在，看到了照片一定会笑着从墙上揭下来，并说没人想看一个又老又丑的胖男人。但是她依然挂上了，因为他高耸的颧骨，他缺损的牙，还有他眯着的眼睛，以及他笑着的灿烂的脸。

黛丝的照片一共十张，终于一张张洗了，她夹挂好等着自然吹干。然后关上暗房里的红灯，走了出来。把前窗的窗帘拉开，让晌午的光线透进来。这时她看见黛丝·哈克坐在店门前的公交车站的座椅上，正望着她。

梅贝尔转开门锁，走去人行道。“你好啊，”她说，“是来取照片的吗？还要等一两天才好。我想周六去你家时顺便带去。”

黛丝什么也没说，只是站起身来，走到梅贝尔身边，研究着橱窗上摄影工作室的字样，用手指临摹着字迹。“我可以进去吗？”

梅贝尔侧了身让黛丝走过，“今天不用上学？”

黛丝手放在背后，从一组照片到另一组照片看去，她在工作室内走动着。和她父亲在一起时，她没有看墙上的照片。“有时候我不去学校。”她说。

“这些天你都在做什么？”梅贝尔关上门，但是她并没有把门外的牌子转到“营业”的那一面。

“去图书馆。”黛丝说。

梅贝尔在角落的凳子上坐了下来。“我也常常去。”她说，“不是逃学去的。我没有上完学，但是有时我会编些借口，和老板说我要早点儿离开，或者和我继父说，我要晚点儿回来。这里偷半小时，那里偷半小时。到现在，我都不晓得怎么可以找出时间来把想念的书都念了。”黛丝望着她，专注而凝神，几乎觉察不到地点点头。梅贝尔又补充说：“不过，也没念多少。”

黛丝转身去看照片时，梅贝尔注意到她匆匆绾上去的头发有些掉了下来。“你把头发夹上去蛮好看的。”她说，“我可以帮你把发尾固定一下，免得掉下来。”她从凳子上起身，示意黛丝坐下。

黛丝开始拆夹子时，梅贝尔拿了一个小盘子放在台子上。黛丝的头发散开了，半长的头发披在肩头。梅贝尔用梳子轻轻梳着，一到梳不通的地方，就停了梳子，用手指把缠绕处轻轻解开。

“你为什么休学啦？”黛丝问。梅贝尔在忙碌时，她静静坐着，就像贝蒂以前一样。

“不是休学。初中三年级之后，我必须去上班。”她没提吉姆·布彻，“我们家很穷。”

“照片上是谁？”黛丝没有移动头部，只抬了抬肩膀，示意梅贝尔身后的墙面。

“是保罗，”她说，“这间工作室是他的。拍照就是他教我的。”

“他看起来很和善，”黛丝说，“上回来的时候，我一直望着他。”她停顿一下，说道，“我不喜欢人家拍我。”

梅贝尔握住黛丝的头发，梳成光滑的辫子。“我也一样。”她说，“保罗也不喜欢。不过，有没有什么照片，是你希望一直留着的？”

“如果有张妈妈的照片就好了。”

“没人帮她拍过吗？”

黛丝坐直了身体，后背挺得像大理石：“都烧了。”

梅贝尔从盘子里摸出几个夹子来，给黛丝用。“这能把头发固定好。”她一边夹头发，一边说道，“我希望有家人的照片，特别希望有张妹妹的。”

“以前我也希望有个妹妹，”黛丝说，“但是我没有其他姐妹。你妹妹也住在这儿吗？”

“不。”梅贝尔把好几根发夹抿在嘴上，不再多说。就她知道的，贝蒂可能就住在芝加哥，或许其他地方，或许已经不在了。当标着“已亡”的信件寄回来时，她把自己关了两天，哭了停，停了哭。直到保罗用力捶门，请求进来送一个汤，她才开了门。保罗进来之后，并没有打探什么，他只是静静地陪着她坐了一会儿，偶尔拍拍她肩膀，看见她还活着似乎让他踏实了一些。

平静一些之后，梅贝尔拿出橡皮用力擦去把信封涂黑的铅笔印，只有贝蒂的名字，这是她自己写的，另外就是“已亡。退回寄件人”这几个字是没有被铅笔涂去的。这几个字她乍看之下，以为是贝蒂写的。但是已经分开这些年，她也不太确定这是不是贝蒂的字。把黑色的印子擦去，吹开橡皮屑，她脑中只想到两种可能，一种是贝蒂真的过世了，另一种是贝蒂希望自己认为她已经死了。

不晓得是谁涂黑了信封上的字，显然用了很大的力气，字迹深入纸中。她可以判断信件被转寄过，至于寄去了哪个地址，只看到一些片段：号码中有个3，城市的名字几乎看不清楚，而州的名字当中有个I，那是哪一个呢，艾奥瓦？印第安纳？伊利诺伊？这个她就无法判断了。

“所以他也不喜欢被拍？”梅贝尔差点儿忘了黛丝，还有她们正聊到保罗。

“嗯，是的，不喜欢。”梅贝尔说，别上第一根夹子，“所以我得偷拍。”

“你也会偷拍我吗？”

梅贝尔笑了：“差不多吧。周六去的时候，你就知道了。”黛丝的头往前略略偏了一点儿。“是我夹太紧吗？”

黛丝摇了摇头。

“你不希望我去吧，黛丝？”

女孩儿突然转了身，头发也跟着她从梅贝尔的手中滑出，髻也松开了。她眼神急切，眼眶微红，几乎快要溢出泪来。“当然希望啊。拜托，一定要来啊。”黛丝伸手握住梅贝尔的手，紧紧压住她手指，“拜托。”

保罗此刻一定站在她的身后，和善的他敦促着她去听、去看。她仿佛用保罗的眼睛望着女孩儿：“我一定会去的。一定的。”

周六的时候，梅贝尔比预定时间早了快一小时离开工作室。给黛丝冲印的照片依然放在暗房的柜子里，装在一个写着D的信封里。公交车来的时候，她的脚快速轻踏三个台阶就上去了，好像快点儿上车，车子便会开得快一点儿一样。她记得地址的，但还是捏着哈克写给她的字条，不时拿出来看一下，免得错过车站。没多久就到黛丝父亲留的地址了，才一点二十分。

按门铃之前，她犹豫起来，把装着摄影机的背包移到左手上，不紧不慢地看着红色大门旁混凝土花盆里的水仙。哈克应该会来开门的，不过对她来早了一定很生气，而且事先她也没打电话。她就道一下歉吧，说只是担心迟到，匆匆出门就忘打电话了。但是他还是可能下逐客令的。若是这样，她就不可能了解多一些了，就不能确定什么了。就算是让她进去了，就算是她也看到一些什么了，她又该怎么做呢？

正午的阳光刺得她眼睛有些痛。从周四开始，她就几乎没合眼，躺在黑暗中，回忆着哈克与黛丝来时的点点滴滴，以及那天黛丝一个人来时看上去有多不同。或许是她想错了。她希望是自己错了。造成黛丝如此神情的原因有很多，但是梅贝尔就是想不出其他。况且也没证据啊。黛丝自己也一个字都没说。但是梅贝尔了解那种沉默的意义。她无法将镜头之外的影像排除在脑外，看到黛丝的头发披在肩头时埃默森·哈克脸上闪过的笑容，梅贝尔明白那是一种坦然的宣示，是一种占据的喜悦。而这些她观察到的，或者是她认定观察到的，也记录在镜头之下，在她转身去调光线时，哈克俯身去吻了黛丝的额头，然后是鼻尖，最后在唇部停留了一秒两秒三秒四秒。

还是没人来应门。应该再按一回吗？梅贝尔靠向门，想听听里头的动静，但是除了街道上的声音之外没有其他。她右手边的窗户里，窗帘动了一下，接着传出门锁转动的声音，黛丝站在门口。她脸色苍白，颧骨上有一抹艳红的口红印。白色的衬衣上掉了一颗扣子，扯断的扣子线头还在，好像残臂挥舞着，衣服也因此而张开了一些。黛丝拨了拨披在身后的头发，露出颈项上淡色的瘀青，好像摧残的玫瑰。“他去买烟了。”她说，“随时都可能回来。”

“往哪一边去的？”

黛丝指了指街上，她的袖口也被扯破了。

梅贝尔伸出手来：“你愿意和我走吗？”

黛丝的手紧紧握住梅贝尔的，另一只手带上了门。她们沿梅贝尔来时的路往回走，经过转角，经过一条又一条街道，不管身边玩耍的孩子发出的怪叫声。梅贝尔看到一辆出租车，赶快招了手，喘着气上了车。“联合车站。”梅贝尔说。几分钟后，司机回头问车费，梅贝尔递了一张钞票给他，她先把摄影机背包放在地上，再去拉了黛丝出来。从车站出来的人潮抱怨着梅贝尔和黛丝挡了大家的路。她俩尽量往前，到售票口处，才停了下来，喘了口气，开始研究火车时刻表。

“你想要去哪里？”梅贝尔问。黛丝摇了摇头。车站大钟指着一点四十二分。开往印第安纳波利斯的车一点五十五分发车。就在这时，广播里开始催促大家上车。梅贝尔在最近的窗口买了票，两人匆匆赶去月台。黛丝急着就要朝打开的车门里去，梅贝尔拉住了她。她拨开挡在黛丝眼睛上的刘海，头发已经被汗打湿了。“你确定吗？真的确定吗？我们这一走，就不能回来了。”

黛丝点点头。“你知道的。是吗？”这双闪亮的大眼睛，梅贝尔第一回在工作室就发现了，这双眼睛反映出黛丝心中某处圣洁之地，此刻它们穿透了梅贝尔的心思。“这也在你身上发生过。”

“是的。”梅贝尔说，把眼前勇敢的女孩搂进怀里，紧紧抱着她。“别再遭受这些了。黛丝，永远也不要。”

黛丝把身体抽回去，握住梅贝尔的手，她望着熙熙攘攘的人群，梅贝尔的回答让她脸上的疑云退去了：“你逃走的时候，改了名字吗？”

“我也想过的，”梅贝尔说，“但是我又有一点儿希望被找到。”

“我已经被找到了。”

黛丝双手围绕着梅贝尔的腰，梅贝尔压了压黛丝的手，温和地移开她的手臂，把外套脱下来，展开衣襟披向黛丝。“这里，”她说，“穿上吧。”又掏出手帕把黛丝脸上的口红擦了，吻了吻女孩湿润的脸颊。“最好快点儿上车。”

她们找到位置，黛丝窝在梅贝尔旁边，无声地哭着。火车轰隆轰隆开出了站，离开了城市，出了印第安纳州梅贝尔才让忍着的眼泪掉下来。有好一会儿的时间她只是抚着黛丝的头发。最后，黛丝站起身来，她的眼睛依然红着，但是却干了。“我们来想个新名字，”她说，“一个意味着我们俩的名字。”

梅贝尔擦干了自己的眼泪：“想到什么了吗？”

黛丝笑了，笑得好迷人。“你最想念谁？从过去到现在？”

十五年里，除了保罗之外，她还没对任何人提过这个名字。此刻她望着窗外，想起她曾经与华莱士也是这样搭着车，静静地看着杜松镇远去。梅贝尔感到下巴上黛丝冰凉的手指，把她从过去拉了回来。

“谁？”黛丝坚持地问，“如果可以，你希望谁在你身边？”

“我妹妹。”一说出来，梅贝尔紧绷的喉咙立即放松了，“她叫贝蒂。”

“我想念我妈妈。”黛丝说，“她叫埃拉。”

“埃拉，”梅贝尔吻了吻黛丝的前额，把女孩拥紧一点儿，“好可爱的名字啊。”

黛丝一只手摊平开来，好像一张纸，另一只在上头比画着，“埃……埃贝……贝蒂……贝蒂拉。”她抬头看了看梅贝尔，“我们就叫贝蒂拉。”

黛丝站起身来，在梅贝尔面前转了个小圈儿，眼里露出调皮的样子，伸出一只手握住窗户，摆出一个成熟女人的样子说：“你好啊？”然后把另一只手伸向梅贝尔，“我是黛丝·贝蒂拉。”

“有幸结识，贝蒂拉小姐。”梅贝尔回答说。她握住黛丝的手，把它拉到脸颊边，亲了亲，对黛丝女儿张开双臂。

第六章

独立日[1]

一九四七年七月
印第安纳州，纽曼

爱玛

前座上，妈妈从车窗下的抽屉里拿出一份地图来，上上下下、上上下下地扇着，不过急呼呼的移动也没有带来多少风。“贝蒂，把窗户摇上一点点。”爸爸说，但是妈妈不理他。

爱玛身体前倾，从芮妮旁边的窗户吹来的风呼呼作响，她在风中回答说：“她不想弄坏她的头发，爸爸。”爱玛望了妹妹一眼，希望她了解话中之话。芮妮呈大字形躺在座椅上装睡，她坚持不把头发绑起来，一路上长发飘至窗外。等到到了爱玛的男友戈登·柯里斯普家时，她的头发一定一团糟。不管是小时候，还是长大，芮妮的如此行为都是不对的，但是妈妈却向来纵容她，而且更不公平

① 美国的独立日是每年的七月四号。

的是，她帮妈妈做了头发，妈妈却不在意风把头发吹乱了。爱玛很高兴自己带了一方头巾，也带了折叠的镜子和梳子，不过还是有可能在还没来得及整理一下时，就碰见了柯里斯普夫妇。她更担心的是柯里斯普太太的反应，因为她看上去总是好像刚刚从美容院里走出来。或许下午唯一可以挽回一些面子的办法就是请教柯里斯普太太，她是如何保持漂亮得体的。

妈妈大声唉了一声，转脸望着爸爸。她的嘴巴抿得很紧。“我觉得假日应该是男方家到女方家才对。”她瞪着爸爸，显然在等待他答复，“不管哪个假日都是。”

爸爸没有回答，没话可回。爱玛对爸爸说起柯里斯普夫妇请他们去做客时，爸爸说他是没问题的，只要她向戈登问到路要怎么走，因为镇上的那一区他从未去过。妈妈因为爱玛先问了父亲而火大，此后便把火发到爸爸的头上。“我说啊，如果我们回来晚了，就没法儿去放烟火，”妈妈说，把头朝芮妮点了点，“你要想办法啊。”

听到这句话芮妮立即醒了，她是那种不消一分钟时间眼泪说流就流的人，在爱玛认识的人当中没人比得上。“爸爸，”芮妮撒娇地嘟囔，“你答应人家的。”

爸爸尽力安抚芮妮说，假如今天放不了，明天还是可以放啊。爱玛摇着头。宠坏了，宠坏了。虽然她讨厌自己这么想，但这确实是父亲的错。当然也得到了妈妈的容许。有一件可以确定的事是，她以后绝不让她的孩子如此行事。最近几年来，她常常提醒妈妈，让芮妮长点儿脑子，但是没用。《妇女家庭》杂志和《好管家》杂志几乎每月都会刊出一篇关于教养方面的文章，是专门针对顽皮小孩儿的，爱玛总会把这些专家意见拿给妈妈看，妈妈总是推开，说道：“等你有了自己的小孩儿，就知道了。”好像生了小孩儿是一个人所有错误招致的神罚。

是的，她会让他们知道的。从收集起来的文章来看，爱玛俨然已经成了一个理家和育儿专家。她把文章分类得井井有条：金色的本子专门收集装修方面的文章，褐色的烹饪，绿色的园艺，白色的居家清洁，蓝色的是照顾小宝宝，红色的是家庭急救和安全。她认识的女孩儿们都把钱花在电影杂志上，但是爱玛尚未知道新郎是谁，却已做了为人妇的准备。这都得感谢梅奇森太太，当然若不是那场天灾发了水，她也没机会认识梅奇森一家。

从杜松镇出来，先是在大卡车上又湿又冻，接着又和其他从水难中逃出的人一起挤在一节货车上又闷又热，经过了漫长旅程，走进梅奇森太太在格林纳达的家时，简直好像到了天堂。直到现在，每过一阵妈妈都会对人说起，当初那个梅奇森夫人如何一边在自己精致的地毯上加了层棉毯，让逃难来的人在上头站了好久，免得弄脏了她客厅的漂亮毯子，一边还说，她是多么欢迎大家来。妈妈说，连个坐的地方都不让给她：“我背痛，挺着个大肚子，跟头母牛似的。”对此爱玛倒不在意，因为若是把蓝底金圈圈的地毯，或者把铺着天鹅绒的家具弄脏，才叫爱玛心疼得要死呢。

在记忆中刚去梅奇森家的那几天，爱玛倒是开心得很。虽然不该这么开心的，那时他们不晓得爸爸去了哪儿，还有他们的家究竟怎么样了，妈妈始终待在一间给她的屋子里默默哀叹着，有时候为了肚子里的小宝宝，有时为了她的沙发以及刚买的新炉子。对于自己的开心，爱玛从不轻易显露，只有梅奇森太太倒给她一杯热巧克力，或者梅奇森先生把正在看的报纸递给她时，她才会笑着说声谢谢，而这时候她内心总是因为喜悦而温暖起来。妈妈不像从前在家里那样总是责怪她，梅奇森太太也愿意让爱玛帮忙擦拭家具，她不像妈妈那样愤然拿起爱玛手中的衣物，而是教她怎么做好。晚上爱玛睡的床上，梅奇森太太铺了舒服的床罩，上头有薰衣草的香味。每天要去上班前，梅奇森先生总是先发一份电报给她爸爸，告诉他他的妻子与女儿在哪里，每天下班回来时，他也要去看看有没有回电。

就这样过了两周，爸爸终于回电了。他说他还好，和其他几个人一起住在帐篷里，白天帮忙清理纽曼镇。他谢谢梅奇森夫妇照顾他的家人，并且承诺说只要情况许可，他会立即带她们回去，为此梅奇森太太特意做了一个柠檬蛋糕来庆贺，晚餐后她把电文拿给爱玛，并送了一把剪刀和一瓶胶水，建议爱玛把电文和其他水灾新闻一起贴到她秀兰·邓波儿的剪贴簿上。梅奇森家很富有，他们同时买了路易斯维尔、印第安纳波利斯和芝加哥的三份报纸。这样没多久，爱玛剪贴簿的三分之一就贴满了。梅奇森太太看到之后，便说："水灾图片我看也收集得很多了，"然后找出一大堆过期的杂志来，"你可以从这里找出来喜欢的，来布置你的家。"爱玛笑了，接下来的几周，她把自己的家布置了十来回，她总是去问梅奇森太太的意见，颜色搭不搭啊，如果家具是格子的，那么墙壁可不可以是花花的之类。

她忘记了爸爸承诺要来接她们的，她也忘记了妈妈的存在，妈妈变成了一个陌生内向的邻居。到梅奇森家第三周的时候，一个晴朗的星期天下午，梅奇森太太开车带爱玛去买新衣服，梅奇森家有自己的车，像块新鲜奶油闪闪发光，而梅奇森先生和妈妈则留在家里谈事情。新衣服是件装饰着橘黄小星星和粉色小玫瑰的连衣裙。回到家时，爱玛立即给妈妈看她的新衣服，妈妈望了一眼，便把脸转向墙壁：“别习惯了这种东西。”

“爱玛，出来一下。”梅奇森先生在客厅里说。他坐在椅子上，朝爱玛伸出手来，等爱玛走近，他握住爱玛的手：“我收到你父亲的一封信。”他说，“我们决定让你和你妈妈再住一阵子，等你父亲把家整理好再回去。孩子眼看就要出生了，如果屋子没整理好，你妈妈会住得很辛苦。你可以在这里的学校上学，到这学期期末。”爱玛高兴得忘情地搂住梅奇森先生的脖子，梅奇森先生拍了拍她的后背，说道：“好孩子，别哭。”然后松开爱玛的手，领着爱玛去见厨房的妻子。

在学校里，爱玛不提淹水的事，只说自己是梅奇森的侄女，从波士顿来，要住到春天，也可能一直住下来。私底下她希望梅奇森夫妇是她的父母，她得时时提醒着自己，才免得脱口叫他们爸爸妈妈。爱玛几乎看不到妈妈，在产前的最后几周还有产后，妈妈几乎都在卧床。爱玛也很少想起爸爸，直到小婴儿出生后，梅奇森先生去火车站接爸爸，爸爸到来时，她几乎快要认不出来他。爸爸抱起她，让她靠在发出异味的旧衬衣上，叫着她“勇敢的爱玛”，之后就去了母亲房间，小婴儿一吵，他便踱着瘸脚，在室内摇摇晃晃地走动着哄她入睡。爱玛觉得小婴儿应该照梅奇森太太提议的，叫作欧内斯廷，但是爸爸却说要叫芮妮，她已经忘记妈妈当时的意见了。

爸爸带她和妈妈回到纽曼已经十年了，离梅奇森漂亮的家好远，不过，爱玛一直都和他们有联络。梅奇森太太常常把她在俱乐部学到的智慧之言写在信上，在战争的年代物资非常缺乏，梅奇森太太常常在签署自己的名字之前写下这样一句话：“实用之物未必缺乏美感。”爱玛很喜欢这句话，依它的样子，花了一整个周六的时间，从妈妈针线盒里找出一块亚麻布来，用做衣服的画粉淡淡描出了这句话，更用了一整个礼拜的下午来刺绣。当时，她还想在文字的周边描绘一些花卉来装饰，后来又担心花样多了会让布不平整，而毁了刺绣。现在她很高兴当初想到这一点，让刺绣简单而精致。

“爱玛，把最后两行念给我听听。”爸爸靠过来，递来一张牙白色的信纸，上头是戈登写得整整洁洁的地址。“我现在在含羞树。”爸爸说。

“含-羞-草，爸。”

“那是一种树吗？”

爱玛的手压了压额头，深吸了一口气。“过了多格伍德再过两条街，”她说，“然后再转到普拿牡。他们家门牌是五百号。”

爱玛往后靠在椅子上，打开皮包拿出镜子。就在这时父亲转往普拿牡街。芮妮的脚跷上来，踢到爱玛的裙摆。爱玛把芮妮的脚推开，芮妮滚到地上大叫起来。

“你们后面两个小鬼安静点儿。”妈妈说。

小鬼。老实说，这真让人受不了，但是回嘴只能证明妈妈说对了。于是爱玛没吭气儿。现在她和戈登正在热恋中，也订了婚，爱玛打算明年多花一些时间和柯里斯普一家人相处。明年夏天，等戈登医学院毕业之后，他们就可以结婚了。就算要住在戈登实习医院的附近，他们也可以在路易斯维尔河的对面找间住所。以后见到家人的机会就少很多了。等戈登实习结束后，他们要住哪里就更不知道了，可能是萨凡纳、芝加哥、费城，或者波士顿。

爸爸的车进了五百号车道。爱玛看到红白蓝的丝质彩旗飘挂在柯府大门的多瑞克廊柱下，听见她妈妈只是叫了声“哇”。她忘记了整理头发，只想时间可以倒转该多好，回到戈登告诉她父母的邀请之时。当时她只想着让父母看到她未来的生活，现在想来，这多蠢。她怎么想到把自己的父母和戈登的父母掺和在一起的呢？平日里柯里斯普太太都会在桌上摆设瓷器和亚麻餐巾，桌上都放着调味罐，烛台非常考究地放在打了蜡的桃花木桌上。而收音机更是隐秘地安置在精巧的控制柜里，不像家里收音机直接放在泡过水的衣柜上，后头还拖着破旧的电线。他们习惯了把鱼炸来吃，当看到柯里斯普家夏季典型的三文鱼冷盘和西红柿肉冻不晓得会发生什么事？她应当对戈登扯个谎，就说爸妈不方便过来，一直拖延到婚礼那天再让双方家长见面。今天下午一定是丑事一桩接一桩了。父亲会完全不顾餐桌礼仪，把这些都当作他们家的小破碟和从大卖场买回来的红白条纹毛巾，然后说着克瑞斯作坊里发生的事；妈妈除了偶尔说句谢谢，或者挤出一点儿僵硬笑容之外，什么也不会说，那表情好像要从盘子里吃下跳动的心脏一般；芮妮会用手捂住嘴巴，不时叫着“哇”，然后一样也不吃，之后一看到肉冻就误以为是樱桃果冻，而把脸埋到盘子里。

走在前头，领着父母往柯里斯普家大门走去时，爱玛的脸上渗出了汗珠。现在回头太晚了。路上她得不时停下脚步，用手帕捂着嘴巴，等不舒服的感觉过去。显然戈登一定已经对父母说过了，乔治森一家是落伍的乡巴佬，但是耳闻与亲见是两回事儿。她相信，柯里斯普家的人对她印象不坏，但是她担心他们会让儿子再多看看，一定会找到更好的。她想转身拜托自己的家人，给她留些面子，别让她难看，但是芮妮会做鬼脸，妈妈会回到车上，爸爸会摇着头，很受伤害地望着她。现在只有殷切向神祷告，保护她的尊严，然后按下门铃，等待着。

第七章
期待

一九五三年圣诞节
印第安纳州，纽曼

贝蒂

贝蒂把一盆雏菊装饰花挂好，又用金属挂钩把它固定了。雏菊到底为什么和圣诞有关，她不知道，这是汉斯几年前就买来的，薄薄的玻璃纸里包着整个夏日花园似的，有雏菊、鸢尾、玫瑰、紫罗兰还有百合。看起来这个男人好像总在买装饰品。

她从盒子的六个天使里取出一个，女孩儿们都叫它们“糖果天使”，因为白色的裙子耀眼夺目，贝蒂要找个地方来放天使。这个小天使才一英寸高，即便是配上他们家的小树，依然很小，但是若是忘记放，一定会被汉斯和女孩儿们发现的。还真蠢。贝蒂像其他人一样喜欢圣诞节，但是一周里头花上这么多钱买一堆废物，真是没道理。就说这棵小松树吧，竟然要四美元。在狮子俱乐部小摊上卖树的男人说，每英尺才五十美分，“别人一个树干都是从两个半美元起跳的。”对此说法，他似乎很得意。男人头上戴了顶圣诞帽，好像这样就不是抢钱。

“这是做慈善嘛。”汉斯说，他来这里可不是为了说这句话。他把脸藏在大树后头，企图掩盖他正和销售员一起笑着。

他们在笑她。

如果贝蒂不坚持来，他大概会买一棵高到天花板的树回来。汉斯还说八英尺的树也不过比三英尺的多了两块钱，逼着她提醒他说，爱玛就要添小宝宝了，他们得尽量把没用的东西挪开，两个人当着圣诞帽的面争执，让她现在依然感到不安。汉斯始终不愿承认，放在桌上的小树要比占了半个房间的树秀气很多，虽然有些装饰用不上得放回阁楼，可这也不是她的错。

贝蒂听见车子的声音，朝窗外望去。汉斯和芮妮父女俩坐在车前座，一边笑着一边嘀嘀咕咕的。如果他们进来看到贝蒂已经开始装饰圣诞树的话，他们一定不太乐意，不过也是没办法的。如果等到半夜才开始弄，这样芮妮圣诞早上一醒就可以看见树。但是她就会太忙了。汉斯喜欢这样，以前女儿们小的时候他们也都是如此，但是芮妮现在长大了也懂事了。此外，爱玛和戈登回来，也希望看到家里有棵圣诞树的吧。

开门进来时，芮妮还在咯咯笑着，一只手拎着伍尔沃斯的袋子。汉斯一跛一跛跟在女儿身后，胸前的两个大袋子里塞了更多物件。贝蒂只是让他去买些山艾叶回来。

“这里头都是些什么啊？”她问。一串葡萄模样的饰物垂在她的手上。

汉斯走过贝蒂身边，把袋子放到餐厅的桌子上，把一包一包的灯泡放在桌上，有蓝色、绿色、红色和白色。“半价，”他说，好像这样就买得有理，“还有两根树枝可以装上去。”他回头望向老婆，发现贝蒂已经开始修剪装饰了，只是还没有装上灯。“其他的放到外头去。”汉斯说，“我要现在就动手，不然等爱玛回来时我还没弄好。”

“你倒是怎么想的，可以做这么大的工程？你该不会对我说，天寒地冻的要爬到屋顶上去吧？”

芮妮抖动袋子，把里头的物品倒出来，照颜色把灯泡分了类。“我会给你打下手的，爸。”

“离梯子远一点儿，”汉斯说，“只要帮我看挂得平不平。”

“我的山艾叶呢？”贝蒂说着伸出手来，但也不指望他们会递上什么，“没有山艾叶，我没法儿做沙拉酱。”

汉斯往一个袋子的底层摸索了一下，掏出一个打开的皱皱叶子，递给贝蒂。

贝蒂拿了包装仔细看了，以确定汉斯买对了。只要和女儿在一起，老头儿就什么都忘了。她想一定是芮妮提醒，他们才会在伍尔沃斯特别找了一下。现在买灯花了一笔钱，等下开灯还要花上另一笔呢。包装上用红字写着“山艾叶”。“这是爱玛的最爱。”贝蒂说，转身去厨房，“你们两个自己去装点树吧。我去忙别的了。”

她昨天就把面包切片吹干了，现在她把面包片收集起来，捏碎了放在一个大碗里。炉子上，火鸡的脖子和内脏一早儿就炖上去了，厨房里都是浓汤的香甜滋味。面包屑弄好之后，她拿出洋葱和芹菜，准备切细。汉斯的梯子跃过窗前，一会儿她便听见屋顶上传来嘣的一声，然后是汉斯一脚轻一脚重的脚步声。他还在哼着歌，不是圣诞歌曲，歌词说的是以马内利来帮助以色列人，他们在教会里唱时都发成以色—瑞—埃拉。还不都是因为桃乐丝·安森的关系。她去什么大学，念了一个音乐专业，打那时她就在第一浸信会了，她觉得唱诗班只是领着大家一起唱歌也太没新意了，因此每周他们都会学点儿别的。这样汉斯就有得忙了，每周三要去练唱，回来之后继续唱，完全静不下来。桃乐丝·安森或许可以睡晚点儿，但是汉斯可是要每天五点起床的，而贝蒂为了帮他做早餐，要更早起。

汉斯有副好嗓子，温柔而低沉。还是女孩儿的时候，她最喜欢从电影院回来时，他唱着《肩并肩》送她回家。他会靠近她，在她耳边轻轻哼着，他们将肩并肩走下去，一路上彼此扶持，不管遇上怎样的困难险阻。婚后，他有时也会为她唱首歌，特别是经济萧条的那几年，但是感觉与婚前耳边低吟已有不同。直到一天晚上，夜很深了，汉斯起床去哄芮妮，贝蒂才意识到他已经很久没有单独为她唱一首歌了，或许已经有一年多了吧，再之后再听见他的歌声都是在他走来走去哄女儿的时候。她也听过芮妮哼唱这首歌，看来汉斯是在车上唱给女儿听的。

汉斯常常对人说，可以歌唱神的荣耀是件开心的事，不过贝蒂有种感觉，他也未必总是为神而唱。周日的时候，到汉斯独唱的部分，教会里的女人都安静下来，注视着他。她就坐在教堂后面，她们盯着他看，也不觉得难为情。最后她受不了，不再去参加礼拜，而去照顾托管的小孩儿，在内部电视里看他唱歌。她希望汉斯明白她的意思，说点儿什么叫她回去教堂，但是他什么也没说。

在这些女人中间他挺直了身体，摆出了笑脸，和她们笑着说着，开玩笑，说故事，那些女人不是二十出头的小女孩儿，也不在意他瘸了一条腿。好些年来，她们过来告诉她，她的男人有多棒，贝蒂还必须挤出一点儿笑容来。金发红唇的桃乐丝·安森也热切地夸道：“他可以成为职业歌唱家的，乔治森太太。”她说：“如果他的发音受过专业训练的话。”这么说也真荒唐，贝蒂想，但是她知道这个女人不过是取笑她的学识，掩盖她根本是迷上汉斯的事实。每周都让他独唱，这已经很明显了。

有一阵汉斯说起想要参加一个名叫福音之风的歌唱团体，他们去年来参加了教会的复兴年会，虽然汉斯没承认，但是贝蒂相信这一定是桃乐丝·安森的主意。大家都在说他们唱得好听，只有贝蒂不知道，她每天只忙着孩子。照汉斯的说法，听完他的独唱之后，三位歌手走过来，请他加入他们，代替原本的男低音，那位男低音退休之后去了佛罗里达。汉斯开心极了，对她说这番话的时候，眼里闪着光，比女儿们出生时还要激动，但是她不能同意。她不晓得如果汉斯每周都出差，日子要怎么安排。她说，如果他出去，把家里和田里的活儿都丢给她，那就都完了。总不能什么都指望她一个女人家吧。之后汉斯就不再提了，但是有回他把教会的小册子留在收音机旁边，上头那一页上写着福音之风即将出专辑的消息。

跟以往不一样，汉斯今天唱的是《圣徒欢唱》，听起来好像想要留住时光，锤子发出砰砰声，他拉起电线时轻轻碰到屋檐。芮妮和着他唱着。她的声音就不怎么样了，这点贝蒂想芮妮自己也知道吧，但是只要能引起老爸关注，这个孩子做什么都愿意。真羞人。老爸说什么她都笑，动不动就笑，还扯扯裙子，做出滑稽样子来取悦老爸，照她的年纪这么做也太幼稚了。

就像当初梅贝尔一样，“是的，爸爸。”她说，“谢谢，爸爸。”爸爸。

芮妮的动作让贝蒂想起了梅贝尔，她得捏紧拳头，深呼吸几口，才能控制住火气，而这样的状况已经不止一次了。有时候，她得把自己关在浴室，等到脾气过去。二十五年了，还是扎心地痛。曾有一两回，她快要对汉斯说出梅贝尔了，然后靠近了望望他，他不会说出去这点她倒了解，但是他会觉得自己心太硬、太冷酷了吧。那些转来的信她不拆，也不回，他会怎么说呢？她又如何解释这信是怎么转来的呢？她就必须说出自己用了妈妈的名字，他又会好奇她是为什么又是怎样离开杜松镇的。然后过一阵，他又会想知道，既然不回信，她为什么要把婚后的名字留给杜松镇邮局，很难不提到华莱士而让这一堆谎言自圆其说，而华莱士是不可以说的。

她忘记是多久之前开始不再期盼听见华莱士的消息。他应该是死了吧，而且是死了很久了。要不然，时间久了他一定会知道自己错了，一定会来找她的。他当圣诞礼物送的绿丝带依然还在，新崭崭的，夹在妈妈的一副丝质手套中，放在一个浅灰色的盒子里。在柜子的最上方，她要爬上梯子才拿得到。除了几件衣裳和夹着梅贝尔照片的一本家传《圣经》，缎带与手套是她从杜松镇随身带出的另外两样东西了，也是唯一在水灾来临时她最最放心不下的。水来的时候，她保住了《圣经》，因为华莱士也会希望保住的。照片在几年前丢掉了，这倒也关系不大。她不晓得当初从杜松镇出来为什么要带着梅贝尔的照片，然后又转念把它塞在《圣经》里。在洪水涨起来的那天，她最先放进箱子里的就是华莱士送的丝带和妈妈的手套，然后等爱玛打包好自己的东西，带着这些东西去格林纳达的梅奇森家，之后又带回了克拉克街的房子，还带到了现在的家，旁人都不知道这些原委。

贝蒂低下头来，脸颊在肩头蹭了蹭，洋葱刺得她掉下泪来，但是她还是又切了一些，爱玛喜欢在沙拉酱里多放一些洋葱。她等不及想要抱外孙了。那天爱玛打电话来说预产期是六月，她转告汉斯时，汉斯用疑惑的眼神望着她，张开了嘴巴。贝蒂不知道该怎样让他明白。爱玛出生时她还不足十六岁，这是另一件汉斯不知道的秘密。生芮妮时遇上淹水，和一个富太太住在一起，要照顾小宝宝还要带爱玛，接着是搬回去，又没钱整理屋子。直到周日去教会照顾小宝宝，她才知道一个温顺的小宝宝该是怎样的，温暖而恬静，依在人怀里，等着被照顾、被爱。

爱玛应该容易些吧。她已经二十四了，应该可以自己照顾宝宝了。她有个医师丈夫，有钱，有处温暖的小房子，尽管如此她还是很害怕整天单独与孩子相处。所以贝蒂拿好主意，宝宝一出生，她就让汉斯载她北上去俄亥俄州，在那里帮两三个月的忙，直到爱玛可以上手，如果爱玛想要她多住一阵子，她也愿意。

贝蒂在沙拉酱碗上盖了盖子，塞到冰箱的后头，免得打翻。然后坐到桌边剥胡桃，汉斯已经帮她敲开了裂口。黑胡桃牛奶糕是爱玛另一样最爱，贝蒂好些年都没做了。

她依然听见外头的汉斯和芮妮在哼哼唱唱，但是因为离得远听不清曲调。剥完胡桃抬起头来，她蓦然发现天已经开始黑了。她得快点儿出去看看昨晚的炖肉还剩下多少，把它热一热。

爱玛和戈登现在大概在柯里斯普家吧。柯里斯普家的人还真奇怪，他们是在圣诞夜提前过圣诞，不过这样也好，她就不用和他们争孩子们该在哪里过圣诞。这也意味着他们会晚点儿才回来，大概要十点左右了，虽然爱玛也希望他们早些到，但是只要赶在圣诞早餐之前到，她都可以接受。她拿出一盒植物奶油，如果爱玛和她一样，早上吃不下蛋类。

外头的歌声停了，接着传来芮妮欢快的叫声，小丫头啪嗒啪嗒打着门，大叫着："来看呀！来看呀！"芮妮进来厨房，喘着气叫道："妈！"

"你老爸该饿了，你也是。"贝蒂说，"给我一分钟。"她装好胡桃，擦了擦手，从冰箱里拿出炖锅和炖肉，放到炉子上。

贝蒂走出来时，芮妮已经先出来了，她用手挽着父亲的手。"到院子里来看。"芮妮说，挥手叫贝蒂过去。一直走到枫树前才转身。

那些盒子里怎么装得了这么多的灯啊？汉斯把白色的灯都排放在屋檐下方，好像拉长的小小月亮，把绿色和红色的灯间隔摆放，有棱有角的部分都用了红绿相间的灯去装饰，一路到烟囱上。贝蒂的胃一阵抽动，这样做汉斯很危险，他可能会摔下来的，但是担心立即变成了温暖的光，好像这些灯挂在她的心里。汉斯把蓝色的灯都集中布置在门廊和邮筒上，闪着柔和静谧的光泽。贝蒂望着望着，感觉好像不是在自己的院子里，不是在自己家里，而是一个特异而神奇的地方，她从围着围裙的身体里释放出来，飘进了闪着各色光线的世界里。

“你不喜欢爸爸买这么多灯吗？”

贝蒂看了芮妮，挣扎着想要弄明白她是谁，为什么要对自己说话。

“他是不是布置得很棒啊？”芮妮说完，离开贝蒂，往父亲身边走去。

贝蒂又望了一眼屋子。

真的，很漂亮。

在寒冷中，她搓了搓手臂，等电费来的时候，汉斯就没那么高兴了。“你们俩都进来吃饭吧。”她说，然后朝屋里走，“吃完饭我还有很多事要做呢。”

晚餐后，芮妮和汉斯在忙圣诞树，随着收音机里的音乐哼唱着。贝蒂洗好碗，开始烘焙牛奶糖，她一边轻轻搅着糖浆，一边听着《和摩门教会合唱团一同圣诞》一路从犹他州的盐湖城传到他们家的起居室。十点的时候，她让芮妮去睡觉。十一点时，她关上收音机，对汉斯说她要等爱玛和戈登。她装作没听见汉斯从椅子上站起来时发出的哼哼声。大多数的晚上，他的腿都很痛，这回在屋顶冻了这么久，应该是更不舒服了吧。

贝蒂转开座椅旁的一盏灯，拿出了《读者文摘》。她的眼皮很重，无法在行句间流转。她也很想上床，一早儿还要起来炖火鸡，如果现在换上睡衣睡袍，戴上发帽，会多舒服啊。但是要是这幅模样叫戈登碰见，她会觉得很尴尬的。

让孩子们留这么晚，柯里斯普一家还真自私，但是他们向来是一切要照他们的意思来，就这样。她担心爱玛会很辛苦，因为戈登也和那一家子一样，但是爱玛执意要嫁过去，贝蒂也没办法，只能尽量这里帮一点儿，那里帮一点儿，多照顾小宝宝，关照爱玛要多照料自己。

钥匙转动门锁的声音把贝蒂从假寐中唤醒，有一瞬间她甚至不清楚发生了什么。爱玛和戈登从门外走了进来，把旅行箱放在地上，两人低语着。

“你不用等门的，妈。”爱玛说。

贝蒂站起身来，拉平了裙子。“是在亲家家里待晚了吧。”

“不，不是。”戈登说，“我们四点就离开了。”他拿起行李箱，走过贝蒂身边。“还住同一间？”他知道的，并不需要贝蒂回答。

“这样啊，”贝蒂说，快速吻了一下爱玛的脸颊，又瘦又干，不像一个少妇的脸。“晚餐吃得好吗？”

爱玛拉着手套，点着头。

“那吃了什么？”

爱玛把手套放在收音机旁边，手套是上等羊皮的吧，说不定是丝质的，真是精致啊。爱玛解开围巾。“涂了橙汁酱烤的鸭子。”她说，“还有沙拉。”

“就这样啊？”

“这就够了，妈，真的。”

“你吃得太少啦。”女儿太瘦了，轻轻一折就会断成两截儿似的，“我帮你弄些点心，到厨房来。”

爱玛脱下大衣，仔细地挂在汉斯的椅子上，“我想来杯喝的，”她说，“我自己来就好。你怎么不先去睡呢？”

“我来弄茶。”贝蒂说。她拿起爱玛的衣服之类放到客厅的柜子里，“换上睡衣，弄好再来。”

刚打开的厨房的灯刺到她的眼睛，芮妮坐过没推进去的一张椅子绊了她一下。她把茶壶放到炉子上，用一根手指压了压胡桃糕，刚好已经成了型，她沿着事先标好的画线切开，然后放到一个衬了蜡纸的罐子里，留出四块给爱玛装在一个盘子里。

爱玛跟在她后面进了厨房，在柜子里找杯盘。“拜托，妈，”她说，“我会弄啦。我知道你明天还要早起。”她没有换睡衣。在厨房刺眼的灯光下，她显得更瘦了。从小她身子骨就小，现在处处为戈登忙，她更加瘦削。前几趟爱玛回来时，贝蒂就发现放在盘里的食物她只是推来推去。

贝蒂觉得这要怪戈登的妈。这个女人简直是一束柴火。偶尔碰面的一两回里，柯里斯普太太总在抱怨，一方面说她买来的衣服都要拿去给裁缝改，尺码总是嫌大；另一方面又在抱怨，要保持身材是多么要命的事儿。贝蒂注意到柯里斯普太太会盛赞她订的餐厅饭菜有多好，但是她从来不动筷子尝一口。大概爱玛也是差不多这样吧。

唉，等不到六月再动身了。她已经打包了一些物品，等圣诞节一过就和爱玛与戈登一起到俄亥俄州去。她可以帮忙煮饭，顺便照顾爱玛。汉斯和芮妮他们会照顾自己的。

贝蒂随爱玛走到餐桌边，把胡桃糕放在她前面。“你有没有带暖和的睡袍来？我可以给你床上多加一条毯子。”

“我没事的，妈妈。”

“你吃些胡桃糕吧，快来。是你喜欢的味道。”

爱玛拿起一块来，小小咬了一口，又放回盘子里。

“味道不喜欢吗？”

“味道不错的，妈，谢谢。但我已经吃饱了。”

贝蒂拍了一下桌子。“不能再这样下去了！现在不是担心自己胖的时候，也别听一些无聊的话，你知道我说的是谁。医师希望你多个三四十磅，你问他去。”

爱玛望着杯子说：“他说二十到二十五磅。”

“对嘛，就是嘛。”贝蒂说。把胡桃糕推到爱玛面前。“这是个好开始。明天呢，就要把盘子装满，什么都得吃。”

爱玛依然没动胡桃糕。

“要不来点儿饼干？”贝蒂问，“或者一片吐司面包？”

爱玛喝了一口茶，推开杯子说：“什么都不要，谢谢。”

“是食物的味道让你反胃吗？”

爱玛起身把茶杯拿到水槽旁，倒了剩下的茶，洗了杯子，放到水槽上方的碗柜里。

贝蒂依然留在桌边。“我周六和你一起回去。”她说，“我帮忙做饭，直到你觉得好一点儿。”

“不用了，妈妈。”

“爱玛，你得吃东西啊。如果你做不到，我会帮你做到。你必须增加体重，小宝宝才会健康强壮。”

杯盘碰撞的细微声音从爱玛站着的地方发出来，她背对着贝蒂，把晚餐的盘子拿开，又用抹布把台子擦干，重折了餐巾纸，最后才走回餐桌旁，站在一张餐椅后方，握住椅背。“小宝宝没了。妈妈。”

贝蒂觉得体内一阵紧缩，全部的内脏都从脚底抽走了似的。有一会儿，甚至爱玛，甚至厨房，都消失了。贝蒂压紧喉咙，生怕声音也随其他一切溜走。“什么时候？”

爱玛望了一眼冰箱旁边的日历。“大概三周了吧。”或许她的声音不大，但是口气却很坚定。她怎么会如此冷静呢？贝蒂想起身来拥抱一下女儿，但是如此冷静的声音把她冻在座位上，动弹不得。

“你没打电话来。”贝蒂说。之后她的喉咙又打结了。她似乎看到自己坐在爱玛的床上，像摇着孩子一样摇着她，对她说没事儿的，她好像看到了这一幕，尽管这一幕从未真实上演过。

“没办法啊，”爱玛说，“你做什么都没用。维格尔太太人很好，”她先生也是足科医师，是戈登在俄亥俄州的合作伙伴，不是夫家的人。“那天下午我从医院回来，她就陪着我。第二天，她教会的朋友也来了，帮我做清洁，还帮忙煮了东西给戈登吃。”

贝蒂呆呆望着爱玛，想从她身上找到自己的影子，或是汉斯的影子，这个由她和汉斯组合而成的陌生人此刻站得笔直，不动声色地说着话。她的头嗡嗡作响，汉斯会怪她的，他不会说出来，但是多少会责怪她的。

爱玛继续说着，好像在讲她丢了一包杂物。“后来梅奇森太太也来了。你记得梅奇森太太吗？她从格林纳达开车过来，一直待到上周四。”贝蒂看到女儿的嘴唇抖动了一下。爱玛把手指压在嘴唇上，闭上眼睛，过了一会儿才又开始说话：“她和戈登处得很好。他说，从未见过家里这么干净。而她走的时候，留给我了几样菜谱，都是戈登喜欢吃的菜。”

贝蒂的头依然晕晕的，但是内脏已经回到了原位，她现在可以清楚看到爱玛了。

“我知道爸爸会失望的。”爱玛松开了椅背，后退了一步。“谢谢你的茶，妈妈。”她说。“我想我们该去睡了。”说完，她只停留了片刻，便往门口走去。“早上见啦。”

第八章

故乡的河

一九五四年四月
肯塔基州，杜松镇

梅贝尔

没人知道火是怎么烧起来的。至少梅贝尔和黛丝问过的人都说不上来，他们弯着腰，徒然从依然冒着烟的房舍、农舍和工具棚里取出些家什。“一定是森林里头起的火。”老人说，他没有抬头来看她们，只是不停抖拍东西上的烟灰。有时辨认不出捡到的东西是什么，他就把它丢到旁边的一个金属篮子里。“林子总是起火。”

一个穿着家居服的女人，衣服上印着的满满的蓝色绣球花已经褪了色，她提出另一套说辞：“要我说，是木材厂啊。他们用的锯子都老旧了，电线也破了，不起火才怪。加上今年又干，那些人原本就该多加小心的。”

也有人说是高中校园先起的火，因为学校被烧得精光。“那些孩子，你知道的。大概在玩儿什么化学吧。他们太害怕而不敢说。”一两个人责怪电力公司，没来及时修复前天被干雷打到的电线，最后酿成这场火灾，让杜松镇的全镇人口都卷起细软，赶着有轮之物——汽车、马车和牛车逃命。

大多数人同意第一种说法，火灾大概是从林子深处烧起的，森林环绕着杜松镇，镇上有三分之一的人是锯木工人，他们都仰赖森林为生。但是具体原因却有各种说法，有人说北方来的露营者不晓得最近天干物燥，或许从车里丢出的一个燃着的烟头，接着烟头遇上了纸杯或汉堡外包装纸，也有人说有纵火犯为了一个自私的原因——工作。对梅贝尔说话的先生摇着头说："你没办法知道真正原因的，从这里也打探不出来。"他又摇一回头，继续忙他的。

回到车上，黛丝推开了后视镜，想了一会儿，这时一阵风吹来带进一些灰烬。"你怎么没和他说？"

"说什么？"梅贝尔问，声音中的慌乱紧张让她自己都吓了一跳，"我也不认识他。如何对一个刚刚失去家人的陌生人，开口问一大堆问题？"她感觉得到黛丝望着自己，感觉到女儿在犹豫该再多问一个问题，还是就此打住。

黛丝绕到了其他话题上。"他说纵火犯为了工作，那是什么意思？"

"有时候火势很大，"梅贝尔说，"真正的野火烧起来时，森林管理局的人来不及尽快赶来，他们就靠当地人来帮忙，然后付他们费用。而火灾之后，有很多重建工作要做。"

黛丝望着窗外，一座又一座的灰烬，偶尔有半壁残垣，或者变形的壁炉，几乎难以辨认火灾前的情景。"如果有人纵火也没什么意思，"她说，"几乎没什么重建的希望，整个镇子都毁了。"

梅贝尔将车开得很慢，望着烧毁的道路，似乎想找到对目前杜松镇的感觉。周围都是熏黑的残木从地面崛起，好像巨人的火柴，因为火烤而劈裂或折断了。黛丝也注意到了。“它们怎么还能立着呢？”

尽管隔了这么久，梅贝尔依旧认为一定可以很容易找到路的，但是这场火改变了一切。有些地方她甚至辨识不出是残缺的道路，还是火灾烧出来的一块空地。有一阵她责怪自己，没有早点儿回来，可以尽力打听一些贝蒂的消息，或者也可以听听华莱士的近况。但是下一刻她又告诉自己，她现在的问题只会引来更多的问题，就算问题的答案都找到了，也改变不了任何人的人生了。虽然这不合逻辑，但是她还是希望可以找到贝蒂的一点儿踪影，特别是现在。一九二七年以来，她寄出的信足有一打，除了一封信退回，其他都没了消息。她不相信贝蒂已经死了。她可以从内心感觉到，不是吗？此外，消失不见是很容易的事啊。这点没人比她更清楚了。

“那边是教会，”梅贝尔说。她停下雪佛兰，指着一堆灰色的砖头。“以马内利浸信会。我认得那个十字架。”十字架突起在倒塌的建筑物前方，躺在小径旁边。在梅贝尔十一二岁的时候，为了树十字架还举办了一个仪式，她还记得当初看到十字架时心里有种非常奇怪的感觉，黑色的金属十字架不足六英尺高，好像一个瘦削的男人张开手臂，要保护家产。现在她依然无法停止这个想法，看到这个难过瘦削的男人，左手臂痛苦地扭曲着，倒在曾是教堂围墙的一堆河岩上，她感到喉咙一阵紧。

梅贝尔从车里走出来，黛丝跟在后头，两人一起站在毁坏的教堂前。“妈妈和爸爸就是在这儿结婚的。”梅贝尔说，“贝蒂和我都是由瑞夫兰德·斯摩施洗礼的。不在教堂里，是在河里。”她把手交织在胸前，微微地笑了。“其实我受过两回洗礼。到贝蒂受洗礼时，她害怕牧师把她掉到水里，不敢去，我就和她一起下去了。”

“你是说你先下水，做给她看，让她不用害怕吗？”

“不，我的意思是说，真的跟她下去。我走在她后面，双臂抱住她，把她的手握在我的手心里，牧师握住我们的手时，他握住的是四只手。我们从水中上岸时，每个人都在欢呼。”

这是她在教会最后的快乐记忆。不久之后，妈妈就和吉姆·布彻结婚了，也不再去教会做礼拜。偶尔梅贝尔和贝蒂会去，妈妈走后教会里的女人倒是对她们特别照顾些，但是梅贝尔总觉得她们眼神灼人，那眼光好像瞪开了她的衣服，好像看透了吉姆·布彻家发生的一切，那眼神好像在苛责她。

“所以你知道现在我们在哪里了？”黛丝问。

梅贝尔指了指左手边，“学校就在那里。”她说，明白刚刚穿法蓝绒衬衣的人所说的烧个精光是什么意思。“沿着那条路过去，”她指着右边说，“就是大转角，往左之后，过一条街，就到镇上了，那里都是商店。往右穿过有钱人住的地方，再经过几个路口，人行道变成石子路，再过去是沙石，然后是泥地，我们就住在泥地那一块。”

“现在都一样了。”黛丝说。她往转角处又望了望，然后转身回到车上。

梅贝尔拉住了她的手。“我们走一走吧？好吗？”她打开后车门，把身体探进座位上方。她脖子上挂着相机，口袋里塞着胶卷。名义上梅贝尔是以《印第安纳波利斯星报》的摄影记者身份来杜松镇的。说服她的编辑给她时间来拍照花了好一番唇舌。当时她的主编乔纳森正在用午餐，她就闯进去了。

“我们的读者为什么要关心肯塔基州一个小不拉叽的镇子上的火灾呢？”他一手拿了只饱满的汉堡，另一只手把包装纸折成一个临时托盘。“嗯？”他从玻璃杯上方看着梅贝尔，“接着说。”

乔纳森把汉堡拆开，在第一层面包上涂上芥末酱时，梅贝尔说道，《星报》的大部分订阅者刚好就是居住在森林周围的民众，“以图片为中心的报道可以提醒读者火灾蔓延的速度有多快。”她说，看到主编不再动口咬面包。“我可以访问一些专家，”梅贝尔继续说着，“问些如何预防火灾的问题。或者采访一下消防主管，问问如何设计一条逃生之路。”就算一个孩子也可以戳破她的借口。

乔纳森拍了拍后颈，好像在考虑这个提议，还嘀咕着一两个人名，但是梅贝尔知道他已经同意了。她注意到不久之前，乔纳森就在门道那边注意他们的谈话，一位名叫拉尼的同事说到了杜松镇的火，而因此调侃起乔纳森口中的波本酒[①]来。她们都知道梅贝尔是肯塔基州来的，但是没人知道她与杜松镇的关系，包括乔纳森本人，没人知道一点儿风声。乔纳森说话了：“三天。不可再多。”

她谢了主编，关上身后的门，匆匆穿过一张张办公桌。虽然现在

---

① 一种美国威士忌，原产地在肯塔基的波本而得名，因此乔纳森叫梅贝尔波本酒。

想起来害羞，但是如果乔纳森拒绝她，梅贝尔也有所准备：她来报社工作快十年了，从未要求过特别派什么任务给自己。她想说，美联社选中她拍的照片比其他任何同事都多，他们第一回参加州农事活动，在给烘焙拍照竞赛中她赢得了三项大奖，虽然这个任务让大家笑了很久。她拍到的照片上，杰斐逊·特维切尔太太像孩子一样挥舞着蓝丝带。颁奖委员会的人赞赏说梅贝尔对“人类的快乐”有种直觉。

从转角的咖啡厅里，梅贝尔打电话给在银行上班的黛丝，说道：“我需要你帮忙，这事我一个人做不到。”

黛丝没有丝毫犹豫便答应了。迄今为止，梅贝尔从未要求女儿说谎请假，不管周四回到印第安纳波利斯她是不是有工作。就算她要黛丝说，黛丝也会回答：“和他们说什么有什么关系？如果他们解雇我，我就重新找份工作。”

黛丝对自己总是很笃定，这点让梅贝尔讶异，对于自己在意什么，不在意什么都非常清楚。高中毕业之后，黛丝换的工作有半打，只要工作时间和剧场的排练时间冲突，她就立即辞职。也有熟人对梅贝尔说，她太纵容孩子了，黛丝都这么大了，还为说两句台词就辞了工作也太任性了，但是即便角色戏份很少，黛丝也是很投入。这也不是受宠的小孩儿可以做到的。

今天一大早，黛丝就起来了，早在梅贝尔之前就穿好了衣服。小皮箱放在门口，不管妈妈要去哪里，她随时都准备跟去。直到快到肯塔基州边界的时候，黛丝才问：“你想找到什么呢，贝妈妈？”

“我不知道，宝贝儿。”梅贝尔说。这是真的。但是梅贝尔心里又有完全相反的感觉，她知道要找到贝蒂和华莱士的消息，但是具体什么消息，她就说不上了。是什么呢？平安吗？安妥吗？还是宽恕？

其实很多时候，梅贝尔也想对黛丝说出一切，这种想法不是一般的强烈，可说是非常强烈，但是她知道自己不会的。打从成为家人的第一天起，她们就各自守着自己的苦痛，各自守着自己的经历。她们都失去了世上的至亲，又被她们称为“父亲”的男人所利用。

虽然黛丝从未说过，但是梅贝尔从旁观察也了解了一些：黛丝不能忍受腰部或手腕上绑任何东西，有时被子动也没动放在床脚，大概哈克绑过她吧。有时候黛丝在噩梦中会喊叫，黛丝踢开毯子，恳求别逼她张开嘴巴，别把那东西硬塞入她口中。梅贝尔大约知道心爱的女儿忍受了怎样的折磨。

开始的几年，梅贝尔也担心自己会不会做梦，黛丝会不会从重复的梦呓中了解自己的过去。但是有一回说到黛丝的恐惧时，黛丝说道：“你从来不说梦话的，妈妈。你只哭。只有眼泪，没有声音。”

她们各自带着自己的地狱，尽力想着自由和美好，就像保罗教她的那样。早在黛丝出现之前，有天梅贝尔和保罗静静坐在桌边，核对月账。梅贝尔把手放在保罗手上，说道：“如果你想说说战争，我会设法去了解的。”他温和地推开她的手，把自己的手缩回去。他就这样坐了很久，瞪着空中。然后泪眼落进她的眼里：“你理解不了的。只有在场的人才会知道。然后，如果有天在他乡遇见了，这经历会把你和他联系在一起的，让你与他彼此了解的。你不用说什么，没理由说啊。他知，你知。这就够了。也只有如此。”

眼泪涌入她的眼中。她知道为什么到后来都没对保罗说吉姆·布彻的事，知道自己为什么没说不让保罗拍照的理由。她也一样在过去经历了一场战争，虽然战争的形式不一样。在特定的时间和场合，她做出了平常不可能做的事，在正常生活中不可能找到回应。

尽管她和黛丝分享着同老兵的战争经历一样的过去，但是梅贝尔担心若让女儿知道整个故事女儿会不会也对她有看法。没办法直说，也没办法部分说，一说只会把不该说的和该说的都说出来。

黛丝还在高中的时候，因为要写文章，买过一本《化身博士》的书。黛丝决定讨论好莱坞对史蒂文原作的破坏，愚蠢地加上一段爱情故事只是为了让斯宾塞·屈塞爱上英格丽·褒曼。几年之后的一个冬天，梅贝尔和黛丝去看过一场日间场的电影版《化身博士》，梅贝尔同往常一样讶异于黛丝的记忆，她对电影场景记忆深刻，特别是女主角的部分，所以梅贝尔借了书来看。这本书一直萦绕在她心头，为她解开了一个谜，就是为什么保罗和他的老兵朋友要把黑暗的记忆埋葬起来。在博士的故事中，和善的蓝尼恩医师亲眼见到海德医师变形成恶魔杰克之后，这位热爱生活，曾经认为知识是善的老医师在临终前对来探望他的朋友说道：“我有时觉得，如果什么都知道了，宁可归去啊。”

保罗对她说过，他也曾想过死，在四月的一天他走了很远，走到芝加哥密歇根路大桥上，穿上他的厚重羊毛大衣。“大衣加上靴子。”他说，“我担心重量不够，沉不下去。我想多加一点儿，重量会把我往下拉得快一点儿。”

“是什么拦住你了？”她还问过。

保罗放下正在清理的摄影设备，走到工作室面向街的窗口。近午的阳光洒落在窗前的长椅上，两个女人面对面坐着，中间放着一个箱包，她们的脸上洋溢着温暖。有些路人经过工作室，看到保罗会朝他微笑，有些人则没注意到他，匆匆而过。

“她们刚从海边度假回来，”他最后说，依然望着经过的路人。“不要拍到屋檐。”他看着梅贝尔。“不过你也知道的。”

她点点头，朝朋友面前走了几步。他们一起打开镜头，这是他第一回让梅贝尔独自掌镜，他一句提示也没有，晚一点儿他们看晾干的负片时，他把手臂放在梅贝尔肩头，说道：“你有眼力。”

梅贝尔抚了抚保罗的肩膀，再次问道：“是什么拦住你的？”

“我也说不上来，”他从窗前转身，坐到工作台上，把头埋到手中，“我记得当时一直想着海滨那儿的人，好像假日一样。我想我得等到天黑。我不想有小孩儿看到我跳下去。所以我就等着，看着。过了一会儿，我脱下大衣，卷起来，坐在上头，又看了一会儿。太阳落下去时，我看了看手表，发现已经等了六七小时，然后我就想，既然比料想的多活了六七小时，我也可以多活十来小时，或者还可以撑过晚上。第二天早上，我想再去桥头，早点儿去，赶在大家上班之前，但是我想该试试活到下午。试试看。之后，每隔五六小时，再之后，一天，再一天一夜，我都要重新决定一下。直到我意识到不用再决定什么，我就活着吧。”

在失去贝蒂到得到黛丝的这段时间里，梅贝尔也时常重复保罗的这段话，再过几小时，再过半天，就这样的，她就决定活下来了。

没等梅贝尔意识到，她们已经过了转角，脚下曾经是杜松镇下城区的第三街区，有些石头建筑物成了断壁，而小型的木头建筑物是整个儿不见了。梅贝尔停下脚步，拿起相机，开始拍照。突然一个壮硕的女人从熏黑的砖墙后面走出来，摇着手臂大叫着：“你以为自己是谁啊？你是什么人哪？停止拍照。”

这个女人灰色的头发上沾了灰泥，从发髻上掉了下来，此刻她红着脸站在梅贝尔面前，拉扯着照相机的背带。

梅贝尔放低镜头，弯起手指紧紧护着镜头。

女人松开了背带，后退一步，她死死瞪着梅贝尔，打量着她的脸，好像在回忆着这张脸的过去。

黛丝说：“对不起，夫人，我们没有恶意。”

女人不理黛丝，只歪着头，眯起眼睛看着梅贝尔：“我认识你。”

梅贝尔望向别处，放下相机，往口袋里摸镜头的盖子。她的手在打战，她想做点儿别的什么，但是脑袋却卡住了想不出来。她认识这个女人，是她以前的老板娘，肯德尔夫人。

梅贝尔作势往另一个口袋里摸记者证，“我们一定是忘在车上了，或者拿其他东西的时候带出来，一起拿出来了。”她嘀咕着，“真对不起。”她摇了摇头，头发披散下来遮住了一只眼睛，她望了望肯德尔夫人的店和周围的一堆残骸说：“我名叫贝蒂拉。我是《印第安纳波利斯星报》的摄影记者。”

“印第安纳波利斯。”

“没错。”梅贝尔伸出手来，希望女人看着她的手，不再关注她的脸。但是这招没用。

“贝蒂拉，”肯德尔夫人说，“贝蒂拉，那以前呢？结婚前叫什么？”

“我没有结婚。”梅贝尔说，她不知道如果肯德尔夫人要问黛丝是谁，该怎么解释。

“那是你的姓，你的名叫什么？”

一阵风扬起了灰尘，逼得她们都闭上了眼睛。“对不起，”等风减弱之后，梅贝尔说，“我想我们给你添麻烦了。不晓得火灾前这是镇上的哪里呢？”

肯德尔夫人脸上闪过一阵疑惑，她用对陌生人的口气说道：“商业区之类的。”她指着一处说：“我的店就在那里。”梅贝尔望着一堆土石，那里曾经陈列着肯德尔夫人的服饰与饰品，梅贝尔希望自己眼中流露出好奇与同情。

“不晓得火到底烧到哪里了？”危机过去了，梅贝尔想。她现在就是一名记者，肯德尔夫人一定以为自己认错了人。

“沿着河道，大约烧了两英里的样子。”肯德尔说，指着梅贝尔熟悉的道路，“快到墓地那边。”

“真是不好意思，麻烦你了。”梅贝尔说，转身示意黛丝跟上来。“祝你好运。”

对此时梅贝尔说出好运这样的话，肯德尔夫人在她们身后皱了皱鼻子。不过至少她们走了。

梅贝尔快速往前，一路走回转角处，黛丝在她身后跟着，叫着：“慢一点儿，妈妈！妈妈！等等我！”梅贝尔没有等她，一径走到车边。在把相机放回袋子里时，她感觉到黛丝在拉她的手臂。

“看着我，妈妈。”

梅贝尔转身对着女儿，但是眼睛却无法望着她。她靠在车身上，把眼睛上的头发拨开，望着教堂前凸起在其他倒塌物之上的十字架。

“那个女人认识你。”黛丝说，“我想你也认识她。”

梅贝尔点点头。

黛丝的声音中有几分愠怒，也有几分同情。“我们这是在做什么呢，妈妈？你可以问问刚刚那位太太，看她知不知道贝蒂的事。这不是你期待的吗？就是打听一些消息啊？”

梅贝尔的目光转向女儿带着恳求神情的脸上，又转开了。她感受到黛丝的体温，感受到女儿修长的手臂围在她的腰间，把她往怀里拉。黛丝又长高了一点儿，即便不穿高跟鞋也跟她一般高了。

“对我说，贝妈妈，你想要什么？”

梅贝尔的头靠着黛丝，挣脱了女儿的拥抱。“我不知道，”她说，“我真的不知道。”她受不了黛丝困惑的眼神，挥了挥手，免得女儿再提问。“我想开车去逛逛，沿着河边走。”

很多年前，梅贝尔和住在附近的孩子们每年都会来月桂河玩耍，他们有时来游泳，有时光着脚踩水，有时骑着单车，任车轮溅起水花，每年一过复活节便开始了。孩子们都玩儿，只有贝蒂怕水。梅贝尔想尽各种办法，想让贝蒂说出为什么怕水，但是小妹就是不肯，她从姐姐身边挣脱开来，跑到高高的堤岸上，大叫着：“我就是这样，别管我！”

华莱士也总在那里，笑闹着但是又有分寸。尽管过了这么些年，梅贝尔也依然叫得出华莱士教过游泳的小孩儿的名字，有时候这些孩子的哥哥姐姐也会教他们几招，如何游蛙式，如何浮在水面上，但是他们很快又去找华莱士了，因为华莱士出了名的有耐心。梅贝尔亲眼见过他怎样教小朋友游泳，他一边用手稳稳托住孩子的背部，一边对着孩子的耳边说着鼓励的话，直到男孩儿觉得可以自己尝试仰式，他才放手。他也尝试说服七岁的贝蒂、八岁的贝蒂、九岁的贝蒂下水，但是贝蒂就是不肯。他会在岸边陪贝蒂，和她踩着堤岸上的石子，让她不觉得孤单。

梅贝尔的车转过最后一道弯，出现在眼前的情景证实了肯德尔夫人所言属实。火确实是烧到岸边就停止了。这边的河岸一切都烧毁了，有些树枝倒在水里，另一岸岸边却依然嫩绿。往西边就是他们以前戏水的港湾，梅贝尔在阳光下眯起眼睛，她可以看到火灾肆虐的踪影，不过也仅到桥边，离墓地约百来码。

她一声不吭出了车门，往墓地那头去了。黛丝落后几步，紧紧跟着。

这片墓地保留完好，梅贝尔大步往前时，一边打量着周遭环境，心里琢磨着不晓得是什么人来这边修枝剪叶，说不定是个什么神秘团体的人吧。母亲的坟头上新插了鲜花，好像上周她刚来换过一样，这里就是她的先人们了。父亲，阿尔伯特·费雪，1889—1918。旁边是母亲，这一安排是病床上母亲的执意坚持，加上梅贝尔的极力争取，并找来医师当遗嘱证人，才得以完成：伊莫金·费雪·布彻，1890—1922。尽管吉姆·布彻反对，一旁还有一块小石头，形状好像小枕头，靠着妈妈的墓石，上头写着：查尔斯，未出生的男宝宝，1922。

在妈妈怀孕的整个过程中，布彻对每一个人夸口，他要给这孩子取名叫吉姆士，但是当医生宣布孩子保不住，而且妈妈也将在数小时内随孩子一同过世之后，布彻立即要求证书上孩子的名字改为查尔斯，还说道："别把我这个吉字浪费在一个死小孩儿身上。"

"这是我父亲。"黛丝在她身边站住之后，梅贝尔说，"这是妈妈和没出世的小弟弟。"

"我看到河道边有漂亮的野花，"黛丝说，"我去采一些来。"

梅贝尔站在父母墓地旁边，直到黛丝的身影消失不见。然后她开始上上下下寻找起来，有些名字她认识，有些教会的朋友，一位邻居和太太，还有一位名叫挪米·琳达的，是比她高三四届的学姐。

没有贝蒂的，就算加上婚后丈夫的姓，在看见的所有墓碑中只有一个叫阿尔伯特的，那位阿尔伯特·冈瑟的墓碑是墓园里最古旧的，风蚀了的石碑上写着1842。贝蒂小的时候，还因为有一个跟她一样名字的人躺在地底而生了气，此后别人叫她阿尔伯特她便不再答应，直到布彻来了，让她无从选择。

梅贝尔也在北面找到了他的墓，通常是镇上人没有家人的人死去便放在这里。标志记在一块岩板上，已经陷入泥土中去，字迹还看得见：吉姆·布彻，殁于1927年。

他就躺在她的脚下。

在一个松木盒子里，而盒子可能已经被潮湿的泥土腐蚀。

在她的脚下。

她跺了跺脚，再次。

然后她的脚一次又一次撞击着地面。如此猛烈的撞击让她觉得身体都感觉到一种震撼。好像她的愤怒可以让这个人往地狱里陷得更深。踩啊、踩啊、踩啊，为了妈妈，为了贝蒂，也为了自己。

为了他欠她们的，为了自己为此一直的付出、付出、付出。

梅贝尔停了下来，力气都用尽了。除了她呼吸的声音，周遭一切寂静，鸟也飞走了，树叶一动也不动地挂在枝头。悄然无声。

她用手掌抚了抚眼睛，奇怪怎么会有眼泪。太阳已经西垂，在她的注目下继续移动着，她看到黛丝回到了妈妈的墓地前，手臂上捧满了花。她开始往女儿身边走去，在石碑间无目的地巡视着，望着上头的名字，却没有印到头脑里。她看到了一块巨石，但她不记得墓地里有这么一块巨石，她坐了下去，为疲惫的身体有了安顿而心怀感激。石头后的大树舒展开了枝叶，她可以坐着休息一下。从坐着的地方，可以看见黛丝，比之前近了一点儿，但是依然还没到眼前，她看着孝顺的女儿把外婆坟头上的灰用手掸了，用心摆放着花。

望着女儿的时候，梅贝尔的手抚着身下的石凳，上头有些凹凸。难道刻着玫瑰吗？她侧过身体想看得清楚一点儿，这么做的时候，她看到石凳后方刻着三英寸高的字：韩士福。

她的周围躺着的是韩士福一家子。年长的早在她还是孩子的时候就躺在这儿了，还有韩士福的姐姐，四岁时死于猩红热。他的父亲葛雷格，母亲玛格丽特，都是在三年前过世的。

而中间是他的，上头写着：

爱子

华莱士·阿瑟·韩士福

殁于月桂河

1909—1927

梅贝尔想站起身来，但是腿却不给力，好像是两团沙。她跪倒在地，双手握住肋骨，哀号的声音几乎要把她的骨骼震裂，而这声音也好像一根绳索把黛丝拉到了她身边。

黛丝一下就到了她身边，紧紧抱住她，安慰着："妈妈，噢，妈妈。"

她感觉得到女儿的手臂，听得见女儿的声音，但是她的安慰却好像是一个人孤单恐惧的回音。

她该跟他一起回来的。应该一起回来的。这么些年过去了，尽管她不想这么认为，但是她知道华莱士没去别处，他只能回到杜松镇。她应该跟着他一起回来的。应该和他一起去面对该面对的。

梅贝尔的目光穿过了石头，穿过了黛丝颤抖中丢下的花与草，她的眼光穿过了黛丝，穿过了现在，进入了过去，看到了她以前从未看到的一幕。

在寒冷的十二月里。早上雨中夹了雪。华莱士身上穿着湿透的外套，站在联合车站，注视着从路易斯维尔来的火车上下来的旅客，想看到贝蒂的身影。但是和以前很多回一样，他依然没有找到她，但是这回没找到却让他不堪忍受。

他把手伸进口袋里，数了数旅费，踏上了下一趟南下的火车。他什么也没听见，是他让自己不要听见的，直到列车员播报着"路易斯维尔"。然后，他悄悄上了另一趟车，躲进一个脏兮兮的角落，把头靠在窗框上，等待到达杜松镇。

他到镇上的时候梅贝尔应该还没下班吧，他走出火车，却没有走进镇里，而是经过了华灯初上的农舍，走过了冬天里的泥地，他一路走到河边，他要找的是水流最湍急的地方。他应该是站在那边，一直等到夜色黑透，丢颗石子出去都看不见的时候，然后凭着身体的记忆，爬上了高高的堤岸，望着河水，望进黑暗里，叫着贝蒂的名字。然后他踏出了最后一步，往空中，往黑水里。

第九章

汉堡主厨

一九五六年夏天和秋天
印第安纳州，纽曼

芮妮

六月

芮妮打定主意了，没人拦得了她。芮妮绑上裙子上的腰带，青绿色带子配上白色的无袖衬衣刚好，她想。客厅里有可以照见全身的穿衣镜，她不敢冒险走出去，只能把梳妆台上的镜子倾斜一下，然后又爬上椅子，看看这条裙子可不可以修饰一下她的娇小身材。她想，穿上高跟鞋会更好，但要走到州街至少有两英里的路，这个也必须考虑到啊。袜口的荷叶边儿倒是柔软。从椅子上跳下来，裙子一蓬让她心头一喜。有一会儿，芮妮希望自己胆子更大一点儿，可以不穿衬裙，莎莉有时候就敢。

若不是莎莉，几周前她可能就放弃了。“你到底想不想要自己喜欢的生活啊？”每回芮妮说恐怕她做不到，她朋友都会这么回答。她们今年就要毕业了，这两个月以来，她注意到一个八人的团队把卡森食品店给拆了，打了新的地基，建起了尖顶的汉堡主厨餐厅。上周招牌也竖起来了，她特意过去看了，看到红色风筝形的边框上的胡须主厨像，她笑了。风筝中央有个十字标牌，上头写着汉堡两个字，把风筝牢牢系扣在地上。她还没见过风筝飘起来的时候，但是莎莉去印第安纳波利斯时特意在汉堡主厨餐厅停了下来，说看到招牌飘在夜晚的天空下，闪着白色、橘色、绿色、红色和金色的光芒。

芮妮曾在街道对面站了很久，研究着主厨的脸，说真的她几乎要请求他了。想到父母的反应，一种又害怕又兴奋的感觉穿过她的脊梁骨。

工作，她在精神上请求主厨，拜托，给我一份工作吧。

工作意味着收入。收入意味着秋天到来时她可以和莎莉一起上图书收藏的专科课程。而学了这个课程又意味着在一两年后，她可以在路易斯维尔或印第安纳波利斯这样的城市找份像样的工作，租间公寓自己住，或者租大一点儿的公寓可以和莎莉同住，这意味着整柜的漂亮衣服。一个抽屉里什么都不放，单单只放手套，说不定还可以买辆车呢。

她靠向梳妆台的镜子，镜子里出现的不是她自己的脸，而是熟悉的主厨的脸。她不出声地念叨着："我就靠你啦，你是我唯一的指望。"这些说辞是只有在《热爱生活》和《秘密风暴》这类电视剧上才会有的对白，她妈妈总是拿着无糖冰樱桃汁，对着电视，把每一个下午消耗于此，但是这些说辞此刻却是最恰当地表达了她的心情。要想离开纽曼，她得像挥舞着宝剑一样，在妈妈面前晃着她的存折。和姐姐爱玛不一样，她实习时没遇见要娶她的足科医师。谁都知道妈妈不喜欢柯里斯普家的人，也不喜欢戈登，但是这不妨碍她常常拿着爱玛的高嫁来教育芮妮。芮妮上到二年级时，依然没人约她出去，三年级时也还是没动静，这时母亲的夸耀就变得不堪忍受了。特别是一天早上爱玛偕同夫婿来准备参加芮妮的毕业典礼时，爱玛说她怀孕了，就是在这个时刻芮妮决定要听莎莉的话的。

毕业典礼后，芮妮忍耐了两周，才告诉家人她想去安德森郡高等专科学校念书的事，因为这样才不会看起来像要抢了姐姐的风头，好像姐姐回来抢了她的，芮妮就要抢她一回似的。她知道妈妈的反应，一场争战是免不了的，但是爸爸好像合上一本书一样，断然说道："这不适合你。"倒是出乎她的意料了。

"蠢极了。"芮妮还没来得及问爸爸那话是什么意思，妈妈就加了一句。又继续说道："难道你忘了初三你就念了两回？还费了好心的刘易斯小姐那么多心思，为了让你的历史考试可以在第二年过关。"

"但是妈，那年我病了……"芮妮说。为什么好像只有她一个人记得这件事似的。水痘、腮腺炎、风疹、骨髓灰质炎，所有的病都赶在那一年里，一直到后来进高中，她还因为腿折了而在床上躺了两个月。

但是他们不听她说的。妈妈自顾自地说道："来磨土豆泥，现在就来。"爸爸也开始玩儿报纸上的拼字游戏，芮妮没办法再重提刚刚的话题。

虽然和爸爸很亲密，但是芮妮常常不太晓得父亲的想法，她有一点很清楚，那就是爸爸爱她，而爸爸疼爱的方式又是最叫人困惑不解的。她知道爸爸只是想为她好，但是什么才是好，他又怎么知道？这和她期待自己做的，认为会让自己快乐的事有什么关系？他有没有留些空间让她想想自己想要的是什么呢？

要说服妈妈，可能比说服她坐着渔船去中国还要困难。在妈妈看来，女儿们总有一天是要嫁出去的，虽然芮妮要怎么嫁出去，她也没主意。显然她认为，只要女儿乖乖写作业，过上几年，总有学校里或教会里认识的男孩儿长大了，他会找个卖保险的工作，给女儿买所房子成个家。

不过，芮妮可不想等着某个无头无脸的男孩儿只因为想安定下来，只因为她是一个剩女，便要和她生活在一起。最后再往镜子里看一眼，用梳子拢一拢右耳上方的一束鬈发，再抹一点儿玫红的唇膏，她就准备好了。

餐厅的钟敲了九下，芮妮已经准备好出门了。六月中旬有些热，就算怕出汗，慢慢走也可以在十点前赶到汉堡主厨了。经理大概要在十点半开始面试应征者吧，如果在外头等的人不是很多，她还可以走到下一条街，去图书馆补一下妆，给嘴唇来点儿喷雾。

深吸了一口气，再一口，芮妮把一条干净的手帕、一把梳子和一支唇膏塞进包里，打开了卧室的门，轻手轻脚走去客厅。草莓熬成了草莓酱的甜腻香气从厨房飘进屋里。妈妈决心要教她整个过程，从清洗、拔除秆，到给瓶子贴标签，所以昨晚芮妮得撒点儿娇，闹点儿小脾气，今天才得以脱逃。晚餐时看准时机，来声“爹”，果然老爸就说了：“贝蒂，让她去吧。”虽然妈妈闭紧了嘴，说道：“这是她学习的时候。”但是他们三个都知道，事情就这么定了。她的父亲让妻女了解到，家庭争执不可取，任何时候都不适宜，而在餐桌上就更让人不能忍受。另外他们心里都明白的是，尽管爱玛是一家人的荣耀，但是芮妮才是老爸的最爱，在一些小事上，老爸总是会让步的。只要工作敲定了，她可以确定老爸会站到她这一边，支持她上大学的。就算他想的只是给女儿找个好夫婿，若可以在专业的地方工作，也比较多有机会遇见上层一点儿的男人吧。而单单爸爸一个人支持就可以搞定妈妈啦。

从卧室到客厅芮妮用了五步，再三步就去了餐厅，从这里她可以窥见厨房。如果锅上熬着果酱，妈妈应该站在炉台旁，搅动观察着锅里的黏稠状况，那个水槽边凹进去的角落是餐厅看不到的一个死角。让她放心的是，芮妮可以听见妈妈在厨房哼哼唧唧，在自说自话，虽然看不见她，听见她也让人放心。她从餐厅后门进了起居室，然后走到门口，小心转动门把手，出去之后又拉着门把手，免得纱门“砰”地关上。再下一刻，她就转去了路卡斯特大街，在前往餐厅的路上，她自由了。

到汉堡主厨那边的时候，没一个人在等候，虽然也还没到十点半。一个穿着白衬衣，打着红色领结的男人从里头用餐区的一张桌子旁朝她挥手。“想来找工作？”他问。然后介绍自己名叫布坎南，是餐厅经理，芮妮点点头，握住了他递上来的手。他带着类似博览会上售票员的空洞眼神笑了笑，问她有没有高中毕业啊。是的，毕业了。有没有工作经验啊。没有，如果在篮球比赛中做过协调工作也算的话，她算有一个经验的。还有她有没有准备在近期内结婚之类的。再之后，芮妮知道的就是他从桌子对面递过好些张纸来，让她填，然后指了指柜台后面，要她去那边的箱子里找出两件合身的制服来。再来，他便说人事经理麦丽会教她怎样用烤箱，怎样做三明治，麦丽是五十出头的女人，她在兰鹅餐厅时芮妮就认识她了。

芮妮还没觉察到已是下午四点了，她的身上覆了一层油，也出了一层汗。她明早九点还要来报到，员工培训持续一周，到下周一餐厅正式开张之后，她就要开始白天黑夜轮班上。她没对布坎南先生说到图书收藏课程的事，因为她想等到九月的时候，她就成了资深员工，晚上周末想要去上课应该没问题的吧。

回到家，她要面对的第一个责难是怎么出去一整天都没留句话给妈妈。“这是什么意思啊，为什么要干那个？我可是把你教得规规矩矩的。”刚好爸爸下班回来了，妈妈叫唤得更大声了，好让爸爸不但听见她的怒火，也听见她生气的原因。“像贼一样溜出去，一句话也不说。留下我一个人在厨房，赶着在这些草莓烂掉之前装罐。你有没有想到，如果整锅的果酱打滑，翻在炉上怎么办？我会倒在地上，又烫又难过，叫着女儿来帮忙，她却什么都不在乎，只在乎自己？”

芮妮静静地站着，眼光低顺，好像被无形的手修理后变成这般模样。她把嘴巴憋成受气的样子，这招其实是免得让自己笑出来，因为她知道，老爸最厌恶的就是妈妈歇斯底里的吼叫。果然老爸拉了张椅子，坐在厨房的餐桌旁，支起手腕，等着妈妈出现，她一两分钟内就会出来的。

有一会儿，三个人一个都不出声儿。爸爸头靠在手掌中，妈妈站在冰箱前头，拿着一个勺子上下摆动，好像拿着一个木槌。芮妮靠在墙上，若无其事的样子。

妈妈先开了口：“我们该拿这丫头怎么办呢？”

芮妮站直了一点儿，捏了一把裙角在手上，等待爸爸望向她。爸爸果然望过来了，他用不经意的口气问道，话中既没有指责也没有失望：“那么，你倒是去哪儿啦？”

“我走去汉堡主厨，看看能不能找个工作。”她说，“我是第一个到的。”

父亲脸上出现了一点儿笑意，是妈妈觉察不出来的。“找到了吗？”

芮妮点点头，但是还不敢笑出来：“我接受了一天的培训。”

父亲往后仰着身体，伸出一只手按了按脖子，然后把头由前往后，由左往右转动着，直到喀啦一声，脊椎回到原位。他从衬衣口袋里掏出一包万宝路，又在奶油碟子和餐巾纸盒之间摸着打火机。后门的窗户里透进来一缕阳光，从他身后照过来，照亮了他头发上方的灰尘。他从香烟盒里拿出一支万宝路，点起来，深吸了四口，说道：“你知道的，你得自己去自己回来啊。”

“那当然，爸爸。”

他把一截儿长长的烟灰弹到一个缺角的碟子里，那是爸爸的烟灰缸，然后摁灭了火，准备等会儿再抽。“那就好吧。”他望了望芮妮，然后望了望妈妈，妈妈放下木槌，手捏紧了又松开，又捏紧。“我也看不出有什么不好。”说完，爸爸起身走出了厨房。芮妮亲了亲他的脸颊，低语道：“谢谢你，爸爸。”他才又移动脚步，经过芮妮身边时，他两次快速地握了握她的手。

爸爸甚至也没问一下她要拿薪水做什么。没想到事情这么顺利，芮妮也转身离开，完全忘了妈妈的存在，只想赶快脱下油腻腻的衣服，在晚餐前快速冲个澡。

“你，芮妮·简·乔治森，”妈妈说，把炖锅的盖子重重放上，“你坚持不过这个夏天。”

七月

工作中芮妮最喜欢的部分就是，把新炸好、滴好油、撒了盐的薯条摇晃着倒进小纸袋里。她喜欢高峰时段，朝顾客摆出阳光笑脸，收款机咔咔作响，在柜台后方忙前忙后，把食物放进盘子里，或者用夹子撑开打包袋，把食物放进去，这都让她觉得自己快速而有效率。

周四的晚上生意较冷清，特别是又过了八点，除了擦擦桌子，放满吸管和餐巾纸，就没什么事可做了，今天还可以偷瞄一下坐在前台的那个壮硕男子。他在一小时之前就把他的三个汉堡吃完了，之后他就把腿伸长，手指弹着桌面，眼睛在她身上转悠。或许他以前也来过，但是芮妮没注意到，但是今天餐厅里没人，只有她和新来的辛迪，而辛迪又在厨房忙着清理烤架，要不注意到他也难。他大约二十出头，一看就是短身材，才比芮妮高个七八厘米不到，他的眉毛和睫毛的颜色都很淡，好像没长似的，只有一道紫色眼线勾勒出淡蓝色的眼睛。不过他的头发长得很有趣，密厚的发丝很卷，是芮妮想象中的童话故事中的男主角的头发的样子，注意到这一点时，芮妮有点儿喜欢上他了。

芮妮回到厨房，检查了辛迪洗的烤架，留意到一辆车开进了停车场，便对辛迪说："好像伯母来了，你先回去吧。其他我来收拾。"

芮妮把烤架的边框洗干净，那是辛迪忘记洗的地方，她看了看表，洗了洗手，准备回到前台去，告诉男孩儿已经到打烊时间了。就在她要走出转动门时，男孩儿推门进来了，笑着问道："我载你回去？"

芮妮一阵紧张。这个冒失的男孩儿是谁啊？她当然应该回答不，但是她又很想说好。为什么不要呢？有什么不好呢？也不过就十分钟的车程。只是，莎莉可能已经上路了。

"谢谢，"芮妮说，退了一步，"可是接我回去的人一会儿就到了。"她朝门口走了走，好像是要送他出去，然后笑着对他说："希望你再来小店。"

"我叫卡尔。"他说，非常戏剧性地朝她又走近了几步，好像好莱坞音乐剧上的求婚者，"或许可以打个电话给要来接你的人？请他们别来了？"

"我想可以。"芮妮说，低下眼睛。她的制服上沾到的油渍已经干了，她用指甲把油渍剥开。"但是我想她已经出门了。"

卡尔靠近一点儿："试试嘛。"他央求道。

芮妮摇着头说："这不太好。"这话引起她一阵神经质的大笑。"不过，好吧，我试试。但是别说我没提醒你啊。"芮妮拨了莎莉的号码，听着话筒那边传来的铃声。在卡尔的注视下，她的脸红了，似乎透露着她期待他的出现，期待他约她出去。

"你好？"

朋友的声音让芮妮很意外，她先咳嗽，又打了嗝儿，才努力说出话来：“莎莉？很高兴找到你了。”

“遇上男人啦？”莎莉问。

“你怎么知道？”

“这种事早晚都会发生的嘛。”她可以想见莎莉很世故地笑着，“玩得愉快啊。”

几分钟之后，芮妮提醒说要转往枫叶街，卡尔完全不理会，她静静坐着，却在黑暗中笑起来，觉得怎么那么多神奇的事就这样发生了。卡尔把车开到棒球场，那里从晚上小联盟比赛之后已经黑漆漆的好几小时了。卡尔把车停在场外，他们就坐着聊了起来。他说，他在学东西，以后想要做工程师，这个夏天在做建筑方面的工作。

“我爸在克瑞斯作坊上班。”芮妮说，“到去年冬天三十年了。他们送了他一块好表，还有一个奖章。”她望了一眼卡尔的手，它们放在方向盘上，在月光下显得很白皙。这和建筑工人的手也相差太远了，他为什么要扯那么奇怪的谎呢？她很疑惑。是想让她印象深刻吗？她想问，但是突然他的手离了方向盘，绕到她背后，把她往怀里拉。再之后，她知道的就是接吻，吻了一回两回三回，数不清多少回。

最后他放了手，说道：“我想我该送你回去了。你想好要跟父母怎么说了吗？”

转到她住的那条街之后，芮妮指了指自家的房子，但是卡尔没有转进车道，她还想邀他进屋去坐，但是他伸手越过她，打开了车门，“明天见。”他说，好像他们已经约好了一样。

突然一个人站在马路中央，让她有些害怕，望着卡尔驱车离开，她努力回想着刚刚发生的事，但是当她闭上眼睛，回味着卡尔皮肤上传出的热气，还有他嘴里洋葱的辛甜滋味时，害怕的感觉不见了，取而代之的是一种喜悦。那就是电影上的浪漫情节吧，来得突然而强烈，这事父母不懂啦，她的父母就更不懂了。现在说不是时候。卡尔把车开走是对的。伟大的情感都源于惊人的神秘，而这回是她的。

芮妮想对父亲说，布坎南先生觉得她已经很有经验，决定让她每天关店时算好收入和其他账目，别让他第二天早上再来算，这样就可以守住卡尔的秘密了。"他说这一实践对我的图书收藏工作很有帮助，可以让我领先其他同学。"她说，"但是这就需要我每天多做一小时，或许还要更久一点儿。莎莉还是会去接我的。"一旦确认父亲信了她的话之后，她把同样的话对母亲说了，便不再担心卡尔的事了。

到第四个约会的晚上，他们又回到球场时，卡尔领她走出车外到看台边儿，让她靠在一根柱子上。他的吻开始很轻，但是很快就热烈而激情，并拉着她进了看台里。接着又开始吻她，他让她在自己的手臂中转身，以背对着他，然后开始吻她的脖子。芮妮多么喜欢他的嘴唇靠在后颈上啊！他伸手握住她的手，让它们支在一个座椅的横木上，自己则像外套一样包在她身上。而他的另一只手把她的裙子掀至腰部，拉下她的内裤。当他的身体进入她体内时，她有一种急速的痛感，感觉好像光滑的石头，温暖而潮湿，但是她喜欢这种感觉，太喜欢了。特别是他抱紧她手臂，摇晃着她的身体，好像他们是一体的，一个前一个后，在跳着一曲舞。

“你上周才认识他！”莎莉太激动了，把正在玩儿的机器小人掉到腿上，黑色瘦小机器人吱吱叫着，舞动着脚踝。两个好友一起坐在门廊的秋千上，芮妮的父母在屋里，看着电视《硝烟》。“我们去外头的露台上吧。”莎莉轻声说。坐好之后，莎莉靠近了。“你说真的吗，芮妮？真的发生了？我的意思是，你之前没有……不是吗？”

朋友的紧张看起来好蠢，惹得芮妮笑了。发生了这码事儿，才知道有这码事儿，之前，怎么可能做过这码事儿？做了这码事儿又怎么样呢？她现在知道为什么高中的女生只要约会都兴奋得哧哧笑，也是因此她们每周一的英文课总是无法专心，被要求重新补写作业。

“他强迫你了吗？你反抗了吗？你该不会觉得自己爱上他了吧？”莎莉的问题一个接一个，芮妮跟不上她。

反抗他？这是多荒唐的问题啊。为什么要反抗？“还好啊。”她说，伸手拍了拍莎莉的手。

芮妮觉得自己做的事自然又舒服，就像八岁时学轮滑，她突然把握到的平衡感，从前一秒的笨拙到下一秒的滑行，但是这样怎么和莎莉解释呢。不，她当然没有爱上卡尔，至少她不这么认为。现在还没有。但是这个经历是她喜欢的，那种感觉在没有发生之前根本难以想象。“你为什么大惊小怪？”她问莎莉，“你不总在约会吗？”

“我可没总在做那档事儿。我没做过。”

“为什么没有？”芮妮问，“我见过你与本接吻好多次了。”

莎莉望着她，张大了嘴巴说：“嘿，拜托，芮妮，你知道那是两码事儿。”

“嗯，好吧，”芮妮说，“那是和接吻不一样，不过也没差太多，感觉很好啊。”

莎莉站起身来，以手捂面：“是他这么说的吗？就是他说，这没什么大事儿的吗？”

事实上，卡尔说的是，在芮妮之前，他跟许多女孩约会过，所以芮妮认为他知道约会都该做些什么，但是她想最好还是别对莎莉这么说。

“这么说吧，”莎莉说，“我知道你和你妈处得不是太好，但是这种事还是要听听她的。”她俯身来抱了一下芮妮。“我现在要回家了。如果想见他，就去见见他，但是别再做那事儿了。”

这个莎莉，以前看起来挺聪明伶俐的，今天却愚笨起来，还说要听妈妈说的话，这是什么意思呢？妈妈从来不跟她谈这方面的事，说到男孩儿妈妈只会讲一句，那就是婚前什么都不可以，要等结婚之后。芮妮也有几次问到，结婚究竟是怎样的，她的妈妈说：“和其他事一样，有好，也有坏。结了，就知道了。现在说也没用。”

好吧，事情就这样吧。她不会再对莎莉说到卡尔了，最近都不会，而且对父母提到也不会有好结果。或许他们会叫她辞了工作，她可不想冒这个险。所以她会保持沉默，等候时机，等她确定事情的发展态势，再说吧。

十月

这是个怎样的夏天啊。找到第一份工作，交到了第一位男朋友。

每一件事都如此奇妙，因为她终于看到了，真正看到了，她的生活该是怎样的。芮妮把一沓餐巾纸放在一个干净的托盘里，再摆放到每一张桌子上，把吸管塞到盒子里，再东一点儿西一点儿地打量看看东西有没有在对的地方，最后再看看新来的员工丹尼斯有没有把库存核好。事情变化真大啊。

八月的时候，与芮妮同一周进公司的其他三位女孩儿已经被换掉了，另外两位后进的员工也被换掉了，这让芮妮·乔治森成了与麦丽与布坎南一般的资深者。布坎南还答应让她升职为夜班经理。到十月尾的时候，她在安德森郡高等专科学校的课程开始之后，布坎南还主动说，等她毕业了，可以推荐她去印第安纳波利斯的公司总部上班，如果她想去的话。想一想吧，她去了印第安纳波利斯。一个真正梦想中的机会。如果她的工作稳定了，她就可以和莎莉租间房子，先过着，等到莎莉也可以找到事儿做。

这些日子以来，在学业与工作两头忙，芮妮每一分钟都很忙，但是她却很开心：训练像丹尼斯一样的新员工，让她有责任感；要应付学校的功课，虽然功课很难，却给她挑战感；认识和她一样有抱负的年轻人，给了她兴奋感。像经济学课上认识的理查德，他即将去银行上班，是一个有为青年。

这群人和卡尔是非常不同的。在他们相处一个月之后，卡尔对她说，他没上过大学，也没想过要当工程师，他也不是做建筑的，这点她其实也是一直都知道的。而他那一点儿的工作时间，也不过是在他朋友自家的家庭车厂混一混。这些谎言对芮妮来说都没什么，从她早上起来开始，就会看时钟，想想还有多久才可以和卡尔待在一起，可以感受到他的心脏在她身后怦怦跳。过了一整天，晚上和卡尔去棒球场的时候，她的心好像在歌唱：这就是爱，这就是爱。但是这些日子有些不一样，白天的时候她总和同学在教室里，坐在后面男孩儿们对她笑，她会回报一个笑脸，理查德也是其中之一。有时候好几小时她都忘记了卡尔。就像今天早上，理查德说伊丽莎白·泰勒主演的《巨人》从下周六起开始上映，要播放一周，问她想不想去看，她立即答应了，一点儿也没想到卡尔。

她希望今天卡尔同往常一样来接她，她就会过去，当面说清楚要分手的事。但是卡尔说这周都很忙，要保养一个引擎。芮妮并不真的信他的话，若她把全部感觉对莎莉说，莎莉会说拿起电话，跟他直说分手就好，但是芮妮却觉得不妥。再怎么样，卡尔是她的初恋，虽然浪漫的情怀不再，但是她依然有种温暖的感觉，她不忍在电话里说分手就分手。或许她很快就可以见到他了，也许下周一就可以，而同时周六她也可以和理查德去看个电影。

把最后一沓餐巾纸放好，芮妮又收集了芥末罐和番茄酱罐，准备去加满。还有十五分钟就要关门，爸爸一会儿就到了。莎莉也找了一份晚班的工作，所以不能来接她了，这让芮妮松了一口气，因为她得开口要老爸来接，而这时她就可以告诉老爸真话，那就是莎莉也去上班了。而不久之后呢，卡尔就会消失在她的生活里，她便可以结束对人撒谎的生活。她决定告诉全部人，包括妈妈，关于理查德的事，打一开始就对大家坦白。

芮妮走去厨房，查看丹尼斯的库存，指出他忘了算上储藏柜里的调味品和面纸。等他补好之后，芮妮关上油炸锅的电源，刷好烤架，锁上门，带好现金。

刚一出门，父亲的车就到了。“别一个人站在暗处，芮妮。”父亲责怪说，“在里头等着，看到我来了再出来。”

“是，爸爸。”她滑进椅子上，拉上车门，对着老爸的侧影微微一笑，偶尔闪过的车灯照亮了老爸处于阴暗处的脸。他在口袋里摸索着掏雪茄时，她按下了仪表板上的按钮打开了灯。

回家的路上父亲抽着烟，没有说话。熄了引擎之后，他伸手握住芮妮的手，按了两次，但是没有像平日那样松开，而是一直握着。

他又吸了一口雪茄，屏住气过了好一会儿，才吐了出来，好像那是他的最后一口气息。“你妈说你最近常恶心。”

芮妮笑了，在黑暗中倾身吻了父亲的脸颊：“噢，老爸，没事儿。有时候只是因为我早上什么都没吃。”

爸爸并没有转过身来，他只是望着正前方的窗外，手上的烟头一亮一熄，一亮一熄。他放开了芮妮的手，把身边的车窗摇下来几英寸，把雪茄丢出窗外，再燃起另一根。“你妈明早要带你去见沃夫医师。”他说道，“这个你不可以有意见。出租车九点十五分到，你要在九点前准备好。”

他打开车门，把第二根烟蒂丢在第一根旁边，用鞋跟把它们踩进泥土里。芮妮留在原地，望着父亲跛着脚走上台阶。她会照父亲安排的做，但是这多无聊啊。她想明天课后和理查德谈一谈，但是周三也可以在自助餐厅碰面。

三天后的周五，妈妈挡在门口，不让芮妮出门去上班。“我打电话给布坎南先生了，对他说，你不会回去上班了。”她说。

“妈！”芮妮想把妈妈推开，“你在说什么？是因为要爸爸来接吗？”她的妈妈像坦克一样挡在门口。“拜托，妈妈。让我去吧。我已经安排好了。过了这周爸爸就不用去接我了。”她想看懂妈妈脸上的表情，只有生气和果断。没理由这般啊。芮妮退了几步，深吸了一口气，再次说道：“拜托，拜托，妈妈。我快迟到了。不管什么事，我们晚上再谈。”

“你现在就回房间，脱下制服。”妈妈说，“不用再多说一句。直到你爸回来。”

芮妮知道在妈妈处于这样的情绪下争吵下去会是什么结果。她想等到妈妈回厨房，再从地下室的门溜出去，可以在妈妈发现之前，悄悄走到楼下，但是偷偷溜走只会把事情弄得更糟。她只能等着，等爸爸回来把事情摆平，也就是一个多小时的样子吧，然后她再去上班，和布坎南先生解释说，妈妈发了一下神经。她决定回去房间，但是不脱下制服，如果爸爸让妈妈别再吵了，她就可以立即溜走。

芮妮原本以为爸爸一回来，妈妈就会开始，但是整顿晚餐她都闭紧了嘴巴，甚至连芮妮还穿着制服也没说一句。

最后在餐桌上，面对着一堆脏碗盘，妈妈开口了：“这丫头怀孕了。沃夫医师早上打来的电话。”

有好一会儿的时间，屋里没有任何声响，只有壁钟上的钟摆来来回回摆动而发出声响。他们连呼吸好像都停止了。之后，爸爸没有看妈妈，也没有看芮妮，以手臂撑着桌子，在身体的重量下他的手臂在颤抖，好像一个九十岁的老人。他瘸着腿，慢慢痛苦地走到起居室他常坐的椅子上，每摇晃着跨出一步，他兜里的钥匙都哗啦作响。

芮妮呆呆坐在座位上，妈妈在收拾碗盘。怀孕了？怎么会？她怎么就会怀孕了呢？

但是她渐渐明白过来。这些年来，莎莉和其他女孩儿嘀咕了好久，还收集初中生物书上的图片，刹那间这一切让她觉得自己好蠢，也气妈妈怎么就不把简单的事情说明白了。这就是为什么当她和莎莉说了棒球场上的约会之后，莎莉被吓到，要她立即停止别再这么做了的原因。

涌出的眼泪无法冷却滚热的脸颊。她望了望爸爸，但是他只是坐在椅子上，望着电视的黑色屏幕。妈妈往厨房水槽里加热水，把盘子一只只放进去。芮妮跑去自己房间，摔上门，倒在床上大哭，从来没有这样伤心过。哭累了，她从床上滑到地板上，背靠着床，手上抱着一个枕头。很快，爸爸就会像往常一样进来，往她手上按两下，对她说没事儿的。

屋里黑下来了，但是爸爸却没有来。芮妮转开了床旁边的灯，如果爸爸经过门外，他会发现芮妮还没睡。但是他没有来。

过了一下，芮妮听见电视的声音，但是她听不出来那是在演哪一部。她看了一眼闹钟，才过八点，应该是《瑞里的生活》吧，那是爸爸的最爱，也是她最喜欢的。之前父女俩每周五晚上都会一起看，直到她去上夜班。瑞里每次做出粗鲁的行径，他们总是和他太太佩姬一样，扬起眉，哈哈大笑，每回出丑之后，他会说的那句台词“这是发生了什么革命进展”，他们也会一起跟着念。而妈妈坐在椅子上，做着针线活儿，一边摇头，一边嘀咕着，一个好演员应该去演棒球明星贝比·鲁斯，而不是演这么一个活宝。

早上的时候，芮妮听见爸爸在他自己的房间里走来走去，忙着去上班。她听见爸爸妈妈在厨房说话，东一句西一句的，然后是车子发动的声音，还有车轮和地面沙石摩擦的声音。快到中午时，妈妈终于来敲了门，说道："你爸会早点儿回来，带你去学校办休学手续，你要把衣服穿好，你们大概三点半出门。"

芮妮上车的时候，老爸一句话也没说。她想说点儿什么，但是脑中想到的只是，在下午这个时间她认识的同学几乎都没选课，这让她有些窃喜，但是她想爸爸是不会想听见她说这个的。

爸爸没有提出要跟她一起进去。她选了最近的路，去了办公室。"我得休学。"她对窗口后面的女人说，但是说得太小声，她只好又再讲了一遍。休学单和入学单形式很相近，入学单才在两个月前填写过，此刻芮妮几乎失控，她让自己专注于笔端，写下姓名、年纪和地址，一路写到"休学原因"那一栏，她停了下来，看了很久，经办女人说："需要帮忙吗，宝贝儿？"芮妮这才写上："搬迁。"她想这是真的，妈妈不会让她留在家里的，就算爸爸求情也没用。

芮妮一回到车上，爸爸就启动了车子，他开着车穿过小镇，过了郡界，不晓得要开去哪里。这不像他啊，因为爸爸不喜欢开车。这样沉默地开了好久，他绕了小镇一圈儿，才转到一条通往高中的路上，然后在停车场停了车。她从未见过爸爸痛哭，但是此刻她觉得爸爸快撑不住了，他的眼眶已经湿了。他从口袋里掏出手帕，擤了擤鼻子。

"你爱他吗？"他问。

谁？她差点儿问出声来，还好没有。

“如果你喜欢他，想嫁给他，不管他是谁，我都会把这件事安排好，”老爸说，“如果你的答案是不，就交给我们来处理。”

但是他没说要怎样处理。

“你现在必须对我说实话，芮妮。”他望着她，眼泪滚落脸颊，“你爱他吗？”

他希望芮妮说是吗？这样便没事儿了吗，或者说老爸认为这样便没事儿了吗？他就会不再用这样的眼神望着她，眼中浮动着他破碎的心？

她爱过卡尔的，曾经与他相爱过。她记得听人说过，相爱的感觉会随时间而淡化，现在只是寻常的爱，没有翻江倒海的感觉，没有每一个呼吸都带来狂喜的感觉，寻常的爱就是几乎没什么感觉，但是你知道还是在的。

“是的，爸爸。”她说，“是的，我爱他。”这么说的时候，她的爱又回到了心间，不像以前般炙热，但是她知道爱还在的。

父亲按住她的手，快速按了两下。一切事情都过去了。

第十章
冰

一九六四年九月
俄亥俄州，麦卡里斯特

爱玛

爱玛在餐盘里装满了三明治，调整了一下边角上的香菜，数出同样数量的三明治，西洋菜的、植物奶油的、鸡蛋和凤尾鱼的，还有鸡肉的，用虾肉卷和咸肉包蚝把不同口味的三明治隔开。她拿出几天前画的彩色图绘，把餐盘装点得美轮美奂让她非常满意。她把图画放到桌角，又伸手去拿开胃菜的图。今天早上戈登看了绘图，他说画食物是浪费时间，但是对爱玛来说，这是她的救赎。戈登为聚餐预想的前餐包括生菜、奶酪、坚果和橄榄，还真丰盛。绘图可以让爱玛镇静下来，给她一种自信，相信自己可以把聚会办得如戈登料想的一样完美。此外，在采购单和洗菜、切菜、煮菜及包装冷藏的安排之间，画些画成了她的一种娱乐，只需几处改动，这个菜单下回还可以再用。

可以做出这些菜来，爱玛觉得很自豪，她很高兴戈登给了她机会，让她在没有请人来帮忙的情况下，独自完成了这些。她原本想请在超市遇见的女孩儿来帮忙的，那女孩儿生得很甜美，在镇上唯一的饭店拉奎尔上班，那里的员工都了解上菜得从左边上，或许是上头教他们的吧。爱玛从未去过那家饭店，她要在家看着米尔顿，不过戈登偶尔会去，受邀同布鲁斯·鲍尔共餐。

不错啊，她想。看着餐盘上的色彩和形状，她竟然自己一个人忙出来了。这些连妈妈也做不到啊，她也没机会准备这样规模的餐会。就算妈妈来了，也帮不上忙。她只会噘起嘴巴，掩饰她不知道什么是生菜，或者不晓得生菜与开胃菜的差别。妈妈没办法准备一个吧台，让客人取用他们爱喝的鸡尾酒。

爱玛拿起餐盘，小心推开双扇门，进入客厅。客人聚在客厅，三三两两站在一起，说着话，抽着烟，手上端着鸡尾酒也不妨碍他们做着手势说话，只有少数几个人是爱玛认识的。爱玛从一群群客人中间穿过，希望有人注意到她，可以让她对其温暖地微笑，让她介绍一下自己，或许给她一个诙谐的赞美，但是他们都专注于谈论，完全没有注意到她，只留意到她手上的餐盘。

“我们怎么没请奥康纳斯？”上周四晚上，她在照戈登给的名单写请柬时，问道，“或者克素曼？”

戈登正在看《秘密特工》。“他们是两个圈子里的人。”他说，眼睛没有离开电视机。

这个爱玛也知道。布鲁斯·鲍尔在商会有着举足轻重的地位，名单上大部分的人都是政府官员，但是爱玛还是不懂为什么他们就不能邀平常的朋友一起来，戈登的基维俱乐部的和她的奥丽瑞女子俱乐部的熟人朋友，“他们中间一定有人认识杰克·奥康纳斯的，”她说。“他不是还管过基维的财务吗？”

“那些人都是罗特瑞安的。”戈登说。爱玛又问属于不同俱乐部有什么差别，戈登不耐烦地把报纸折起来，朝爱玛翻了翻眼睛，说她对经济学一点儿也不懂。她想自己是不懂的，不过，想来和她掌控家庭预算差不太多吧，但是他并没有回答她的问题啊。他希望讨好这些来宾和他们的太太，不可能只是商业上的考虑，因为，他已经买下了维格尔医师的诊所，所以他成了麦卡里斯特地区唯一的足科医师，方圆数百英里之内的唯一，不存在扩大客户群的问题。或许他想竞选市议员，但是她难以想象他怎么有空儿来做这些。

在屋里走了一圈儿，爱玛把生菜盘放在吧台上，又放了一些黄瓜做的百合和萝卜做的玫瑰，让菜色看上去更吸引人。现在或许她该给自己调一杯汤姆·柯林斯①，去和客人交谈一下，然后再送一回食物。

她感到有人轻轻压了一下她的手臂，抬头看到一位五十来岁的女人，金发中夹着斑驳的白发朝她笑着招呼说：“好棒的餐会啊，你是戈登的太太吧，是不是，亲爱的？我是克劳汀·鲍尔。”

爱玛伸出手来，但是鲍尔太太突然朝吧台那边的戈登转过头去，说道：“他上周和我们一起吃饭时，就说过你们家的新厨房了，你等下一定要给大家看看。”

“那当然，在您方便的时间。”爱玛说，她真希望可以找到一个理由说不。不过这个理由，戈登找给她了。他站在吧台后方，摇着空

① 由苏打水、杜松子酒、糖、冰块和柠檬混合而成的大杯饮料。

的冰桶。

“对不起，”爱玛对鲍尔太太说，“我丈夫在叫我。”

爱玛接过戈登手上的冰桶，她说刚刚认识了鲍尔太太。

“你得让冰块儿不断货，”戈登说，“没冰块儿，你让我怎么调酒呢？”

爱玛点点头，转身去厨房。

“你顺便多拿一些碎冰块儿过来。”戈登说，声音很大，这让吧台周围聊天的先生们停止了说话，朝爱玛望着。

爱玛从冰箱里拿出一只碗，用冰锥把里头的冰块儿分开。把冰桶装满之后，她把四盒冰块儿倒进碗里，放回冰箱，又在冰盒里加满新的水。她希望刚刚告诉克劳汀该让戈登领大家参观新厨房的，因为厨房改建都是照着他的意思来的，而不是她的。

爱玛想要一个炉台，而不是一个巨大的灶具，灶具上头还有伸出来的顶棚，好像一个张开的大嘴，想要把她吞噬。她希望冰箱和其他电器都用粉色或浅黄色的，温暖而明亮。刚好老朋友梅奇森春天的时候来住了一周，爱玛每天都花好几小时，从杂志图片、广告宣传册和色彩样品中不断选择，设计了她从儿时就梦想的厨房，奶油黄的电器，浅粉、黄色的瓷砖，加上蓝绿色的背景色。但是戈登的妈妈两个月前特地从纽曼赶来了，母子俩一致坚持厨房电器用蓝绿色更高雅，红黑的瓷砖做墙面、地面是最有品位的。

戈登和妈妈也选了幽暗的灯光，以凸显他们的厨房最吸引人的部分。开放的橱柜是其中之一，爱玛曾建议，有玻璃门的柜子放东西会安全一点儿，也是可以看见里面的，但是戈登一听便不耐烦地摇着头说，开放的橱柜才更引人注目。显然他们急着要引人关注，在装修完成后的三周时间里，他们已经提到了两次。这下好，爱玛得手洗，再吹干，才能让柜子晶莹剔透。

有时候，她发现自己看着宣传册上漂亮的黄冰箱，觉得戈登和她婆婆选蓝绿色是对的，但是地上的颜色却让她觉得不舒服，好像一个废弃的鬼影棋盘。

克劳汀·鲍尔推开厨房的门，说道："哇，原来你在这里啊。"她拿开爱玛手上的冰桶，"现在放下这个，去参加餐会。"

爱玛拖了拖冰桶的边缘说："戈登要冰块儿。"

克劳汀做了个鬼脸，摇着头说："戈登，戈登。"她一手推开厨房的门，大声叫唤道："布鲁斯。"爱玛想她也叫得太大声了吧，一个瘦削的光头男走了过来，穿着灰色的西装，克劳汀说道："布鲁斯，这位是爱玛，她很可爱吧？"布鲁斯向爱玛打了招呼，突然冰桶就从克劳汀手上转到了布鲁斯手上。"带去给戈登。"她说。

克劳汀大步走到厨房中央，慢慢转了个圈儿，把四周都打量了一遍。她指着烤肉架说："我猜戈登喜欢烤羊腿。"

"一个月里会吃上两三回吧。"爱玛说。

"嗯，他不用清洗烤盘，对不？"

"其实也不是很麻烦。"爱玛说，但说的并不是实话，只是她不太确定自己是否喜欢鲍尔夫人的态度，好像她俩是同谋者一样。

年长的女人把手放在冰箱门上。"这也是戈登喜欢的吧，是不是？整个设计？在我认识的女人当中，没人喜欢暗颜色。"

"我婆婆喜欢。"爱玛说。但是鲍尔太太好像没听见似的继续说道。

“看着这些格子你会眼花吧。”

爱玛从冰箱里拿出冰碗来，把冰块儿倒进碎冰机里，确认开关转到细冰那一格。戈登对他的冰块儿很在意。等她抬起头来时，发现鲍尔太太手上拿着她画的画儿。

“这是你画的？”

爱玛点点头。“很蹩脚的，我知道，我得先看看大约是个什么样子，合不合我要的样子。”

“画得很好。”克劳汀说，“看上去就像烹饪书上的。”她放下画，拍了拍爱玛的手臂，“我得先走了，亲爱的。我知道招待客人是很辛苦的，下回开晚宴，考虑一下找个女孩儿来帮你。”

爱玛把第一碗碎冰倒进一个大碗里，准备等下拿出去给戈登，然后又放了一些冰块儿到碎冰机里。她又看了一眼图画，了解克劳汀说的。若对这个女人说的感到开心，那有些荒唐，因为她可能不过是一句礼貌话罢了，但是爱玛却觉得自己的脸颊红了起来。

早在天色刚晚，她开始做第一轮的开胃菜时，她就注意到米尔顿了，他穿了生日那天戈登送他的蓝衬衫，拿着一个老款式的玻璃杯，里头装了半满的橙汁，显然觉得自己与嘲笑三年级学生讲的笑话的那两个男人没什么不同。她想给儿子画张水粉，趁着他的脸上还带着孩子的稚气，捕捉他尚未成年的神韵。

或许再过一两年，他就不肯乖乖坐着给她画了。去年爱玛试过一次，那时米尔顿坐着就变得没耐心了，抱怨着想去做科学实验，他在试验把昆虫放在沾了酒精的棉球里，过多久昆虫会死亡。当爱玛安慰说，再等十五分钟，并想拿个枕头放在他背后，给他靠着舒服一点儿时，他甩了爱玛一巴掌。

这一突发事故让爱玛特别想念父亲，他若在场一定会立即捉住这小子，让他跪在地上受罚。爱玛惊讶得一时不晓得该做些什么，连话都说不上来，而米尔顿则跑了，哼着从收音机里学来的歌。她起身去拿了冷毛巾，放在发热的脸颊上。这个男孩儿甩得很用力，在她脸上留下了一道红色的印子，不过扑些粉也遮得过去。

在他们刚结婚的时候，戈登就说过，将来有了孩子，教养的任务由他来，她也同意了。所以一整个下午，直到戈登下班喝了两杯威士忌，又等到吃完晚餐，然后戈登让米尔顿回房写作业，爱玛都没讲话。

爱玛坐在小沙发的边缘，面对着戈登，非常平静地说道："亲爱的，我们的米尔顿做了错事。"

戈登把报纸折起来放在腿上，伸手从一个雕花银盒子里拿出一支雪茄，往核桃木的桌面上把雪茄弹了五次，找出打火机，发现里面空了，又放下来。他朝爱玛后面望去，伸出手来，爱玛知道这意思是说要她去壁炉上拿支打火机递给他。她也去拿了，他打开盖子，拇指用力压了打火机，点上了烟。放下打火机，深吸了两口烟。看到爱玛还是很坚持地留在原处，才说道："怎么了？"

等她解释完下午的事之后，戈登把头往后一仰，笑了起来。

笑了又笑。

她以为他会一直笑下去，停不下来。

最后，他一边笑着，一边望着她，没有注意到她尽量忍住不哭，却忍不住掉下来的泪水。“这孩子知道他在想什么，”他说，弹了弹烟灰，“这是要你听见他说的话，当他说不想坐着的时候，是真不想坐着。”

“这么说你不罚他吗？”爱玛问，非常小声，她自己都觉得好像没说一样。

“为什么啊？”戈登现在看起来真的快生气了，对她生气。“你浪费了他想做实验的时间，因为这个他恼了，我为什么要罚他啊？他对科学如此认真，你当为他高兴才对。”他摁灭了烟头，打开报纸，不再说话。

到这时，她觉得自己同时被儿子和丈夫伤了。晚上她躺在卧室的床上哭泣，想说大概父子俩总会有一个来拍拍她的肩膀。但是过了一会儿，她转念觉得应该庆幸自己有这么一个孩子，还这么年轻，就已经知道将来要当一名医师，或许还是一名外科医师，他没空儿坐着让妈妈琢磨画画儿。是的，她不该再麻烦他的，如果想画，可以找张照片，或者她也可以画后院里的树。

人生就要看你从什么角度来看，她提醒自己。这是真的。有段时间，大约一两年的样子吧，戈登反对他们再生一个孩子，那一阵子爱玛很痛苦，但是最后她也同意了戈登的看法：所有的花费，包括时间、金钱和关注，都要从米尔顿那边扣除，而这是不可以的。“把一个孩子养到十七岁，就要花上三万美元，”戈登对她说，引用了他从杂志上看来的数据，“不算上大学，或念医学院的费用。”

有这样一位丈夫她该感到幸运，他把一切都打算得很清楚。这个心思缜密的男人，为她设计新厨房时想到洗碗机、垃圾处理机、废物捣碎机。在为前途无量的儿子安排未来时，他又理智又务实。

是的，她是幸运的。特别是她想到她过去的生活，想到她的娘家。

看看芮妮过的日子，先是先孕后婚，让全家蒙羞，然后刚要安定下来，她又带着女儿逃跑了，以离婚收场。更糟的是，还不到一年，她又怀上了，这回是谁的孩子，她死也不说。真够耻辱的。而她的两个女儿琳恩和葛瑞丝完全是野孩子，一点儿教养也没有。爱玛为她们感到难过。也为自己的父母难过，因为他们面对教堂里的教友时一定非常尴尬。但是一想到他们怎样宠着芮妮，特别是爸爸，她的难过就缓和一些。或许妈妈开始也反对过吧，但是接着就让步了。爱玛想，因为爸爸会干涉妈妈，为了他的爱女。是的，她可以想象爸爸逼着妈妈让芮妮回来，就算如此，妈妈也不用为了芮妮的女儿们奉上一切，而对米尔顿却仅止于礼貌。

是啊，想到这些爱玛就很高兴。一年里去纽曼看望父母一两回也让她觉得可以忍受，其他的日子她尽管做医生太太，或许，过一阵还可以做议员太太呢。

爱玛望了望戈登的开放柜子里自己的身影，把几根头发抿上去，拿起碎冰碗，推开门，朝她的客人们走去。

第十一章
放手

一九六五年六月
印第安纳州，纽曼

芮妮

琳恩的哭叫声把芮妮从睡梦中惊醒。

“不！爸爸！别放手！爸爸！爸爸！”

芮妮朦胧中走到女儿的床边。琳恩还在睡着，但是扭动着身体，好像喘不过气来似的，想叫却叫不出来的样子。她的嘴唇紧紧闭着，脸也涨红了，好像在憋着气一样。

妈妈出现在门口，她脸色苍白，睡袍半披着。爸爸一跛一跛跟在妈妈后面，他穿着白天的衣服，衣服起了皱褶。两人都没来得及戴上眼镜，他们站在床脚，芮妮抱起琳恩，摇着她，抚着她的背，低声说：“呼吸，宝贝儿。呼吸啊，你没事了，现在没事了。”

昨天晚上，卡尔比预定的时间晚了好久才送琳恩回来，他没说为什么琳恩身上穿着男士的大号T恤，只在把女儿放在床上时，他解释说头上的纱布是因为在码头玩儿的时候滑倒了，她跑得太快撞到了柱子，他已经带她去看过急诊了，那时医师还没诊断小女孩儿没事儿，那时已经很晚了，他依然觉得没必要打电话来。不过还是需要缝几针，打一针防止破伤风。“一个意外，”卡尔说，“每个人都会碰上的。”虽然芮妮不想听这话，但是她也不可否认此一说。琳恩是常常跑得很快，然后跌倒，头撞到前面就受了伤。让芮妮觉得意外的是，怎么跌倒之后过了这么长时间了，琳恩还是昏昏沉沉的。芮妮拍了拍女儿的脸颊，又抚摸了她的手，过了好几分钟，女儿才睁开眼睛，不一会儿又昏昏睡去。卡尔对他们说：“因为要缝针，所以他们用了些止痛的药。”但是在卡尔走后，爸爸、妈妈和芮妮你望着我，我望着你，好像等着其中有人点破，他们根本不信卡尔说的。

葛瑞丝的床在角落，她开始哭了起来。这时大家才注意到三岁的小女孩儿醒了，葛瑞丝坐直了身体，睁大了眼睛，眼里噙满了眼泪。

“你跟外婆来，”妈妈说，把葛瑞丝抱进怀里，“和外公坐在走廊里。”

葛瑞丝吸了吸鼻子，揉了揉眼睛，把头靠在外婆肩膀上。“我可以去抓发亮的虫虫吗？”

“它们都上床睡觉啦，宝贝儿，”妈妈说，“但是你可以听见它们低叫的声音，你也可以轻声对它们说话，就像外公教你的那样。”

“外公会唱歌吗？”葛瑞丝问。

爸爸点点头。“你先抱她出去吧，贝蒂，”他说，“我一会儿就来。”

琳恩的身体放松了，终于安稳下来，等她呼吸平稳之后，芮妮依然摇着她。芮妮抬头望了望爸爸，感觉到眼泪快出来了，便转过头去。“我该怎么办呢？爸？我不能……”话没说完，很多情绪一下涌上心头：我不能由着他继续来看她，我不能阻止他，我不能不保护她，我不能不保护她。

爸爸伸出手来握住芮妮的，快速按了两下，往屋子的前方走去。她知道爸爸想帮她，知道若可以帮得上忙，爸爸做什么都愿意，但是他大约和自己一样，不知道该怎么做，不晓得该从何开始。就算是妈妈，近来也对芮妮特别好。几个月来，卡尔又出现了，坚持要来探望琳恩。关于这点，律师也对芮妮解释过，来看望女儿是卡尔的权利，尽管之前他没有执行过。芮妮惹出来的千头万绪，似乎没人可以理得清。

芮妮把女儿放回床上，尽力把被单拉平整。在走廊透进来的微弱光线下，芮妮可以看见女儿的脸因为担忧而扭曲了，且生出了皱纹，像一个老妇人的脸，不像一个八岁小女孩儿的脸。

是的，这也是她的错，她的每一个错都留下了一道印记，写在小女孩儿的前额上。

事后后悔没用，这点芮妮也知道，但是有时候就在觉察之前，她的思绪已经飞走了，希望她没有接受卡尔第一次送她回家的邀请，希望不曾认识他，甚至希望不曾去汉堡主厨上班。每当这些想法出现的时候，她总是尽力把它们推开，让思绪停止，因为希望卡尔没有出现，也就是希望没有琳恩，这个芮妮可不想。如果哪天芮妮擦一下灯罩，出现一个精灵，她知道自己想提出怎样的请求，就是回到那个晚上，父亲载着她出去时，问她愿不愿意嫁给卡尔的那个瞬间。如果愿望真的实现，芮妮将要抓住十九岁的傻女孩儿，把智慧灌进女孩儿脑中，阻止她说出“是的”两个字，阻止她对父亲说，也阻止她对自己说，她爱上了根本没爱上的人。

虽然她已经忘了与卡尔相爱的感觉，但是夏天的那几个礼拜，她想是爱过的吧。怀孕四个月后，站在法官面前的婚礼场景是忘不掉的，那时她站在卡尔旁边，梦想着他们的未来，看着自己的手指滑过卡尔的头发，直到它们变成银色。多么奇特的感觉啊，一方面她觉得那天是快乐的，但是另一方面她记得现实日子里他们的相处，仿佛在同一时间里，她是两个不一样的人，有着不同的体验。

卡尔那天还迟到了。随他一道来的还有他妈妈，一个邋遢的女人，头发染成了万寿菊的黄色，进门时还拒绝目光与新娘交会，只是望着别处。在往市政厅的路上，妈妈一直在念叨着他们的失礼，但是一走入市政厅，她动作便快起来，对要回答的问题她总是抢先一步。回家的时候，爸爸比平常开得更慢，不曾抬头看向后视镜里的芮妮，也没对妈妈说的话翻白眼儿，到停车场时，芮妮得握住父亲的手臂，让他别动气。

婚礼之后，没一样事情如她想象的。没有挂着花窗帘的可爱小房子，没有忙着准备晚餐的午后时光，也没有窝在沙发上憧憬小宝宝的夜晚。有的是他父母的破旧农场，围栏摇摇欲坠。邋遢的小鸡和猪在农场里走着，大型的红毛犬是卡尔的父亲养来看家的，狗没日没夜地叫着，新婚夫妻的洞房在潮湿的地下室，堆满了汽车油腻的废弃零件和赛车杂志。在以前的日子里，芮妮从未想过自己有一天会想念纽曼，但是现在她真的想念起来。塞勒离州界不过一小时车程，但是却好像处在遥远的边界。

在塞勒的婆家，没人要求芮妮烧饭、打扫，或者洗衣，但是不久她就看出来，她不做这些事，放在那边也没人会做，在生产前一个礼拜，她不能下床，大部分的事情也就没人做。在卡尔找工作一事上，也是如此。一天过了一天，他从来也不操那个心。而且似乎这一家人只有芮妮想到他该出去工作，这也真够芮妮烦的。在小宝宝出生之后，没几个礼拜，医师建议的休息时间还未满，她又跑去了镇上，在药店找了一份打杂的工作。回来之后，她对卡尔说，他得教她开车。

把琳恩留在家里，让她非常心疼。每天下班回来，总会看到琳恩因为饥饿哭着叫着，污秽的纸尿片吸满了尿液。清理干净并安顿琳恩好之后，她总是对着琳恩低语，承诺她一定一定会尽早带宝宝离开。

工作了八个月，芮妮把每一毛薪水都省起来，然后没和卡尔说一句，有天中午她就去镇上租了间小房子，请了一个保姆在她上班时照顾琳恩。晚上离开药店时，她把储藏室的很多空箱子搬到车上，她一回到农场，照顾琳恩的同时，就把她和女儿的全部物品都放进纸箱里。弄好之后，她把三四个空箱子放到床上，走到旧棚舍，那里卡尔把半打旧车拆得一团糟，她告诉卡尔她租屋的地址，说他也可以一起过去住，但是得在两周内找到工作，否则就得走。

有三天的时间，特别快乐的日子，她和琳恩独自住在屋里。后来卡尔出现了，他找了份卖家具的工作。他洗了澡，也修了脸，还添置了新衣，虽然算不上帅，但是走出来也不会丢她的脸了。起先她以为三个人可以快乐地生活下去，因为看起来，卡尔离开农场和她一样开心，但是他很快又像过去一样，不管琳恩，而且对待芮妮的态度好像她长着毛毛虫的脑子，总是说她笨，当她公司的账对不上时，他总是嘲笑她还想当书籍管理员，当她把满的旧垃圾袋丢走，而忘记放置一个新的时，他用报纸折了个小丑帽给她。

她很不开心，但是除了尽力而为，还能做什么呢？她不能想着过去，只能考虑着眼下。他是她丈夫，就是这样，总得找个办法和他过下去。况且其实在一起的时间也并不多。大多数的晚上，狼吞虎咽地吃完晚餐之后，他就出去了，混到午夜之后才回来。过了一阵，等他回来躺到床上时，芮妮常常都已经睡了，根本没感觉；而早上她和琳恩一起出门时，卡尔还没醒，她会推一推他，告诉他咖啡已经煮好了，他得在一小时内赶去上班。

如果不是药店淹了水，他们还会这样过个几年，而她也就永远不知道卡尔的真面目。那天员工休息室的水管破了，但没人注意到，直到一位顾客把鼻塞口服液举过头顶，一边摇晃着，一边大声叫着他的脚踝都淹在水里了。经理挥手让所有客人出去，并锁上门，员工涉水在屋里寻找，试图找出水管破裂的地方。最后水终于止住了，有人叫来了水管工，经理让大家都回去，过一两天等他电话通知再回来上班。

芮妮第一想到的是钱，没有她的收入，她和卡尔会过不下去，于是她想省下下午的保姆钱，便在回家的路上先接了小宝宝。琳恩刚从午休中醒来，有些吵闹，芮妮忙着安慰她，停车时也没有注意到卡尔的凯迪拉克老爷车就在三五步远的地方。

她想早点儿让琳恩回去睡觉，而且回到家她很高兴，因为自己也可以和女儿一起合一下眼。她把琳恩放在起居室的地板上，塞给她一个泰迪熊，把钱包放到沙发上，踢开湿了的鞋子，想要拉开被套。

这时她才注意到卡尔，卡尔身上穿着一早儿穿的白T恤，趴着，脚拖到地上。

一个裸身的男人蜷在他身上，抽动着身体。芮妮惊讶之余，唯一注意到的是男人金色的头发，留着胡髭，这是一个她不认识的人。

“妈妈。”琳恩在她身后叫着，芮妮转过身来，跑回起居室，抱起小宝宝，再没回头看一眼。

但是她目睹的床上一幕却好像卡住的投影片，一次又一次地在她脑中上映，每一回她都看见更多细节：卡尔的短裤沾了浅褐色的斑迹，丢在床边，床后方挂了两张雀类和蕨类的图，其中有一张歪斜在墙上，她的枕头上放着一管打开的凡士林。她看了又看，简直和自己的孩子变成一条眼镜蛇，像嗞嗞作响的情景一样恐怖、惊异。

她不记得自己是怎样抱了琳恩去车上，也不记得是怎样开车到小镇的另一头，又是怎么决定要去哪里。她只记得前一秒还站在塞勒卧室的门前，四小时后她已经到了莎莉位于印第安纳波利斯的公寓了，琳恩在她怀里哭闹着，尿湿了红色的灯芯绒裤。

“芮妮，你的鞋子。”莎莉说，芮妮摇着头说，“我原本没想好要过来的。”好像这句话就可以解释为什么她的袜子上沾了黑色的污渍，脚趾处起了球，还破了洞。身上还穿着药店的蓝色工作服，袖口和肩膀处染了粉彩的颜色，该是路上擦眼泪时沾到的。

灌下半瓶红酒后，她才把见到的那一幕说给莎莉听，莎莉一听便说出这般这般的解释来，只有芮妮不解两个男人要如何做这档事儿。第二天，芮妮塞了面纸让包包鼓起来，穿上借来的衣服，她先找到工作，几小时后便找到了离婚律师，她尽力想让卡尔不能再靠近琳恩，但是因为她也无法对律师说具体发生了什么，也就不能阻止男方定期探视。

这又导致了另一个错，其中掩藏了诸多危机，但是当时自然是看不出来的。和卡尔在一起过了三年糟糕透顶的日子，这个结局她能应对，简直该铺上红地毯才对。当她对卡尔说，她不要任何赡养费；他则回答不敢挑战离婚的决定。她说自己的小破车无法两周一回载着琳恩往来塞勒，他说也不想浪费周末时间来印第安纳波利斯。分手后的第一个圣诞节，芮妮带着琳恩回到纽曼的父母家，只要电话铃声响起，或者门外有车经过，芮妮都屏住呼吸，但是还好不是卡尔的声音，也没有他的影子。显然他打定主意要忘了琳恩的一切，所以芮妮也打定主意，要让琳恩忘记她老爸。芮妮从来不提卡尔的名字，不放一张他的照片，也不说一句关于他的话，这还真管用。直到琳恩上幼儿园，她发现其他孩子都有爸爸妈妈，她才问起自己的爸爸去哪儿了，芮妮对女儿说，爸爸是坏人，不爱她们，也不想她们。“你不必认识那个坏人，宝贝儿。”芮妮说，她心里觉得卡尔不过是她一个人的痛苦记忆罢了。

尽管和妈妈时有争吵，尽管下个月的薪水还没入账之前上个月的薪水就用罄，但是日子还是过得比想象的容易，芮妮告诉自己，她是幸运的。直到五六个月前，卡尔又打电话来家里，说他隔周要来带琳恩回去。他对她说，现在跟以前不一样了，他在郡里找到一份好工作，为公路局做事，过个一两年还可能提拔做个主管什么的，是他自己这么说的，而且他不知道自己有没有机会再婚。对此芮妮嗤之以鼻，但是他不理会芮妮的不屑，琳恩可能是他唯一的孩子，自从他母亲去世，他父亲一直念叨着琳恩，他说他多么希望可以了解她。芮妮叫他去死，然后摔上话筒。她想不出来，他是怎么发现母女俩又回到纽曼的，之后他没再打来，芮妮以为危机过去了，但是几天后就收到一封律师信，信上说如果芮妮不配合执行原来的探视权，卡尔会让她重回法庭以解决争端。而且信上还写明，卡尔想去探视琳恩的日期和时间。

爸爸立即打电话找了普瑞兹律师，是教会的朋友介绍的。芮妮请了一个下午的假，去见律师。但是律师的回答也是无能为力，就算他们想要废除他的探视权，也需要时间，少则几个月，多则好几年。芮妮说出了他和另一个男人，她目睹的卧室里的那一幕。说着她便哭了，律师绕过办公桌，把手帕递给她。

“我真的非常抱歉，”他说，失望地摇着头，“你这么年轻，全家都信教，遇上这种事儿。”芮妮的情绪过去之后，普瑞兹律师同意说，让孩子见到如此场面是让人很担忧的，“但是，”他说，“我不能照你说的就立个案，或许那只是一场意外，况且也是很多年前的事了。或许是你不喜欢他，才说的。”作为证据，这是不够的。她必须让卡尔探视琳恩。

卡尔第一天来看琳恩的时候是多痛苦的事儿啊。在将近五年的时间里，琳恩没见过父亲，也没听说过他，害怕得大哭大叫，要被卡尔带上车时，更是竭力挣脱。在之后的三十多个小时里，芮妮在屋里走动着，抽着烟，祷告着，不管谁听到，都希望听者成全，希望卡尔意识到琳恩恨他，而且会永远恨他，并因此放弃做她父亲的强烈愿望。直到被送回来的时候，琳恩依然有些歇斯底里，而芮妮认为她的祷告生了效。两周过去了，卡尔又出现了，芮妮以为琳恩会反抗的，但是这回不那么强烈了。又过了一阵，琳恩连哭也不哭了；再不久之后，在父亲快来的时候，琳恩开始微笑着，甚至欢喜着。在最近的几个月里，卡尔预定要来的日子快到之前，琳恩会兴奋地说着父亲答应要带她去的地方，当葛瑞丝问到她可不可以跟去时，琳恩会大叫着“不行”。及至琳恩看到父亲的车开进来时，她会站到门外，尖声叫着：“爸爸！”

卡尔总是用电影票、新玩具和去集市来吸引琳恩，这是芮妮负担不起的。他在收买她的宝宝，用简单而明了的手法。但是她却无法阻止。

“她都静静的吗？”妈妈走进来，拿着一个盆，放在琳恩床边的地上。“水好了，清凉的。”她把放在盆底的毛巾拧干，递给芮妮。

芮妮轻轻地把琳恩脸上的汗擦干，免得弄醒了女儿。“葛瑞丝去哪儿了？”她问，把毛巾递还给妈妈。

“和她外公在一起，在走廊上。”她绞干毛巾，又递给芮妮，“小东西累坏了，她先睡了。他们在走廊上的椅子上坐着，你老爸还醒着呢。”妈妈又换了两三次毛巾，叹了一口气。这一叹气立即让芮妮紧张起来。

“对我说实话吧，一次说清楚。”妈妈又开始了。

“妈，别提这个，别选今天晚上。”她无法再忍受妈妈的试探，特别是现在，引诱芮妮说出葛瑞丝父亲的名字。

“不是那样，”她的妈妈说，“我只是想知道，我想你该对你爸和你妈说的，会不会哪一天又出现一个无耻之徒，想把葛瑞丝从我们身边带走。”

芮妮把湿手巾压在自己喉口，然后转过一边把冷的一面压往后面的脖子上。“不会的，妈妈，”她说，“这种事永远也不会发生。”

“你怎么可以肯定？第一个孩子你也是这么说的，说他永远也不会回来。”

“这不一样，妈。你得相信我。”

从芮妮遇见马歇尔的那一瞬间，她几乎就打定主意不跟妈妈说起这个人。只是电话打的时间长了，妈妈就会想知道是不是自己有什么事瞒着她，妈妈又会教导自己，她对男人的判断力有多差，一个离婚的女人拖着一个孩子，要小心别留下话柄，叫人误会。没人知道马歇尔，不过这也不全是真的。四岁的琳恩就喜欢马歇尔的照顾，虽然芮妮解释马歇尔必须离开时她哭了，但是小孩子的记忆很快就消失了。莎莉也知道葛瑞丝的父亲是马歇尔，她发誓不会说出去，但是甜蜜的相处时光却是只有芮妮和马歇尔两人才知道的秘密。

“芮妮，我们都没有那么强壮，没法再遭受一回这样的打击，”妈妈说，“我在问你，你为什么可以肯定？”

“因为他不知道有女儿，我现在也没跟他在一起了，我怀孕他都不知道。”既然说出来了，芮妮也觉得松了一口气。显然妈妈会觉得她是个乱来的女人，但是这又怎样呢？她继续说道：“而我也不想去找他，告诉他有个女儿，因为我了解就算他知道了，也不会有什么反应的。”最后一句是谎话，但是谎话可以让妈妈别再追问下去。“所以他永远也不会出现的。葛瑞丝是我的，我们的。”她加了一句，让妈妈开心，但是她想的却是，马歇尔是我的，我一个人的。

那段时光是她生命中最无悔的时光，若是从遇见他的那个周六晚上算起，有整整三个月的美好时光。那个晚上他跪在一个邮筒前方，试图用指甲剪打开包裹。她手上拿了一个纸袋，里头装满了垃圾，从公寓的楼上走下来，她左看看右看看往前走，没想到还是有人挡在她的路上。她的小腿撞上他的时候，她只想稳住身体，手上的纸袋却弹了出去，咖啡渣、胡萝卜头、包装盒，还有烟头撒了一地，从黑白地毯上一直散落到雨伞桶附近。

年轻男人放下指甲剪，把包裹推至墙边，用他的手把咖啡渣往一本打开的《国家地理》杂志上扫，这个年轻人芮妮没见过，她打量着他，想着没有抹布该如何把这些碎物聚集在一起。她没想到的是，他拿出了其中一个玉米片的盒子，把杂志上的碎屑倒了进去。然后打开另一个盒子，要开始扫烟蒂，这时芮妮终于说话了：“啊，拜托，不用这样。我可以回去拿把扫帚和袋子的。”说完急忙跑回楼上。

回来时，他站着等她。芮妮这才注意到男人很矮，尽管跪着的时候，他的肩膀很窄，头型小，会给人一种个头蛮高的错觉，这可不是梦想中会搭救她的英雄的形象啊。

他把袋子里剩下的垃圾堆在一起，像包馄饨一样包起来，再把小心压紧的垃圾装进芮妮刚刚拿来还把开口打开的新袋子里。“如果你打开那个……”然后他打开一个垃圾桶的盖子，把垃圾袋丢了进去。

“真的谢谢你。”芮妮说，“还弄脏了你的杂志，刚刚撞到你，有没有怎么样？”

“还好，还好。”他说。是哪样还好，芮妮不知道。他似乎有些不知所措，不时望望地上的包裹，又望望自己的手，尽量不把手放进口袋里。

“我来帮你拿吧。”芮妮说。

“不，那没事儿。”他说，“我等下再弄。”

他看起来尴尬而慌乱。她猜想他是不是对盒子里装着的物品感到紧张，这个想法让她也紧张起来。

“嗯，好吧。”她说，转向楼梯，提醒自己要慢慢走，若无其事地走，然后进门就关上门锁好。“真的，谢谢你帮忙。”她说，回过头去，但是没有望着他的眼睛。

“只是……”他说，“只是，你看我的手这么脏，我的钥匙在我的口袋里，而且……”

芮妮望着他，大口喘着气。他是要她把手放进他口袋，掏出钥匙来吗？芮妮想到琳恩还在楼上独自睡着，莎莉在约会，可能要几小时后才回来。

年轻人红了脸。“抱歉，我刚刚干洗了这条裤子，我周二的时候要穿。”他把手伸得远远的，好像小孩儿一样。“我可以进来一下，洗一下手吗？”

“当然。”芮妮说，虽然她心里并不确定该不该让他进来，她不同寻常的声音似乎透露出她的内心。“我们住在楼梯旁的一间。”进入公寓之后，她指了指洗手间，他便进去了。她倚在门框上，望着他，却装作不在看他的样子。“那包裹里装的是什么？”她很庆幸找到这么一个看似正常的问题。

“陶瓦片。”

“陶瓦片。”她重复一句。

“可以用这个吗？”他问，指着一条擦手巾，芮妮点点头。“我把它们，那些陶瓦片留在我父母那儿了，让他们帮我保管。我要申请一个奖学金，研究所的奖学金，面试时要带过去。我在印第安纳大学。他们在亚利桑那。”他说，“我父母。我就是在那里找到陶瓦片的，靠近旗杆镇的地方，他们新近买了块地，我央求他们给我一年时间，让我挖挖看，之后他们再动工。他们就这么好心，我父母，我爸刚退休。”

芮妮没想到他说了这么多话，尽管他说的她也没太听懂。“所以你周二有个面试？”

“是的，周二。”他现在放松了，露出笑容来。“你想看看吗？陶瓦片？”

“好啊。”她说，完全忘记了自己的担心，想象着将要看到什么。她看着他去拿包裹，在他回来的时候递给他一把剪刀。“我还以为你是什么革命党人呢。”她笑着说。

“不是，”他说，“人类学家。”

在她厨房的桌上，他把陶片摆开，想象不到的老旧，有些碎片很小，几乎跟沙砾一般，其他大一点儿的看得出来是一个扶柄，他滔滔不绝地说着，大概是在预演面试吧，芮妮想。在这个过程中，芮妮望着红色、褐色、灰色和乳白色的陶土制品，想象着这些土块后头竟然有这么多的含义。她每拿起一块放在灯光下，马歇尔都可以指出她不曾注意到的细节：一个褪色的彩绘遗迹，一个蚀刻的残痕，现在只剩了一道刮痕，如发丝一般细。泥土，她想，这就是泥土，带着各色含意的泥土。

过了好一会儿，马歇尔收拾好陶片，准备离开的时候，她对他说起了琳恩，让他看了一眼睡在她床上的孩子，邀请他隔天来用餐。再之后，等他回请芮妮以庆祝他面试顺利通过时，他找的用餐地点是可以三人用餐的，琳恩也像大人一样受欢迎的地方。

从一开始，马歇尔与琳恩的相处就很自然，在芮妮烧饭或者换衣服的时候，他总是把琳恩逗得开开心心的。他在车里放着彩色的图书，还有不贵的玩具，教琳恩玩警察抓小偷。

几周之后，他们开始接吻。当他的唇靠过来的时候，芮妮倚靠着他，仰起脸来，让他知道这是她心甘情愿的。他吻得温柔而投入，让芮妮流下了眼泪。他抽回身体，眼里流露出担心，芮妮笑着摇摇头，把他拉进怀里。后来他们做了，那几周只可以用美妙二字来形容，他望进芮妮眼里，抚着她的脸颊、发丝、颈项，吻着她，叫着她的名字。

错错错，妈妈会这么说。如果芮妮斗胆敢对妈妈说出来，妈妈就会说她的每一次选择都是一个错误：跟他说话是错，和他出去也是错，与他上床更是错，最后还让他走了，那是错上加错。真是奇怪，不是吗，人们很确定地用一个字来表达他们对事情的想法，而其实他们根本用错字了。而葛瑞丝呢，这个妈妈的漂亮宝贝，如果人们知道她的来历，他们一定会彼此耳语着，这孩子是个“错”啊。

芮妮可不想看到这种事发生。好在，保密并没有那么困难。把小女孩儿带回纽曼几周之后，邻居们都认为葛瑞丝也是卡尔的。离婚的时候，爸爸妈妈羞于对别人细说原因，现在邻居和教会的人分成了两派，一派认为是芮妮抛弃卡尔的，另一派认为是卡尔抛弃芮妮的。当然啦，对普瑞兹律师她得说实话，卡尔不是葛瑞丝的父亲，听完之后普瑞兹先生再次遗憾地摇着头，他说，芮妮经过那回的惊吓之后，难以抵挡正常男人的诱惑也是很正常的。律师显然也是个守口如瓶的人。

所以芮妮要做的只是继续保持沉默，对此她很在行。而她的沉默就如同为葛瑞丝撑开了一把保护伞，她长大了会自然地相信，她和琳恩有着同一位父亲，一个消失的父亲，却是同一个人。

但是芮妮没料到卡尔又回来了。虽然她没为葛瑞丝的事说过谎，他也无权责备，但是她让外头的谎言成了真。如果被他知道了，会怎样呢？这个现在她还来不及考虑。

芮妮把擦手巾递给妈妈，再浸一下冷水，然后把她的手伸到琳恩的颈后，因为刚刚噩梦的惊吓，孩子还是有些发热，所以芮妮打开了夏被，又拉开床单，用新浸过水的毛巾擦了擦女儿的腿，琳恩开始移动。

“醒了？宝贝儿？”

琳恩睁开了眼睛，然后哼了一声，又闭上了。

妈妈在床边跪下，温和地抚着女孩儿的头发：“怎么了？宝贝儿？你受了伤害吗？告诉外婆哪里会痛。”

“很痛的。”一颗眼泪从琳恩脸颊滚落，“很痛的。”

“你撞到头了，”芮妮说，“要疼一阵子的，我可以拿阿司匹林给你。”她准备起身。

“妈妈！”琳恩吸了口气，又哭了，大叫出声来。

芮妮又坐下，拉了琳恩的手：“是只有头痛吗？宝贝儿，要跟妈妈说啊。告诉妈妈哪里痛，妈妈才能帮你。是肚肚痛吗？”

“哪儿都痛，”琳恩哭着说，“我的身子，我的手。”

“妈帮我开一下灯，好吗？”屋里突然亮了，芮妮把手挡在琳恩眼睛上。“现在让妈妈看看你。”说着，她拉起琳恩的T恤。

从琳恩的胸部到肚脐之间，有黄褐色的印子，在双臂下方肋骨附近，有紫色的瘀痕，如手印般大小。

“妈妈，你来看。”

“啊，芮妮。这些不可能是跌一跤就会弄出来的。”

芮妮拉下T恤，又摸了摸女儿的脸颊。“你是怎样伤到头的？琳恩？你可以告诉妈妈吗？”

“撞到柱子。”

“在岸上滑倒的时候吗？”

“我在水里的时候。”

“在水里？在湖里？”芮妮突然想起了帆布短裤和无袖罩衫。它们都湿了，被卷起来塞在琳恩小背包的最上方。她还跟妈妈提起过，怀疑琳恩是不是玩儿了水枪。

芮妮的身体开始打战。“你怎么会去湖里呢？”琳恩没学过游泳。她曾对卡尔一再说明，琳恩没学过游泳，而他也答应不会让她一个人戏水。

“琳恩，你为什么会到湖里？”芮妮又问道，她的声音有些尖厉。

琳恩把头埋进枕头，哭了起来。

“宝贝儿……宝贝儿，”芮妮安慰着说，“我不是要让你难过，只是希望你对我说实话。你怎么会跑到湖里去的？是跌倒的吗？”

琳恩吸着鼻子，哽咽着说：“爸爸放手的。”

芮妮觉得自己好像在下沉，往水中沉下去，然后有一双坚强的手臂把她往上拉，是妈妈在扶她起来。

“宝贝儿，”芮妮紧了紧喉咙，免得让自己掉眼泪，“你说他放手，是什么意思呢？”

琳恩用力地摇着头，紧闭上眼睛，又流泪了：“他说我是坏女孩儿。他在空中甩着我……太高了，爸爸，不要！爸爸！别放手啊！”

芮妮和妈妈用颤抖的手拍着琳恩，直到她哭着哭着，又睡着为止。有好一会儿的时间，她们一起坐在床头，谁也没说话。最后，妈妈起身，关了灯。芮妮一边看着女儿，一边找出湿衣服，放进盆里，最后拿起盆又放下来。

“早上的时候，”妈妈说，很慢很小声，“我和葛瑞丝待在家里，让爸爸开车带你和琳恩去见沃夫医师，让他联络一下医院医师，给孩子做个全面检查。”她把手放在芮妮肩头，“然后去找律师，普瑞兹先生。”

芮妮把头埋在双手中。

“你不用担心钱，”妈妈说，俯身在她旁边，“这个你不用担心。”她把芮妮拥在怀里，摇晃着她的身体，前前后后，前前后后。“你听见我说的吗？”妈妈说，“你不用担心。我们会没事儿的。我们家的女孩儿们都会没事的。”

第十二章

切断

一九六五年十一月
印第安纳州，纽曼

琳恩

在外层空间时，航天员好像蒲公英的种子一样飘浮着。那是因为在太空中没有重力。这个她在学校就学过了。重力让人粘在地上，让苹果掉落下来，如果由着它往下，撞到地面会擦伤。重力往下，除非偶尔让人走路时摔倒，也没什么坏处。琳恩努力地想着，那个压在她头部叫她沉下去的是什么东西，但是她始终想不起来那个东西的名字。是什么沉重的东西压在她的头上，让她的头抬不起来？她想移动一下手臂，抬起手臂，用手指摸摸头上的东西到底是什么，但是手臂和身体其他部位一样难以移动。她努力尝试，发现只能把屁股挪动一点儿，而且这移动让她觉得发痒发痛，她只好伸直两腿，分开来。手指可以移动一些，但是手肘和手腕却无法动弹。有时候她睁开眼睛，想看看上头是什么，但是光太高了，几乎照不到她，而对着光看让她眼睛疼痛。当她听见附近有类似人的声音时，她很想开口问一问，想知道这是哪里，但是她却发不出声来。

现在眼睛可以睁开了。上方很黑，在她脚部后方某处闪着蓝光，那光好像会呼吸，有时候缓慢得好像快睡着了，有时候却短促而紧急，好像跑得气喘吁吁。她发现现在可以移动一下头部，稍微一点儿，她抬起头来，朝蓝光望去，好像看见空中有灰色的乌龟在浮动着，周围围有灰色的叶子，大小几乎和乌龟一样大，颜色略深一点儿。她从未看见过乌龟浮在空中，她好想看看，但是她觉得头很重，就又躺回去了。在湖里的时候，她在水底下的时候，也有只乌龟从她上方游过。她想把手臂抬起来，握住乌龟的脚趾，可以让乌龟拖行一段，但是乌龟游得很快，水又非常沉重，她没能抓住。周围的一切看起来都轻盈而自在，这是多么不公平啊。她也没指望在空中飞行，或飘浮，她在心中对神祷告。她只不过想抬起头来，看看周围；她想揉一下眼睛，眼睛刺痛得流下泪来，她还想擤一擤鼻子。

乌龟浮游在枝丫间时，传来一个男人说话的声音：今天在越南岘港南方的一个小村庄里，美国上兵陷入激战，几个月来这一区域已经被一支游击队骚扰良久。

“把那个关了吧，妈妈。”

琳恩弄明白了，原来是一个女人的声音。

“她还睡着呢。”另一个女人说。

“就是醒了，也不需要看。”第一个声音说，“不能有什么事情再惊扰到她，这是医师说的。”

“我不能黑压压地坐着，没有电视。如果你实在要关，就把电灯开了，我才可以做针线活儿。”

外婆贝蒂喜观钩桌布。白天看电视时，她的手上总在忙着。银色的钩针在浅色的纱线间穿梭，闪着光。而外婆也会对电视里的人说话，她对莉莎说，别开门，有个刚来奥克戴尔的陌生人正从丛林中觊觎她；或者告诉鲍伯，要检查一下针管里的药水，因为其他医师正要加害于他，如果让医院负责人知道是鲍伯犯了错，就不会让他再当医师了。

“看那个电视一天要花我们一个半美元。”

“跟你说了，这个钱我会付的。芮妮。”外婆说。琳恩现在可以确定是外婆贝蒂在说话。“我看的节目中间没有内容会惊吓到她的，以前她放学回来，都跟我一起看这个。”

“罢了。早上看看新闻，但是有必要现在看吗？”

“我在等《硝烟》，我外孙女喜欢看。”

琳恩听见她的妈妈在叹气，跟她平时一样，叹气声的后面藏着怨气，但是她没有再和外婆争执了。

琳恩依然觉得有什么东西压在她的上头，但是现在知道妈妈和外婆在旁边，她不那么害怕了。照她们说话的样子，她们大约是可以看到她的，如果可以看到，也就可以看到她身上的东西，不管是什么，一会儿就会被移走的。不过，或许她们还要等到汉斯外公来，或者其他什么人来帮忙，因为太重了。

把眼睛睁开没那么难了，尽管很黑，在电视机闪烁的荧光下，费力地看可以看到上方的天花板，上头有一管和教室的灯一样的灯，有着长长的白色灯管的那种。如果有人开了灯，灯光会直接照进她的眼里。她还可以稍许转动一下她的头，略微侧过去一点儿，她可以看到一个很像枕头的物体的边缘，虽然碰上去又硬又粗，不如家里的舒软。她一定是在床上了。一张好奇怪的床，周围有着银色的护栏，很像小宝宝的床，但是不那么可爱。琳恩很热，她看到身上盖了好几床毛毯，但是上头应该不止这些。或许压着她的那个东西在毛毯下方。

“嘿，宝贝儿。”这是妈妈的声音。虽然看不清楚脸的轮廓，但是她蓬蓬的头发朝她俯靠过来，飘来发胶的酒精味、刺鼻的烟味，还有甜味，那是妈妈不抽烟时嚼的一种口香糖的味道。

“我想起来。”琳恩对自己发出的声音很好奇。因为她并没有很费力，就发出声了。

“我看她是想要尿壶。”外婆说。

“不是。”琳恩说，“我想坐起来，我的鼻子发痒。”她感觉到妈妈涂了指甲油的手指在她鼻尖刮了刮，太用力了，而且也没挠到痒处。“我想自己来。”她说。

妈妈停了手。“你要静静躺着。”她说，“这是医师说的。”

琳恩曾经在电视上看过一个穿着睡衣的男人坐在轮椅上。另一个人与他交谈，他们说到了轮椅，睡衣男说他以后都要坐在轮椅上了，因为弹片卡在了他的脊椎里。“静静躺着。”睡衣男说到医生嘱咐时，就说了这四个字。“六个月什么都不能干，只能平躺着。”男人说，“可以坐进轮椅里已经很高兴了。”

父亲告诉过她，弹片就是子弹或手榴弹爆炸后留下的金属片，而脊椎长在身体的后面。如果脊椎受了伤，人就不能走路了。她的身后受了伤，她想到。

“当然啦，我更想走路了。”睡衣男又说，“哪怕回到越南去我也愿意。”过一下，他补充说：“好吧，还是不要了。”

琳恩回想起来了，有一个地方名叫越南，那里正在打仗，老师在地图上指给他们看过。越南突起在中国下方，与中国在南海地方还有一点儿连在一起。看上去，中国南海的水跟加利福尼亚的太平洋海水一样。如果有张世界地图，她可以在上头找出越南来，但是它具体在哪里，她就不知道了。每天晚上，电视里的知名主持人沃尔特·克朗凯特友善地望着客厅里她的家人，用温和的声音说着越南。记者也穿着和军人一样的衣服，不过还是分得出来谁是记者，谁是军人，因为记者手上拿着麦克风。那些越南人，不是军人的越南人，他们身上总是穿着像睡衣一样的衣服，好像睡衣男身上穿的，但是越南人不生病的时候也这么穿。有些人还戴了奇怪的帽子，形状好像尖尖的草堆。每晚的新闻，和外婆贝蒂的《生活》周刊上，都会刊出军人的照片，有些人一边坐着说着话一边抽着烟，有些人驾着直升机，有些人穿过丛林背着来复枪，有些人倚树站着或者躺在高而深的草丛中，他们身上或四肢上或脸上有着黑色的闪亮斑痕。琳恩知道这些斑痕是血迹，如果家里有彩色电视，这些斑痕就会变成红色的。有时候，斑痕很大块，几乎看不出脸的轮廓，这些士兵都爬不起来了。《硝烟》上有人被枪射到时，也是倒地不起的。那个上头没有血迹，因为《硝烟》是骗人的电视剧，而新闻是真的，人死了便是真的死了。琳恩了解这点，但是葛瑞丝却不知道，她还太小。

琳恩再次想爬起身来："我身后有弹片吗？"

她的妈妈直起身子，朝外婆坐着的地方看了看。"弹片？你打哪里听来这一说法的？你根本不知道那是什么。"

琳恩没有矫正妈妈的话，说了也只是会引出妈妈更多的话。"我有轮椅吗？"

外婆这会儿坐到了床边，隔着被子揉了揉琳恩的脚："去做检查的时候，你会坐在轮椅上的。"

"我要永远坐在上头？"

妈妈把被子拉紧一些，但是又太紧了。"怎么那么傻呢？当然不用啊。"

"为什么我爬不起来？"

"这些我都对你说过了，宝贝。"妈妈说。她的口气开始硬起来。琳恩知道不该再多问了。"医师说了你要多休息。"妈妈俯身下来，轻轻地吻了她的前额。琳恩感觉到唇膏印留在了她的额上，她想擦去，尽管现在身上的压迫感不那么强烈了，她也没看到有什么东西，但是她还是无法移动手臂。

"外婆会陪着你，"妈妈说，"我明天早上再过来，应该是在你醒来之前就来了吧。然后我要送外婆回家，她要去教会。我再回来陪你一整天。你想想，想要什么书或玩具，跟外婆说，让外婆打电话给我。"

妈妈的高跟鞋嗒嗒地走远了，好像机关枪一般。

"现在，"外婆说，拍了拍琳恩沉重的手臂，"你想看看福斯特斯又做了什么事吗？他等一下就要出现了，我帮你把床摇高一点儿，这样你就可以看到电视了。”

“我好热。”琳恩说。

“你现在得待得暖和一点儿。”

“我好热。”

外婆看了琳恩一会儿，摇了摇头，不过她还是把上头的一层毛毯拉开了。“等一下就凉快一点儿了。”

“外公呢？”

“在家陪葛瑞丝。明天他们去过教会之后，会过来看你。”

琳恩想问，外公可不可以独自来看她，不用拖着葛瑞丝，吸引大家的目光，赢取大家的笑容，但是她不晓得该怎么说，才会让外婆不至于摇着手指说，不可以这么自私。

“现在，”外婆说，“只要医师说可以，我就让你外公买些炸鸡过来，让你和你小妹在床上吃，好像野餐一样。这样开心吗？”

琳恩闭上眼睛，费力地吞了下口水。她的喉咙很干，鼻子依然刺痛，却很难让外婆了解到她的感觉。“我在哪儿呢？”

外婆的眼睛和嘴巴都张大了：“嗯，你知道在哪儿的。我们昨天就来了。”

琳恩想不起昨天来了。

“是医院啊，宝贝儿。”

“是鲍伯在的地方？”琳恩问。

“鲍伯？”

在脑海中，琳恩可以看见鲍伯的黑头发，还有他抿着嘴微笑的模样，然后他的影像消失了，刹那间她看到一个穿着黑袍的光头男坐在一堵闪光木墙的后方，墙比琳恩高出很多。鲍伯应该还有一个名字的，那是什么呢？“休斯医师。”琳恩说，突然意识到鲍伯不是一个真实的人物，她觉得脸颊发烫，外婆一定觉得她很笨。

外婆笑了。“那是电视上的医院。”她说，“这里是真正的医院。还记得有回我们来这里看望戴维斯太太吗？”

琳恩记得戴维斯太太的，她是教会里身材娇小的女人，头上的帽子上总是别着一朵紫罗兰。她的手提包里总是装着奶糖，每个周日她总是给琳恩两块，一块给她，一块给她妹妹，不过葛瑞丝不知道这件事，因为两块糖都被琳恩吃了。戴维斯太太生病的时候，外婆带着琳恩和葛瑞丝来医院看过她。之后下一个周日的时候，牧师说戴维斯太太已经离开了。

“我也会离开吗？”琳恩问，琳恩知道离开就是过世，但是外婆总是不直接说出那两个字来。

“我的天哪，你们这些小孩儿都在想什么呢？”外婆望着天花板，握起拳头，低语着，“给我力量吧。”外婆就这样站了很长时间，吸气，呼气，吸气，呼气。最后她才俯下身来，靠着琳恩说：“以后别在你妈面前说这些了。她已经够烦心了。”外婆拉了拉被子，把一层被子的床尾部分拉开一些。“你还记得我们去法庭的事吗，周四那天。嗯哼，那天法官问你话时，你的表现太糟了，又踢又叫的，我们都拿你没辙。还得你外公帮着你妈妈，才把你弄出庭外去。”外婆摇了摇头，“像你这么大的女孩儿，怎么可以做出这样的举动呢？你太激动了，搞得自己病倒，我们才来了医院。所以，现在好好休息吧。”

外婆说话的时候，琳恩闭上了眼睛。她又看见了光头男面朝着她，而她站在一个又高又硬的椅子上，尽力想站得高一点儿，尽力想叫得响一点儿，好让光头男知道她在说什么。但是她黑色的鞋子在抛光的硬椅子上总是打滑，脚滑出去被裙摆绊住。“不。”她对法官说，但是法官只管说自己的。“不。”她叫得更大声一点儿。但是法官依然不理她。“不。”这回她是尖叫了。她开始哭着挥舞着拳头，“不！不！不！”然后法官拿起槌子敲着桌子。妈妈抱住她的腰，把她从高椅子上抱下来，有人，应该是外公吧，帮忙抱住了她的脚。

爸爸也在那儿。爸爸也在那里，他的脸红着，又湿了，朝琳恩伸出手臂。她也朝父亲伸手，但是她愈是用力，却被抱得愈远，她大声叫着爸爸，叫着叫着，有人扇了她一巴掌，然后朝她脸上泼水，这让她以为自己第二次又掉进了湖里。有汗湿了的手握住她的手腕和脚踝，妈妈俯身靠过来哭着说：“没事儿了，宝贝儿。没事儿了。你现在安全了。你永远也不用和他在一起了。”

现在外婆抚摸着她的头发，说道：“好了，好了，宝贝儿。”琳恩在外婆的安抚下放松了，好像父亲家的大黄狗金水，每回她抚着它的耳朵，它大概就是这种感受吧。

也许她静静的、乖乖的，不再像以前那样尖叫，外婆就会让她多说些话，同意她问些问题。比方说，她为什么无法撑起手臂，让自己坐起来，当然她最想知道的是关于父亲的事。

“我想爸爸。”她说。

外婆不再抚摸她的头发，靠过来用力握住她的肩膀：“你不可以再说这种话了。不可以再用这种话惹你妈生气了。你要记在脑子里，这个男人没一处好。”

琳恩开始哭起来：“我想要爸爸。爸爸去哪儿了？”

“听外婆说，小丫头。”外婆靠得很近，琳恩可以闻见她口香糖的气味，“法官觉得你再去你爸爸那里不安全，而且那个男人也不可以靠近我们的屋子。你不可以再去见他，他失去探视权了。”

探视权？这又是什么意思呢？自从掉进湖里之后，每天躺在床上时，她都听见妈妈在起居室和外公外婆，或者在电话里对着别人说这个，她一直重复着：“他差点儿淹死了我的小女孩儿，我要终止他的探视权。”之后，父亲再来带她去农场时，母亲紧紧抱着她站在厨房里，让外婆出去打发爸爸离开。这样的事发生了三次，再之后，到爸爸来探视的时候，妈妈就会告诉琳恩，他会离开的，再也不会来找她。

然后，在一个早上，外婆来到她房里，帮她穿上假日的衣服，对她说他们要去镇上，要上法庭。“外公在车上等着了，所以你快点儿吧。”她说。有人在敲门，外婆说：“是黑泽尔。”黑泽尔是伟勒的太太，住他们家隔壁。

琳恩等着外婆给伟勒太太开了门，然后穿上鞋，走去客厅，想听她们都在说些什么。“我不知道要去多久。葛瑞丝不会吵闹的，只要有珠子有玩具，我们一回来，我就去接她。”

“我们会为你们祷告的。”伟勒太太说。

“请也祷告让法官看出来这个男人不适合和我外孙女待在一起。”外婆和伟勒太太道别，关上门，然后叫着：“琳恩，快来！”

以前琳恩很喜欢法庭的。去年春天，她们班级活动就是乘车去那里，同学们坐在石阶上时，老师解释说法庭的廊柱是爱奥尼克式[①]的。在学校里，在看希腊建筑的介绍时，她觉得自己最喜欢科林斯式廊柱[②]，但是站在法院大楼外，看着廊柱上卷起的边饰，她觉得爱奥尼克柱比花朵形的科林斯式柱子更讨喜。

夹在外公外婆的中间，走去法庭时，她太紧张了，都没有多看一眼外头的廊柱。不管她怎么问，没一个人告诉她为什么要来法院。上回学校来法院的时候，他们还去了一间空房间，扮起娃娃庭。她是法官。这回外婆推开门时，琳恩注意到里头有人，妈妈也在里面，当她想跟上外公的步伐时，外婆拉住她，让她坐在一张硬凳子上。“我们在这等着。”外婆说。

他们等了好久，等到琳恩的小屁股都痛了，但是外婆不同意让她把书放在地上，伸展一下身体。“你会弄乱衣服的。”外婆说。在南西·朱开始担心父亲会不会如同约好的，来到鬼屋大厅会面时，琳恩听见她妈妈在哭。她妈妈的哭法是她见过最神奇的，她总是抽抽搭搭，用手捂着嘴巴，好像要把难过吞回去似的。接着妈妈开了门，她的眼睛肿着，对他们摇着手说：“他们在等你们进去了。”

外婆在后头推着琳恩走进了法庭。在法庭最远的地方坐着一个光头的男人，他穿着黑色的袍子，坐在法官高高的座椅上，就像他们班活动时她扮演的法官。光头没笑，但是还友善。他示意她走过去。在一个高桌的旁边有张笨重的木椅，那是证人席，穿灰制服的男人拍了

---

① 源于古希腊，是希腊古典建筑的三种柱式之一。

② 源于古希腊，柱的底部四面刻有浮雕，柱顶有女神像。

拍椅背，示意她坐上去。她经过了两张桌子，在娃娃庭上，那是杰依·巴仕雷和提姆·杰克森坐的，他俩演的是律师。爬上椅子之后，她先看了看后面的桌子和凳椅，好像教会里排放的一样，这时她才发现庭上并没有很多人。外公外婆并排坐在后方，再远一点儿的地方，在走道的另一边坐着爷爷迪特，她对他笑了笑，挥了挥手，因为自从掉进湖里，她便没有再见过他了。爷爷也朝她挥了挥手，然后低下头去，望着自己的腿。爷爷迪特旁边坐着爸爸的朋友弗农，她总在心里叫他熊叔叔，因为他一身黑毛，手臂上腿上都是，连胸部和背部也有。弗农没有望向她。

爸爸坐在右边的桌子后方，父亲旁边的人琳恩不认识。爸爸看到她的时候，眼里满是悲伤，嘴巴紧闭着，好像在生气。妈妈坐在左边，旁边也坐着一个生人。她的眼睛依然肿着，薄薄的嘴唇涂得血一般的红。没人对琳恩微笑，她感觉到自己的笑意也好像蜡油一样滑走了。

“现在啊，”外婆隔着毯子拍了拍琳恩的腿，“乖女孩儿这时候该乖乖的。”

琳恩依然觉得很热，但是她没有对外婆说什么。她在努力回想过去，但是她想起来的都只是一个个片段，她看到的一幕幕场景，好像在漆黑的教室里，放过的一张张幻灯片。

光头法官对着她，问她叫什么名字。

光头法官问她：“在爸爸把你扔进湖里之前，你在做什么？”

光头法官重重敲了一下槌子，琳恩得捂起耳朵。法官说：“安静，孩子。告诉我实话，现在就说。”

光头法官脸涨得像红气球。他一次又一次地敲着槌子，大叫着："肃静。肃静。坐下来！孩子！坐下！"就是不让她说出真话。

光头法官站起来，指着她的妈妈，说道："把这小孩儿带出去。"

再之后，她面前出现了很多的脸和声音，它们旋转着，有人的手一下按到她身上，一下又不见了，好像她处在一个旋涡当中。好像《绿野仙踪》中来自堪萨斯州的多萝茜。没人信她说的，没人听她说话，这也跟多萝茜一样，只是少了穿着闪亮衣服的漂亮巫婆，让大家安静下来，好听琳恩说的故事。

"我们在玩儿。"她尽力对法官说。迪特爷爷在烤热狗，弗农坐在岸边钓鱼。他们出门钓鱼时，弗农总是跟着一起去。她和爸爸在玩儿躲猫猫，爸爸发现她躲在大圣诞树柔软的松针下方时，她心里暗叫一声：糟了，然后从爸爸手中挣脱出来，往水边跑去。

"那里滑啊，琳恩！"爸爸大叫着，"琳琳，别跑了！"

但是她太开心了，停不下来。她在岸边滑了一下，刮到脚指甲，她哭了起来，但是没一分钟，就不那么痛了。爸爸跑来抱起她，摇晃了一下她的身体，说道："给我记着。"但是他俩一起笑了，爸爸在她腋窝下的手抱得更紧了，左右摇晃着她的身体，说道："所以，你是想当坏女孩儿吗？"左左右右，爸爸摇晃得更凶了。她开始害怕，她大叫着："太高了，爸爸，不要！爸爸！别放手啊！"但是爸爸依然在笑着，跟没听见她说的话似的，晃得更高，爸爸还在笑着。"坏女孩儿会掉进湖里！"然后，就发生了。

她还记得砰的一声巨响，接着就是黑暗，一会儿之后，她睁开眼睛就看见了乌龟，在她头上爬行。接着她觉得好冷，人们围在她周围，叫喊着，压她的胸部，嘴里都是水，她呛到了，体内吸入的空气如此刺痛，她睁开眼睛看到一个黑色的大熊压在她身上。之后的事儿她就不再记得了，直到她在自己床上醒来，妈妈用湿毛巾帮她擦着腿。

“福斯特斯就要来了。”外婆说。又把被单调整一回，“我把床抬高一点儿，你就可以看电视了。”

外婆在找高低调整器时，琳恩想到教会主日老师曾说过，用蜂蜜可以比用醋捕到更多蜜蜂。于是她用心把声音变甜美。“拜托，外婆。”她说，“我能不能打电话给爸爸？”

“别再激动起来了。”外婆说。

琳恩感到她的眼眶湿了，她不可以哭。她不可以哭。“拜托。”她说，“我不会对妈妈说的。拜托，外婆。让我打个电话给爸爸？”

外婆的声音里有醋的味道：“我跟你说过一遍又一遍了，孩子。你得忘了那个人。”

一阵吱吱的声响，琳恩感觉到床把她的头与肩膀抬高起来。现在她可以看到电话的轮廓，它被放在一张桌子上，在床脚过去一点儿的地方。电话旁边的花瓶里插着一朵白玫瑰，在电视屏幕的光照下，显出幽蓝的颜色，电视是固定在墙上的。

琳恩现在不在意外婆的声音听起来有多酸。“我要打电话给他！你不可以阻止我。”她记不住爸爸的电话号码，但是她知道可以拨零，接线员可以帮助她的。她挣扎着想让自己坐起来，但是手脚却动弹不得。她一次又一次用力，她太用力了几乎不能呼吸。外婆连忙跑来床边，说道：“别这样！琳恩。快点儿平静下来。”

琳恩尽量往前伸直身体，枕头滑到她背部中央的地方，最后一层被单也从她肩头滑到膝盖。厚绷带把她的手臂牢牢固定在床上，现在她终于看到了，她的腿上也绑着同样的绷带。“放我走！放我走！”她大声叫着，“我要爸爸！放我走！”

她听见外婆在外面找人帮忙。一身白的护士出现了，她的鞋子嗒嗒地敲着地板。护士会来帮助她的。“放我走！”琳恩几乎快要哭出来了，“拜托。”

“我会帮忙让你躺平的。宝贝儿。”护士说，床吱吱呀呀回到了平放的位置，“只是床有点儿卡住了。”

不是卡住了，琳恩是想从床上下来，但是绷带绑住她了。她想着怎样才可以逃走，或许可以像魔术大师胡迪尼[1]那样。但是她不知道打哪儿开始。如果父亲知道她在哪儿就好了，如果父亲可以过来就好了。

沉重的力量拖着她往下。像先前一样，越来越深，在水下方。

① 哈里·胡迪尼，世界上最著名的魔术师，享誉国际的脱逃艺术家。

第十三章
剧变

一九六六年二月
印第安纳州，印第安纳波利斯

梅贝尔

越南再一次成为《生活》周刊的封面故事。两个士兵在壕沟里，一位士兵尽管被一块大绷带遮住了眼睛，依然仰头望着天空，或许是期待直升机出现吧。而他的脚护着的另一位战友，他的头部受了伤，用纱布缠了又缠，只留下三分之一的脸露在外头。

尽管外头很冷，来拿信时又没穿外套，梅贝尔还是在走廊上的摇椅坐了，打开了杂志。这期杂志中有五个跨页的图片，她仔细地看着，身体颤抖起来。虽然没有一张脸是她认识的熟人，但是每一张脸都让她想起了她的孩子们，这三个月来她拍过的七十二名士兵。

想到这个计划是偶然的，那是一个午后，她要去名为“弗莱明及儿子们”的店里做些采购，商店前面的橱窗里陈设着几十张大兵的照片，一一排放着好像列队站好一般。通过设计，照片看起来都一样，干净的制服，固定的姿势，迷惘的眼神，个个都惊人地年轻，这点异常的相似。只有极小的细微之处，嘴唇上的一道皱褶，显示出这人与那人，与其他人之间的差异。看到这些照片，梅贝尔完全忘了要去采购的事，直接走回《印第安纳波利斯星报》的办公室那张和其他三位同事共享的办公桌。不一会儿她就草拟出一份广告，愿意帮任何一位即将派至越南的大兵免费拍照，条件是从战场回来之后，要让她再拍一回。她原本想连续广告十回，但是到第三天的时候，电话就已经被打爆了，于是她取消了广告。之后的参与者是靠口耳相传过来的。

“妈妈！”黛丝从厨房里叫道。“最上面一层柜子里的罐子，是要做什么用的？”

梅贝尔答应一声，回到屋里。要搬家是黛丝和巴瑞的主意，应该是在他们蜜月的时候商量好的吧，他们只是想让梅贝尔过得舒服一点儿，找处小地方，容易打扫，厨房设计便捷，拿什么都方便，而且去工作室或暗房也不用爬楼梯。她争议说，若是不用，膝盖便更退化了呢？或许上楼下楼是避免让膝盖打结的唯一办法。此外，她已经熟悉原来的环境，她喜欢那里的邻居，小杂货店里的店员都叫着她的名字招呼她。后来黛丝和巴瑞带她去看了新房子，离他们的旧家有两个街区远，指给她看空的卧室和浴室，改装一下就可以变成她的工作室，女儿用一句话结束了关于房子的争议：“你总不想每回要抱孙子的时候，都要穿过整个镇子跑一趟吧，是不？”早在梅贝尔知道之前，她早就含泪签下合约，买下房子。

“黛丝，快从上头下来！”梅贝尔把邮件放在厨房的桌子上，举起手要扶黛丝从椅子上下来。她已经把罐子都放在台子上了，正拿了抹布要擦柜子最远处的一个角落。

“让巴瑞去弄这些。”梅贝尔说，“你怀孕都快五个月了，这样很容易跌倒。”

黛丝转头看妈妈时，看到了《生活》的封面，杂志就面朝上放在桌子上。“你若答应我别再看那些杂志，我就下来，你明明知道看了杂志会让你心烦。”黛丝不赞成梅贝尔的照相计划，每回看到一组新的照片，她都会说：“小心一点儿啊，妈妈，别太投入了。想一想，若是万一发现其中一个人……”

“你不能保证自己不失去什么，”梅贝尔说，“这点谁都知道，你也一样明白。”话是这么说，但是梅贝尔知道黛丝担心的是什么。自从在杜松镇的墓地崩溃之后，过去十二年来，梅贝尔的忧郁症发作了三四回，每回都要几个礼拜，她才能从绝望的低谷走出来。最后一回是去年夏天，起因是美国士兵焚烧越南村庄的一则新闻报道。梅贝尔的眼睛无法离开电视，镜头里全是火、硝烟，还有受到惊吓的人群，知名新闻人毛利·赛弗在做全程解说播报。几天下来，她没错过任何一篇相关新闻，阅读了每一份报纸和每一份杂志上的报道，头脑中总是回响着赛弗的声音：“有个男人和他的家人生活在这块古老的土地上，他的父母就埋葬在附近。”梅贝尔想象着生活在小村子里的那些人突然间变得无家可归，和家人失散，绝望着寻找彼此，而想象的一幕对她却如同亲见。还是小女孩儿的时候，她曾经以为自己也会在杜松镇生活一辈子，照料着双亲的墓地，有一天结婚生子，下一代也会看顾她的。不久之后，虽然她知道应该把情绪放在可怜的越南人身上，但是她的思绪却卡在杜松镇那里，卡在她最后一回看到的情景，那块她曾经熟悉的土地被烧成焦黑，她又想到自己为什么要去那里，此行又是如何失败。第二天早上，她起不来了，黛丝先是叫了她，一遍又一遍，最后走到床前，俯下身来，说道："贝妈妈，求您，妈妈，求您。"梅贝尔可以看出女儿眼中的悲哀，又一次的悲哀，但是对自己她就是没办法。

那一阵子，黛丝刚刚开始饰演《玩偶之家》里的娜拉，所以就由她们共同的好友尼克常常过来看望梅贝尔，尼克很有天分，是剧院音乐剧制作总监，之前他也常来梅贝尔家走动，就算亲生的儿子也未必可以像尼克一样殷勤。她乐见友情发展成目前的状态。黛丝和尼克是在夏日拍卖会上认识的，那时黛丝刚刚高中毕业，梅贝尔没料到的是，尼克无私奉献的情感最大受益者是她。

"快点儿，把你的手给我。"梅贝尔对黛丝说，但是女儿只是一手扶着椅背，另一手搭在台子上，从椅子上下来。

"你瞧瞧，"梅贝尔说，注意到黛丝红扑扑的脸颊，"看把你自己热的。"

"哇，是很热，空调设的几度？"

梅贝尔翻了翻眼睛，当她看到女儿做出同样的动作时，母女俩都笑了。一年里头，她们没有一次可以对温度达成共识：黛丝总是觉得太热，梅贝尔总是觉得太冷。

梅贝尔从待打包的东西中找出一条毛巾来，蘸了冷水，拍了拍黛丝的脸："医师关照要小心呢，这把年纪怀第一个孩子的女人不多。"

“我周一还去看了医师，”黛丝说，“他还说，希望那个十八岁的孕妇和我一样健康就好啦。”她把毛巾又冲了一下水，拧干。“听到没？我比小我一半的丫头们还健康呢。”

“话是这么说，”梅贝尔说，把椅子放回桌边去，“就算是健康的人也会从椅子上跌倒的。下回再要爬高，让巴瑞上去吧。”

“这回看上我做什么啦？”巴瑞走进来，手上拿着空盒子。

“你啊，”黛丝说，隔着纸箱吻了他，顺手接过他手上的箱子。“你来得刚好，再搬一箱到车上吧。”她指着一个打包好的箱子，“我随你再拎另一箱过去。”

“别拿太重的啊。”梅贝尔说，但是黛丝说妈妈担心太多了，接着就拿起一个标着碗盆的箱子。

梅贝尔依然怀念黛丝待在屋里的日子。她不知道自己会不会习惯独自生活，以前她不喜欢，在印第安纳波利斯的那段日子，在保罗过世前，大部分的时候感觉也不是一个人，她大部分的时间都耗在他的工作室，回到租来的小屋里，只是去睡觉。到芝加哥之后，和黛丝刚生活在一起时，她很感谢黛丝的陪伴。那时她也期待着自己的女儿长大，有一天独立、婚嫁。之后黛丝升入高中，一个绑着马尾的漂亮女孩儿，吸引着男孩儿们的眼光，黛丝却不让他们靠近。高中毕业后，黛丝把全部精力投入到戏剧当中，在剧院兼职，不管什么角色，她都愿意尝试，及至遇见了尼克，她才成了剧团的固定班底。这些年来，黛丝拒绝了无数追求者，对他们不予理会，梅贝尔也就认为，女儿和她一样，不想和男人深交，只想过着单身生活。她可以想见她和黛丝就这样生活着，还有尼克，一个喜欢男人又害怕被人发现的男孩儿。

单身三人行，他们彼此倒还和谐。但是去年夏天，尼克遇见了泰德，后者就是要把他拖出柜。再几周之后，黛丝竟然让一个秃头凸肚的保险推销员走进了她的化妆室，这人还献上一大束粉红玫瑰。这位就是巴瑞。到十月一号的时候，约会过四回的他们就结婚了，就在黛丝演出的《玩偶之家》拉下帷幕之后的十分钟里，舞台成了他们的新婚礼堂。

那是一个多么欢乐的夜晚啊。大家一起帮忙，灯光师、剧组，还有很多朋友，当然也包过泰德，大家一起跳舞，在十九世纪风格的壁纸前方，他们不断变化着舞伴，变换着队形。剧组里年轻的灯光指导带着梅贝尔旋转时，她觉得一阵头晕，还好尼克及时出现来搭救，带着她跳到后台，让她在沙发上坐下，还从口袋里掏出一条手帕，她接了过去。“现在只能小歇一下，贝尔，”他说，用一张海报帮她扇了扇风，“你消失太久，黛丝会记挂你的。”从他们坐着的侧间，可以看见黛丝和巴瑞跳着舞，还不时回头笑着。黛丝在地板上舞动，好像随时可能像蒸汽一样消失，但是梅贝尔很高兴，看到女儿跟上巴瑞的脚步，稳稳当当地待在他的臂弯里，好像那里是让她觉得最笃定的地方。

有了女婿，这是黛丝希望的，尼克开始相信爱情，一系列的剧变都是快乐的，但是有时梅贝尔还是觉得她的屋子被吊到空中，摇晃了一下，又被丢回原地，这回没有物品打破，但是有些擦伤，还有一切都错了位。

她为什么投入所有时间在大兵身上，或者在诸多原因中，这是其中的一条，因为至少这个工作是有序的，是有目的的，而且是很重要的工作，虽然她看不出如何有意义，但是她相信如此。黛丝曾经握住她的手，问她说：“为什么？为什么你要做这个？”梅贝尔想到的是母亲很多年前说过的话，说到吉姆·布彻在法国的那段时光，她说：“他去那里看到了恐怖的事，那是不该有人见到的，他也必须做些没人应该做的事。”

她给黛丝看了从报纸杂志上剪下来的一些照片，有些村庄被烧成灰烬，有些受了伤的瘦弱俘虏，有些骨瘦如柴的越南大兵仰卧着死去，还有一些是美国士兵的，他们流着血，或被淋湿了，或全身泥巴，或精疲力竭。她想借着照片解释的，也是她自己想要答案的疑问。杀戮，在没有其他选择的情况下不得不进行的杀戮，这种可怕的事会不会在人的脸上留下鬼魅般的印记？而这种印记只在人们流转间的神态中可以洞见？在这只有摄影镜头可以捕捉的瞬间里，梅贝尔想要发现，去越南之前男孩儿们真实的一面，和从越南回来之后，他们又变成了怎样的人。

梅贝尔坐在桌边，又打开了杂志。这回没有烧毁了的村落，只有很多年轻的面孔，他们因为被迫击炮或来复枪击中而受伤，他们把残缺的身体拖到安全的地方，包扎伤口，努力让自己活下来，直到希望从天而降。

很久之前，大约在黛丝想尽办法把梅贝尔从杜松镇带回来之后，一两个月的样子，梅贝尔总会因朦胧想到华莱士的墓地而难过，伤心欲绝时，尼克刚好也在，他从坐着看书的地方站起身来，跪到梅贝尔的床边，抚着她的头发。她哭了好久，那时是春天，她醒来的时候日头还高高的，等她停止了哭泣，可以听见朋友说话时，已经是晚上了。

“如果你还想回去，去杜松镇看看，我可以带你去的，贝尔。”过了一阵，尼克又说，他已经去过了，他自己去的。黛丝已经把知道的一切都告诉他，有了名字和生日之后，他租了辆车去找贝蒂。

他找到的是一座消失的村庄。虽然零落有几个人在断壁残垣中捡拾着零碎物，但是已经没人住在那里了，就尼克所知，也没人打算回去住。先出走的是年轻的父母们，他们去了邻近的村镇，方便孩子们上学。接着，老人们也跟着离开了。那些在杜松镇生活了世世代代的人们，现在移去了附近的威尔顿、漆岩和塔基的克雷克。所以尼克也去了这些地方，向遇见的每一个人打听，他们记不记得费雪家的一对女儿，还有一个名叫华莱士·韩士福的男孩儿。

“打听到了一些消息，”尼克说，他说到华莱士的一位儿时朋友亨利·莱曼时，梅贝尔屏住呼吸。“他说华莱士要他交一张字条给贝蒂，所以他去教堂找她。他说，贝蒂看起来很不安，叫她也不等，只顾着跑出去了。几天后在葬礼上他见到了她，那是你继父的葬礼，听说他是上吊自杀的。但是，他对我说，那时镇上传得沸沸扬扬，说你和华莱士私奔了。他说他觉得那字条上写的应该是些解释或道歉的话，而经历了这些，这种信不过是在伤口上撒盐罢了。所以他把字条扔了。之后，他便再也没见过贝蒂。”

梅贝尔用力地摇着头，她把尼克的手握得发白。

“有可能的，”尼克说，“我觉得有可能，有人知道贝蒂在哪里，至少知道她是往哪个方向去的。等你身体好一点儿，我可以带你回去，你、我还有黛丝，我们一起多方打听。”

“不，”梅贝尔的喉咙里发出一个细小的声音，“不，不。”眼泪让她的颧骨发酸，“不该是这样的。”

她告诉尼克她和华莱士之后寄去的信，在华莱士走后，她自己寄去的信，以及还有一封退回芝加哥的信，上头写着“已亡”。“我觉得，”梅贝尔说，“我觉得，虽然我不知道为什么，那两个字该是贝蒂自己写上去的。”她明白了一个道理，尽管她一直想否认但是如今却终于认识到的道理：贝蒂已经开辟了新的生活领域，而她的所作所为让她无权再踏入这一领地，无权再去哀悼华莱士，无权再出现在妹妹面前，要求她的原谅。

梅贝尔的手指划过《生活》周刊翻开的那一页，看着倚在水边横木旁的伤兵，她想，伤害已经造成了，人们只能相互扶持着，举步前行。

“妈妈，妈妈，快点儿来。”

黛丝的呼唤让梅贝尔惊跳起来，冲往前厅。“怎么啦？宝贝儿！你怎么了？”

黛丝靠在巴瑞身上，她的手环抱着巴瑞的脖子，拉着他走起了舞步。巴瑞从黛丝的肩头望向梅贝尔，他的脸上满是狂喜。

“妈妈。”黛丝停下脚步，朝梅贝尔伸出手来，“把你的手给我，把你的手给我。”她把梅贝尔的手掌压在她突起的圆形小腹上，“他动了，宝宝在动呢。这儿，用力压。感觉到了吗？”

梅贝尔压了压，黛丝又笑又吻她，接着巴瑞也笑着，他吻了梅贝尔，梅贝尔依然把手掌稳在黛丝的肚子上，她也笑着，但是她手放在原处，等候着下一阵胎动。

第十四章

禁锢

一九七三年三月
印第安纳州，纽曼

葛瑞丝

大风天的时候，在阁楼上，葛瑞丝总是想象着房子快要倒了。冷风吹打着屋檐，透进通风孔里，窗玻璃也嘎吱作响。外公对小阁楼维护有加，但是尽管如此他似乎没有注意到窗户横条上的油漆斑点，去年春天，他在屋檐内侧加装粉色的纤维玻璃，又在地板上加钉木板，隔出更多空间，放孩子们不玩儿的玩具和旧衣服，他没去弄窗户。不过葛瑞丝倒是很高兴，除了夏天这边热得透不过气来，小阁楼是她的最爱，而积满落尘的窗户让这里别有些荒凉的感觉，更显得非她莫属。

尽管窗外有灰尘，窗内有雾气，但是透过窗户还是可以看到雪被风吹着，落在地上堆积起来。打早上开始，外婆总在电话里说，她活这么大岁数，从未见过三月下过这么大的雪，而且她每隔一小时说出来的雪深都要加个两三厘米，可是其实早在清晨的时候，雪就停了。很难推算出雪若平均落下，深度是多少，从阁楼上葛瑞丝可以看到许多东西不见了：外婆之前挂在葡萄架上的洗衣盆，方便随时可以收衣服，它不见了；去年她十岁生日外公为她种的枫树，大约两三英尺高，也埋在了雪中；漆成绿色的秋千两边A字形框架的横栏也蹲在雪中，好像冻僵的蛇。

她很想穿上最暖和的衣服，到外面去玩儿，或许可以挖一个小洞，她可以躲在里头静静待一会儿，但是外婆一定会说："你会冻死的，而这种时候连救护车也来不了。"外婆会说，葛瑞丝会跌倒，雪堆会在她头上崩裂。"找都找不到你在哪儿，我要怎么救你出来？"

天气预报说雪可能要下好几天时，外公就打包好行装开车去了克瑞斯的作坊，和其他同事一起陪着小老板比尔。终于抵达之后，他打电话回来说，地上太滑了，八英里的路开了两小时才到。妈妈的老板帕特里克昨天也开了吉普车来接妈妈，给她在加洛纬饭店安排了一个房间，他们两个可以十二小时一班，轮流到前台值班。

葛瑞丝想打电话到饭店给妈妈，问她可不可以出去，但是妈妈一定会对着电话大叫她正在忙。而且如果不说一声就出去，外婆一定会气死的。琳恩听说要下好几天雪的第一反应是拿起电话打给好友艾斯·梅耶，让对方说服父母，在学校放假的这几天让琳恩待在他们家里。这已经让外婆气到半死了。不过，在消息透漏之前，琳恩已经打电话给帕特里克，让他在去饭店时，放她在艾斯家下。等帕特里克到了时，他拿起妈妈的箱子，对琳恩说："都准备好了吗？琳大小姐？"妈妈红了脸，却闭着嘴巴。外婆也一样，她们不好意思在外人面前管教孩子。

除了不能去玩儿雪这一点之外，葛瑞丝倒也不在意和外婆待在家里。她可以独自享用一张床，而不用与妈妈姐姐挤在一起，如果她好好说，外婆还会同意她一天去小阁楼上一两回，像今天下午就是。

“我想找点儿旧的着色本和彩色笔，”她说，“万一电视断讯可以画画儿。或许还可以找点儿拼图。”

“现在还玩儿那些，会不会太幼稚了？”外婆从炉子旁的柜子里拿出一个盘子放到台子上。

“书都看腻了，”葛瑞丝说，“况且琳恩把好看的书都带走了。”

“那好吧，”外婆说。挖了一些可可粉和糖到盘子里。“把牛奶递给我，葛瑞丝。”她说，“别待太久，把自己冻着了。小心烟囱旁的箱子，别撞到自己的头。”

她是要去拿着色本和拼图的，但是还有一个真正的原因，是要去找一个安全的地方藏她的战士金属手环。上周琳恩和她一起在电视上看到她们关心的战犯从飞机上走下来，那是一辆从河内起飞的班机，打那时起琳恩就追着她要手环。

“我的已经寄走了。”琳恩说。在记者认出从飞机放下的梯子上走出的结实的瘦高身影是刚刚提升为陆军上校的康瑞德·约翰·刘易斯之后，琳恩就把她的手环寄出去了。“我在找一个失踪的军人。”

几分钟之后，上尉麦克·史蒂文斯从飞机上下来了，他已被提升为少校。记者报道说，此次上尉回来，刚好可以赶上自己的三十四岁生日，葛瑞丝真希望可以去帮他过生日，在吹灭蜡烛之后，可以拥抱着他。葛瑞丝仿佛看到，生日蛋糕很平实，没有彩色的贝壳和糖霜玫瑰。

“应该这样的。”琳恩说，“把手环给我，我帮你寄。”

“不要。”

“都是这样的。”琳恩翻着眼睛说，“如果想写信，你也可以写几句，但是手环是要寄还给本人的，好叫他们知道，我们记挂着他们。”

葛瑞丝把手腕放在胸前，用另一只手抚着手环。这个手环她戴了两年，一分钟也不曾脱下。有回老师要她把手环放到讲桌上，给其他同学示范一下，她是如何像戴着婚戒一样，日日夜夜地戴着的，她都没肯。直到现在知道上尉回来了。现在上尉平安了，葛瑞丝感到深深的喜悦，但是她已经爱上了编号USAF 9-9-66的麦克·史蒂文斯。想留着他的手环。这不是很值得纪念的吗？因此她对琳恩扯了一个谎，说她已经写好了一封信，周日的时候带去了教堂，给了年轻的瑞弗兰麦克牧师，请他帮忙看一看有没写错。“他会用教会的信封帮我寄出去。”她对姐姐这么说。她不用担心琳恩会去问瑞弗兰，她要考虑的是如何找个地方，把上尉的手环藏起来，永远不被琳恩发现。

要放在哪里呢？琳恩不太常上阁楼，至少葛瑞丝这么看，但是琳恩嗅觉灵敏，标着葛瑞丝的盒子是万万放不得的。任何一个堆放旧物的盒子都不成，甚至旧沙发后面拳头大小的空当也不行，那里的东西从来也不曾被人发现，但是也一样不成。她侦察了一下烟囱周围，想找一块松脱的砖头，但是就算找到了，如果被外公发现，指不定哪天又要把它封上，她的麦克·史蒂文斯上尉就又要被禁锢起来了。

最后她终于想到了。在新地板边缘有个缝隙，和旧地板没有完全吻合。要铺新地板的木料外公去年春天又备好了，他对葛瑞丝说过，怎么样量了又量，免得浪费了木材。他知道可能最后一块木板短个一两英寸，但是他觉得不必再多买木料，况且只不过是阁楼上的地板，他决定把短的一块板儿放在角落，就在屋顶斜起的地方，没人会走去那边，冷风也不可能从那边漏进来。他给葛瑞丝看过那一处地方，然后放了一个笨重的箱子在上头，用手拍了拍脑门儿，笑着说："天衣无缝啊。"

为了避免发出声音让外婆起疑，葛瑞丝从挂着的衣服下爬过，绕过婴儿床，然后再蹑手蹑脚经过外婆从未用过的展示模特，最后几步她是跪在地上爬过去的，然后用尽全身的力气，移开缝隙上方的箱子。缝隙出现了，她背靠着箱子坐了一会儿，抚着手环上的铭文，依然舍不得取下。若不是琳恩，她的上尉就可以靠她近一点儿，或者在她手腕上，或者放在珠宝盒里。但是这么做一定会引来一场争执，而且叫妈妈或外婆听见了，若她们也觉得应该像琳恩说的，把手环寄回去，这个险葛瑞丝可冒不起。当然，她们也可能让琳恩别再吵了，既然葛瑞丝想留着，就让她留着吧，可是她们怎么决定由谁保管，也没准儿啊。

放在阁楼上，她至少可以过一阵就上来，拿起手环来，纪念着这个人，等到她十八岁的时候，她就可以再拿出来，或者再戴在手上，那时没人管得了。如果她的上尉在越南的俘虏营里待上六年才回来，她就会等他回来时，把手环还给他。在她脑海里，等不及这一天的到来。她幻想的他如她设想的一般美好，想象着说不定他就是父亲，她会跑过前院扑进他坚实的怀里，而他会抱起她转一圈儿，然后轻柔地放回地上。然后他们手牵手走进厨房，妈妈会转过身来，惊讶地笑着，吻过史蒂文斯之后，再伸出双手揽住他们两个。虽然她知道，这不过是想象罢了。

但是这又为什么不是真的呢？他为什么不是她的父亲呢？书上电影上不总是这样吗？亲人失去了，然后又找了回来。或许史蒂文斯改了名字，妈妈也没认出来，直到看到新闻才发现。

葛瑞丝会幻想这些事，会期待这些事，都是琳恩的错。在葛瑞丝四五岁的时候，就开始关注男人的脸，希望从那些脸上认出与自己相同的地方。事情发生在琳恩从医院回来之后的一年左右，那天琳恩躺在自己的小床上，硬要葛瑞丝听她讲一个计划，她计划写封信给她的父亲，葛瑞丝相信应该是她们的父亲。琳恩说她会在信里说，她有多么想念他。琳恩说，只要找到父亲的地址她就要把信寄出去，“然后，”姐姐说，“他就会来带我走的。”

葛瑞丝现在想不起来当时自己为什么要那么说，或许是早些时候挨了妈妈的骂，她对琳恩说：“或许我也该和爸爸一起走。”

“他又不是你爸。”琳恩说，“他说过，他是我的父亲，不是别人的。”然后琳恩在黑暗中对她发出“嘘”的声音，好像蛇一样。“就是因为你，妈妈才要他走的。爸爸对我说的。妈妈想让另一个男人娶她，但是那个男人跑了。他不想要你。没人要你。”

葛瑞丝低头看了看史蒂文斯上尉的名字，“我喜欢你。”然后褪下手环，吻了一下，再塞到缺口处，地板下方，柔软的隔离材料上方。

原本放在上方的箱子被她推到墙角，她又不能站到另一边去推回来，唯一的办法是把里头的物品清出来，至少要拿出一半来。箱子并没有用胶带封起来，只是两片盖子对合着盖上。打开之后，一只蛾子朝她飞扑过来。最上方是一件绿色的纽扣毛衣，就是那种外婆冬天居家时会穿着的，扣洞周围被蛾蛀了。她把毛衣放在地上，找出五六个杂志上的图样，显然已经用过了，但是被整整齐齐叠放在一个信封里。信封上的图案是一条围裙，上头装饰着褶饰和蕾丝，柔软的布料和裙摆，相配的白手套和带着面网和花朵的帽子。除了与外婆看到电影上的妇人们被肯尼迪夫人接见时，会戴上特别定做的帽子，在生活中葛瑞丝见过戴帽子的女人是教会的两个老太太，她们脚上没有穿高跟鞋，而是穿着琳恩戏称的“敏感鞋”。下面一本书是关于如何做台布桌布的，另一本是关于做窗帘的，再下方是一大摞四十年代的《好管家》和《妇女家庭》杂志。杂志下方放着的一个本子，葛瑞丝第一眼看到以为是收集唱片的簿子。封面上，六七岁的秀兰·邓波儿穿着黄色短裙，好像要从画册上走出来。她的前方有一桶胶水，几乎有她身高的一半高，好像有个看不见的巨人，随时会沾了胶水，永远地把秀兰·邓波儿从内侧粘牢。

“葛瑞丝，”外婆在下方拍着阁楼的门框，“你在上头待太久了，快点儿下来吧。热巧克力好了。”

“等一下，外婆。”葛瑞丝把几乎空了的箱子推回原位，盖到缝隙上方，又快速把东西都放回去，除了那本剪贴簿。幸运的是她还记得着色书放在哪里，她顺手抓了几本，加上插满彩色笔的糖果罐，放在剪贴簿上方，开始往楼下走去。外婆就在门口等着。

“你拿了什么啊？”外婆拍了拍秀兰·邓波儿，葛瑞丝现在才看到，原来背面也有同样的图片。

“这个放在着色本的下方，”葛瑞丝说，“我可以看看吗？”

“那是你爱玛姨妈的。她可迷秀兰·邓波儿啦。你妈也一样。”

这个葛瑞丝知道。妈妈有些宝贝是琳恩和她都碰不得的，其中一样就是一个深蓝色的果汁杯，里头有秀兰·邓波儿笑着的头像。因为妈妈的关系，葛瑞丝也刻意去喜欢秀兰主演的电影，当她和男主角跳舞时，特别叫葛瑞丝心动，但是每回秀兰主演的孤儿，或者是走失了的孩子，总是可以如愿找到父亲，这点却叫葛瑞丝受不了。这种事从未发生在她的身上。

外婆把手搭在葛瑞丝肩头，引着她往厨房走：“进去吧，把它放在桌上，我们一起看。”

厨房里很暖和，上周日外婆烤给大家吃的牛排，味道还没散去。这是葛瑞丝的最爱，她第一爱牛排，第二还是爱牛排。从肉、胡萝卜和土豆的味道中，飘出些许巧克力的味道。

外婆放了两个马克杯在桌上，每个杯子里放了三块棉花糖，还把两张椅子拖到了一起。外婆把剪贴簿的正面朝下，方便祖孙俩从最后一页往前翻，看到这葛瑞丝笑了，她们家只有外婆和她是这样倒着看书的。

“把纸贴到本子上真是奇怪啊！”外婆的手指抚着从老杂志上剪下来的染色画——粉色与黄色装饰的起居室。下一页是些关于家电的有趣广告，一张图片上是一对穿着晚礼服的夫妻，脚下有只波斯猫，朝一个冰箱里望着，一个穿燕尾服的男人从冰箱里打开门，标题是：

“大功率的克维耐特让生活更美好”，另一则广告宣称四四方方的炉台有着一种“流线美”。

外婆翻至下一页，“哇，看看这个。”她说，“那是三七年的水灾。大概是从飞机上拍的吧，或者在火警观望塔上。”灰秃秃的报纸上，油墨褪了色，让画面有种雾蒙蒙的感觉，也显出几分的阴郁。画面正中央，教堂的尖顶好像一支火箭，直直指向风雨交加的天空，在很远很远的地方，与她们家很像的屋子飘浮在水中，只露出屋檐上方的部分。

“你爱玛姨妈大概在七八岁的时候，就开始收集这些了，我猜想。”外婆说，“水灾的时候我还怀着你妈呢。”

她们又一页页往前看，爱玛姨妈那时该比葛瑞丝现在还要小吧。她还贴了一张穿着警察制服、戴着帽子的男人的照片，他在给罐装食物分类，放到要寄去灾区的盒子里；一个黑头发的医师在给男孩儿打针，男孩儿躲在妈妈怀里大哭；一个棚舍里大家肩并肩站在一个婴儿床的旁边；还有在淹水的街上，好些人在他人的帮助下上了救助小船。

“看到了吗？”外婆说，“我和你爱玛姨妈也坐在其中一条船上。你外公一早就去忙了，帮着一起修船。”

葛瑞丝指着一张照片，上头是一个女人带着小女孩儿，两人手上都抱着一只受惊的猫。她想到了自己的两只猫咪，思慕克和波波，想象着如果遇上洪水，要怎样搭救它们。下雪的时候，她整晚担心着，希望它们找到一个暖和的地方栖身，或者回到外公帮它们在门下方凿的一个窝，因为外婆不让它们进屋来。

现在外婆用手抚摸着画，好像想抚慰一下受惊的猫咪。“这个女人就住在我们街上。”她说。“梅尔巴克太太吧，我记得她的名字。她还要带着她的小狗上船，但是……”外婆快速翻过这一页。“但是，有个女人，她对狗感到困扰，不愿让狗上船。”外婆压了压两眼之间的V字形线条。“我不知道她后来怎么样了，我是说梅尔巴克太太。你外公带我们回去的时候，她不在，而且回到旧街的其他人也不知道她的下落。她住的地方之前也很漂亮的，但是没人维修。你外公买这边房子的那会儿，他们把她的家拆了。”

“我永远也不会丢下思慕克和波波，由着它们淹死。”葛瑞丝说。

外婆摇了摇头，没说话，她把册子翻回到看过的水灾那一部分。“这里不会有水灾的。”她说，“躺在床上，等着你妈妈出生的时候，我横下心来，一定要叫你外公带我们去高处住，要不然我会让他不得安宁。还好你外公做到了。”

外婆拿起剪贴簿，迎着从后门窗户里透进来的光线。这时有张类似明信片的长形纸掉了出来，碰了一下桌角再落到地上。葛瑞丝推开椅子，去地上捡。

“葛瑞丝，快起来。”外婆说，“你到地上去做什么？”

葛瑞丝拾起卡片，不是明信片，边缘已经泛了黄。后头写着字，是一家路易斯维尔的照相工作室，还有时间，一九二四年。前方是两个完全一样的女孩儿照片，漂亮的黑发女孩儿，年纪大概是跟琳恩差不多，十五六岁的样子。她穿了老式的白色蕾丝裙，坐在秋千上，脸上没有笑容。

葛瑞丝拿到了照片，从地上爬起来。“为什么有人会想拍两张一模一样的照片呢？这是不是像我们学校的图片一样，先拿到一大张，然后再裁开？”

“那是什么啊？”外婆伸出手来。

“掉出来的。”葛瑞丝把卡片交给外婆，“上头说是在路易斯维尔拍的，她还真漂亮。”

外婆闭上了眼睛，她的脸色变得苍白，有一会儿葛瑞丝以为外婆快晕过去了。“梅贝尔。”她说。

“梅贝尔？”

“我姐姐。”

“外婆有姐姐？她在哪儿？”

外婆的脸转成红色，她的眼睛也睁开了，目光锐利。“把这些蠢东西清走。”她站起身来，卡片依然在她手上，她的眼睛望着葛瑞丝上方的空间。“把剪贴簿放回原来的地方去，我要在桌上准备晚餐。”

才两点半。“晚上只有我们两个，外婆。”

“如果雪清干净了，我们就会有一屋子的人。”

葛瑞丝想离开，但是却动弹不得，好像被埋在积雪底下。到铲雪车来可是要等上好几天的。

“葛瑞丝，我叫你现在就放回去。现在。”

葛瑞丝从桌上抓起剪贴簿，跑过屋里，上了去阁楼的楼梯，完全不顾脚底下。上了阁楼之后，她丢下本子，趴在旧沙发上哭了起来。沙发垫上有老鼠的气味儿，她想象着眼泪透过了沙发垫，濡湿了它们柔软的灰色小头，小老鼠饮了泪，解了渴，就不用出去忍受风寒。不，眼泪是咸的，喝了不能解渴，只能让它们更渴。

再也哭不出来的时候，她在沙发上坐直了身体。剪贴簿摊在地上，书脊裂了，她跪在一旁，小心地把脆弱的书页装回去。等这些弄好之后，她把剪贴簿放在胸前抱了一会儿，才放回到置于倾斜天花板下方的箱子里。阁楼上冷，她打了个寒战，开始想念放在楼下桌上的热巧克力，棉花糖已经融成了泡泡，或许此刻热饮也冷了，不再能给她温暖。她想起了箱子里的那件绿毛衣，便取了出来，把自己裹在里头。用外婆被蛾蛀了的毛衣御着寒，她可以这样再待一会儿，把手指伸到地板缺口的下方，感到史蒂文斯上尉就在触手可及的地方，就这样，等着外婆叫她下去。

第十五章
悬石公路

一九七八年十月
肯塔基州，塞勒

琳恩

“我想，我认识那家店的。”车子经过一间宽走廊的木房子时，琳恩指着窗外说，木屋上手写的字已经斑驳了，但是依稀看得出“奥黛尔·安德森杂货店”几个字。

德雷克往后视镜里瞧了一眼。“还有多远，你估计？”他问，“车子油不多了，而且看起来，这附近也没加油站。”一小时之前，德雷克想在纽曼附近的加油站停一下的，但是琳恩却不肯。她说，遇到这个壳牌加油站真是天意，因为妈妈常常去这里给她的诺凡车加油。快到的时候，琳恩愈来愈紧张，生怕经过的车上有人认出她来，消息就会传到妈妈那边去。

应该不远了。虽然几天前，琳恩就记下了该怎么走，但是她还是拿出了爱玛姨妈的信，折好的信纸刚好露出信末“诚挚祝福”几个字，爱玛姨妈把她知道的父亲的最后地址写了来。“我们转过弯已经走多远啦？信上说，到悬石公路再走半英里左右，就左转。”

“你留神看着加油站就好。”德雷克说。

“我想那里就是我们常去钓鱼的地方。”

“哪里？和谁？”

“杂货店后面，爸爸带着我，还有他的一位朋友，我想该是吧。”她胸中闪过一丝痛楚，“有时候，从这条路去湖边。”

她还记得从夏日的酷暑中钻进发出霉味的潮湿杂货店里，站在慢慢转动的电扇下方，吸上一口橘子汽水的感觉。她喜欢老板切出博洛尼亚厚片香肠，他总是用沾了蕃茄汁的手指往香肠后面推，直到琳恩说好才停。而她不喜欢的是，老板把切好片的香肠用一张白纸包起来，然后转身去身旁的水桶里，用汽水机旁的纸杯舀起一杯大蚯蚓。稍晚一些的时候，爸爸还会从杯子里挑出一只肥大的蚯蚓来，在她面前晃一晃，蚯蚓蜷成一团的身体上还沾着泥土，她不喜欢，不过爸爸只是逗逗她而已。

“那里有一家。”德雷克说。琳恩看到他们前方有一处粉刷的砖屋，上头写着这样几个大字：鲍伯的加油站加油。最后机会啤酒。

“那是一个当地品牌吗？最后机会啤酒？”

琳恩很焦虑，也分不清德雷克是说真的还是在开玩笑。“塞勒地处干燥的地方，”她说，“过了那边就是了。”

德雷克把车开进加油站，一个穿着蓝制服，身上沾了黑色油渍的男人站在加油机旁边。“加满？”德雷克点点头，问起洗手间在哪里。男人朝一排砖屋点点头。

“要我去买点儿最后机会啤酒吗？”德雷克问琳恩，一边解开身上的安全带。然后又对着窗户外的男人说：“有投币电话吗？”男人点点头，德雷克说：“你觉得该打个电话吗？”自从离开琳恩的宿舍，几乎每一次停车他都会重复一遍。

“我要去洗手间。”她说，“去伸展一下身体。”

她当初把爱玛姨妈的信拿给室友时，米歇尔和茱莉都说她该先打个电话，至少先写封信给父亲。“万一他已经离开了呢？”茱莉说。

“万一他出去玩儿，或是搬走了，开五小时车也蛮远的。”米歇尔补充说。包括琳恩在内，谁都没说出口的是，万一去了他不想见她呢？爱玛姨妈也写了电话号码的，在收到信的十天里，琳恩去了三四次电话亭，望着黑色的话筒。她不能像打回家那样，用对方付费的，所以得准备好些硬币喂话机。她甚至还换了十美元零钱，这个月里剩下的全部钞票。但是一站到电话前面时，新的疑惑又涌上心头。就算很幸运的，电话响起时他刚好在家，十美元就足够证明电话这端是他的女儿吗？十三年的时间多么漫长啊，几乎是她生命的一半。就算可以证明她的身份了，那还剩多少时间可以说服他，让他同意她去塞勒？她决定最好还是赌上一回，到塞勒去，到他跟前。电话可以挂，信可以丢，见面总是三分情啊。不是吗？

洗手间特别干净，虽然需要粉刷一下。马桶和水槽四周都长了锈迹，镜子上也蒙上了一层银色的霜。琳恩朝镜子里看了看，脸上有多少的紧张不安。

“你们肤色一样。”爱玛姨妈说。同样的雾白色，太阳穴下有些雀斑，同样的朦胧蓝的眼睛和深金色的头发。琳恩不知道父亲的头发会不会和她一样，沾了雨水便会紧紧卷在头上。去年春天，她放假回家时，很得意自己的新发型，妈妈哼哼着说："法拉·福西特头？剪这样就可以造反啊？"

爱玛姨妈告诉她："他也是扑克牌脸，跟你一样。但是鼻子是你妈的。"而自己的鼻子刚好是琳恩最不喜欢的。

上个月，琳恩一冲动就找了个周末，和米歇尔回了一趟家，米歇尔的家在麦卡里斯特，离爱玛姨妈戈登姨父家不过四十分钟的车程。她找好了借口，先打电话回去，对妈妈说寝室可以接电话的时段，她都不在。她说："我可能会整晚待在图书馆，要赶交一篇美国历史的论文。"在打电话之前，这段话她已经演练过多遍了，但是及至说的时候，突然觉得理由不够。她又补充说："周六一大早我要跟班上的同学一起去勘察核电厂的建筑物位置，还有教授也会去。我们会在外头待上一整天，晚上再回图书馆。"这中间真假参半。倒不是她在意对妈妈说谎，因为她很确定妈妈扯的谎更多。她的几个朋友是要去参加一个反核活动的，通常她也会去的，但是这回要去一个更远的地方，而要交论文却是真的，不过是在一周后。

爱玛姨妈来开门的时候，琳恩对一脸惊讶的姨妈说："我想找爸爸，但是妈妈不肯帮我，你愿意吗？"

爱玛冰凉嶙峋的手按在琳恩肩上，说道："你妈妈的处理方式我也一直不认同的。芮妮太感情用事，她总是反应过度。"

这点琳恩同意。谁不是呢？琳恩十四五岁那年，一篇英文作文得了低分，她觉得不公平，所以难过起来。看到孙女哭了，外婆贝蒂说道："冷静点儿吧，别弄出病来。你跟你妈妈真像，一点儿小事都叫你操心。”这句话好像缰绳，勒住了奔跑中的马儿，从那时起琳恩开始不信任感性。总之，在老师面前为分数哭泣也没用。第二天，她带着试卷，承认陈述是有问题，有一两处她漏掉了，老师让她重新写，分数也改成了优。这件事向琳恩证明了，理性才是重要的，冷静思考，合理安排。

“你怎么看他啊，爱玛姨妈？”琳恩问。坐在一张硬质高背椅上，上头铺着象牙色的绸垫。

爱玛嘟起了嘴。“我怎么看不重要。”她转身走到桌子尾端，把已经摆放得很整齐的《妇女家庭》又整了整。

“拜托。”

爱玛拍松了一个靠枕，拿起一个水晶玻璃盘，里头放着一块半透明的粉色点心，她把点心递给琳恩。“这是用玫瑰花瓣提味的。”她说。琳恩挤出一个笑容，摇了摇头。

“我真的不能给你什么意见。”爱玛把点心放回盘子里，“在你妈把你带去印第安纳波利斯之前，我只见过他一两回。她也没对任何人说过到底是为什么。”

琳恩也只记得这个缘由的片段，她妈妈说过几句话：“发生了一些恐怖的事。我必须带你离开。没人可以让我在那个屋子里多待一分钟。”如果琳恩问：“但是为什么呢？什么恐怖的事呢？”妈妈要不就大哭，要不就大吼大叫。在其他时候，琳恩问道，为什么她不可以去见父亲，至少有点儿联络，妈妈则会为中断他的探视权辩护：“他从未尝试过来看望你，至少五年内没来。”

“但是他以前要求过的。”琳恩会说，“我知道的。”她看过爸爸的律师写来的信。大约是在十二岁那年，她决定要找出所以然来，她扭住妹妹葛瑞丝的头发，威胁她帮忙守着，自己爬上椅子，找妈妈一直藏在柜子后面的褐色大信封里头的信。信确实在里头，和其他很多法律文件放在一起，但是琳恩没对妈妈说她看过。“外婆告诉我的。”她说。

这惹火了老妈，她要琳恩望着她的眼睛：“这是对我的伤害，是我的报应。你难道没想过，这都是为了你吗？他从未想到别人，只为自己。”

但是那些周末，数年前的几个月的周末，琳恩是感到被关注、被疼爱的。在父亲的关爱下，她觉得很开心，周围不会有人说，葛瑞丝多乖啊！葛瑞丝多可爱啊！瞧瞧葛瑞丝！为什么你就不能像葛瑞丝一样又安静又听话呢？没有葛瑞丝在旁分享她的一切，还要小的优先。和父亲待在一起的时间，多刺激啊。就像在马戏团里，尽管也有被吓到的时候，但那也是快乐的一部分。父亲喜欢把她背在肩上，从山坡上跑下来。他教她踢足球，把球踢到她身上，教她怎样摔倒而不让自己受伤。坐在车上遇到转弯时，他会把油门儿踩到底，大声叫着他是赛车名手A.J.弗伊特，就要冲刺夺冠了。

尽管没人相信，但是琳恩知道上回掉进湖里是个意外。好吧，就算不是意外，也是玩笑开大了而已。父亲不是故意要伤害她，但是一家人包括妈妈、外婆、外公都在怪他。之后，琳恩觉得大家总在注意着她，尽管他们嘴上说没有。他们总是在那里，观察着她的情绪，嘀咕着她在医院的那段日子，研究着她从“精神崩溃”里，恢复了多少。“瞧她半夜哭喊的样子，那个没有过去啊，还在梦里哪。”他们会说，“那个男人把她丢进水里。”

小的时候，琳恩是会从梦中大叫着惊醒，全身湿透，手臂也挥舞得疲惫了。但是梦境并不是如大人们猜想的那样。那些重复出现的梦境有些她不记得了，但是有一个她记得的，就是被抱出法庭的时候，在妈妈的肩膀上她又哭又叫，朝父亲伸出手去，他也张开双臂迎向她。在梦中，父亲的形象很清晰，他又悲又怒，脸红了而且流了泪，但是醒来之后，她却想不起他的样子，想不起孩童时看到的父亲。如果家里曾经有过父亲的照片，也早在很久之前就被毁了。有一回父亲拿了一张照片给她保留。照片上她站在摩天轮的前面，父亲手臂环绕着她，另一边站着一个高大的男人，肤色很黑。高大男人在她头后方竖起了两根手指，做出魔鬼角的样子。拿到父亲给的照片之后，她用手帕包了，放在一个包里，和复活节要穿的衣服放在一起。后来从医院回家之后，过了几个月她再去看时，发现手帕还在，但是照片却不见了。

那一年她缺了很多课，整个冬天她都窝在沙发上，和外婆一起看了《让世界转动》和《照明灯》。那段时间没人对她说，她被抱走之后法庭上发生了什么。大家说的都是，是法官决定父亲不能再来看望她了。没人告诉她为什么会这样。没人告诉她，为什么父亲不再打电话给她，也不写信给她，也不买礼物送她。

琳恩朝镜子里再次望了望，看了一下自己的妆。她觉得，眼影画深了，唇膏涂得太浓了，让她看上去太成熟了点儿。她弄湿了纸巾，抹去了脸上的颜色，然后回到车上。德雷克靠在加油泵旁边，在与洗车窗的服务员交谈。

回到路上之后，德雷克说："我们走对了，刚刚那人说再开七八英里就到了。"

琳恩望着窗外，想说服自己是认得路的。这里的树叶刚刚开始变色，有些在边缘的地方，有些则在中央，星星点点地变成了橘色或红色。在午后的阳光下，褪成黄色的枫叶几乎是透明的。学校的树叶早就落到了地上，微风一起，厚积在地上的叶子便旋转舞动起来。而往南开的路上，每过去一英里，树叶都更绿一点儿，车轮好像在逆着季节的方向转动。

"他知道你父亲。"德雷克说。

"谁？"

"加油站的服务员。"

她的心一紧："你没和他说我是谁吧？"

"当然没有。我只是问了一下地址。"德雷克看了一下后视镜，其实这时候没必要看的，然后他的手在方向盘上滑动。显然，他还有别的事想对她说。

"他说了什么？你发现了他做过什么了，还是别的什么？"

"他好像当过修路工，是服务员说的，但是后来又辞了工作。很久之前就辞了。"

"辞了工作？为什么？"

德雷克减了速，准备转弯，好像新手一样。"听说他还做得不错呢，很怪啊！那家伙说，几年前他父亲过世后，他卖了很多土地给开发商，只留下老家附近的那一块。现在他一个人独居，只有几条狗陪着他。"

“告诉我他说了什么。关于他的工作。”

“就是一些夸张无聊的话，跟你在家里听到的差不多吧。”德雷克快速瞄了她一眼，就像家人说到不愿对她透露的事情时一样。“不过是些闲言闲语，琳恩。就算我告诉你，你也不会在意的，你应该很开明的。”

“德雷克……”

“好吧，”他说，“那家伙叫他‘老兔子’，叫你爸。”

“噢！”一道热泪让琳恩说不出话来。

“琳恩，对不起。我不该用这个词的。”德雷克说，“但是这应该不会困扰到你，是吧？你不介意他是个同志，对吗？”

琳恩注意到德雷克声音中的颤抖，他在意这点吗？如果他在意，她也该在意吗？

“琳恩，你还好吗？”

“没事。”她快速说，“当然没事的。”她用力挤了挤眼睛。“我也不知道。”德雷克在问她的感觉，但是她感觉到什么又有什么关系呢？她知道自己相信的，这世上最重要的是想法，是理性。回头想想她站在同学老师面前，反驳他们对同性恋的歧视。就在去年，虽然她没有去加州，但还做了标语，和其他五个同学在学生大楼前坐了一整天，支持美国第一位同性恋运动人士哈维·米尔克。所以她为什么要不安呢？这很没道理啊。

德雷克说“兔子”一词时，她想起的不是父亲，而是那个大个子的男人。是她听见他说这个词吗，还是别人这样说他？熊叔叔，她总是这么叫他，当然也不是当着他的面。他个性大大咧咧的，又幽默，对她还很友善，说笑话逗她，但是她始终不喜欢他。每回去见父亲，他总是也在那边。总是这样，而她很想独自拥有父亲。

琳恩看到“悬石公路”的标牌。“我改变主意了，”她说，“想回去了。”

德雷克转过弯，然后减慢车速，眼睛一直瞪着后视镜。“我开了快三四百英里了，”他说，“我的化学报告快迟交了，你现在却要这样。”

琳恩由着眼泪流下来。

“天哪。”德雷克小声说，声音轻到她几乎听不见。

她喜欢德雷克，特别是他们一起窝在他的车后座，或者挤在她的单人床上的时候，她甚至想要嫁给他。一路下来，他也对她呵护备至，但是眼前这个时候，她最需要他的时候，他却好像水泥地下的鼹鼠，困顿而无助。

正前方的右侧，有一个石子路的转角，德雷克开过去，停了车，灭了引擎。他靠向琳恩，把手臂直接放到琳恩的肩膀上。他想把琳恩揽进怀里，但是方向盘和刹车挡在中间。

琳恩靠在座椅上，从手提包里拿出一包纸巾。她按了按眼睛，又擤了擤鼻子，希望德雷克至少别说出“冷静点儿”这样的话来。

德雷克把头靠在椅背上，就车内容许的空间里伸展着修长的身体。他摇下车窗，不规律地敲着方向盘。“瞧，”他说，“就照安排好的做吧。我陪你走到门口。如果你需要，我还可以解释一下为什么我们来这里。好吗？”

德雷克把脸转向她，脸上如此温柔，好像面对一个刚出生的婴儿，他用手抚了抚琳恩的脸颊。“好吗？”他笑了，眼中含着期待。

琳恩握住他的手，亲吻一下，说道：“好的。”德雷克重新启动车辆。

走过之字形的路线之后，农场如图示上的标注出现了。这是琳恩的祖父迪特的农场，或者应该说是祖父留下的农场。后方是新砌的房舍，造价便宜，都挤在一起，屋型也相似。但是老房子倒还是原来的样子，只是用柔和低调的蓝色代替了原本的白色。有一处鸡舍是她不记得的，围着高高的围篱，围篱之间还圈了网子。车子的声音让站在铁皮屋上的两只鸡从高处飞到地上，激起鸡群一阵扑腾。

在闹腾的鸡群中有三只狗，不胖但是却很强壮，它们在叫着。琳恩感到宽慰的是，它们都围在一个栏子里，栏子上有可以扣搭的锁。她和德雷克走出车外时，狗儿们站成一排，低下了它们的头，发出低沉持续的声音。

琳恩把手放在德雷克张开的手中，他的手强壮而稳健，琳恩由他领着穿过院子前方的道路，走到屋檐下。没有门铃，所以他直接打开了纱门，用力敲了门，等待着，然后又敲了门，由着纱门弹回去。

这时门打开了，站在黑色纱门另一端的是一个大块头的男人，大概四五十岁，比琳恩高出一个头来，方块脸，红头发。

“你们迷路了？”他的声音中有些不悦，甚至有些恼怒，好像在做什么事被打扰了。他突然步出门廊外，让琳恩和德雷克都后退了一步。男人移动一下脚步，站到门廊下最靠近鸡舍的地方，里头的狗儿依然在叫着，此刻更大声了。他重击屋子的侧墙，大吼一声：“安静！”狗停止了叫唤，俯身地上，头耷拉在两耳之间，但是警觉的眼睛还是睁得很大。

男人转身对着他们，双臂交叉，说道："怎么了？"

琳恩感觉到自己脸色苍白，喉咙发紧，她下意识地举起手来，好像想把卡在喉咙的异物挥走。"我……"

"布朗迪特先生吗？"德雷克说，"您是卡尔·布朗迪特先生？"

男人略微点了一下头，表示同意，用怀疑的眼神打量着他们。

德雷克迅速介绍了一下自己，然后把手放在琳恩身上。"这是琳恩，"他说，"你女儿。她要来找你很久了，只是她妈妈不让。"

"芮妮。"男人酸酸地说了一句。

"那就是了。"德雷克说，"芮妮·布朗迪特。这位是琳恩。"

琳恩脑中想到的是，幸好有德雷克的手臂围绕着她，让她好好站着，不至于逃跑。他多好啊，如果他今天求婚，她会立即答应嫁给他。

当眼前的男人走入洒满院里的阳光中时，琳恩认出了他混浊的蓝色眼睛。"爸爸。"她叫道。

男人又靠近一些，他斟酌着脚下的每一步，好像地面随时会在他脚下崩塌。

"爸爸，是我。"

"琳恩？"

父亲的脸，就在她眼前，脸上有欢喜，有悲哀，有各色的细微线条。

"是的，爸爸。"

她伸出手臂，闭上眼睛，好像在梦中一样，挣扎着想要拥抱着父亲的身体，他好像骑士徽章上的圣徒像。

“琳恩宝贝儿？”

突然他的手臂就环绕在她身上，抱得如此之紧，她感觉到叹息纠结在肋骨之间。她用手紧紧压着父亲的背，想象着自己又变回了孩子，如此之小，几乎可以隐身在他宽阔的胸膛前，想象着所有发生的事都倒了回去，好像一切都没有发生的样子，她的梦魇都不见了，因为根本就没有梦魇了。在医院里的几周，消失了。法庭上的一幕，也不见了。所有的人都消失了，世上只有他们父女。所有的事都消失了，她和他回到了湖边，藏在巨大的圣诞树下，探出头来，看到他来追她，她欢笑着，然后他一把抱住她，前后摇晃着、笑着。他晃着她，和她一起笑着。只是这回，这一回啊，他再也不会放手了。

第十六章
转弯

一九七九年三月
印第安纳州，纽曼

芮妮

没有敲门，芮妮就推开了卧室的门。尽管正午的阳光透过窗户照在桌上，葛瑞丝依然趋身在台灯下，用一把尖嘴钳把一条长金属丝弯成精致小巧的螺旋状。芮妮不明白为什么葛瑞丝愿意为这些手工牺牲自己的眼睛和手，但是她得承认当葛瑞丝把各种形状的金属螺旋串成手镯或项链时，成品还真是惹人爱。有一个词可以用来形容这些可爱的小饰物，发音好像钢琴键的高音部分，那就是琳琅有致。

卧室里靠葛瑞丝一面的墙壁上，不像其他女孩儿的墙壁一样挂着摇滚歌手的海报，或是朋友的照片，而是她的各种手工珠宝，放在天鹅绒的衬垫上，绿宝石、红宝石、紫水晶，闪闪发光，这些饰物还不时更换着。葛瑞丝总有办法可以在学校把她的手工艺品卖出去，来买进更多材料，但是她的功课，除了美工，没一样叫人满意。芮妮也想过要跟葛瑞丝谈谈功课的事，葛瑞丝的喜好可以等到上了大学再说。葛瑞丝想学艺术，而不是如计算机之类的实用专业，她们需要谈一谈，但是今天要说的不是这个。芮妮脑中想着另一件事。

“葛瑞丝。”芮妮站在女儿椅子后方，说道。

“嗯？”葛瑞丝的眼睛没有离开她的劳作，她正在做一条优雅的项链，比她之前做过的难度都更大，至少在芮妮看来是如此。葛瑞丝把金属线的两头弯曲了，中间绕成两个螺旋形，每一个螺旋都是双回的，折出来再卷成小圈圈，好像两个高音谱号，背靠背立着，底部相连。

看到葛瑞丝没有停手的意思，芮妮开口说道：“把那些放下来吧，麻烦。我想跟你谈谈。”

葛瑞丝把器具放在成品草图上，双手交叉了放在桌上。芮妮倾身看了草图，华丽得好像皇室珠宝，是现实生活中的年轻女孩儿不会用到的款式。这款大概是卖不出去的，即便是毕业舞会也用不上。

“葛瑞丝。”芮妮用两根手指适时压了压女儿肩头，这回女孩儿把灯关了，也把椅子转了向，半对着房间中央。

开场让芮妮有些不安，特别是今天要说一个严肃的话题，所以她在床沿上坐了，眼睛直视着葛瑞丝。“我希望你说出关于你姐姐的一切。”

葛瑞丝的唇边闪过一丝讥屑。不过芮妮是不会在意这个表情的。“你知道我在说什么。”她厉声说。

葛瑞丝张开嘴巴，又闭上，揉了揉金属线在她指腹压出的凹陷。

“帮她说谎可不是好事。”芮妮说。这话引出葛瑞丝的火气来。葛瑞丝和琳恩一向不和，琳恩总是颐指气使的，让葛瑞丝和她周遭的其他人一样觉得自己笨，所以葛瑞丝的忠诚应该是向着妈妈那边的，而不是向着姐姐。

芮妮又强调说：“我知道她偷偷逃课，去看望……”她觉得自己说不出她父亲这种话来，她说“那个浑蛋”，但是随即发现这让葛瑞丝退缩，她改口说道：“去看那个人，我前夫。”她话语中的战栗有一半是真的，有一半是想叫葛瑞丝看到对于琳恩的背叛，她有多生气。

“琳恩对你说过吗？”

“她做了什么你了如指掌。”

“我怎么会知道？”葛瑞丝耸耸肩，朝芮妮望着，好像在问你是怎么确认琳恩知道她父亲在哪儿的？这个问题芮妮是不会回答的。她不能说，上周的某一天，琳恩春假回来，又跟朋友外出时，她已经把她的日记看了个够。

由此她对自己的大女儿了解了很多，她花了多少时间为各种权利奔走呼吁：妇女的女权、偷渡客的人权、树生存的权利、臭氧层不被破坏的权利、免于核武器威胁的权利。芮妮还了解到，琳恩已经跟她的男友睡上了，那个总是当面对她说“是的，布朗迪特太太”“不是，布朗迪特太太”的德雷克，一个自大又自我的男人。她还了解到，她的亲姐姐爱玛以某种方式某种程度参与了琳恩的寻父行动。看起来，每个人都背叛了她。

“琳恩没跟我说。”芮妮说。很高兴自己可以平静地说话，但是又可以叫葛瑞丝知道她在生气。“当然你也没对我说。不用在意我用什么方式知道。我就是知道了，你要把你知道的老实交代。”

葛瑞丝把一缕头发塞到发巾里，她绑着免得工作时头发掉下来，她什么话也没说。

“葛瑞丝，告诉我，她偷偷溜去找他多久了？她是怎么样去的？”

葛瑞丝迟疑着没说话，抬起眼睛望了望天花板，看看地，又看看四周。最后才让目光落在芮妮身上，眼神中闪过一丝叛逆。“我不知道这算不算偷偷溜出去。”

“好吧，我倒是想知道，你觉得该叫作什么？”芮妮的声音变得更加尖厉了，“她一趟一趟地跑去那边。对我一声招呼也不打，还撒谎。谎称说她要去这里那里的。”

葛瑞丝的直视让芮妮心寒。“你觉得她得经过你同意吗？去看她父亲？”

芮妮的身体开始打战，她抓住床单，稳住自己：“法官判的……”

“琳恩已经过二十一岁了，妈妈。”

“可是她开始这么做的时候还不到二十一岁呢。”芮妮感觉到自己的话加了些想象的成分，这是不由自主的。

“不，她超过了。”葛瑞丝说。

“所以你知道她是什么时候第一次去的。”芮妮站起身来，背对着葛瑞丝。她现在无法直视着女儿。“年纪又跟这有什么关系？难道年纪够大就可以得到一张说谎证？”她试图解开墙面正对着她的一个领饰的谜团，但是这个谜却不容易解开，每回当她觉得看出一个究竟来的时候，规律就变了。最后她才看出，缠绕的金属线好像玫瑰的藤蔓，但是却没有花骨朵儿，只有缠绕的刺。“他根本是在迷惑她，不是吗？发什么大愿要送她进法学院？”这些也都是写在琳恩日记上的，洋洋几大页。芮妮可以感觉到身后的葛瑞丝在掂量着这话的分量。

“我真的觉得这些跟我无关，妈妈。也和你无关。”

芮妮踱着步子，双手交叉，忘了研究领饰。“你姐姐做的事如果妨碍这个家，就跟我有关。比方说，偷溜出去。”

“如果她告诉你，你又会怎样呢？”

“我会阻止她的。”小孩儿怎么可以这样质疑她呢？她该走出卧室，等到冷静之后再回来的，但是她继续说道：“如果把我逼急了，我可以不让她去上学。把她关在家里，直到她发誓不再乱跑。我必须保护她。”

“保护她免于什么？”葛瑞丝拿起刚刚的手工，用手指继续折着金属丝，“把她当犯人？你打算关多久？”

“不是的。别扭曲我的话。”芮妮感觉到眼泪涌入眼里，“你这都是跟你姐姐学来的。”她用手指压在紧闭的嘴唇上。“他只是胡乱答应她，让她觉得他会支付全部支出，就是百般讨好她就是了。这都是诡计，难道你看不出来吗？”

“他为什么要这么做呢，妈妈？这么做对他有什么好处？”

“他想再伤害她一次。他想让我难过。”她伸手握住葛瑞丝的手，“拜托，帮帮我，帮我。帮我让你姐姐意识到，他是怎样一个骗子，他是条毒蛇。葛瑞丝。”

葛瑞丝把椅子转回面对桌子的位置，静静地说：“你觉得她会听吗？你已经讲了一辈子了，对着两个生命，算上你自己的，就是三条生命。”

芮妮握住葛瑞丝的肩膀，想把她扳回来面对着自己：“这是什么意思？”

葛瑞丝从芮妮手中挣脱出来，把手肘支在桌上，让疲惫的头靠在手上：“就我记忆所及，就琳恩的记忆所及，你总在诋毁他，只要有机会就羞辱他，告诉我们他有多恐怖。”

“他过去是很恐怖的，现在依然如此。”

葛瑞丝把头靠在桌上，闭上了眼睛。这样的她看起来多温柔，多无辜啊。直到现在，芮妮还没见识到她的小女儿可以多残忍，可以多神秘，悄悄扎一下，就让人好像被玫瑰刺了一样痛。

葛瑞丝依然闭着眼睛：“那为什么不告诉我们是什么让他这么恐怖的？好叫我们自己判断呢。”

“葛瑞丝，难不成你也跟去了？别说谎。是不是？他承诺了你什么？”

葛瑞丝坐直了身体，摇了摇头：“我为什么要去啊，妈妈？”

芮妮走回来，重新在床边坐下。“我想的只是你们两个女儿的安全。”她的眼泪又控制不住地流了下来，“免得遭受生活中不好的事，免得……”她从口袋里掏出一张纸巾，擤起鼻子来。

“免得什么？”葛瑞丝转头望着窗外，“究竟是什么呢？”太阳躲到了云层后面，外面起风了，光秃秃的树枝在风中摇摆着，好像想要彼此相触。“你难道没想到，没有父亲是多么让人伤心吗？”

芮妮又抽出一张纸巾，再次擤了鼻子：“你们的外公就是最好的父亲，对任何人来说都是。”

葛瑞丝瞪着她。“你不懂我说的，是吧？我们当然爱外公。但他是你的父亲，不是我们的。”她拿起螺旋形的手工，丢到窗户上，“你怎么可以指望我们不想自己的父亲呢？”

芮妮竖直了头。“我指望你们信任我。表现出对我的尊重。”她拍了拍脸上留下的泪痕。“我有过很多梦想，”她说，“很多都没有实现。为了你们姐俩，我放弃了。我认为这该值得你们回报。”

“你不能叫别人为你失去的付出代价。”葛瑞丝说，“或者该说，怎么样你也不该这么做。琳恩只是想自己去发现一些事。如果那个男人真的像你说的那么糟，她也很快就会识破的。”

芮妮张开嘴，想要回答时，一阵哀号由内而外地发出来，转移了她的重负。孩子总是想得简单，想找出一个简要的理由，好像高速公路一样的直线，但是现实生活不是这样的，好像要解开葛瑞丝缠缠绕绕的金属链。不，比这更糟，好像某人把天鹅绒上的金属线都丢进一个轮子里，这个轮子转啊转，转了十年、二十年，把全部事情都搅成一团，打了结，缠到了一块。她要打哪里开始说起呢？从棒球场上说起？还是从塞勒的房子那儿开始，打开房门的刹那，枕头上的凡士林，倾斜的图片，还有……那些打架的妖怪？或者还是直接跳到医院去，那里有位医师说，没别的办法，必须把她的孩子绑在床上，在她纤细如线的血管里注入大量药物，那几乎可以让一个巨人沉睡？还是进医院前的那一段，落水、谎言，还有透漏真实故事的梦呓？还是只要讲讲几年前的事就好，那时琳恩一向的发作突然停了，她如石墙般沉默不语。芮妮跌落地上，背靠着床。她抱住自己，摇晃着身体。

“你不知道。你不知道。小孩子什么也不知道。”

葛瑞丝拿起一根新的金属线，开始弯折，但是线弹到她的手心。“就是啦，我们不知道嘛。”她把金属线放回桌上，“最少琳恩还知道一个名字，可以有个开始。”

芮妮惊讶得停止了掉泪：“你在说什么？”

葛瑞丝没有望向母亲。

“葛瑞丝，你这话是什么意思？一个名字，你知道他的名字了，葛瑞丝？”

她的女儿重新拿起金属线，用钳子弯出一个新的形状。“我知道。”葛瑞丝酸酸地说，“我知道他不是我爸。琳恩对我说了，好几年了。”她用力捏着工具，指关节都发白了，“或许你也愿意对我说说。”

芮妮一只手放在喉口，想稳住颤抖的声音。“不，葛瑞丝，不会的，不会的。”她爬起身来，用力拉住女儿的手臂，想把她拉向自己。“你不会的。”她放了手，用平静的声调说，“你不会的。是吧？你不会想要找父亲的。”

“我怎么找啊？”如同她灵巧的手，葛瑞丝声音响亮圆熟，“你都没告诉我他是谁。”她转身来对着芮妮，“现在你要说是为了保护我？我猜想，他该也是个十恶不赦的大坏蛋吧。”

芮妮的手不受控制，照着葛瑞丝的脸就是一巴掌。

望着刺痛的手，和女儿柔软脸颊上的愤怒，她一时不明白发生了什么。

“对不起，宝贝儿。”芮妮哭了，把葛瑞丝紧紧搂在怀里，吻着她的头发。葛瑞丝坐得直挺挺的，不退让。“我真的很抱歉，葛瑞丝。请你原谅，真的对不起。宝贝儿。”

等到芮妮松手的时候，葛瑞丝又俯身摆弄她精致的金属线。

“唉，葛瑞丝，我的宝贝儿，你的父亲，”芮妮说，“他是个可爱的……”虽然话已经出了口，虽然话才说到一半，但是她知道马歇尔又是另一个理还乱的谜。她要如何解释，在感觉到葛瑞丝在腹中第一次的悸动之前，她就一个人决定了要守着这个秘密，要让大家照表面误解的那样，这样马歇尔可以继续他的人生路？就算她多少可以解释一些，就算葛瑞丝总有一天可以了解她做出的牺牲，那又怎样呢？怎么才能让葛瑞丝不认为她是最大的受害者，是付出最多代价的那个人呢？

“他不知道有你，”芮妮说，“这是最好的安排。你必须相信我。拜托，宝贝儿。”她揉着女儿的肩膀，但是女儿似乎不为所动。“他又善良又温和，你的父亲。而且还很聪明，知道这些够了吗？”

“不，妈妈，”葛瑞丝说，“不够。”

第十七章

新人

一九八一年夏末
印第安纳州，纽曼

葛瑞丝

新来的人骑马姿势很好看，把海拉姆都给比下去了，虽然葛瑞丝从未大声说过，如果想继续在这里做事，就不能这么说。她当然是想这么说的。葛瑞丝记得几周前，新人第一回来到马厩时，她听见海拉姆叫他肯恩。他们似乎很熟稔，海拉姆拉着对方的手，几乎快要把他抱住了。他们大声笑着，还把头凑到一起，好像两个男人说着什么秘密，或者一起分享黄色笑话，之后她便没听见海拉姆叫他朋友名字了，除了一两回好像叫他螃蟹来着。

新人来的第一天，海拉姆就把高大的公马艾希斯交给了他。搞得马厩里的每个人都围到了马场旁，低语着海拉姆是不是跟他有仇，要不这个玩笑就开大了。没上马鞍的时候，艾希斯温驯得可以由小孩儿牵着，但是一上马鞍，只有海拉姆控制得住它，因为这头公马就是不服马鞍，即便是海拉姆的哥哥梅力获奖无数，他要这牲口帮他驼一回西红柿和豆子，它也不从。海拉姆却直接把老友丢到了艾希斯身上，而他朋友打从进马场那一刻起，就高高地直直地坐在马背上，不管从哪个角度看，这人与马都是一体的。阳光下，新洗的马鬃闪耀的色泽与男人密厚的银灰发色相互映照。

这是螃蟹第四回来马厩，对天天待在马厩的男男女女来说，他还算半个新人，他们都认为他天性善骑，但是也没必要好像骑了头独角兽从天堂下凡来一般吧。尽管如此，葛瑞丝还是忍不住要多看他，他在的时候，葛瑞丝会突然找一个面对马场的棚厩做事。葛瑞丝今天早上期望他会过来，她把迪拉的马厮留到最后才去。当她跳过迪拉的马槽走到隔壁那一间时，海拉姆扬起了眉，但是葛瑞丝说，因为早上迪拉被带去见种马了，她最好先清理十点前就要回来的那些马的马槽。

从迪拉的马槽向外的窗户，可以看到整个马场。葛瑞丝一看到艾希斯和背上驮着的人经过，她便把叉子丢入草料中，推开木卷帘，望着他们。绕马场走了两圈儿之后，他们开始加速小跑，然后再走一走，又跑一跑，这时男人对海拉姆召唤一声，他们便从马场飞奔出去，如一阵风刮过。

葛瑞丝从未看到骑马的人腰杆儿挺得这么直，她忌妒男人和艾希斯仿佛共用同一根神经，共用一个头脑。

不，不是一个头脑，没那么理性，那是一种直觉。不需多看，就可以发现男人一上马就很不寻常，但是葛瑞丝宁愿相信自己是唯一看到这一点的人。骑上艾希斯的背，他简直就不是一个人，他是，他就是……这样的与众不同。

葛瑞丝听见艾希斯的脚步踏在畜棚另一端的地上，他们绕到后方时脚步放慢了。他们再次从窗前经过时，男人让艾希斯走得很缓慢，他直视着葛瑞丝，葛瑞丝转身拿起长叉，继续整理马厩。

草料的甘甜味道和马粪的味道混在一起，葛瑞丝大口呼吸着。妈妈抱怨葛瑞丝总是带着这种味道回家，弄得家里也都是异味，但是外婆却说她闻不出来，并且说只要外孙女把靴子脱在外头，女儿就别多管了。妈妈和外婆都不喜欢她在马厩工作，但是后来葛瑞丝带着她们去见海拉姆之后，外婆打听到他的叔父是比尔·克瑞斯，外公的老东家，她便答应海拉姆让他照顾葛瑞丝。

“我琢磨着呀，她在那里还安全些呢，芮妮。比在大商场里头开门关门的好。”外婆说。

妈妈觉得外婆是疯了，在一个又老又破的马厩里做着又脏又累的活儿，只是为了跟海拉姆学骑术。“你为什么要学骑马？”妈妈问，“你没马，而且我看你也不可能买下一匹来。”

“就是啊，”葛瑞丝说，“在马厩工作就好比我买了马，而且有很多匹。”

她没对妈妈说的是，因为真正的挑战还在后头，海拉姆已经和蹄铁匠说好了，让葛瑞丝学钉马掌。葛瑞丝不介意钉马掌，而她真正想学的是打铁，但是铁匠却不太热心让一个十九岁的女孩儿围在烧得红热的长条铁块儿旁边，他和其他男人一样，有个蠢观念，认为女人比男人容易被烫伤。不过即便如此，他也得承认葛瑞丝对马有一套，马见到她，似乎比见到汉子更愿意抬起脚来。就这样的，她一点点说服了铁蹄匠，向他证明自己不怕脏，不怕流汗，不怕手上磨出茧。

和外公汉斯一样，葛瑞丝喜欢做体力活儿，感到肌肉的拉伸，变紧实，感觉到自己的进步，学会善用巧劲儿。她多么想念外公啊。自他去年过世之后，一屋子里只剩下女人。只有外公了解外孙女，她期待着出汗，热气从奔流的血液中升起，蒸腾到皮肤表面，冷却变成汗珠；她喜欢耕翻土地，呼吸着泥土的气息，新翻的土壤带着地矿的甘甜滋味。有时候，她想知道每一种植物的气息，不单单是花香，还有蕃茄藤蔓的微酸的柔和气息，枫叶如香芹一样的清凉味道，与紫荆花那去了汁儿的西瓜瓤味道很不一样。

那天晚上八九点的时候，外公在修理被冰雹砸坏的棚子，因为葛瑞丝坐得近，而外公又确定这时候外婆不会向厨房外张望，便把着她的手来回锯了两下，动手制作时的感觉总是让葛瑞丝印象深刻，就像锯子拉过木板时，带给手臂的震撼会停留在她心中，握住砂纸时手指的触感，还有锯木屑被她脸上汗水黏着的酥痒感觉。

早在十五岁的时候，葛瑞丝就迷上了把一根长长的铁块儿在烈火下，锤打成一件容器，一个拨火棒，或者一把门锁。那年秋天，在探险节活动上，她在一个打铁铺前站了好几小时，看着铁匠把火热的铁放在铁砧上，打成他心中构想的样子。葛瑞丝想，铁匠也注意到她了，主要因为她是唯一一个在铁铺前停留超过一分钟的人，当铁匠注意到这个女孩儿，他便开口解释正在做什么，讲解招来其他人停下围观，围观的人问了几个问题后才离开。葛瑞丝听着，手指不时抚着一把门锁，桌上还放着其他铁匠准备出售的展品。

“这是给你特别聪明的马或驴子做的。”铁匠说，朝锁点点头。他放下手上的工具，拿起锁，压在陈列桌的侧边，他让葛瑞丝扶着。

“看这里，”他说，走到桌子的另一边，“想一想，这是一道门，你的马站在那边，你的马很聪明，它知道该怎样用牙齿打开一把普通的锁，比较聪明的马知道如何打开侧锁，但是这把呢……”他靠过来接近锁，用手指模仿着马牙的咬合，“马或许可以用牙齿打开上头的环，但是这时它却无法拉开水平的杠，打开扣搭。而拉开水平的杠，不拉开上头的环也没办法。这得要两只手合作。”

葛瑞丝很想买下这把锁，常常给它上油，免得它生锈，直到有一天她在乡间买下自己的房子，有一扇自己的门，里头关着她聪明的马。她观察了这么久，知道铁匠的锁物超所值，但是这也没用，因为她带的钱不够。

她是当真的，葛瑞丝曾三次数了数塞在口袋里的零钱，显然这动作也被铁匠注意到了。

“我这个卖给你吧。”铁匠说。

“半价的钱我都拿不出。”她摇了摇头，转身想走。

“部分产品我可以用物品交换。”铁匠把锁递给她，脱下手套，“换你戴的项链。做工真好。我女儿在科罗拉多州，她是做陶土的。我想她一定会喜欢的。你估一下项链值多少？还记得用多少钱买的吗？”

葛瑞丝脸红了。“我的项链？我从未想过那值什么，”她说，“这只是我的宝贝。它是我做的。”

铁匠弯了腰，想仔细看看项链，于是葛瑞丝解开了，递上前去。他坐了下来，把项链放在腿上，手指顺着链子的金属滑动。“你做的？”举起项链来迎着光，他说道，“小姑娘，你可以把它卖出去的，这儿就可以卖。”

葛瑞丝不知道该说什么。在这之前，除了她之外还没人喜欢过她的作品。她的金属手工成了家里的笑话，跟她之前喜欢的串珠下场一样。琳恩总是打头，在餐桌上问葛瑞丝最近有没有做作业，有没有做其他什么新玩意儿，每一年圣诞节到来之前，葛瑞丝要的礼物总是零钱，妈妈总是翻着眼睛。葛瑞丝拿到零钱总是直接递给外婆，她会开支票，邮购钳子、刀片、压线钳还有金属线。

“如果你也愿意，”铁匠说，“我们来交换吧，项链换门锁。银货两讫。”

那天晚上回到家里，葛瑞丝拿出自己做的全部饰物：项链、链子、坠子、手镯、耳环。起先她看着这些东西觉得它们很可爱漂亮，然后非常感恩自己可以做出这些，随即她以批判的眼光来看，刹那间她看出该怎么改了。她从书桌抽屉里拿出当初的设计草图，看到了新的可能性，在把线条折成螺旋形之前，她可以把双股或三股合成一股，于是在原先的草图上用铅笔做了记号。每过一阵子，她总是把锁拿出来，研究一番。有一天，她对自己发誓，要学会铁匠活儿，以做出更好的作品。

“葛瑞丝，”海拉姆从棚外叫道，“找个人过来。”

把新鲜的牧草放进迪拉的畜棚之后，葛瑞丝就走到走廊上。新人也就是海拉姆的朋友下了马，领着艾希斯去清洗。人和马的身上都沾了细细的灰尘。葛瑞丝伸出手去接缰绳。男人停下脚步，却不把缰绳递给葛瑞丝，只用眼睛坦然地直视着她，看得葛瑞丝的脸发烫。她目光落在地上，继续朝前走，把手放到马的头上，高过男人的手。

“我来吧，”她说，“这是我分内的事。”

螃蟹却没放手，他举高了手，几乎快要碰到她的手。他直视的目光一直不曾离开过她，呼出的热气拂着她脸旁稀疏的刘海。

葛瑞丝依然握住缰绳，经过他身边，过去抚着艾希斯的脖子，她轻声呼唤着，马朝她低下头来，发出响应的声音。

“好吧！”男人松了缰绳，开始拍打牛仔外套上的尘土。

葛瑞丝把艾希斯扣好，转开水龙头，备好水桶和刷子之后，她感觉到男人依然在附近，就在棚外望着她。她用微温的水帮马洗刷，水流每流过马的身体，它的肌肉便悸动一回。当她转到艾希斯身体的另一侧时，葛瑞丝快速瞄到男人依然蹲在外面的墙角下，在靠近水流的地方望着她。

“你不是打小就做这一行的，是吧？”

葛瑞丝转身尽量把脸藏起来，因为她的脸又红了，她在脑中想着海拉姆告诉她的注意事项。对啊，她的每一步都是照着他的指示做的呀。她现在再也不想多看这个男人第二眼，没事爱捉弄人。她巴不得不认识他才好。

“无意冒犯。”男人站起身来，背靠着墙，“只是因为这儿的人都是在马群里长大的，你的动作要比他们温和多了。它们又不是玻璃做的，怕什么啊。”

葛瑞丝不搭理他，只以平滑的弧线刷着艾希斯背上的水珠。

“我希望海拉姆会给你一些津贴。”

葛瑞丝抬起艾希斯右侧前腿，检查了一下马蹄。“我们说好了。”她又抬起右蹄，说道，“这个铁蹄快松开了。”

“铁匠什么时候来啊？”

“我会修。”她放下马脚，走过男人身边，看也没看他一眼，带着工具又回来了，把艾希斯的蹄子钉好，这才面对男人。此刻他的直视不再困扰着她，她也朝着他望着。

一头灰发让人猜不出他的年纪，这还不是全部。从某些角度来看，他的脸非常年轻，大概才三十或三十出头，但是他的双眼之间有很深的皱纹，而且那双眼睛经历了沧桑，失落而无光。站在地面上的时候，他的腰杆儿不如骑在马上挺得直。

“跟我出去吧。”他说。

“出去？为什么？我这里的事还没做完呢。”

“我的意思是说跟我出去，”他说，“出去约会。你未婚吧，是不是？”

葛瑞丝在艾希斯的头那边站起身来，刮着它修长紧实的脖子。“你到底是什么人呢？你晃来晃去，是来马场里找女朋友的吗？”

“要找也未必得去马场里。”他想幽默地说出这句话来的，但是效果不佳，葛瑞丝看出来他原本想装成一个油滑的纨绔子弟，但是实际显出的却是一个笨拙的男人。

“我未婚，”她说，“但也不表示我可以出去约会。”

“你有男朋友？”

“你想要做什么？”

“天哪，为什么女孩子总要问这些废话？你想要干吗？你这是要做什么？见鬼我怎么知道？你到底愿不愿意跟我出去？我车上有件干净的衬衫，若是你担心的是这个的话。”

葛瑞丝强忍住笑，然后突然发现对这个男人充满了歉意。“我不能现在去。我得把这里忙完，然后回家准备去上班。我还要上一个有薪水的班。”

“在哪里？”他一定注意到她脸上的神情了，因为他说：“对不起，我问得太多了。可以一起去吃个午餐，然后或者喝点儿什么吗？你可以喝酒吗？我说，你到了法定喝酒的年纪了吗？”

“没。”葛瑞丝说，很高兴看着他不确定这个答案针对的是哪个问题，“或许吧。”

“或许你愿意跟我出去？”

“或许，”她说，“以后某个时间，或许在你决定告诉我你的名字，也问了我姓甚名谁之后。那就有可能。”

他垂下头来，可能是因为害羞，接着他笑了。“天哪。”他说他名叫肯恩，他在纽曼的社区大学修一些课程，主要是英文和历史方面的，试图想说明他有心从事哪方面的事。他没提到工作的事，没有提到为什么他有一笔钱，可以让他这把年纪还在学校厮混。他没说的很多，很多一般人在相处过程中会聊到的事他都没说，而他的神态似乎又叫葛瑞丝不便开口提问。但是她是喜欢他的。这点她有七八分把握。

“为什么海叫你螃蟹？”这个问题看似很安全。

“他喜欢叫人的绰号。”肯恩说，“螃蟹离群索居的嘛。我就是喜欢一个人。”

“如果有人来烦你，你会提出抗议吗？”

“有时候吧，”他朝她眨了眨眼睛，“不过这人不包括你。我会对你好的。欢迎你驾临螃蟹洞。”若不是他自嘲的口吻，葛瑞丝真想把手上的马鬃刷丢到他的头上去。

是的，她是喜欢他的。

“我想想吧。”葛瑞丝说，解开艾希斯的绳扣，交到他手上，由着他带它回到马棚里。她回头对着肯恩说：“回见啊。”

肯恩依然来到马厩，假装没注意到他骑在马上时葛瑞丝注视他的眼神，在她洗马的时候，他也总是流连在一边，这样过了三周，她终于答应跟他出去。海拉姆对此颇不满意，虽然他并没有直接对她说什么。葛瑞丝倚在门框上与肯恩说话，笑闹着推他一把，她都看到海拉姆就在附近的某处，望着她，与身旁的人小声嘀咕着什么，虽然具体说了什么，她听不清楚。有几回，她看见海拉姆在门口堵住肯恩，对着畜棚指点着，摇着头，然后肯恩紧闭着嘴巴，下巴凸出在外。这些日子以来两个男人似乎不那么友好了。

葛瑞丝等了三周才答应和肯恩出去，最后她终于说可以和肯恩去弗里施用早午餐，但是肯恩却放了她鸽子。

葛瑞丝在走道上等了近一小时，她来回踱着步，不时看看表，对着窗户理理头发，闪到人行道下方，让用餐的情侣或家人走进餐厅。在早午餐供应即将结束的时候，她进去点了一杯可可布丁。她得直接开去上班，在走向工作大厅的时候，每走一步，她都生气地咬一口三明治。

然后到五点三十分，她从一个客人面前走到另一个客人面前，告诉大家还有五分钟就要打烊时，她瞄到了肯恩坐在首饰店外的椅子上，人工盆景几乎挡住了他的身影。若不是他的头发，葛瑞丝根本不会注意到他。

葛瑞丝打定主意不去看他。她尽力说服了一对年轻的男女朋友，如果喜欢可以看看订婚戒指，她很愿意为两个年轻人晚些下班，不过大家也都知道葛瑞丝无权决定店门晚点儿关，况且即便如此，男孩儿身上也没带那么多钱。她的提议只让小情侣很尴尬，两人快速走了出去。

葛瑞丝又问经理，有没有什么需要帮忙的，经理说没有，并且显出不耐烦的样子，等着她快点儿走过安全门，好打烊，结了当天的账，准备回家。

肯恩站在店外，葛瑞丝跨出店门时，刚好面对着他，葛瑞丝朝他瞪了一眼，然后迅速右转，快步走开。他一路跟着，一直等她上了车，他敲着车窗玻璃，直到她转动发动机。

“拜托，葛瑞丝，”他说，车窗让他的声音变得很小，“对不起，真的。”

她把车窗摇下一英寸的样子，然后直视前方。

“让我请你用晚餐吧，”他说，“就现在。”

“我家人等着我回去呢。”

“那明天，中午。”

“你有课，”她说，“你说过周一有课的。”

“我可以逃了课。答应我明天一起吃饭吧。”

“为什么？这样你就可以再放我一回鸽子？不用，谢了。”她启动车辆，开走了，留下肯恩一个人站着，望着她。

接下来的一天，肯恩没有来马场，第二天也没来。到第三天的时候，他来了却没有骑马，而是和海拉姆在马具室里关了一小时，他们的音量放高了，虽然具体说些什么听不清楚。最后两个男人出来时，肯恩直接走去车上，望也没望马厩一眼，海拉姆看着他，双手交叉在胸前，好像要看清楚这就是肯恩做的事。

一个戴着玫瑰粉牛仔帽，穿着蓝色牛仔服的小女孩儿在一旁说着话，葛瑞丝把鞍具放上白色小马微思普的背上，检查了一下马鞍有没有装紧，对小女孩儿解释怎样抓住小马的马鬃，然后把小女孩儿的左脚放进马镫。"我会把你抱高一点儿，等你可以站在马镫上时，快点儿把另一只脚伸进另一边的马镫。我会扶着你，直到你坐稳了。"女孩儿坐到马背上，不再说话了，因为害怕面色也变得凝重起来。葛瑞丝把缰绳递到泰瑞的手上，海拉姆的儿子泰瑞是专教新手的。

葛瑞丝又回头去检查微思普的饮水，她往水桶里装满了水，倒入水槽里，这时海拉姆走进了马厩："提防着那家伙一点儿，葛瑞丝，他无权干扰你的生活。"

她该说些什么呢？该承认她期待肯恩约她出去，再被放鸽子也无妨吗？她转身对着海拉姆，空的水桶在手上晃荡。"为什么大家都把年纪看得那么重呢？"她没对外婆和妈妈提到肯恩，但是她想她们也会关注同样的问题的。

"这不是我要说的。"

不，葛瑞丝想，有关的。海拉姆的提醒也太假了，他自己的太太玛莉至少小了他二十岁。

"螃蟹……很怪，"海拉姆说，"不适合的，你知道吗？"他俯身蹲在马槽旁，一边说着话，一边拿了两根干草，编弄着。"他与这个世界格格不入。战争之后就是这样。他在小的时候就常来这里，高中一毕业就入了伍，当的是海军。他带了部下来我们的婚礼，用马车去教堂接我们。”他放下编好的草辫，另拿起两根草来。“我认识很多去越南打仗的人，但是从未见过像螃蟹那样，从战场回来跟变了个人似的，我猜，大概是监狱太折磨人。”

葛瑞丝手一松，水桶软软地碰到了草堆。

肯恩是个战犯。

在哪里被俘的？怎么样被俘的？关了多久？被俘期间发生了什么？为什么他的朋友，包括海，都离弃他了？还让别人不要接近他？

葛瑞丝握起左拳，想起了麦克·史蒂文斯上尉，当他走下飞机的时候，有人去接机吗？她想起了电视里妻儿奔向飞机，去接亲人的场面，那在新闻里是一播再播的，但是有没有人给她新提升的少校接机，新闻人就没有拍了。如果他是孤单一人呢？如果他变了，没人想做他的朋友，每个人都失去了耐心呢？谁还愿意倾听他的声音，听他诉说在异国监狱里的事？当这个世界都遗忘了战争，还有谁愿意听这些事？

肯恩离开了，海也不会透漏去哪里可以找到他。就算找到了，她要说什么？说她能理解的，当然其实她并不了解。说她想试试？说她在意的？说她想多了解他一些？她原本有机会的，但是现在却不可能了。而这是她的错。

葛瑞丝记得他的车是四四方方的，颜色是棕褐色的，就只记得这么多。她懊恼自己怎么不多观察，现在只好在社区大学的停车场转上一圈儿又一圈儿。怎么会有那么多辆棕褐色的车啊？车上应该还有一个颜色的，是不是？在车门上好像有一块蓝色，或者深一点儿的咖啡色？这她记不清了。那是辆老爷车，但是学生停车场上停的多是有了些年纪的车。或许没找到的原因是，他根本没把车停在这里？

或许肯恩已经走了，根本就已经离开纽曼了。

海拉姆对她说过，肯恩在附近的乡间有块田产，在印第安纳波利斯北面，大约一两小时的车程。那是用他父亲的人寿保险金买来的，肯恩还在越南监狱里时，他父亲过世了，他母亲的下落似乎没人知道。照海拉姆说的，肯恩从越南回来之后，每过几年总会在纽曼出现一下，说着要上学、要上班、要成家的大话。然后待上几个月，多的时候有五六个月，就又消失了。照海的推测，肯恩是去那一小块孤独的土地上生活去了。

葛瑞丝停了车，往最近的建筑物走去。建筑物侧边的巨大铜字写着“米勒科学馆”。有个女孩儿坐在门前的石凳上，于是葛瑞丝上前问她，认不认识肯恩·文森特。她说不认识。葛瑞丝问学生注册的地方在哪儿，她指了指位于一座小山上的平房。“退补和选课都已经结束了。”女孩儿说。葛瑞丝谢过女孩儿之后，连忙向通往平房的石阶上赶路。在注册部她问了三个不同的人，每个人都叫她去问别人，她想后者担任更高职位吧，但是他们每个人都说学生资料是私密的，他们无法透漏肯恩有没有注册。

葛瑞丝问卫生间在哪里，照他们的指示，她下楼走到大厅左手，再下一层楼梯。她从水龙头里喝了好大一口水，直到她感觉到后面好像有人在等，她才停了下来。“对不起。”她用手指擦着嘴唇。

“我也很抱歉。”肯恩就站在她的正前方。

这几天她都在想着若是见到他，该说什么。但现在脑中却是一片空白。

“艾希斯还好吗？”

“还好，”葛瑞丝说，“或许有些焦虑，它需要出去遛遛。”

肯恩把手放在裤子后面的口袋里，望着别处说道：“我猜海觉得这没事的。”他的目光又回到了她身上，他稍稍点点头说：“回见啦，葛瑞丝。”他跨出一步，葛瑞丝抓住了他的手臂。他们两个都愣住了，都望着她握住他手臂的手。她突然放了手，好像手掌上碰到了火一样。

“我在找你呢，”她说，“我想拿个东西给你。”

他用特有的目光望着她，目光中既没有热情，也没有冷淡，有一种不可言喻又让人不安的成分。

“有没有其他地方？”她不能站在洗手间外头交给他。

肯恩示意她跟上来，不一会儿他们就去了一间放着咖啡桌和椅子的屋子。墙边有很高的木隔间。咖啡桌旁稀稀落落地坐了几个学生，有的学生在小声交谈着，有些面前放了一些书本和纸张。她能看见的隔间里都空着。肯恩选了其中一间，葛瑞丝从他身边滑了进去，把包放在两人之间的位置上。

“那是什么？”肯恩说。他把两只手交织在一起，好像要握成一个大的拳头，然后用这个拳头敲着桌面。

“我……”葛瑞丝望着他的手，精瘦而结实，被太阳晒黑了。

“我知道海不会叫你来的，所以你来，要做什么？”

葛瑞丝把手放在他手上，好像是要停止他神经质的敲打，但是当他的手平静下来之后，她没有移开自己的手。她只是不想移开。

缓缓地，肯恩的一根拇指从她的手下滑出，按着她的手。再之后，她也不知道怎么回事，她的手被握在他的手心里。他的手触感如同她想象的，温暖而粗糙。

“对不起，那天把你留在商场门外，”她说，“我真的疯了。”

他转出一只手来，握住她的手，另一只手拍着她伸开的手掌。“有时候我很沮丧，”他说，“我不知道这个情绪会在什么时候来，它来的时候，我会说服自己快点儿走出来，但是和别人待在一起，还是不太好的。我要去店里就是要告诉你这个。”

她感受到一阵冲动，想隔着桌子投身在他怀里。她想窝在他的腿上，把他的头拥在怀里，就这样抱着他、摇着他，抚着他的头发。

她爱上他了，突然之间，全身心地。

“我带了东西要给你。”她说，用另一只手打开提包，拿出了青灰色的金属环，她举着手环，让他可以看到手环上的字：麦克·史蒂文斯，USAF 9-9-66。

肯恩松开她的手，接过手上的手环，站起来在她身旁坐下了。他用手环抱着她，吻着她的太阳穴、耳后，接着是脸颊、脖子，顺着她脸部下方的曲线，最后吻到她的唇。她紧紧拥着他，他们一次又一次地深吻。

“葛瑞丝，”他说，用手划着他的初吻痕迹，“甜美的小人儿，”他拿着手环看着上头的字，“这个你戴了多久了？”

“直到他下飞机的那一刻，”她说，“直到我知道他回国了。”

肯恩把手环举在面前，拇指滑过上校的名字。“你是要带这个给我？”他转脸对着她，手托住她的下巴，望进她的眼里，同样的直视眼神，但是现在多了些柔情。“真的吗？”他把手环撑开一些，套到手腕上，然后再压紧了。他拉住她的手，举起来，吻着手腕下方柔软的一边。

有一滴眼泪流在他的脸颊上。“我也想你戴着我的。”他说，“你愿意吗？有人寄回来给我的，但是我不知道是谁。”他把她拥进怀里说，“告诉我你会戴的，葛瑞丝，是吗？”

葛瑞丝紧紧靠在他的身上。她想感受到心跳撞击着他身体的感受，就这样靠着，她感受到的却是他的心跳，在和着她的一起跃动。“会的，会的，”她说，“我会的。”

第十八章

坚固保障

一九八七年八月

印第安纳州，印第安纳波利斯

梅贝尔

大厅里又黑又冷，高高的屋顶看似是由石材建成的，呈圆拱形罩在头上，让这里像一个巨大的坟墓。梅贝尔想找个支撑靠着，她的手够到一个木柱，它突兀地矗立在圣殿入口处。梅贝尔摸到了一个倾斜的平面，一扇打开的门却被她推倒了，“哐”的一声倒在大理石的地上。

“妈妈，拉住我的手。”黛丝来到她的身边，稳稳地扶着她。眼睛适应了这里的黑暗之后，梅贝尔看到女婿巴瑞递了一张金属椅过来，也不晓得他是从哪里弄来的。

“你觉得头晕？”巴瑞问，领着梅贝尔走到椅子边，接着屈膝俯身，按着梅贝尔的脉搏。“梅贝尔？”

“我没事，”她说，“外头的光线太强了，我进来的时候都看不到了。”她的手在椅子附近挥舞着。“我的相机呢？是不是弄掉了？”

“在这儿啦，妈妈。”黛丝说，轻轻拉了一下梅贝尔挂在脖子上的相机绳。“跟往常一样，挂得好好的。你坐一下吧，等下我们再带你进去。其他客人半小时后就要离开了。”梅贝尔可以感觉到黛丝纤长的手指抚着她的手臂。“你真的没事吗？”

“我说了，”梅贝尔说，“只是因为光线的关系。加上从外头进来受了凉气。”她可以感觉到黛丝对此话的疑惑，她情绪的一起一伏都逃不过黛丝的眼睛，但是其他聚在前厅的人，包括牧师、婚礼招待、请来的摄影师，似乎接受了她的说法，他们议论着，说什么光线和温度突然变化也曾引起过其他人不舒服的事。

没来教会已经六十多年了，上次来的时候梅贝尔才十六岁。除了火灾之后与黛丝站在以马内利浸信会前以外，她甚至也没站在教堂门外过。虽然这座天主教堂与她记忆中的石造教堂没有丝毫的相近，但是即便是偶尔提到周日的礼拜，都会引发她脑海里一系列的图像：先是父亲的葬礼，接着是妈妈的，然后在被强暴两天后，礼拜时吉姆·布彻同她一起站在教会长椅旁，大声唱着：“听啊，天使高声唱。”她经过时教会里的姐妹以手掩着脸，瞪着她议论着她，终于让她再也不敢进教会。贝蒂曾经穿着粉色的毕业礼服，在教会里寻找着她和华莱士。她希望一辈子都不要再走进教会，或者参加什么仪式，却没想到外孙女詹妮一天也没受过宗教的熏染，爱上的男孩儿竟然是未来的主教。

“我们最好打电话给饭店，问问开放的时间。”去年圣诞节的时候，饭吃到一半时詹妮突然宣布，春季她就要休学，以便安排和认识三个月的史蒂芬的婚礼一事，大家在惊骇之余，黛丝说道：“或者我们可以找家新饭店，你们知道我说的是哪一间。就是维多利亚式建筑改建的那个。只要他们开始营业了，我想是可以订到房间的。”

“不，”詹妮说，“我们要办一场大型的婚礼。史蒂芬有很多亲戚，而他们的教堂又特别漂亮。”

“教堂婚礼很烦人的，”黛丝说，“很多仪式，很多骗人的步骤，婚礼也不必非去教堂才会办得漂亮。”

“我倒不觉得那是骗人的。”

梅贝尔、黛丝、巴瑞一起望着詹妮，他们的老友尼克和泰德说还没好好看过一眼圣诞树，借故离开了餐桌。

“我喜欢那些，”詹妮结巴着说，“我也说不上具体喜欢什么。也不是牧师说的话我都喜欢听，很多时候我不知道他们在说什么，但是尽管如此……”她拿起叉子在桌布上画着。“我喜欢听牧师说话的感觉。”她说，“好像在这个世界之上还有一个世界，我们必须对此有所响应。”她对摆放在桌子中央的瓷娃娃点点头，“如果什么都不信，那些庆典节日还有什么意义呢？”

梅贝尔拿起面包篮，说要去厨房再添些面包卷儿。詹妮跟着她进了厨房。“怎么了，外婆？你不喜欢史蒂芬吗？”

“我喜欢他的，只是我们对他还不十分了解，是这样而已。”梅贝尔戴上烤箱用隔热手套，詹妮脱下她的手套，说道：“我来吧。”

在外孙女打开烤箱的时候，梅贝尔说道：“你还年轻，詹妮。先完成学业吧。再多认识一些其他男孩儿。”

詹妮把冒着热气的面包卷儿一一从烤盘上夹进小篮里。“噢，外婆。”她说，“如果遇上对的人，那就是对了。你希望我怎么做呢？

等到像妈妈那样，三十五岁再结婚吗？或者像外婆一样，一辈子不结婚吗？我们又没有打算马上生孩子。很多跟我一般大的女孩儿都已经嫁人了。很多的。”她脱下手套，在篮子上盖了一块布。“你该不是对教会感到不安吧？外婆？”

梅贝尔摇了摇头，她转身对着水池，免得外孙女看到她眼睛红了。“当然不是。”她说。

“别否认了。”詹妮站在她身边说。“对不起，”她继续说道，声音很平静，“我希望婚礼之后，感觉到和神圣的世界有点儿什么联结，跟爸爸妈妈的不一样。他们简直把它当作一个大玩笑。”

梅贝尔把头一昂。“你在说什么呢。”她望着外孙女，“别说这种话。”詹妮看过父母的结婚照，黛丝演完《玩偶之家》之后，在舞台上拍的，她也听说了他们的爱情故事：说什么巴瑞——一个热爱戏剧的保险业务员，在后台假称是花店的快递，要求见黛丝。詹妮由此想象着，父母的恋爱大概就像一出浪漫爱情音乐剧吧，又是铃声又是掌声。但是她不知道的现场是下了舞台的黛丝有二十年里没碰男人，巴瑞第一回想要吻她的时候，她紧张得哭了。巴瑞伸出手来，想抚一抚她的脸，她却挣扎着好像他想要掐死她一样。这个男人就在角落等着她平静下来，等她说得出话来时，再温和地问她，让她解释这一切，这种男人是很难叫人不动心的。

或许他们对詹妮保护过度，她依然天真烂漫，用年轻人的幼稚观点来看这个世界，还没有真正面对过真实世界中的死亡与恐惧。她觉得舞台不过是一个演戏的地方，她不能像巴瑞那样，慢慢了解到对黛丝来说，没有什么地方比舞台更圣洁的了。

“我无意冒犯，”詹妮说，“可是为什么都没有人告诉我，你为什么讨厌教会呢？”

“你的父母都不是从小去教会的人，”对这么简单的理由，梅贝尔知道詹妮听了会翻眼睛，所以她快速补充了一句，“而我……自从我妈妈过世后，我便没去过了。”说多了只会让外孙女如置身迷雾中，为什么要这样呢？詹妮都二十一岁了，依然天真无知不是她的错，这是梅贝尔和黛丝，也是巴瑞的选择。詹妮知道梅贝尔在战争的年代收养了黛丝，但是不知道后面的原因，对妈妈和外婆共同的过去，她一无所知。

“这个理由也不充分，”詹妮说，“我没有要求你信教，我只是想在那里举办婚礼。”

“那么，尼克和泰德呢？”梅贝尔知道这么说不妥，但是她急着想要转变詹妮的想法。“你想让他们觉得，在你的婚礼上他们是不受欢迎的人吗？”

詹妮叹了口气，坐在厨房桌子旁的椅子上：“因为好些去教堂的人，都认为同性恋者是恶魔，所以我连问也省得问了？你知道很多不去教堂的人，也不能接受尼克和泰德的，为什么要怪我呢？”

梅贝尔抚着詹妮的头发。“噢，宝贝儿。”外孙女要的不过是一家人在教堂里聚上几小时，而她可不想要个潘多拉的盒子当新婚礼品。教堂不过是处场所，梅贝尔对自己说，就这样而已。她吻了吻詹妮的脸颊：“你想在哪儿办婚礼，就在哪儿办。”

女孩儿的脸立即一亮：“你会帮我们拍照吗？”

“不，詹妮，外婆老了，我难道不可以只当一名客人？”

“不用拍全程。只在接待的地方，有什么打动你的，就拍下来。记录全程，还有做成片子的事我们会找人来做。”詹妮双手合在一起，好像在祷告，“拜托？我的每个朋友都知道我有个名人外婆。”

“我不出名。”

“在我认识的人里头，没人上过《六十分钟》的节目，”她对梅贝尔眨眨眼，“没有哪个外婆这么骇人的。我说真的。”詹妮拿起面包篮，掉头往餐厅里走，快到门口时又回头朝梅贝尔笑了笑。

詹妮以柔和聚焦的方式看待这个世界，这一代人对名人都有着特别的崇尚，这让他们把受访一事当作欢庆的理由，而忘了其根本所为何来。梅贝尔一点儿也不想接受采访，是她的编辑催她去的。“那可不是一般人，”编辑说，“是埃德·布拉德利，他在进行以柬埔寨战事为主题的封面报道时，还受了伤。”

梅贝尔的书《永不结束的战争》源自于她为即将上越南前线的士兵所拍的照片。她多么希望可以捕捉到数万印第安纳的战士们每个人的一瞬间，但是尽了她一切的努力，七年的时间里她只拍了一千两百多张。这其中有一半的人遵守对她的承诺，过一段时间又回来了。而百分之六十三没回来的人，她知道，或者死于战场或者在执行任务时下落不明。百分之二十九回来的人当中，参与了梅贝尔的新计划，每一年都来让她重新拍一次照，可以让其他人看着这些编年体相簿，了解到战争让人付出的代价。这些照片成了书的原型。若不是陈列画面和故事的战争墙刚好在华盛顿揭幕，《永不结束的战争》还不会卖得这么好，也不会引起多方关注。大家口耳相传，几乎每个区的新闻都注意到了，最后引起了《六十分钟》制作人的关心。

梅贝尔一向喜欢埃德·布拉德利，他言谈中带着一个爱音乐的男人才有的温暖调性。为了采访她，他亲自去了印第安纳波利斯，当他靠在厨房的桌上，用伤感而热切的眼神望着她时，那眼神洞悉人间的欢乐与悲哀，她畏惧的麦克风也似乎消失不见了。“你从这些士兵的身上看到了什么？”他开始采访说。

“我觉得对他们来说，战争永远也不会过去，”她说，“我想任何意义的战争都是如此，不管是国与国之间的大战，还是人与人之间的战争，即便是我们自己内里的小小冲突也是如此。有些东西会留下来，抹不去。”

“好一点儿了吗，妈妈？”黛丝跪在大理石地上小声说，“如果你觉得不舒服，不用硬撑着。”

“没事儿的，”梅贝尔说，“我没事儿。”

“巴瑞和牧师有事儿出去了，”黛丝说，“我得去看看詹妮，但是尼克在的，他会照顾你。”

她抬起头来，看到尼克穿着正式的燕尾服，热心地朝她伸出手来。“梅贝尔，”他说，“不晓得我有没有这个荣幸，引你入座呢？”

梅贝尔把手放在他的手里：“如果再戴上一顶高帽子，你简直就是路易斯·乔登。”

尼克笑了笑，对她略欠了一下身子，拥着她的胳膊。六个留着胡子的男人穿着礼袍，阳光照在他们脸上闪着神国的光辉，梅贝尔与朋友经过走道往前行走时，这神国的光辉在闪耀着。她只认出拿着石碑的那个该是摩西。“我想他们都是先知吧。”她说。

尼克看了看围在讲坛周围的窗户："看起来，他们除了牧师还请来了全部天使啊，这对一般的罪人来说，也太隆重了。"

讲坛窗户上的图影显然是天使，他们头上戴着光环，身后有白色的翅膀。奇怪的是他们都描绘成了年轻的男性，漂亮的男孩儿与女孩儿一般可爱。正如古老的传说所描述的，天使们都穿着袍子，但是是淡颜色的，橘黄的和玫红的，而不是深褐色或紫色，不过有一个天使穿了天蓝色的护甲。他看上去很像年轻时的尼克，大约四十年前的吧，那时他和黛丝一起演出《我们的小镇》，分别饰演男女主角。

在这种场合，有人会指着梅贝尔，问她到底怎么了的时候，尼克会握住她的手，好像以前的保罗。这两个人有个共同的特质，那就是不用问，就了解他人的心理。梅贝尔又看了一眼披着蓝色护甲的天使。这是幸运吗，还是巧合，她一生遇上了两个这样的朋友？

梅贝尔从长椅侧边转了进去，在前面第二排，坐了下来。"泰德去哪儿啦？"她问，一边拉着尼克在她身边坐下。

"他一会儿就来，说是要把跑车装饰一下。"

"啊，不是吧！"梅贝尔用一只手捂住嘴巴，免得笑声被人听见。

"别担心，贝尔。也不那么狂野。他答应用传统的混搭主题——罐子和旧鞋。真够无聊的！"

梅贝尔回头望了望入口处。"看到你们两个一起，你说这些人会接受吗？"

"一点儿也不用担心的。牧师说圣公会的人为我们向神求情已经十来个年头了，这是不是好消息啊？"他拿起一本赞美诗歌，"不过这回，詹妮对麻烦的女婿说的是，我和泰德是室友。”

“就像电影《单身公寓》里一样，”梅贝尔这回笑了出来，“要不是前妻，要不是女服务员，谁信那一套啊？”

尼克把头往梅贝尔这边靠了一点儿：“想过了今天又不得心脏病的人都会信的，人们总是选择他们愿意信的。”

梅贝尔站起身来：“我要去跟詹妮谈谈，现在。”

“天哪，贝尔，你也要找对时间。”他一把拉住梅贝尔的手，把她拉回位置上。“没有问题的，真的。我们今天别说这个。我们到这里来就是让新郎新娘开心。詹妮的年纪还正是在乎别人看法的时候，况且这些人不过是在偶尔场合才出现的，那些天天在一起的都知道啦。”尼克开玩笑地捏了捏她的手，露齿而笑：“泰德决定感恩节的时候请大家来，最是家人团聚的日子。”他翻着赞美诗歌，“上头有好多关于同志的歌啊，只是没人注意到罢了。”

梅贝尔从他手上接过赞美诗歌：“我想，这个我也没看出来，”她说，翻到某一页时停住了，“这里有这首歌《主是我坚固的保障》。”

“这有什么奇怪的，”尼克说，“看看那些战争的图片，一个穿着护甲的天使，”他指着大理石的受洗池，“护佑着一切。”

“我对你提过吗，我采访的一位老兵，名叫查理·布洛克，他告诉过我，每回要进攻一个村子，他们部队都要唱《信徒精兵歌》。‘教会在此寰宇，行动犹军旅，弟兄奋力前趋，紧跟先圣步。’”梅贝尔擦去眼角的眼泪，“还有更神奇的呢，据说和平的信号是一个破损的十字架，查理说他不介意这是不是真的，他也戴着一个这样的十字架。他对我说的。听说，要想前进，就得折断十字架。”

从教堂后面传来一阵声响，他俩都回过头去。巴瑞在朝尼克挥手。

“那是给我的暗号，”尼克说，吻了梅贝尔的脸颊，“有位招待没出现，我得去替补。”

独自一人坐在教会长椅上，她望着翻开的赞美诗歌，努力回想着曲调，但是似乎不容易，有一段对了，但是下一段似乎又变了调。在她后方，她感觉到古老的先知用炯炯的眼神在审判着她。摩西似乎正在考虑要不要用石牌朝她砸过来。

不知道圣公会的牧师听不听忏悔的，如果他们听，如果她去和牧师说，在救贝蒂的过程中，她却失去了她；如果她说，即便到了现在，在她脑中依然背负着对华莱士的愧疚，牧师会引了这诗歌上的话来安慰她吗？诗歌是这么写的：

我若但凭自己力量，
自知断难相对抗——
幸有神人踊跃先登，
率领着我往前方。

贝蒂和华莱士都走了。尽管她努力了，但还是失去他们了。她失去了他们，他们俩也彼此错过。尽管她希望贝蒂能活下来，希望她也有了自己的家，但是就她知道的，她是费雪家唯一活着的女孩儿，这家的血脉也就断结在她的手上。

是的，如果有机会面对牧师，她愿意承认自己的行为给最爱的人带来了多大的损失，牧师大概会点点头，然后责怪她靠着自己的心思，凭一己之力来行事。

但是黛丝呢？她会问。保罗、黛丝、巴瑞，还有詹妮、尼克、泰德，这从无到有的一家子？然后，她可以望着牧师的黑眼睛，引用同一首诗歌中的话：

魔鬼虽然环绕我身，
向我尽量施侵凌，
我不惧怕，因神有旨，
真理定能因我胜。

总有一天，或许这天也不那么远了，她会知道这个问题的答案，如果在这个世界之外真的有一个人，或者说有一位神，要跟她清算一下人生的账，那么她的功过成败就自有定论了。

她回过头去，望着摩西，直视着他的眼睛，这位先知曾经把每个人的选择都规范成了十大要则，但是他难道不知道石头也会随着时间而风蚀吗？她还可以感觉到身后另一双眼睛，这双眼睛怒气不那么强烈，该是穿着蓝色护甲的天使吧？和摩西一样，他也感受到律法的真实确凿，只是没有说出来罢了。

从上头有一种温暖降临到她的头上，顺着她的头发，笼罩在她的肩膀上，好像温暖的水流，驱走了寒气。她抬起头来，看到头上教堂的圆顶上方有扇天窗，好像一轮太阳，周围众星环绕。这是她以前不曾注意到的。

第十九章

失语

一九九二年四月
印第安纳州，纽曼

贝蒂

周二，上午十一点十七分

吸尘器的软管又堵住了。贝蒂生气地摇了摇，但是她也知道这样是没用的。她该蹲到地上，把软管拆下来，用衣架的弯头把堵塞物推开。等下芮妮回来，就会大惊小怪，同平时一样说：“妈妈，我就说了这种事留给我来做就好。”但是她若真的留给芮妮，吸尘器就不知道什么时候才会修好了，而这段时间里地板也是需要清洁的啊。

在厨房里，贝蒂翻遍了抽屉，要找出一把螺丝刀来，那个飞利浦牌的。就快要摸到的时候，她突然感觉到一阵钝痛，接着一阵刺痛，从手臂一直蔓延到手指。她看到螺丝刀就在她手上，手上却什么感觉也没有，于是工具又滑回到抽屉里。然后屋子开始变起形来，身边的一切，炉子、冰箱，还有柜子都突然间放大了，过一下又缩小了，接着开始错位，炉子跑去了她的后面，冰箱来到了她的左边，而柜子飘移到了天花板上。

又一阵疼痛让她的大脑几乎快要裂开，于是她往记忆中桌子的位置挣扎过去。朦胧中手掌上有摸到坚硬金属的感觉，她用尽力气甩开，她听到椅腿撞到地毯的声音从遥远的地方传来。

终于坐上了椅子，或者至少她感觉是如此，贝蒂用几乎没有感觉的手在桌上抚摸着，找着她觉得需要的东西，然而连名字她都想不起来了。终于找到的时候，她只记得这个物体的一部分需要贴在脸上，然后，有意无意之间的，她按了第一排上的号码。从深邃的电话筒里传来了声音，但是她不知道这声音的意思。“这里是会计部。我是芮妮·布朗迪特。”

“芮伊，”贝蒂说，“芮。”

“你好？请说话？”

贝蒂又试了一次，虽然她感觉到嘴巴在蠕动，但是没有成句的话，她只发出了微弱的声音，单音的吼声。好像一个濒死的动物。“芮。”

“妈妈？”

她叫什么名字来的？她的名字？有人是在叫着她的名字吗？

“妈妈，怎么啦？妈妈，你可以听见我说话吗？”

“芮……妮。”

“我叫救护车，”那个声音说道，“妈妈，我立即赶回来。”

周二，下午五点四十五分

她可以听得很清晰，但是为什么大家都在叫喊，还在摔着罐子？

不，也不是罐子。不是在新年夜里，琳恩和葛瑞丝冲去走廊，假称她们在舞会上，那里正播放着拉姆巴都的管弦乐《友谊地久天长》而弄出的声响。

不是的，不是罐子。但是声音非常大，大到叫她崩溃。

直到睁开眼睛，她才意识到自己的眼睛是一直闭着的。她想看看周围，但是周围非常黑暗，什么也看不到，她也不知道该怎样转动头颅。好像有一侧的头不见了，好像有一侧的身体也消失了。或许也真是如此。或许她遇上了一个疯狂的车祸，或许这都已经成了新闻。这场车祸把她切成了两半。但是或许这也不对，她根本就已经死了。

其中有些声音是人在交谈的声音。贝蒂闭上眼睛，想专心地听他们都在说些什么。但是她越是努力地听，声音就越发地小，而同时味道却变重了。恶心的味道，好像衣服在尿液里浸了很久。好像有人用了很多鲜花和水果酒，想要盖过尿液的恶臭。还有其他味道，虽然弱一点儿，那是凝结的血块、塑料和爽身粉混在一起的味道。

这些味道是她熟悉的。脚的气味，腋下的气味，还有罐装水煮豆的味道，在汉斯最后的日子里，她也是天天闻着这些味道的。在那些日子里，芮妮会每天开车把她放在医院的大门口。

由身体的一侧，还在的那一侧，贝蒂可以感觉到有手暖暖地握住她的胳臂，还在她额头轻轻吻了一下。

"妈妈，你可以听见我说话吗？"

贝蒂再次张开眼睛，寻找着声音的来源。芮妮的脸慢慢清晰了，她的脸上有着疲惫，有晕开的眼影，还有一处地方沾到了口红印。

"妈妈，你在医院里，在急诊室。等手续办好，我们就带你进病房。”

芮妮——芮妮是她的女儿。芮妮的视线转去了其他地方，应该是贝蒂脚的方向。“你中风了，妈妈。”

“中风，”贝蒂说，“你去找我了吗？你把吸尘器修好了吗？”贝蒂说了这许多话，但是从她扭曲的僵硬的嘴巴中发出的声音却只是：“它屋。”

芮妮握着贝蒂臂膀的手加重了力道，贝蒂感到很痛。“妈妈，你听得见我说话吗？”芮妮又说，“你可以看看我吗？”

“我看着你呢，”贝蒂恼了，“别这样用力捏我。”

从她丢失的那一边，贝蒂听见另一个声音，那是一个女人的声音，自信而平淡，声音还很大。“现在还无法判断她能不能恢复说话的能力。其他感觉也不知道回不回得来。明天我们会更清楚一些。”

“她可以听见我说的吗？”芮妮问，“她眼睛睁着呢。”

“或许不能，”另一个女人的声音说，“或许可以。这说不上来。但还是对她说说话吧。说不定有用，谁知道呢。”

周三，下午一点二十五分

“外婆？”

贝蒂被脸颊上的轻轻一压弄醒了。这感觉真奇怪，晕乎乎的，却又很沉重。她想以前在电视上看到的狮子大概就是这样的吧，打了镇静剂之后，头脑还清醒着，身体却沉睡了。

葛瑞丝靠近床沿儿，她戴着一条奇怪的项链，她现在同那个一无是处，又不娶她的灰头发男人住在树林里，这项链是她的手工品之一。以前没近看时，贝蒂也以为外孙女做的项链很漂亮的，从屋里另一端看去，就像是金缕雕琢，但是近看之后，才发现不过是些金属环，大小差不多跟胡椒粒差不多，串在一起。

“外婆，你觉得好点儿了吗？”

葛瑞丝问得轻松，好像每回周日中午回来吃饭会说的话一样。

贝蒂知道发生了什么，至少她听见了医师的说法。她中风了。半边身体失去了知觉，但是现在这半边的知觉又回来了。她同时也失去了说话的能力，这个还没回来。而且似乎也没人知道，会不会回来。

芮妮想把她从自己的世界中拖出来，她说得很大声，又很慢，即便是现在的贝蒂也可以听得很清楚。而且芮妮还对访客说话，她进来没过一会儿，再之后进来的人都由她应对。芮妮说话时，好像贝蒂不在场，嗓音又高又尖，哽咽的声音压抑在她喉咙深处，好像踮着脚走路的猫。

葛瑞丝的眼眶泛着红，在她转身之时，贝蒂可以看到她眼角残留的眼泪，但是葛瑞丝依然说着笑着，好像贝蒂依然是以前的贝蒂，依然是她的外婆。

“如果你还继续这样，”葛瑞丝调侃着说，“我向你保证，你要等到大风雪过去，才能见到我啦。我一路过来可不容易，路上都是冰啊，我还得穿上溜冰鞋才可以。”葛瑞丝搬了张椅子过来，把手肘支在床上。没人会像她那样把椅子拉得靠床这么近。“现在我的园子里也还没活儿要干，所以那个不用操心。卷心菜啊、甜菜啊，还有胡萝卜都已经种了，肯恩会照顾的。你喜欢吃酸泡菜，等它们长熟了，我腌个几缸带来给你。你喜欢酸泡菜，是吧，外婆？我从未做过，不过如果你喜欢，我就来试试。”

“好棒！”贝蒂在脑中说。

葛瑞丝往后仰在椅子上，笑着说：“好吧，我猜你这是回答我了！”

贝蒂有一点点觉得，只有一点点，她脸上的表情从不耐变成了喜悦。

“是妈妈喜欢酸菜，是吧？”葛瑞丝又俯下身来，用一根手指抚触着贝蒂的脸颊，“很难想象我会腌酸菜，我受不了那味道，我又怎么知道什么时候是腌好了？”

“酸奶。”贝蒂说。她觉得她的脸又皱了起来。没人比她更爱吃那酸不拉叽的东西了。就算变坏了，她也依然喜欢那味儿。

葛瑞丝开玩笑地推了一下贝蒂的肩膀：“外婆和酸奶。”

“她跟你说话啦？”芮妮走到床的另一边，手中紧紧拽着一张面纸。

“我们聊得不错。”葛瑞丝说。

“所以是还没开口啊。”

“琳恩有没有来看你啊，外婆？”葛瑞丝看着贝蒂，想从她的表情中找出答案，芮妮先开了口：“她没来。”

“她的事太多，”葛瑞丝说，“或许今天她要出庭呢。”

外孙女的声音很平淡，但却有几分不满。这个说来话长，琳恩和芮妮不和，由来已久，大概是从琳恩上大学的时候开始。不，应该还要更早一点儿，最早要数到上法庭的那会儿吧。贝蒂曾对葛瑞丝说过："我希望想个法子让你妈了解，她要放弃争斗，她做的事，她做的方式，都会激怒琳恩。"这话不晓得说过多少回了。但是芮妮的回答是："我要的是忠心，要女儿对妈妈的一点儿忠心，难道这也过分吗？"但是贝蒂知道，对芮妮的忠心，就意味着琳恩得从现在走的路上停下来，甚至回头。

周四，上午六点二十

河水浸到她的胸部，快到喉咙的时候，贝蒂抽动了一下手。梅贝尔站在她身后，紧紧搂住她的腰，把她的手握在自己手里。"我在这儿呢，"梅贝尔在她耳边说，"我抱着你，抱着你呢，贝蒂，靠着我就好。"她们的好友华莱士从岸上朝她们挥手。上周日在教会，当宣布说贝蒂的受洗礼安排在下周时，她当场就脸色苍白。华莱士等到大家都说完祝福的话并离开之后，说道："别担心，小丫头。"还用手捧着她的脸颊，让她的心一阵乱跳。"我也会过去的，如果你需要，我可以潜在你后方。"就在这时牧师走过来了，华莱士的耳朵都红了，他只说："瑞夫兰德·斯摩从未失过手。"又对贝蒂笑了笑，就离开了。

贝蒂对梅贝尔说："华莱士会救我们的。"而梅贝尔笑着回答说："别叫牧师听见了，他会说我们不敬神，而把我们逐出门外去的。"

瑞夫兰德·斯摩还说啊说的，他的手抬高了，为她祝福，但是贝蒂却没专注于此，她只望着梅贝尔抱住她的美丽的手，感受着华莱士从岸边投来的目光。

“我们来吧。”梅贝尔低声说，她们便潜入水中，水面上的阳光好像散开的蛋黄。

“上来吧，”梅贝尔说，“上来吧，贝蒂。和我们一起，来吧，勇敢的女孩儿。”

贝蒂摇了摇头，把头发上的水珠摇开，睁开眼睛看到阳光斑驳的墙。“你让大家都为你担心。”一个瘦长的女孩儿说，头上戴着一顶绿色的医护帽子，显得大了一点儿。

她乌泽的头发剪得很短，就是人家说的鲍勃头吧。女孩儿在看着病床旁的机器时，突然抚了抚贝蒂的手臂：“好多了，好多了，看起来真不错。”女孩儿朝病床对面的葛瑞丝笑了笑，葛瑞丝此刻正站着，双臂紧紧交叉在一起，流露出惊讶的眼神。“危机已经过去了，”女孩儿说，“我们现在只要持续观察就好。”她拍了拍贝蒂的手，“你全身湿透了，宝贝儿。我找人来帮你换件衣裳，换上干净的床单。”

葛瑞丝出去了一下，回来的时候带着一条毛巾和一盆水，她把毛巾在水里浸了浸，拧干，帮贝蒂擦了脸。“别再吓我啦，外婆。”

“你。”贝蒂说。

“我昨晚没回去，”葛瑞丝又浸了浸毛巾，再次绞干，“只有这样，妈妈才肯回去。”

“喝，”贝蒂费力地听着自己发出的声音，想了想，她又说：“喝？”听到刻意扬起的尾音，“你？喝？”

葛瑞丝擦了一下贝蒂的脖子，小心不沾到已经湿了的衣服。“别为我操心，”她说，“我好着呢。”

贝蒂用眼睛直直望着外孙女，用尽力气，她努力说出：“说。”

“外婆好厉害，真的说出一个字来了。看来明天你会说出一大堆的话来。”

贝蒂举起一只手来，想握起来，用手指指着葛瑞丝：“说。我。”

葛瑞丝把毛巾放进脸盆里，像昨天一样把椅子拉到床边。她说话之前，得热一下身，葛瑞丝就是这样的。贝蒂知道这个程序，先是眼睛往上看，往下看，再左右看一下，又垂下眼睛。她一手放在颈后，手指拨起头发，又放下，然后手托住下巴。

“我想离开肯恩。”她说。

贝蒂从来都不隐讳她对肯恩的反感，这个男人受战争所苦，爱上了甜美的葛瑞丝，但是根本与她不相配。听见葛瑞丝这么说，贝蒂尽力不说话。

“他不让我靠近他，”葛瑞丝说，“你知道的，我说的是内心。”

贝蒂把眉毛扬得老高。

“过去他也不是一直这样的。”葛瑞丝抓住毯子的边缘，画着小圈圈。葛瑞丝也是很容易不安的人。“我们刚在一起的时候，我是说一开始搬去乡下的时候，他总在忙着装修屋子、垦垦地之类的。现在呢，他只是藏在一间空屋子里，或者躲在棚子下，要不一个人待在林子里。有时一去好几天，甚至几周。”她把头枕在贝蒂旁边，吻了吻贝蒂的手臂。“他也喝酒，但不像外公常常喝多了。”

“腿。”贝蒂说，葛瑞丝点点头。汉斯有条腿坏了。她告诉过他，她是理解这点的吗？理解他为了腿疼，才喝上的酒，后来愈老也喝得愈多。有没有对她说过，贝蒂也忘记了。

“外公有点儿傻劲儿，你懂我说的，他喜欢看喜剧《嘿嗬》，唱上头的歌，连拟声词都不落下。但是肯恩……”外头大厅里传来一些声响，葛瑞丝朝外看了看。“都是越战。”最后，她说。

葛瑞丝站起身来，走到窗前，以手指拨开百叶窗的叶扇。“今天会是一个好天吧！”她说，“我可以开窗吗？”然后她没看贝蒂，就打开了窗户，又回到椅子上，这会儿椅子沐浴在阳光下。

“我帮不上他，这种感觉让我烦透了，外婆。尽管肯恩说不是，他说他一直都需要我的。”

贝蒂伸出手来，葛瑞丝握住了，说道：“我常常央求他说说战争里发生的事，让他可以放下那些想法。他说他讲不出来，说没去过的人，是无法了解的。当然啦，他这么说也是对的。”葛瑞丝在椅子上坐直了身体，然后清了清嗓子，每回她想抑制自己想哭的冲动时，就会这样。“这不够啊，”她说，“对我来说是。好像他身上有千疮百孔似的，好像他是个筛子，任何东西都无法把他装满。我累了。”

“哇，你们俩在谈什么呢？”爱玛进来了，走到床脚。她穿了件柠檬翠的套装，颜色鲜亮得让贝蒂的眼睛觉得一阵刺痛。她挎着配色的提包，配合喷了发胶的头发，精致的妆，还有全身散出的玫瑰香气，使她好像要去见一位皇后。

葛瑞丝站起身来，接受了爱玛的隔空拥吻。“你昨天晚上待在家里陪妈妈了吗？”葛瑞丝问。

“我早上三点离开俄亥俄州的，”她说，“我周二就可以过来的，但你妈妈似乎可以搞定一切的样子，而戈登又有很多病人要看。”

“所以戈登姨父也来了。”

“没，没有。”爱玛说着走到床边，把贝蒂的毯子拉到她脖子那边。贝蒂耸动肩膀，想把毯子往下拉，葛瑞丝见状，把毯子折起至她腰部。“我说不上要出来待多久，戈登就觉得他该待在家里。除非真有什么紧急情况，他当然也是会来的。”

这话说得让葛瑞丝火大，贝蒂也看出来了，她发出微弱的哼哼声，试图阻止外孙女往下说。今天除非贝蒂过世了，戈登才会离开麦卡里斯特，这点家里人都知道。自从他自己的妈妈过世后，他就不曾来看过贝蒂，已经好几年都这样了，而对此贝蒂倒也不觉得有什么。

“米尔顿呢?”

这就是葛瑞丝：尽管她心里不满，但还是会维持礼貌。

“他快开业了，忙死了。”爱玛说，好像在花园餐会上与一群妈妈在聊天。“还有房子的事儿。他和潘妮其实也没搬进去。”她走到床边，手上拿着一把细齿小梳，开始帮贝蒂整理头发。“他会很高兴看到你好起来的，妈妈。”

葛瑞丝拉住爱玛的手腕。“护理人员等一下就要来了，她们会帮外婆洗漱，也会换床单的。她们还会帮外婆洗头，整理头发。”她说，“她们很温和。”

两位护理助理进来了，一个抱着一堆床单被套，另一个拿着塑料盆和一块大海绵。“乔治森太太，我们来让你舒服一点儿，可好？帮你把湿漉漉的床单换成干干净净的？”爱玛拿起皮包，说要去楼下喝咖啡。

贝蒂死命拽住葛瑞丝的手，尽管在葛瑞丝看来，并不十分用力。

当她抽出手来时，贝蒂又拉住了她的手指，“葛……瑞丝，”她说，葛瑞丝停了手，俯下身，吻了贝蒂的前额。“我不是要走，我只是站到门口去。”

周六，下午五点十五分

贝蒂看了看，确定厨师没在看着，她便为华莱士舀了两份的土豆泥。加了一匙肉汁儿到土豆泥上，又放了烤牛肉，把面包单独放在另一个盘子里。因为华莱士喜欢面包干干的，等吃的时候再蘸着汤汁儿。贝蒂推开厨房的门，走进餐厅时，她停下了脚步。

木隔间去哪儿啦？放着收款机的柜台呢，还有从不看着客人收钱的多瑞斯呢？在大窗户前只有一张空桌子，从那里看去应该是纽曼的主街，但是现在看到的却是杜松镇火车站、浸信会的教堂，还有一所高中，这些地方离得有些远，不可能在一处同时看到的。畜棚的门开着，她看见吉姆·布彻吊在空中，他脚上穿着双黑鞋。在窗户与门之间的墙面上，挂着梅贝尔穿着白色蕾丝的照片，她坐在秋千上，黑色的长发流泻于肩上。

现在座位上有了客人，两个面容帅气的年轻男人面对面坐着，他们在玩儿纸牌。厚实肩膀的年轻人头发是深金色的，背对着她，转脸一笑时，她看出是华莱士。回头继续玩儿牌时，他移动了一下位置，刚好可以让贝蒂看到他的牌伴，竟是汉斯。汉斯也看了看她，眼神好像当初一起去看电影时一样，充满了友善的期待。

贝蒂站在他俩之间的桌边儿，想跟着一起玩儿牌。但是游戏的规矩，怎么个玩儿法，她就是弄不懂，等两个男人收了牌，起身握手时，她依然搞不清楚到底是谁赢了。华莱士想要离开，贝蒂拉住他的手臂。他停下脚步，吻了她的脸颊，嘴唇冰凉如水，然后温和地把她的手交到汉斯等候的手上。

华莱士就消失在门外，就在杜松镇的某处，但是任凭贝蒂怎么朝窗外看，也看不见。她心里感到非常难过，难过的心情几乎把她淹没。

然后汉斯的手臂挽住她，轻轻摇晃着她。摇晃了很久，让她感觉到汉斯有多稳固，好像散发出新锯木材香气的温暖小屋。

"我爱你。"她说。但是她没有说出声来，只是在脑中想着。她试了一次又一次，但是喉咙好像不听她的话。汉斯依然在摇着她，但是她却感觉到他在消失，就像之前消失的华莱士一样。她挣扎着想说话，她想快点儿说出来，好叫他在消失前听见。

贝蒂握起拳头，用尽她身上每块肌肉的力量，想说出话来："哎你。"

"她醒了。"一个女人的声音。

"她只是在说梦话。"另一个女人的声音，声音紧绷，又带着几分愠怒。

"我也爱你，外婆。"第一个声音说道，"我想你是对的。她一定是在说梦话。"

"好吧，"第二个声音苦涩地说，"这么说，叫我还有一点儿相信。"

汉斯也走了，窗户、桌子和梅贝尔，也都一起消失了。贝蒂把自己从黑暗中拖出来，往声音的来处去。

“你为什么来？倒是说给我听听看。”

“因为我想看看外婆。”

“嗯，是啊。你以为她快死了，所以抽了一天过来。”苦涩的声音是芮妮。

“我是可以早点儿过来的，妈妈，但是你昨天早上说，她好多了。”

“那是我的看法。你外婆是好一点儿了，开始说话了，是你决定不动身。那个鬼肚子有点儿痛，你就让他搬去和你同住。”

“他得了癌症，”琳恩说，“况且爸爸已经过世两年了。”

“是啊，可就我知道的是，你从来不曾回来看我。两地相差不过两小时，你却长年不回家。几年了，你都不曾回来看我，只来过一回。总有理由，要不去看你外婆，要不去团聚，却不能只是来看看你妈。你今天来也是因为她。你从未想过，或许我也需要你帮忙。”

贝蒂听见琳恩的声音有些打结：“我得工作，妈妈。葛瑞丝和爱玛姨妈都在啊。你还要怎样？我不能赶走客户，真的，你压根儿不知道我有多忙。”

贝蒂看不甚清，但是她可以看到前前后后移动的窗影，芮妮在踱步。“哇，是啊，我怎么知道呢？我怎么知道律师过着怎样的生活呢？你不是一向把我当作白痴的吗？”

“我没这么说过。”

“我只是要一点点尊重。”

琳恩这回生气了。“而你觉得我不尊重你吗？你有没有设身处地为我想想，我要怎么跟朋友解释，法学院的毕业典礼上我妈都缺席？”

“那是你的安排，不是我的。”芮妮哭了，“我想去的，但是我不想与那个人同在一个屋檐下……”

“都三十年了，天哪。三十年都不止！不管你觉得他怎样伤害了你，你难道就不能一笔勾销吗？”

有一阵谁都没说话，只有走来走去的声音，还有叹气的声音。

“况且，”琳恩说道，“为什么我爸就不能去呢？”

芮妮的声音更加不留情：“有人得承担后果。我猜。”

“你在说什么呢？你指望我跟葛瑞丝一样，不受教育，和默默无闻的人在林子里同居，靠着收集羊脂和加工金属饰件勉强度日？”

“哼，葛瑞丝没爸爸帮她付学费。”

“而那是谁的错呢，妈妈？”

“别！”贝蒂再听不下去了，她想说，“停止吧，彼此原谅。原谅。”但是她只说得出：“原。”

琳恩站在靠床头的一边，芮妮站在床脚。“外婆，什么？你要什么？”

“原。”贝蒂又说了一遍，突然对身体这样倦怠非常生气。

“她不知道自己在说什么，”芮妮说，“之前也这样的，只是你还没来，没看到罢了。”

“刘。”

贝蒂感觉到琳恩在抚着她的肩膀。“是的，我们也爱你。”琳恩说。

“刘。卢。”贝蒂失望地摇着头。

“我想她要摇铃叫护士吧。”芮妮说。绕到床的另一边，按了呼叫铃。

贝蒂的手在空中摸索着，想要握住琳恩的手。哎，葛瑞丝去哪儿了？葛瑞丝会叫他们明白贝蒂的心意。“葛斯。”她说。

最后，琳恩的手终于靠过来了。但是当贝蒂要把琳恩的手放在芮妮手上时，琳恩却松了手，贝蒂又在空中摸索起来。

“她的脸涨得好红啊。”琳恩说，“护士去哪儿啦？”她伸手越过床，按了呼叫铃。

现在贝蒂挥舞着两只手，想让两只手靠在一起，示意琳恩与芮妮和好，但是两只手各自舞动着，完全不听使唤。

“妈妈，平静下来吧。”芮妮说。她开始对床边的仪器失望起来。“求你了，妈妈，平静些吧。”

“刘你。”贝蒂说，天花板从屋顶落下压在她的胸口，把她深深压进床上，透过床垫，往下往下往下。

“刘……葛。”她现在哭了，干枯的眼泪往心里流。琳恩和芮妮就站在她床旁边，但是她却消失了，像华莱士，像汉斯，像梅贝尔一样。

然后上方有个小小的红灯开始闪，一阵哭泣的声音，好像一声高分贝的尖叫，在空中回荡回荡回荡，随着时间而慢慢减弱下去，弱得成为一个声音的记忆。

第二十章

记账

一九九四年隆冬
俄亥俄州，辛辛那提

爱玛

二月

在等候室的门口，又有一个人影出现了，爱玛放下杂志，满怀希望地看了一眼，但也不是米尔顿。这回的男人至多二十五岁，他正把一件褪色的黄色医院护衣匆忙套在猩红的T恤上。他的脸上闪着汗珠，沉默地站着，直到两个中年人注意到他，起身齐声问道："男孩儿还是女孩儿？"接着三个人抱在一起，想就这样挤出门去，下楼梯，一路笑着说着。

早上四点爱玛就来了，等候室里只有她一个人。大约是一点不到的时候，米尔顿打到麦卡里斯特去的，说潘妮快生了，比预产期早了三周，他们正在往医院的路上。"在那儿等我。"儿子这么说，爱玛便开始收拾衣服，而戈登正在努力从睡梦中清醒过来，想弄清楚发生了什么事。

“或许是假阵痛，”戈登说，“我才不要大半夜的开两个半小时车，跑到辛辛那提去，只是为了一个假阵痛。你还没到，他们一定又回去了。”他转身对着墙壁，把毯子拉到肩头。“再说，他们为什么要你去？”

“你接着睡吧。”爱玛说。她太开心了，懒得跟他理论为什么。一个小宝宝！是她的孙子！“我到了会打电话给你的。”

“结束了。”米尔顿站在等候室的门口。他的声音枯燥没有感情。“一个女孩儿。”

“米尔顿。”爱玛朝他走去，伸出双手想要搂住他的脖子，但是她随即想到不该这样的。儿子不喜欢被拥抱。她立即改为轻拍了一下他的手臂，说道：“女孩儿，多棒啊。”

爱玛焦急地等候儿子笑一笑，或者他会多说些细节，但是他什么都没有说。他看上去很疲惫。

“儿子？”她最后说道，“小宝宝，她还好，是吧？”

“嗯，还好。”米尔顿说，爱玛这才喘了口气。

“你给她取了什么名字，亲爱的？”

米尔顿拿起爱玛的外套和提包，递到她手上：“莎拉吧，我想，是潘妮挑的。”

爱玛脸上一阵红，为自己忽略了儿媳感到尴尬：“哇，米尔顿，对不起。潘妮好吗？我们去看看她。”

“她睡了。”他伸手进口袋里，掏出钥匙，“我去拿外套，我们就可以走了。你可以跟我一起回去。”

“但是，米尔顿……”有很多话涌上来，需要说出来，但是爱玛却不知道该说哪一句好。他要现在离开？他晚上不陪着潘妮？小宝宝怎么办？

米尔顿把钥匙放回口袋里，叹口气：“我猜你想见见她。好吧，那么跟我来。”

他领着爱玛走过大厅，转过几个弯，过了另一个大厅，终于看到了婴儿室的窗户。爱玛挤到儿子前方。“她在哪儿？她在哪儿？”爱玛看着一排排的小婴儿床，里头包着小小的襁褓，最后一个是女孩儿的襁褓，比其他颜色红一点儿，该是最新的吧，婴儿头上有几绺柔软的新发。爱玛手掌压在玻璃上，身体趋前，她爱的呼唤化成蒸汽，晕染在玻璃上。

“你是奶奶？”

爱玛吃了一惊，抬头看到一个妇产科的护士站到了门外。

“是你母亲吗，柯里斯普医师？”护士问，“啊，我们可以为她特别开门的。”她示意爱玛随她进去。

不一会儿，爱玛就套上了医用外套，随护士经过一道门，进入了婴儿护理室。

“她是小了一点儿，”护士说，朝婴儿弯下腰去，“对早产儿来说已经不错了。只要她妈妈身体好了，可以回家了，她便可以跟着回去了。”

接着宝宝到了爱玛手上。“莎拉。”这一声叫得比任何时候都温和，“宝贝儿。心肝宝贝儿。”她靠了靠孙女丝般柔滑的小脑袋，脸颊上已经泪湿了，她也不想擦去眼泪。一个乐调从她心里某处升起来，在开始哼唱之前，她不由得先寻思起来，莎拉，莎拉，这是什么歌呢？是首摇篮曲吗？不是，是收音机里的一首老歌，应该是《蓝月》吧。老爸以前常常哼的。在她哼着的时候，歌曲的意境随着曲调呈现出来，叫她蓦然领悟到，直到现在她依然孤单一人站在月下，等着心中的爱。

爱玛柔柔地唱着，她不再在意灯光和护士的低语，还有其他小宝宝醒来的哭声。世上除了手中的小生命之外，什么都不重要。她望着婴儿小小的脸蛋，摇晃着她的小宝贝，祖孙俩好像一起在深蓝色的天空下，沐浴在新月金黄的光泽里。

莎拉裹着小包毯，轻轻动了一下，好像微风中的树叶。爱玛亲了她一下，两下，三下。

灵魂大概就是这样的吧，爱玛想，几乎没有重量，却又实实在在地存在着，神秘而温暖。这是一种延续的爱，加乘的爱，无以度量。

三月

莎拉出生的第二天，米尔顿就要直接回诊所，这让爱玛很意外，但是同时她又感到自豪。“有病人预约好的，”他说，“若我取消看诊，后半周就会格外忙。”

“那是自然的。”爱玛又给他添了一杯咖啡，“我理解的。你老爸也从来不让预约病人延期的。我去医院帮潘妮吧。”

“我希望你来我的诊所，帮我忙。”米尔顿说，“茱蒂没办法又要初查每一个进去的病人，又要忙杂事。如果你想她们，可以下班后去看她们。”

尽管爱玛很想回去照顾小莎拉，摇着她告诉她过去的事，但是儿子的需要也让她很心动。他是一个从不开口求人的人。第一天，当然时间太短，他来不及找替代人选，但是第二天，乃至一整周，他也没提这事。他是以这种方式显示对爱玛的信赖。和戈登一样，米尔顿是坚强、冷静的人，不愿示弱。现在他的生活面临着变动，若要问个为什么出来，就显得爱玛太不通人情了。

她来辛辛那提已经快五周了，每天早上离开小莎拉都让爱玛心如刀割，但是她得承认，取代潘妮成为米尔顿诊所的老板娘也让她很开心。在戈登的执业生涯中，从未邀她来诊所帮过忙，即便在新旧人交替的短暂时间里，有时候一年要碰上四五回，也不曾开口要她去帮忙。

第一天，米尔顿带她参观了办公室的前半部分，她就发现她对自己的新任务感到很兴奋。

“病历放在绿色的柜子里，照姓氏字母排列，还有，”米尔顿说，敲了敲计算机上的键盘，“在这个活页夹里，位于硬盘上。”他又指了指位于窗户下方的黑色矮柜，柜子的抽屉是一般抽屉的两倍。“保险资料在这边，照病人的社会保险号码排放。这部分倒不用你操心，等潘妮回来上全天之后，再弄吧。”

他从桌上笔筒里拿起三支笔，放进夹克口袋里：“你要做的是，有病人进来时，对一下待诊单，找出病历，把这些放到茱蒂台子上，其他事由她去做。如果我要给病人预约下一回的门诊，茱蒂会跟你说。所以你应当不用打开柜子。”

“记录收费怎么办？”爱玛问。

米尔顿摇摇头说：“茱蒂把病历交还给你的时候，放这儿就好。”他从靠得最近的绿色柜子最上方，拿起一个可携式病例。“我带回去给潘妮。她会把我的诊断誊写到盘片上，周六的时候，你可以陪莎拉在家，我和潘妮过来，把病历归位，并记录收费。”

爱玛从没这么开心过，但是这一安排却惹恼了戈登，特别是米尔顿在电话里对他老爸说，根本不用另请他人，因为潘妮可能随时决定要来上班。他老爸当场发起火来，米尔顿把电话递给了爱玛。等戈登脾气发完了，爱玛尽力说服他，怎样用洗衣机，怎样准备简单的餐点。十天后，戈登出现在米尔顿的诊所，抱怨说他已经穿完了最后一件干净衣服，而他再也不要吃什么冷冻蕃茄面了。不过等他安静下来之后，要让戈登觉得这里就跟他家里一样，也不是太困难的事，爱玛就可以同时照顾两个家。

一早儿她第一个起床，轻轻拍着莎拉，将配方奶粉热在炉子上。然后爱玛开始煮咖啡，叫醒一家人，准备早餐。等她把餐盘放进洗碗机里，她就要去换上班穿的衣服，再看一看莎拉的尿布，在摇椅上摇一下，再把她递给潘妮，潘妮似乎也喜欢上了每天一样的步调，自然地把莎拉接过去。

莎拉半夜醒来的时候，爱玛记得初为人母时的辛苦，蹑手蹑脚不吵醒戈登，走到米尔顿和潘妮卧室门外，轻声说：“我来看她，你们两个继续休息吧。”

下班后，她要去大采购，然后回来煮饭，其他人吃饱了去看电视时，她还要清理厨房。等爱玛洗好收碗时，通常莎拉躺在婴儿篮里，被稳稳放在桌子中央，咕咕说着话，或者吹着泡泡。

她觉得自己变得越发的强壮了。过去在麦卡里斯特的时候，她七八点就累了，却撑着不敢睡，免得半夜醒来。现在她常常过了午夜，也不曾合眼，然后半夜起来忙莎拉两三次，第二天五点半她又醒了，还精神百倍。

“我每回见到你，你都变得更年轻些了。宝贝儿。”

爱玛抬头，看到是朗福德先生，他每周要来一次，测一回血红素，顺便量血压。朗福德八十七岁了，每天孙儿们上班时，他都去老人中心，然后搭中心的巡回车过来。

“我会和茱蒂说，你大驾光临过了。朗福德先生。”爱玛说。她准备从椅子上站起来。

“不用，不用。”他说，取出好几张纸放到桌上，因为放在口袋里折得太小，背面有些磨损。爱玛这才想起来，今天不是朗福德先生通常就诊的日子。

“我要你帮我看一下，”朗福德先生说，“葛莱蒂斯说他们弄得不对。”爱玛知道葛莱蒂斯·毕肖普，她是朗福德先生老人中心的朋友，也是每周必来诊所的常客，她来测血糖。

朗福德展开纸张，用拳头压平了折痕。“是保险公司弄错了，但是他们不愿意跟我说，把我当作什么都弄不清的老糊涂。”他露齿一笑的时候，爱玛瞥见了他的金牙套，他曾经给爱玛看过他的牙齿，还说二十岁时牙齿不是这样的，但是至少那时还不是假牙。

朗福德的手伸进窗来，把纸张递给爱玛。“你可以对他们说，你这边是诊所，他们就会听了。”他说。

爱玛调整了一下眼镜，很想弄明白保险公司的费用报告。栏目是照代码分的，不同代码对应着后面的不同医疗程序。第二栏列出了医师的费用，下面一栏是保险公司的赔偿金额，接下来就是病人该付的。保险公司给付金额看起来都很高，从三十美元到一百五十美元不等，爱玛正准备说话。朗福德好像看穿了她的心思似的，抢了先说："不用担心最后一栏的数字，那是我该给医师的。柯里斯普医师对我实在太好，对葛莱蒂斯也好。说来，我们中心每个人都受了他的照顾。他总是说，只拿保险公司付的，不会多要我们一毛。哪里还有这么好的人。"

"是啊，"爱玛说，"米尔顿是个善良的乖孩子。"

"是前头的那些数字。"朗福德先生说，"他们故意叫人看不懂，只写些数字，而后面一页又都写些医师的术语，印得叫人看不出来。"爱玛把纸翻了一面，对应代码的细节字体非常小，用了一种雾灰的颜色，连她也看不清楚。

朗福德接着说道："后来葛莱蒂斯想到一个主意，叫我带另一张报告来，我大概一个月收到三四份，我念号码，她去查对应内容。"

"多双眼睛看自然会有帮助。"爱玛说，"那你认为，问题在哪儿呢？"

"费用。"朗福德说，"我不知道这些做保险的人是怎么加的。或许是不小心吧。"他换了一条腿站，过一下又换回来。"你也知道，我每周来一回，让茱蒂刺我一针，看看我的血够不够红。"

"是的，"爱玛点头，"测血红素。"

"然后她会捶我一拳。"

爱玛又把纸翻了面，快速确认号码。每个号码都列了两次，对应着不同的日期，一月连续两周都是如此，那时她还没来帮忙。她打开预约诊簿，发现朗福德是预约了看诊，而且后来也如期过来了。爱玛用铅笔在保险公司的单子上做了记号，但是另外两个日期却空着。她翻到这两天的预约诊单上，没有朗福德的名字。

“朗福德先生，您通常是周三过来，是吧？”

“是的。所以我才想要知道，他们为什么要多收两个周五的。”

爱玛又核对了一回代码，照单子上写的，米尔顿接受了两回胆固醇检查和两项常规检查的费用。“通常是不是都由茱蒂给你做血液检查？”

“是的。”

“上个月有没有找柯里斯普医师看过诊，你记得吗？本子上我是没查到，兴许他直接帮你看了？”

朗福德摇了摇头。“上回除了看血液，还进去门诊的那一次是在感恩节之后的那周。”他说，“我孙子带了一大家子来看我。我跟你说过吗，我有五个了不起的孙子？大家聚在一起时，就很热闹，你了解的。我吃多了，又睡少了，有个孩子还把感冒传给了我。就是因为这个我才来看医师的，但是之后便没有了。我的血红素也都正常，打去年夏天起，就没输过血。”

为了确认没错，爱玛又研究了一回代码和日期。“我想他们大概是把你的记录和其他病人的弄混了，或者潘妮不小心把其他病人的就诊记录打到你的上头去了。”她说，“刚生了孩子，常常让女人晕头转向。”

朗福德笑了，说起以前他的太太刚生了第一个孩子时，在信封上贴了邮票，却没写地址就寄出去的事。

爱玛又看了看保险公司的单据，真希望知道保险公司里头的流程是什么样的，可以找出问题出在哪里。而她又不想增加米尔顿和潘妮的负担。上周六，潘妮因为头痛而醒了，她对米尔顿说，记账的事留到下周再弄吧。米尔顿便带着她去卧室，两个人压低声音吵了快一小时。如果爱玛可以解决这个问题，多少可以减少他们的一些焦虑。

“我想把这个拿给我孙子看，”朗福德说，“但是我不想叫他觉得我没法儿处理自己的事儿，彼得开着一家货运公司，每天也有很多文件呢，有很多麻烦手续的。”

“噢，我想我们现在还不用麻烦到他，”她说，“交给我办吧。”爱玛拿起纸张，塞进她的提包里，“我会查出一个结果来的。”

那天下午，茱蒂下班了，米尔顿也披上了外套，爱玛说：“我还有些事没做完呢，亲爱的。打四五通电话，通知明天预约的病人。还要去买买东西。”

米尔顿瞪着她。

“不用担心，”爱玛不无调侃地说，“晚餐都准备好了。克罗克电饭锅里有炖牛肉，如果想吃面包卷儿就热几个。潘妮会做的。”

“外头天快黑了。”米尔顿说，“我等你一下吧。”

儿子的关心让爱玛脸红了。她握了握他的手：“真的，亲爱的，没事的。我是大女孩儿了。”在儿子犹豫时，她就加了一句：“是的，我知道离开时要重设警报系统。”她开玩笑地拍了拍他的肩膀，“你先回去吧。我知道你累了。”

米尔顿又在原地站了一会儿，手指握着外套上的一颗扣子，最后才离开，并把身后的门用力拉上。

爱玛从提包里拿出朗福德的保险单，并把预约诊簿翻到他没来做胆固醇检查的那一天。花了好几分钟，把名单上其他病人的病历找出来，现在病历全部都放在她的面前。一本接一本，她打开活页夹，看看那一天都有哪些人做了胆固醇检查。这个过程比预期的复杂，因为尽管米尔顿的手写字都由计算机打印出来了，但是过程都缩减成了四位数的收费代码，大多时候，一位病人会有一个三位数或四位或五位的代码。有好几个代码都显示出做胆固醇的，不过也不奇怪，因为老人家都要常常检查的。

爱玛从一摞文件下方拿出了朗福德的。她觉得唯一的办法，就是系统地查一遍，至少每页看个大概。前几页，她一页一页放在一起，是潘妮打的字条，然后是一张朗福德的保险卡，在老人中心他算是幸运的，他不用依赖医疗保险系统。他为铁道部门工作了近五十年，铁道部门依然负担他的费用。再后面，是他的原始病例，从他第一次看诊便有了记录。爱玛看了一下时间，那时米尔顿开业才几周。

再之后，是用装订夹夹住的内页，茱蒂和米尔顿在帮病人看诊时，也是这样夹着病例。在每一页的上方，都写着朗福德先生的名字，是茱蒂的笔迹。大部分注记都是茱蒂写的，但是从十二月初以来，就是朗福德提到的那周之后，爱玛也发现了米尔顿的字迹。它们难以辨认，但是自从爱玛认出来之后，便不会再看错。不过她觉得这样找下去不是办法，所以就小心地把纸页放回，固定了夹子。

爱玛正准备把放在一边的纸张收拢在一起，蓦然发现纸页左下方的小字。她又重新拿出来细细看了，纸页左下方用细致的黑色字体写了四位数，接着是一个加号，再一个数字。她翻过第一页，第二页的同样位置上写着另一组号码。下一张，写着三位数码，再下一张写着两位数码，后来是一位数码。每一页的下方都写着代码。

显然这些代码是记录的医疗程序。当然是这样，方便潘妮誊写、记账。为了证明她想的没错，爱玛拿出了朗福德的保险单据，现在她已经记得就诊日期了。所以，她找出了朗福德一月份的就诊记录，如她设想的，一周一回。在保险记录上，她查出了血红素检查的号码是7418，而血压的代码是6100。而在左下角的数字是：8146+2和2002+2。她不懂为什么要+2，但是这两位数字分别是胆固醇和血常规检查的代码。爱玛又看了看潘妮的打印文本。在一月份的记录中，四个代码都出现在诊断概述上。

爱玛的鼻子和脖子上都渗出了汗珠。她合上了朗福德先生的数据，随机翻了翻其他人的。文件都照着同样顺序放着，每一份就诊记录上都画着这样的加号。在每一页的记录上，有着更多的黑色印记，写着+2或+4，甚至还有+7的，笔迹匆匆，但是却清晰可见。茱蒂的数字总是写得很大，松松散散的，2写得好像7，4看起来像9，而且一律用的蓝笔。

爱玛打开了一本又一本病历。

这是不可能的啊。

一定哪里出了错。一定不是她想到的那样。

一个又一个病人，一页又一页问诊单，每一项可以在诊所完成的检验代码，每一个对老人来说很平常的检查程序：流感疫苗、肺炎疫苗、过敏治疗、压力测验、心电图，每一项血液检查，各项检查从左下角折磨着爱玛。

加号后方的数字是天数，从实际看诊的那一天到构想看诊的那一天相隔的天数。她总算看明白了：后面的号码是不曾看过的诊，不曾检查过的。

每一笔都是她儿子用细致的黑笔写上去的。

爱玛快速合上活页夹，把它们推到一边。她的脸上滚烫，她好像被打了一巴掌。一种强烈的痛苦撞击着她的胸部，接着她哇地哭出来，倾泻而出。

“莎拉……噢，莎拉。”她大哭着。

孙女的名字让爱玛安静下来，她明白自己该做什么了。

首先她擦干了眼泪，然后她把朗福德的保险单据重新折起来，放回包里。明天她要把单子还给朗福德，对他说很抱歉帮不上忙。“潘妮会帮他看的，”她会对他说。“不过这时候，或许让你孙子帮忙看看，你也觉得安慰些？”

接着，爱玛把活页夹里的病例理顺了，把夹子放回柜子里，让每一份文件都好像不曾动过一样。

她要开车回到米尔顿的家，晚餐后，哄莎拉睡觉，之后她要找机会和潘妮谈一谈。她会说，看似随意地说，看起来待在家里有些无聊啊，潘妮一定会同意的。然后爱玛会立即建议说，或许过个几天，看诊时段她可以和潘妮轮着去诊所，到下周三左右，潘妮应该可以上全天了，爱玛就可以和小宝宝留在家里。如果潘妮不同意此安排的话，爱玛会提一下朗福德，说他对保险单项目有些疑问，不过他问的方式还是很友善的。

如果真有必要，她会进一步说，并把保险单据拿给潘妮看，并解释说她如何尽力帮助朗福德，然后很快发现了问题，是她处理不了的。“我想这已经转到年轻人手上了。”她会这么说，她还会提到朗福德的孙子，如果有必要的话。

大约要等上十天，或许两周的时间，她才会小心地提出要带莎拉回麦卡里斯特。这得等一等，等到米尔顿和潘妮步入常轨，她才会提出来。可以回去戈登会很高兴的，他不会在意多个小宝宝跟回家。

米尔顿和潘妮不会抗议的，他们连口头上的阻止都不会。虽然想到这一点让爱玛的血液都快凝固了，但这又是再明白不过的事。

这两周得小心翼翼，最多三周吧，再之后，会是怎样的人生？

米尔顿和潘妮做错了事，该来的就来吧。除了莎拉其他都不重要。米尔顿和他的医生生涯，戈登，这里的人或麦卡里斯特的人，都不重要，只有莎拉，爱玛要保护她安全稳妥，把她永远搂在怀里。

第二十一章

做铠甲的女人

一九九五年四月
朝圣者的最后一站，印第安纳

葛瑞丝

“这些小链子你都是从哪里买来的？”

在艺术博览会上，葛瑞丝被问得最多的就是这个问题。通常回答之后，接下来便是不可置信的追问：“你做的？”

询问的女人是葛瑞丝熟悉的那一型，周末盛装打扮，从格林伍德赶来。展会上的每个摊位前都站一站，看看哪些新玩意儿是她可以做的，她可以批一些回去，在丈夫帮她改建的小孩儿玩具间里动动手。

葛瑞丝指着顾客面前的心轴[①]，解释说那是她自己用木头、钳子和老式手钻制作成的，也可以把大大小小的铁棒烧红，弯成曲轴，当作工具，她一共做了二十来只，这

---

① 用来支撑转动零件只承受弯矩而不传递扭矩的轴，有些心轴会转动，如铁路车辆的轴等，有些心轴则不转动，如支承滑轮的轴等。

是其中的两个。其中一个的金属线还没绕好，葛瑞丝一手拿着金属线，另一只手慢慢转动曲轴，让女人看着新的链子是怎样成型的。葛瑞丝很高兴把第二个心轴上的金属环弄好了，她想象着，女人一定会认为也没那么困难嘛。她用凿子敲开缺口，给女人看其他的铜链扣。葛瑞丝把金属环拉开一些，十来个金属圈就散落下来。她递给女人金属圈，对方自信地拿起工具，但是用尽全身的力气，也打不开一个链扣。

葛瑞丝拿回了链扣，很快就打开了其他金属环。然后她把一个金属环固定在钳子上，用另一把钳子把金属环的头接上。“做锁甲①的时候，”她说，“我都用焊的。”

葛瑞丝忙碌着，很快就有了一堆金属圆环，然后她要把这些都装点在一个繁杂的帝王链上。她也可以四个一串儿地穿起来，但是她不喜欢那种冒充艺术家的业余者行径。几分钟之后，她便将金属环串成了一个修长的茧状包裹物，放在手指上递给女人。“做起来太费工了。”女人说，说完便走向下一个摊位。葛瑞丝想，她大概想看看是不是有做乐烧陶器的简易制法吧。

她想应该带上锁甲的。男顾客都喜欢套上试试，但是没人会真的买下来，而且它也太占空间了。卖出去的通常是饰品，首饰啦网眼包啦，换来的钱够她和肯恩装修屋檐，换卡车轮胎，给派勒特买些谷物，遇上干燥的夏天，至少它也有干草吃。

葛瑞丝打开一个盒子，里头是她昨晚裁切的铜链，她把铠甲衣的

① 译注：是古代战争中使用的金属铠甲。

一长条材料铺在桌上。她原本构想中是想帮肯恩做合头紧帽的，就像为他做的锁甲和马裤一样，希望他最后可以把她的铠甲套在身上，但是他连试一试都拒绝了，也像其他的金属护甲一样。葛瑞丝只能在以后把锁紧的紧帽打开，撑大一些，好让展场上中等头围的男人都可以来当个五分钟的骑士。

锁甲是他们争议最大的一件事。她做些首饰，比方说亮闪闪的项链之类，他是没有意见的。但是锁甲，尽管她想尽办法说明白，但是他依然不愿听。当她把锁甲上衣递过去的时候，他像拒绝手环一样，伤了她的心。

她嗫嚅着解释："它很漂亮啊。"她说："锁甲告诉我们自己是谁，生命有多脆弱，又有多珍贵。"但是他总是转身走开，不想听她说什么。

在葛瑞丝的想法中，锁甲和护佑手环，和她向往的婚戒一样，它们不能保证生活没有岔路，也不是可以避免意外的护身符。手镯、戒指和锁甲只是一种希望的承诺，充满了期待，充满了好的意念。

今天早上，肯恩往帆布背包里装水、奶酪和昨天葛瑞丝做的大饼时，葛瑞丝又尝试了一次。当时肯恩在给派勒特套马鞍，她试着说，想给她喜欢的人与物都套上特制的锁甲，肯恩、派勒特、猫、山羊，还有沙勒曼恩，那狗此刻正蜷在她脚下打盹儿，竖起一只耳朵，唯恐漏了什么危险信号。葛瑞丝也想把妈妈保护起来，妈妈也跟肯恩一样不太理解她做的。如果外婆在，她也要为外婆打造一个，最强的锁甲，密密缝织着，最细小的箭也穿不透。

数万年的人类生活，最艰困的战争不过是跨过疆界，进入另一个人的心里。或者说，站在他身边，邀请他进入你的心里。或许完完全全地认识另一个人是件不可能的任务。或许能做的最多只是显示出想要认识的初衷，提供一些符号，制造一些尝试机会。

又或者这样的挣扎只出现在她的家里。他们的成长都有着秘密的背景，过去从未揭露，生活却又让他们交织在一起。尽管葛瑞丝很确定她一点儿也不了解姐姐琳恩，虽然一起度过了童年时光，但是对姐姐她了解得真的不比别人多一点儿。可是有时候她也想帮姐姐做一个护身，保护她免于受不可言说的过去的困扰，还有那些秘密带来的后果。葛瑞丝宁愿相信姐姐不是表现出来的那样，一个执着于金钱与众人眼光的女人。她怀疑姐姐这么做的原因可能是，出现在当地报纸新闻上或者出现在头版头条上带来的兴奋。但是一定还有其他的，其他的更深层的原因，让琳恩把赚到的第一份薪水捐给了国际特赦组织，除了上镜头之外，还有其他什么原因让她举起了一块抗议标牌。

妈妈无异于一个陌生人，沉迷于过去的梦想，虽然她从来不曾说过，那些梦想到底是什么。葛瑞丝想知道，到底是什么让妈妈一直不快乐，看着其他人的样子总好像是他们毁了她一样。肯恩有时候也会有那样的神情，陪他回朝圣者的最后一站之后，这种表情一年比一年出现的频率更高。对他，葛瑞丝也不了解，虽然他们这些年都在一起，但是至少她知道，或者自认为知道，自己不了解后面的原因。

在越南的一些片段他也同她说过：又黏又腻的闷热，一路上得披荆斩棘，你得与战友套交情，但在他先你踩上地雷时，就得快速忘了交情。爆炸后，你得去掩埋一切，能够唤醒你痛苦记忆的任何人也要一并埋在记忆里。三周不到的丛林生活，他就学到了这些。

然后，在第二十天里，他被越共逮捕，成了战俘。接下来的五十七个月，也就是一千七百三十九天的日子里，他只说过其中的一件事，就是有回四个狱卒把一个战俘抬到一张粗略搭建的台子上，用刀切开战俘的肚子，割除阑尾。战友大叫的声音是叫人永远忘不了的，肯恩说。葛瑞丝想，若他愿意说出来的就已经如此，那么一定有比这更不堪的。

在葛瑞丝所爱的人中，她最了解的就是外婆贝蒂了，但是这个了解也来得很晚，在她第二回中风前短暂的清醒时分。她们对此都充满了希望。第一回中风的第二天，也就是周五早上，外婆醒了，正常说着话，说想吃点儿早餐。妈妈打电话给琳恩，姐姐说忙，要晚一天才来，妈妈还生了气，不过当葛瑞丝说要留下来照顾外婆时，妈妈便放心去上班了。

那一天的时间似乎有些漫长，葛瑞丝和外婆也没聊什么，说的也就是一些家常话，什么鸡蛋都冷了，味道又淡了些；还有红头发的护士总在教训其他护士；天气预报说晚上要下雪了，不晓得报得准不准。就在这时外婆问到了肯恩，而当时葛瑞丝说出了前一天的想法，她说想着要离开他。

“那是因为他没娶你。”外婆说。

“不，完全不是那样。刚好相反。只要我提起要离开的茬儿，他就跟我说到结婚的事。”葛瑞丝看出外婆的不安，所以她立即解释说：“但是他只在我要离开的时候，才对我求婚。我喜欢他，这是真的。”

事实确实如此。葛瑞丝知道自己爱他。虽然爱与不爱很难界定，但是她却知道自己爱肯恩，因为任何时候，只要她犹豫一下是不是爱他，身上的每一根汗毛都会竖起来抗议。葛瑞丝伸手握住贝蒂的手，外婆也紧紧握住她。“只是跟他在一起的时候，我会觉得有一点儿的难过，微妙的难过，就像遇上那种一直下雨的天。之后，他就会去林子里，有时候去一周或十天的样子，我又觉得好一些了。心情好一点儿，虽然我很想念他。”

有件事她没跟外婆说，那就是她和肯恩在一起十二三年了，他们依然欢爱如初，甚至比刚在一起的头一年更加热切，好像他们的身体相信，世间唯一的答案在另一个人的肉体里。他们彻夜缠绵，但是一到了早上，他们便分开，彼此也不看对方一眼。如果前一天没有争吵，他们就回到日常俗务当中，如果有需要，还会小声交谈一两句。当然如果有争吵，就会略有些不同，在煤油灯下饥渴亲吻，甚至在黑暗中弄伤自己的他们，早晨依然会分开，只是比平日交谈得更少了，气氛也更冷清。

在外婆的病房外传来一阵骚动，匆匆经过的男男女女推着手推车，手上拿着输液袋，说着代码。“有人出事了。”外婆说，捏住葛瑞丝的手，望着大厅，人群聚集的地方。她说：“因为他的腿，他们没叫他上前线，这可折磨他了。我对他说，照他登记的年纪，我猜当时有四十了吧，或许更老一些，他当然就没什么事可做了。但是他说，每个人都该尽责任的。我对他说：‘那孩子们呢？你难道要一走了之，把孩子都丢给我？’而他回答：‘其他很多人也会想到孩子的。大家是为了孩子，才去的。’他们不用他，他回到家里，我很高兴的。但是我现在想，当初不该表现出来。那之后，有些东西在我们之间，再不能消失。”

“那跟肯恩不一样，外婆。他被征去了。”

“等我说完嘛！”外婆朝床边桌上的塑料水壶示意了一下，葛瑞丝给她倒了一杯水，外婆喝完，依然拿着杯子，想要葛瑞丝再倒一杯。“有个男孩儿住在我们同一条街上，”她说，“他上战场搞得像去参加晚会一样。等他回来的时候，跟之前再也不一样了。不和任何人说话，也从不出门，根本没法儿工作。”

“这种说法都是老调。”葛瑞丝有些不耐烦地说。外婆不了解肯恩。“对这些越战老兵的看法都是别人教我们的：那些关于药物成瘾的报告，关于橙色脱叶剂[①]的，那些解释为什么有人会误把家人当敌人而射杀他们的。没人说到回来还好好的人，回来还继续生活着的人。这些人也一定为数不少吧。大家都用一些陈词滥调来说过去，那也没什么意义啊。当然战争改变了人，每件事都会改变人啊。你不能把什么事都怪到战争头上。”

“我说的不是那个意思，姑娘。”外婆把剩下的水喝完，又靠回枕头上，“不是那意思。”她闭上眼睛，好像要想先看一看要说出来的话。“你外公，街上的男孩儿，你灰头发的男人，还有吉姆·布彻，我很确定……”

“谁？你说谁？”

“我继父。”

① 美国在越战后期使用的一种化学药剂，在越南投放后，造成无数儿童先天残疾。

葛瑞丝努力回忆着，外婆之前有没有提过这个男人。

“是我自己的父亲要去法国打仗的，但当时流感肆虐，他死于流感。我当时太小了不记得这些，但是妈妈留着电报。看起来她跟我们说的时候，该是再婚不久之后，他也刚从法国回来，我说吉姆·布彻，也是从战场上回来。”贝蒂摇摇头，好像想把思绪理顺。“我有时候会想，是什么让他变得这么卑鄙的，又是怎样让他改变的，或者他原本就是卑鄙的，那些事只是让他变本加厉。我也不知道。我想说的是……不单单是战争，或许不是那些正在发生的事，争夺啊之类的，我想说这中间很难厘清的。我的意思是说，当有事情发生的时候，比方说战争啦，当然也不只是战争，不止这个，这些事让你看到了以前不可能出现的样貌。那是平常时候永远也看不到的。这些突然发生的事也突然改变了你的人生，你无法快速从中恢复。所以你做出了一些事，那是你从未想过要做的，或许是伤害别人。而那些事又改变了其他人，是他们一生里突然发生的事。”

葛瑞丝从未听过外婆这么说话，她担心要从散漫的思绪中整理出个头绪来会对外婆心理造成太大压力，她紧张地看了一下监控器。

“就像我吧，”外婆说，“姐姐那样离开我，我始终搞不明白。”

“梅贝尔？”

外婆把头从枕头上抬起来，惊讶地看着葛瑞丝：“你知道梅贝尔什么？”

“看过她的照片，记得吗？我们一起看簿子时，它掉出来了，我去捡时，你快速念叨了一回她的名字，然后要我离开那屋子。就那一次。”

外婆点点头，靠回枕头上：“我想起来了。”

好像从皮肤里挑出卡入很深的刺，外婆接着断断续续地说出了一段神奇的往事，说到她和一个名叫华莱士的男孩儿恋爱了，说到她怎么跟姐姐商量着，有一天要逃离父亲，之后在她最开心的那天，也就是毕业典礼的那天，回家后看到一位郡警察在他们家，把上吊的继父从绳套上放下，对她说，姐姐和华莱士私奔了。

“我并没有看见他上吊，没亲眼看到，但是却在脑海中看到了那一幕。”外婆说，“而且我总是收到信，是梅贝尔写来的，从未收到华莱士的。信是由杜松镇的邮局转给我的，信打那里寄来。我从未读过，都丢进火炉里烧了。你外公，他一点儿都不知道这事。甚至不知道我还有个姐姐。”

“噢，外婆。”

贝蒂用指端用力地揉着眼睛。“我该留下一封的，若能换回一封信，叫我做什么都愿意。这样我就知道到底发生什么事了。知道他们是不是觉得内疚。”葛瑞丝从桌上抽了几张面纸，塞到外婆手中。“我想我看到过她一回的。”外婆用面纸擦了擦眼睛和鼻子，“周日晚上的那个节目叫什么来的？就是一个钟嘀嗒嘀嗒走的？”

“六十分钟？”

“就是那个。我想我在上头看到了梅贝尔一回的。几年了，距现在。我在厨房做菜，我可以发誓，我真的听见她的声音了，所以我去了起居室，但是电视上是一个上了岁数的老人。当然，梅贝尔也该老了。他们叫她什么夫人的，我猜那应该是夫姓吧。但是我记得他们叫她什么女士，或许现在你们年轻人都称呼别人女士了。”外婆每回说到女士的“士”音，都咝咝作响的。

“所以你觉得那是她吗？她为什么要上那档节目？”

“我也不太记得了。在谈她认识的一些人，好像那些男人都当过兵。采访她的不是白人，长得蛮好看，留着毛茸茸的胡髭。不过我记得，他们说到她的工作，是帮别人拍照的，这就不对了。梅贝尔讨厌拍照。”

之后，外婆就又睡着了，睡了一整个下午。直到妈妈来了，她才惊醒，葛瑞丝去吻外婆，说要明早再见，外婆握住她的手，示意她弯下腰来，这样忙着在提包里找烟的芮妮就听不见祖孙俩说的话了。“你回去帮我拿那张照片，”外婆说，“在高处的柜子里，客厅柜子上方。一直都放在一个长盒子里，那里还放着手套，一根发带。你把它拿给我。”

葛瑞丝直接回到家里，找到了灰色的细长盒子，靠在柜子的里板上，几乎看不见。她清楚记得这张照片，好像这些年来就放在她的化妆柜上一样。穿着蕾丝花边儿裙子的梅贝尔漂亮动人，还有一头闪耀的长发。就像外婆说的，她的表情好像不想人家给她拍照。那手套和发带也是梅贝尔的吗？还是外婆的？虽然现在都泛了黄，不过依然好像新崭崭就收起来了。还有一样外婆忘记提了，那是一个可爱的银纽扣，形如玫瑰花苞。

到第二天早上的时候，外婆又失语了，之后到傍晚时分，葛瑞丝和爱玛姨妈去楼下自助餐厅，妈妈和琳恩留在病房时，外婆过世了。

葛瑞丝打电话给肯恩，要他过来，顺便带些银线和心轴来。当天晚上，肯恩入睡之后，在外婆卧室幽暗的台灯光下，葛瑞丝裁切、弯制了数百个圆环，拼接成银色的花朵，把外婆的银纽扣放在花心。她准备在葬礼上穿。第二天早上她就戴上了，叫醒肯恩对他说：“娶我吧。今天。要不明天。尽快。”之后的每一天她都戴着它，皮肤上的油脂把银饰变成了柔和润泽的灰色。

“它会咬人吗？”

葛瑞丝从手工中抬起头来，看到一个男人把两三岁的小孩儿抱起来，沙勒曼恩正端坐着，体形高大，尾巴拍打着身后的草。“它像猫一样。”她说，“真的。”

男人看起来不确定的样子。即便是在德国牧羊犬里，沙勒曼恩的体形也算大的，应该是说非常巨大，但是葛瑞丝轻轻拍了一下它的肩，它立即侧身，翻滚至背靠地，望着男孩儿，期待男孩儿摸摸它的肚子。

“注册过的吗？”男人蹲在牧羊犬旁边，挠着它的脖子。

“流浪狗，”葛瑞丝说，“饿得皮包骨头的。我们家的动物，除了羊，其他都是我们捡回来的。连马也是我们在树林里找到的，它在林中溜达，没有马鞍，连根绳子也没有，马蹄也裂开了，我想是主人弃养的。”

“所以你住在这里？我还以为你们只是来参加博览会。”

他以为他们是吉卜赛人吗？若不是男人这时候拍了沙勒曼恩一下，对儿子说道：“走吧，宝贝。”把孩子背上肩头，葛瑞丝会质问他，为什么人们认为为朝圣者的最后一站出产的东西需要花钱买是件不可思议的事？

还好肯恩不在，若在，他会矫正这个男人的。肯恩喜欢这块土地，这是他们的地方，虽然肯恩在这里生活的时间比她长很多。在拿到去往越南征召令的那天，他走出父亲家的大门，开着车出去。他说，就这样朝前开，车里的油够走多远，他就走多远，不为去哪里，如果遇上石灰岩峭壁，他会驱车开下去。到了离纽曼很远的乡野，车子缓缓减速最后停了下来，肯恩步出车外，开始走路。走了好几小时，穿过了田野，越过数个栅栏，走到了泥路上，他不知道这还算不算得上是路了。但是他当时并不觉得难过，他说，因为头顶是一片晴朗的蓝天，四周一片宁静，但并不是完全没有声音，风吹动树叶，鸟在枝叶间穿梭。他对自己发誓，他要找出这一地区的名字，如果可以从战场上回来，他要买下这一块地，在这个宁静又不是完全无声的地方住下，宁静可以让他安然入睡，而那一点儿声音又可以把他的思绪从头脑中的谈话中拉开。

那就是他要去林子里的目的，葛瑞丝想，那就是他要寻找的东西。他总在寻找着梦想中的安静，虽然大自然代替了葛瑞丝陪伴着他，但是肯恩依然无法驱离他脑中的声音，很长时间依然如此。虽然他没说过，但是葛瑞丝想象着这些声音躲在他的脑中，在他支起帐篷的时候，声音栖在枝头，等他躺下时，又开始絮絮地说着。过几天回来的时候，他们之间会比离开时更糟，但是之后他就会好起来，有一阵子，有时甚至几个月，他又可以投身现实生活，只有在给稻田除草时，偶尔停下来，抬头望着天。

虽然葛瑞丝爱上的肯恩是从战场上回来的，但是她却希望可以找到一点儿什么，不管是一张照片，皱巴巴的三年级暑假作业，一封高中时的情书，甚至儿时的一个故事，来帮助她去构筑过去的男孩儿，没被一张入伍令改变的以前的男孩儿。但是在两人相识很久之前，肯恩已经把过去的踪迹都抛得远远的，把过去的自己像裹尸布一样裹起来，只在朝圣者的最后一站发现变化后的自己。

葛瑞丝想回家了，现在就走。

博览会还有几小时才结束，人潮已经退了，而且他们也不会买什么了，今天什么都没卖出去。葛瑞丝用脚碰了碰沙勒曼恩的脚，说道："你说呢，殿下！收摊儿吧？"他们回去的车程要一小时，然后她就可以煮两人份的晚餐。

或许肯恩会改变主意，在林子里骑久了马心情好起来，今晚就回来了呢。若真如此，她会投身在他怀里，告诉他她爱他，很高兴嫁给他，感谢他把她带来这里，这有个美妙的地名，虽然没人知道当初为什么会取这个名。

摊子前突然出现了三四个人，他们早些时候来看过的，现在想要把看中的东西买下，这让葛瑞丝打包速度变慢了。但是葛瑞丝用尽量少的话，把他们打发走了。

在卡车上，沙勒曼恩好像乘客一样坐着，看着外头的风景和路过车边的人。回到家时，太阳正要下山了，她让狗下了车，出去溜达，自己跑去喂羊。派勒特不在畜棚里，肯恩还没到家，不过说不定在路上了。她把汤煨在炉子上，备着他万一回来。

葛瑞丝关上火去睡觉的时候，汤汁儿几乎快烧干了。早上的时候，她忙了会儿家务，拍了拍动物，和它们说会儿话，把莴苣田里的猫咪赶走。到下午，肯恩还是没回来，她就开始做紧帽，先量了量自己的头，然后又套在肯恩的帽子上，估算他的头围。乘着最后一道光线，她去地里丢了根棍子给沙勒曼恩去捡，这时她看到低矮的车灯，车子正朝他们家开过来。她分辨不出颜色，但是从外形看，那是辆警车。

没错。

警官从车上走下来，碰了碰帽檐朝她打招呼，看了看警觉站着的沙勒曼恩，说了声“是只好狗”。警官问她的名字是不是葛瑞丝·文森特，她点点头。“从这儿找到你还挺不容易的。”她在叫沙勒曼恩回来时，他就不说话了，等着狗回来，她的手紧紧环抱住狗的身体，他才说出一个男人的名字，是葛瑞丝不认识的，说此人从芝加哥来，想来打猎。

“他听到枪响，两声，他很担心，因为他是带着儿子一起来的，大概十五岁左右的乖孩子，是第一回出来打猎。他说当时他儿子不在身边，所以听到枪响的时候，他还担心孩子可能遭遇了什么事。”

警官从口袋里掏出一个小黑本，但是并没有打开，他继续把话说完。肯恩先射杀了派勒特，往头部开的枪，干净利落。

或许是之后，也可能在射马之前，他把行囊摆好了，离他将会倒下的地方有段距离，以免沾上血迹。他把写着自己名字和地址的纸张放在最上头，不管是谁只要打开他的包裹，第一眼就可以看到。

葛瑞丝依然跪在地上，把沙勒曼恩抱得更紧了，这时警官把一个折得四四方方的纸张递给她：“我想这是要给你的，夫人。”

最后她终于伸手接过四方纸时，手环上的名字一闪：陆军一等兵，肯尼思·雷蒙德·文森特，美国海军陆战队，7-12-68。

她放开了沙勒曼恩，打开字条，在腿上展平，沙勒曼恩依然警觉地站在她旁边。

这是肯恩写的，笔迹优美，当时他一定很从容：

我的葛瑞丝。甜美可爱的葛瑞丝。对不起。对不起。

第二十二章
考古

一九九七年十一月
印第安纳州，纽曼

芮妮

“所以，你是要去的，是吗？”尽管隔了三千公里的电话线，莎莉却好像就站在芮妮眼前一样，声音很清晰。芮妮几乎看到她的形象，一手叉在腰部，一手放在前额，还因为惊讶而瞪大了眼睛，嘴唇因为不耐而扭曲了。

“我还没想好呢。”芮妮说。

“你想过了。因此才打电话给我的。”

莎莉说得对。从早上打开报纸开始，她就思考过这一问题了。

前几年，芮妮听说安德森郡高等专科学校的校舍被买走了，重新改建后，成为纽曼小区大学，此后不久，她就养成了看《纽曼先驱报》的习惯。一天晚上，她刚下班回来，妈妈就递给她一张剪报，说道：“你不是跟这个女孩儿同学过吗？”虽然是一则很小的通告，但是妈妈看《纽曼先驱报》向来是一个字一个字仔细看的，连法院判决摘要也不漏过。芮妮小时候在学校里跟安妮·奈勒算是认识，在家事课上她们共用一张裁剪桌。照报纸上通告说的，安妮被列入在优秀学生的名单中。

“想想看，”妈妈说，“到这把年纪上大学，是为什么啊？”

以前，芮妮也会翻翻报纸，也就是翻翻当地大学的新闻版面，但是安妮的消息激起了她的好奇。在之后几年，她偶尔也会看到某个认识的名字，这时她总会在文字间多流连一会儿，想看看是什么驱使他们重新回到学校的，是失业了呢，还是没别的事可做，无聊而已。

但是今天早上的报纸先是照片把她吓了一跳，在看了图片旁的文字之后，她便成了观察者，看着自己的身体在运作着：做账、去自助餐厅用餐、开车回家、看晚间新闻，还有白痴的电视节目，等到十一点长途电话费特价时，她就可以打电话给莎莉，商量该怎么做。

马歇尔，也就是报纸上称的马歇尔·特纳博士，是亚利桑那州立大学的考古学教授，要来纽曼社大做一个演讲。

“其实这只是讲给学生听的，”芮妮对莎莉说，“时段在白天。”

“别回避了。你刚刚和我说，新闻里说‘免费开放给社会大众’。你就是这样。这一天你一定神魂颠倒的，从未如此过吧？去吧。”

“可是为什么呢？去是为什么呢？”

“好奇。去问个好啊。去重燃爱火。我怎么知道？是你打电话给我的。”莎莉叹气，“不管谁问，你都可以说只是想了解一点儿考古学。”

“哇，莎莉。”

“我知道你一定整天都在想这个。承认吧。”

“是的，”芮妮说，“我怀疑他是否还记得我。”

“为什么他会忘了？或许一时认不出来，不过你可以去提醒他。”

芮妮一眼就认出马歇尔来了，热情的眼神，略瘦的身材显得非常高。虽然照片是黑白的，但依然看得出亚利桑那的太阳把他的皮肤烤得像紧实的鞣革。

或许正是这点让她还没看标题，就认出他来了。他看上去就和葛瑞丝一样，在阳光下劳作把身体练得很精干。

“为什么要来纽曼呢，啊？”莎莉问，“这么一个小学校。我猜，他们学校可能都没开考古学的课。”

尽管简略，报道上倒也是说明了这点的。“应该是纽曼的某位老师在大学时代就认识他了，他发现马歇尔要去印第安纳大学演讲，就请他顺便也来我们这儿。”

“这回要来个大团圆节目了。”莎莉说。

这个念头让芮妮身体颤抖了一下。“我讨厌这种东西。”现在谁打开电视，总是可以看到谈话节目，来宾哭哭啼啼，说着单亲成长背景，或者失去双亲，让他们感觉生命的缺失。然后主持人会点滴道出一个悲伤的故事，说完故事之后，他会叫着男嘉宾或女嘉宾的名字，然后一段长时间的沉默，接着说道：“我们有个惊喜给你。”镜头会对着泪流满面的脸，嘉宾失落地张望着，然后失踪的亲人从后台走了出来，张开双臂。芮妮不知道其他人有没有留意到，被谈话节目的侦探找来的失踪的亲人看起来几乎都有些紧张和勉强，完全没有观众期待的喜悦。这些节目现在很是风行。她害怕哪天打开电视，会看到葛瑞丝坐在嘉宾椅上，为从未见过的父亲流泪哭泣。

“报道里还说了什么？”莎莉试探着问，“有没有私人方面的消息？”

“只说他和太太孩子一起生活，他太太是位社工。一个儿子在亚利桑那州立大学读二年级，另一个在念热力学硕士，还是什么专业，反正在读研就是。”她很想知道，马歇尔的父母最后有没有在旗杆镇附近砌房子，还有过了这么些年，他在夏天是不是依然会去挖地下的宝贝。

“所以，没有女儿？”

“别说了，莎莉。”

“我只是说……我的意思是，以后怎么样，你不知道啊。”

“我不会对他这样的，”芮妮说，“那不公平，他已经有家庭了。他会怎么想？他又为什么要信我呢？”

“拜托，芮妮，不要跟我说，你从未想过。他是大人了，成熟男人。或许让他们相认，可以弥合你和葛瑞丝之间的嫌隙。”

“我想可能太晚了。”芮妮说。不仅仅是她对葛瑞丝的生父守口如瓶，她们之间发生太多事情了。首先，葛瑞丝在学业上让琳恩远远超出于前，这让芮妮难掩失望。葛瑞丝和琳恩一样聪明，甚至在很多方面超过她，但是为了那个奇怪的男人，她都放弃了。芮妮从未喜欢过肯恩。在他自杀之后，芮妮曾有机会和葛瑞丝重修母女关系的，让女儿回到纽曼，回到这个让她有归属感的地方，让她的生活步入正常，但是芮妮错过了，她话说得太多，说得太早。“现在你摆脱这个负担了。”葬礼之后，她拍着葛瑞丝的手臂，说道，“没什么可以阻拦你了。你还年轻，想要怎么样，都有机会。”这话听起来好像她完全没有体会到女儿正处在哀痛之中，虽然她本意并非如此，但是话已出口，她既不能收回，也没办法再解释什么，好叫女儿信服。即便是到现在，也不可能弥补了。芮妮原本希望葬礼后可以再陪陪女儿，至少陪她过个三五天，但是说完这番话后，她觉得女儿的态度又生硬起来。她便失去了信心，生怕再说错什么话，会让她们之间的裂痕加深，裂痕大到可以将两人吞噬。

好些年来，葛瑞丝都不再问她的父亲了，上一次提起是什么时间，芮妮已经想不起来了。葛瑞丝或气了或恼了，就这样。现在葛瑞丝可以得到一些真实的讯息，不单单是一个名字，一些记忆，葛瑞丝会想知道吗？这会帮助她找到人生的道路吗？或许她该把这条新闻剪下来，下面附上一句话："看吧，你的生命源头在此。"这会不会唤醒她的某些意识，让她认识到生命还有别的，除了耗在没人听说过的最后一站，那里放眼望去，只有田野、树木、牲畜。

"太晚了，谁知道呢？"莎莉说，"我觉得你应该去。我知道你想去。不用事先决定去了怎么做，或许可以自我介绍一下，或许不用。先去嘛，再跟着感觉走。"

芮妮挂上电话时，刚过午夜。她得承认莎莉是对的，她是想过去的，是想去见见马歇尔的，从这方面来看，这通电话还是有帮助的；但是尽管她们说了很多，芮妮还是说不上，为什么要去见他，这又是电话没帮上忙的地方。莎莉鼓励她去会议现场，去了之后，顺应自己的感觉。这个问题又来了：她就是不知道自己感觉到了什么啊。况且，她又该怎样把感觉从迷恋和恋旧，从自我中心和畏惧害怕中区分出来呢？有时候，她甚至感觉到忌妒，但是忌妒谁呢？他太太吗？还是马歇尔？她依然感觉到想见马歇尔的强烈渴望，但是她又同时感觉到，这么做不管从哪方面来看，都是错的。

芮妮关上灯，把枕头调整得舒适一些，但是却睡不着。她想象着走进礼堂，找了个前面一点儿，略偏边上一些的位置。她会专心坐在椅子上，然后马歇尔走进来，把讲稿放在讲台上，开始演讲，当他望向她这边的时候，她会报以微笑，点头鼓励。她会看到，他一边继续演讲，一边在记忆中搜寻着，最后带着温暖的记忆回望着她。僵局打破之后，她会耐心地等着学生问完问题散去，马歇尔会朝她走过来，拉住她的手，在咫尺之近的地方打量她，说她几乎没怎么改变，然后拥抱她，邀请她一起用餐，餐间他会问到琳恩，当芮妮说道："她现在是法官了，嫁了个律师。去年他们领养了一个小孩儿——泰勒。"他点头赞许。如果他问到芮妮自己，她会笑着摇头说，"不，我没有结婚。"所以他会假定她也没再生孩子了，那要怎么说起葛瑞丝呢？就算她想到怎么说了，把一切告诉他：当时不知道怀孕了，直到他离开才发现，却不想联络他，不想他中断了学业来供应她们母女，说到自己的女儿浪费了去上大学的机会，和一个不般配的老兵待在一起，这会让这位大学教授觉得是个羞耻吗？还是别提葛瑞丝会比较好呢？或许真的没必要提，说来这不过是老朋友叙叙旧。但是如果她不提，如果他又提出要再见面，要保持联系，那她又该怎么办呢？

芮妮在床上辗转，聚餐、再见面，每一幕场景都很荒谬。如果认出她来，他反应可能远远不是热情吧。他也没理由不友善，但是或许会害羞呢？这是很有可能的。他为什么不会呢？三十五年前，他们相恋了三个月。在这之后，她也跟其他男人约过会，有些甚至相处一年以上，如果有天不期而遇这些情人，她的反应大概是既不是开心，也不是不开心吧。如果等到演讲结束，她去相认，马歇尔的害羞或许会立即变成恼怒，她该怎么解释自己的动机？单单因为他的照片出现在报纸上吗？为什么去看他，这么多年后？他会怎么想？认为她在纠缠吗？如果他感到不安，想要离开她，她会不会失控，也开始焦虑起来，要他听她说话，就在他与主办人一起推门出去时，她在他身后大叫，“那我们的女儿呢？”

或许她可以坐在听众席后面，假装在做笔记，抬头看的时候用手捂着脸，等他讲完之后，她隐藏在人群中，溜出去，在他出门之前，回到车上。

“有病。”芮妮从床上坐起，把枕头丢向墙壁。如果不想跟他说话，为什么要去啊？究竟她期望得到什么呢？她对马歇尔的记忆是美好的，有他做伴时，她觉得自己美丽聪慧，能干而受人仰慕。现在见面却可能破坏了过去的记忆，新的场景可能未必如过去的美好。

很多事都已经发生了。她已经看到照片了，现在也知道他有两个儿子，事业成功，这些都和她无关。她不确定他是否还是那个敏感可爱，一个让人觉得没什么事情是不可能的年轻人。

在一起大约一个月的样子，有个温暖的下午，他们坐在租屋处的院子里，看着琳恩在翻筋斗，她总是滚到左边去，孩子生起气来，这时马歇尔过去帮她，一手放在她的左膝盖上，教导着她，直到她找到小小身体上的平衡。过了一会儿，有几个筋斗琳恩翻得漂亮极了，她不停地翻着，完全忘了大人，也不像平日那样要求大人关注她。

“你会是个很好的父亲。”芮妮说，“很有耐心。”

马歇尔耸耸肩，眼睛望着琳恩。很久之后才问道：“你有没有想过要结婚？有个家？”

这问题让她吃惊，她望着他：“没有。”虽然觉得他多少该了解她一些的，但这话却透露出，他完全不了解。随后她说起了卡尔，说起了她喜欢的第一份工作，在专科上的课程，还有她曾经期望长大做个独立的女人，结婚或不结婚都可以自己自由决定。“我从没想过，结婚是要找个男人来照顾我。”她说，“我姐姐就是那样。”她望着琳恩，她衣服裤子上都沾了草，脸因为运动和兴奋而涨得红红的。“我很多事都没做好。带着一个孩子，又没丈夫。书又没念完。混一天算一天吧。”

马歇尔的沉默让她不安。她不该说得这么坦白的。他会认为她在设圈套吗？她该说什么才能让他明白，她知道马歇尔不会娶她，而她也没奢望，没指望如此。她只是很享受现在的欢乐时光？

最后他握住她的手，轻轻压了压她的指尖。“你还是独立的，芮妮。”琳恩翻了一个漂亮的筋斗，雀跃起来，他看到也笑了。“你做到了。”他望着她，“你不知道自己有多坚强，是吧？”

芮妮有好些年没想起这一幕了。现在却突然想明白了，那时马歇尔就说了。她把女儿们养大了，虽然未必带得很好，但是至少她们也都长大成人了。在父亲即将过世的那段日子里，很多妈妈不了解也不想多操心的事，都是她承担的。父亲过世后，她更担负起照顾母亲的责任，用她不多的薪水，支付家庭开支，支付社会保险，在拮据的日子里，她总是可以开源节流。

那个很久前的下午，琳恩因为刚刚学会了翻筋斗而自得，她忙着在跳房子、舒展身体之间穿插着翻筋斗的游戏，这时芮妮也问过马歇尔：“为什么选考古？”

“两个原因。”他说。伸手到口袋里，拿出一个束口袋，再从中取出一块落日红的扁平石头来，把石头放到她的手上。“这是我找到的第一块化石，我那时才七八岁。”他用指尖指着石头，说道，“看到了吗？这里有个甲虫。我刚找到石头时，几周里除了这个甲虫，脑中什么也装不下。我想着甲虫一定已经死了，想着它被困住，一定很难过。但是转念又想到，如果不是被困在黏液中，不是这个死法，它就不可能出现在我手上，让我思考自己的生命，思考全部的生命。”

芮妮专注地瞪着石头，好像目光深入一些，就可以从甲虫身上看到一个八岁男孩儿的精瘦身影。“你把两个原因都说了。”

“我是在收集陶瓷碎片时，找到化石的。我当时还真不知道那是什么，不知道其年代久远，甚至也还不知道那是陶罐碎片。”他说，“有天我在地上找到一片，上头还有图形，就想再多找一些，把能找到的都找来，装满一个鞋盒就好。你知道小孩子们的想法吗？就是想收集东西，也不管原因是什么。”

芮妮点点头。她还是个小女孩儿的时候，也在地上找过瓶盖儿，然后放进一个玻璃瓶里。晚上要睡觉前，她就摇着玻璃瓶当音乐。

“找到化石之后，我就想再多找一点儿。我把鞋盒放在车库里，然后就忘了这件事。”马歇尔从芮妮手上接过落日红的化石，放回袋子里，又继续说道：“过了很长时间，大约两年或三年的样子，有天我放学回家，看到妈妈正坐在她的办公桌前，旧鞋盒打开了放在她旁边。我告诉过你吗，她是搞艺术的。”

芮妮摇摇头：“然后？”

马歇尔笑了：“我是蠢小孩儿。我说：‘哎，那是我的！’妈妈继续忙着，把小碎片一片片粘到石膏上。‘它们不是你的。’她说，‘它们属于制造罐子的人，属于描绘它们，使用它们，还有敬重它们的人。’我只能坐着，望着妈妈，等了很长时间，一句话也没说，我从未如此过。最后，我开始观察，她在做什么。她用这些失落的、破碎的残片，做成了一个完整而美丽的新东西。”

几周后，马歇尔动身去念研究生，跟她道别的时候，他给了她一个小盒子，要等他离开了，才可以打开。里面用一块软布包着一个碎片，那是他们刚见面时，他拿给她看过的。碎片呈三角形，高约五厘米，底边只有高度的一半。马歇尔收集到的碎片大部分都是褐色及红色的，也就是黏土和陶土的颜色，但是这块却是乳白色的，好像一块旧象牙。褪色的黑线条穿过碎片，好像两个残缺的三角形的边，或者说好像两条道路，源自同一起点，行往不同方向，却又彼此可以望见。同样的图案在碎片上重复了三回，第四回如同时间一样，从碎片边缘溜走了。

碎片大概还放在某个抽屉的角落，或者放在阁楼上一个遗忘的盒子里，等着她再去发现。

芮妮打定主意，她要去听马歇尔的演说。之后呢，或许她会跟他说个话，也就是道声谢谢吧。她不能对他说的是，其实她知道自己是坚强的，但是她还是感谢他，因为他看到了她的强壮。除他以外别无他人，即便是父亲，也没有。

校园比芮妮想象的要大，她穿过的那一区印象中过去都是些小块儿的农地。学校变化真大，要进去校园时，她还错过了大门，只好绕道前面的校区，再掉头回来。停车场里标着各式的标牌，大多数都写着“预留车位”，或者“专用车位”。在开车绕行第二圈儿时，终于找到一块写着“访客车位”的牌子，她才可以在其他访客刚刚离开之后，把车停了进去。

走出车外，路依旧不好找。在停车场附近就有五六座建筑物，远处还有其他高楼。到处都是人，也不光是年轻的，人们肩上背着书包，手臂里夹着书，从一栋建筑物走向另一栋，有些裹着大衣窝在长椅上，有些挤在大门入口处吸烟。芮妮把报纸夹在腋下，往最近的一栋房子走去，在那里拦下一个和葛瑞丝年纪相仿的女人，给她看了文章，问她要怎么过去。女人朝中心大厦指了指，那是一座平顶建筑物，四面都是窗户。

进去之后，芮妮花了些时间等呼吸平静下来。她看了看周围，解开大衣的扣子。关于马歇尔的造访有张手绘的海报，下方有张签到单。一个壮硕的女人正在填单子，她的金发不太整洁。芮妮要走过去之前，先用手理了理自己的发型。“是要填这个才可以听考古演讲吗？”她发现画线的上方不单要填名字，还要写上电话、地址和电子邮箱。“我不知道这是要预约的。”

女人甩了甩笔，让墨水流到笔尖，写完地址。“不是，”她说，“这是给有兴趣去挖宝的人填的。”她转身对着芮妮，递上笔，“想去吗？”

“挖宝？”

“在亚利桑那，三月。我想应该是春假的时候。”

“你要去？”女人年过花甲，长着雀斑的粉色皮肤在沙漠中可能会裂开。

“这是我一直期待的事，”女人说，“我丈夫可能没什么兴致，但是我会对他说：‘没人要你去啊。’”她朝芮妮会心一笑，“孩子们都长大了。还有什么拦着我们呢，嗯？”

“我怕晒。”芮妮说，“我女儿倒是喜欢的，但是她手上的事又让她不能去。”女人热切地望着，让芮妮觉得应该解释一下自己为什么来这里。“我只是在报纸上看到这篇文章，有关演讲的。或许会有漂亮的幻灯片。我刚好有天假，所以……”

女人看了看表，然后俯身拿起一个大提袋。“这会儿，我们该进去了。”提袋口张开了，芮妮看到两本很厚的书，还有一个绿色的大活页夹。

“你在这里修课吗？”芮妮问。

“那当然。”女人回答，“一年三四门。我总觉得这里的课我都快修完了，但是每回拿到课程表，我都会找到一些看来很有趣的课。你呢？”

“我？没有。”芮妮说，“很多年前我曾在这里上过课，刚高中毕业的时候，这里还是专科。后来我又被迫休学。”她感觉到眼泪在眼睛后方涌动，便努力想着其他话题，免得再深说下去。

金发女人对此点点头：“我懂你说的。人生就是这样。”

演讲场地不是芮妮期待的礼堂，更像是个会议室，把课桌围在一起，形成一个开放的长方形。长方形的一端放了张木质讲坛，后面白色的屏幕已经拉了下来。没有可以隐身其中的听众，屋里只坐了一个男孩儿，二十来岁，看上去就是习惯户外生活的人。芮妮想找一个不引人注目的位置，但是即便坐在最远处，她离马歇尔也不过十二英尺远。

“这两个怎么样？”金发女人已经从椅子后方匆匆走过，来到正对着讲坛的位置前。

芮妮跟着走了过去。女人把包放到桌上，拉开一张椅子，开始脱大衣。

“我想说，”芮妮说，“我想最好在开始前，去一下洗手间。”

“啊，对。”女人朝她眨眨眼，小声说，“我也很怀念过去膀胱很给力的时候。”她把提袋放到旁边的椅子上，朝门口点点头，“左转。过五六个门就是。我帮你留着位置。”

洗手间里有好些年轻女孩儿，芮妮猜她们大约十八九岁的样子，拥在镜子前，检查着发型和脸上的妆，一边笑闹着。芮妮推门进了一个隔间，她伸手往包里找烟和打火机，但是转念她又懊恼地把它们丢回包里。在进来大楼之前，她至少看过四块“请勿吸烟”的标牌。

若是像十几岁的女孩儿一样，在洗手间偷吸烟被捉到，多丢脸啊。她努力地回想着，曾在电视上看过让人平静的练习。以前她从没试过，此刻她把提包挂在隔间门上，站直了身体，放松了肩膀，练习从腹部缓慢吐气，从一一直数到二十。吸一口气之后，再开始。到第三次时，她觉得这招奏效了，她不再颤抖，头脑也不再像游戏场上的转盘转个不停。

等到女孩儿们都走了，她才从隔间出来，把提包放在洗手间台子上。她洗了手，伸手去包里拿梳子，蘸了水，轻轻梳理一下头发。把梳子放回之后，她的手继续在包里摸索着陶土碎片，依然由软布包裹着。她花了几小时，在一个旧照片盒里找到的，那些照片都是在印第安纳波利斯照的，那两年快乐的日子，先是与莎莉、琳恩一起，后来很短一段时间是她自己带着琳恩和小葛瑞丝。她把陶土片放进口袋里，如果马歇尔需要提醒，她可以很快拿出来。再深吸一口气之后，她拿起皮包，走入大厅。

两个穿着夹克打着领带的男人从她身边经过。他们专注地讨论着，说到一个有图案的陶土碎片即便被带到几百英里以外的地方，但可以辨认出原来的制造地点。马歇尔的头发花白了，但是他的身体动作依然带着孩子般的热情。他和他的同伴转进了教室，芮妮粉红脸颊蓬头发的女友正满心期待地坐在里头。

所有的担心、疑问、疑惑还有傻气的幻想，刹那间都消失了，好像火箭发射时的燃料，烧尽了。

芮妮用手捂住嘴巴，免得笑出来。她很高兴自己终于可以见了马歇尔一面，看到了他，又没被他看见，满足了她的愿望。虽然没有期待中的事，但是这也就够了。

芮妮靠在墙上，从口袋里拿出陶土片，握在手中。也许有一天，她会把这个交到葛瑞丝的手上，告诉她："这是你父亲的。"那么葛瑞丝，她的宝贝女儿就会看到这个美丽的器件，虽然它是打破的、等候重新黏合的。芮妮扣上衣扣，开始往回走，她的脚步很轻，有点儿飘浮的感觉。这些要怎么解释给莎莉明白？“我顺着感觉走的。”她会说，就这样吧。

出门后，她把提包的肩带拉高了，腾出手来和一位年轻女孩儿打招呼，女孩儿刚进大楼，大概也是要去听马歇尔的演讲的。“你可以告诉我招生办公室在哪里吗？”

“就是旁边的一个门。”年轻女孩说，“一楼就是。很容易找的。”

“谢谢你。”芮妮说，完全没有意识到她的脚步已经离开年轻女孩儿了，她的话是对着空气说的。“非常感谢。”

第二十三章

家事法庭

二〇〇五年十月
印第安纳州，印第安纳波利斯

琳恩

这一集的《早安美国》对她不友善，但是琳恩觉得比想象的还好一点儿。她以为还会更糟的。就她来看，制作人完全无意隐瞒他们的偏见，向着领养父母这一方，这个主题他们已经用了两集来做，长腿金发的主持人靠着颤抖的母亲，用温暖磁性的南方口音，问道："如果可以的话，请你告诉我们大家，丽娜，知道二十四小时后，布朗迪特法官将命令你把孩子交还给她的生父，这是什么样的感觉？"

这个问题是预先安排好，就是要让女人崩溃，倒在丈夫怀里哭泣。丽娜说："她是我们的女儿……她是我们的女儿。"主持人等了五到十秒，镜头及时捕捉到她脸上的表情，仿佛分担着受访者的痛苦。然后主持人又问她的先生："凯斯，你如何教女儿来面对这些的？你如何对一个四岁大的女孩儿说，她必须离开，以后和从未谋面的人生活在一起？”

凯斯·霍德重复了他昨天在法庭上最后诉求中说过的话，不过在电视上他说得更感性一些。他说对孩子的生父朱利欧·奥蒂斯，他没有恶意，他很敬重他参加过阿富汗的战争，他也相信朱利欧会疼爱朱利安的，会是一个好父亲，从一开始知道有女儿，他就表现出了父爱。对朱利欧受孩子母亲的欺骗，凯斯也感到遗憾，但是这个女人对前情人扯的谎，并不影响霍德对朱利安的权利，朱利安从五周大就开始和他们生活在一起。

在家私底下的时候，琳恩会对萨姆抱怨，法庭上的公众观点都受到电视新闻的引导。但是一到众人面前，她知道要保持愉悦而专业的扑克牌脸，供媒体拍照，进出法院时，还得点头朝他们打招呼。《早安美国》的一个实习记者也打来电话，想听听她的看法。她当然什么都不能说，这点实习记者也该知道，但是琳恩了解这些节目制作人的，他们只要诚实地说出“对我们的采访，布朗迪特法官拒绝提供意见”，就一方面暗示他们的公正，一方面也挑起了舌战。

萨姆陪在她身旁，递上一杯咖啡。“他们又把你塑造成梅里迪恩街的怪兽了？”几天前，当媒体开始暗示琳恩在这件案子上表现出对生父相当的同情时，一家地方电视台的记者就宣称，支持霍德的抗议者称琳恩为“怪兽”。当时的画面是梅里迪恩街的路牌，正面是法院大楼，琳恩正大步走进法院里。之后，这个绰号就在网络上流行起来。虽然琳恩没看到，她也不会看到，她的女儿泰勒却告诉她，在YouTube上有段讽刺短片，说的是琳恩从一个微笑着的中年家事法官变身成为穿着军服的断齿怪兽，和一个戴着圣诞节廉价假发的男子，砸毁了一家乡间小屋的门，用他们的攻击武器对着一对美满的夫妻，把一个尖叫的小女孩儿拖到黑暗中去。

“不，不，”琳恩说，啜了一口咖啡，对丈夫眨着眼睛说，“这是一个有品质的新闻台。”

萨姆抚了抚她的肩膀，低头吻了她的额头，用手指拨开她的发根。“连一根灰发都没有，法官大人。”

“他们说我在其他案件上，都偏向领养父母一方，”琳恩说，“但是他们又说这回的案子类似代理怀孕的情况。他们说我曾热心于社会运动，找来我大学时的照片，挥着标语要求改革移民法，然后他们暗示我可能因为政治因素的考虑，审判时偏向拉丁裔的生父。”

“政治考虑？为什么？他又不是移民。难不成他们以为，少了拉丁裔的票，你就当不上法官啦？在印第安纳州？总共不也就是百分之四的人口吗？”

把咖啡放在桌上，琳恩拉着萨姆在沙发上坐了，把脚抬起来放到他腿上，让他按摩一下。“他们就是爱无事生非，向来如此。”她说，“这样观众才不会转台去看有线电视新闻。”她身体后仰，眼睛合上，萨姆揉捏着她小腿上紧实的肌肉时，她伸直了腿。“是的，他们一定会提到泰勒是收养的事。而且他们也找出了我爸爸，与他隔绝多年后，我才找到他。他们立马把这事扭曲成法官有偏见的证据。”

如果这就是他们想找的理由，琳恩想，他们把她想得太简单了。虽然朱利欧·奥蒂斯是孩子的生父，如果单是为他着想，她就得眼看着朱利安·霍德离开疼爱她的双亲，离开他们的怀抱。这一画面单单想象一下，就激起了琳恩儿时的梦魇，朝即将消失的父亲，哭号着挣扎着。

这些媒体人太忙碌，总是简单猜度别人的动机只是为了在竞选中得利，如果他们了解到琳恩在早年里所做的努力，在抚养权方面对报复心更强的一方，尽量做出公正判决，他们会作何感想？通常是母亲，她们想要完全切断孩子与父亲的联系。只有两三次，有证据显示和父亲在一起孩子的安全确实有问题时，琳恩才完全依照母亲的诉求来判。大部分的时候，她都判得比较公平稳当，至少另一方有探视权，通常是双方共同抚养，虽然有时候，她也有些疑惑，自己是否做得对。因为愤懑的一方，可能有致使他愤懑的原因。

电话响了，琳恩说："是我妈打来的。"

萨姆朝沙发尾端的桌子倾身过去，看了看来电人名显示。"是的，"他说，"我可以说你不在。"

琳恩伸手去接话筒："我还是赶快接了吧。"

芮妮等听到琳恩的声音之后，才开始说话："别跟我说，你要把孩子从她父母身边带走，交到那个墨西哥人手上。"

"他不是墨西哥人，妈。他是美国人。移民第三代、第四代了。而他是孩子的父亲。"

"我看了电视新闻，听了他说话。"芮妮说，"我不信他是真的想要孩子。他只是要引起大家注意，他想让每个人都觉得对不起他，因为他去过战场。"

"好吧，如果他想要的就是这个，那么……"琳恩及时控制了自己，一方面气自己怎么又跟母亲进行意气用事的争论，"瞧，我不想说这个案子，为什么每回我都要解释我是怎么判案的？”

“噢，你只要告诉我一句话，”妈妈的话好像刺一样，让琳恩不舒服，“如果别的法官现在要把泰勒从你身边带走，你会怎么做？”

“根本是两回事嘛！”琳恩说，感觉到身体僵硬如铁，“那个妈妈，你该知道，吸食毒品。而爸爸，要等泰勒上硕士，才会从监狱里出来。”

“那么我们来说说这一桩，”芮妮继续说道，“你觉得像朱利欧这样的男人会照顾小孩儿吗？部队里要送他上伊拉克去。”

“我真的不想再谈了，妈妈。”琳恩的拇指一压，芮妮便蒸发了。至少现在是如此。琳恩知道，最终还是要为自己的粗鲁去道歉的，她阻止母亲的方式向来不手软。但是这需要时间。或许等她打电话给秘书，问有没有留言时，她可以对秘书说，买些花吧，白罂粟，如果找得到的话。期待和平。

尽管如此，但是她的妈妈——一个典型的美国电视观众，她提出的问题正是嗜血的媒体可能穷追猛打的。因为他们已经提到领养泰勒的事了，或许他们接着就会猜测，琳恩是不是得到某些消息，才领养了一个不会被父母再收养回去的小孩儿？还是他们会研读当地消息，发现她领养的是一个处境堪忧的大小孩儿，而对她宽和了些呢？

这些公众，这些政治，其中任意一样都可能触动情绪的钟摆，现在她的脑中钟摆就在摆动。不，这画面几乎和YouTube上的短片一样荒唐。就媒体现在对她的印象，设想有个记者会盯上一些事，质疑琳恩和萨姆收养泰勒理由并不单纯，也不为过分。

她的妹妹不是也暗示过这点吗？打小女孩儿的时候起，她和葛瑞丝之间的话就不多，即便说话，也是简短而不甚友善的，但是尽管如此，琳恩自己还是觉得葛瑞丝会祝福她收养了一个孩子，因此她打了电话过去。

对方一阵沉默，这设定了之后的说话气氛。“你们收养了小孩儿？”葛瑞丝终于说话了，“哇，真是恭喜啊。”

现在换成琳恩沉默了，葛瑞丝得想想自己的反应是否得当。

“我的意思是说，”葛瑞丝结巴了，“我只是很惊讶，我不知道你们想要孩子。”

“萨姆和我婚后就一直想要个孩子，”琳恩说，因为太生气而把原本根本不会对葛瑞丝说的一下都说了出来。“有些事不该发生的，我们俩都觉得不对，一方面我们尝试试管婴儿，代理受孕，另一方面很多孩子想要有个家。”

“这么说也是有道理的，”葛瑞丝说，但是依然未被说服，“但是为什么选上这个孩子呢？我是说……”葛瑞丝的声音变得轻松一点儿，“我知道要领养的名单很长，难道他们不会把法官的名字往前提一些吗？”

“我不会利用职位之便的。”琳恩厉声说。

虽然葛瑞丝结结巴巴想表达个道歉的意思，但是她的话还是惹恼了琳恩。妹妹提这些，不管是出于真心，还是出于开玩笑，其效果都一样。事实是，在开始考虑要收养时，琳恩就仔细权衡过她的选择。健康的白种小孩儿不多，而他们夫妻也远远不是处于无可挑剔无以匹敌的地位。任何一个必须与原生父母争夺的收养都是无意义的，这点琳恩在法学院时就明白了。再说，他们的影响力，难道萨姆可以谎称他不是印第安纳州最抢手的人权律师，她可以假设自己不是新当选的法官，因而也是媒体关注的对象吗？如果他们借着公众地位之便，可能会让收养更不安全。所以他们一致决定，收养大一点儿的小孩儿，三四岁的吧，或许更稳妥些。他们也愿意收养混血儿，这样可能机会大一些。他们也聊过，收养泰勒对非白人小孩儿收养率的影响。如果他们的行动可以唤起大家对有需要领养小孩儿的专注，那么影响是愈大愈好。这有什么不对吗？

这些她该对葛瑞丝说的，她却没有说。长久以来，她老是觉得葛瑞丝忌妒她的成功，今天证实了。可怜的葛瑞丝，生活在那个破旧的小房子里，疯狂的越战老兵杀了自己的马，又朝自己头部开了一枪，把她留在那里。妹夫死后，葛瑞丝该给自己的生活来点儿改变的，至少去上个学吧，连妈妈都重回学校了。这些年里，琳恩对妹妹讲过两三次了："学费方面我和萨姆可以帮忙的。你可以学个平面设计，或者建筑方面的。"但是日过一日，葛瑞丝总是说谢谢，却丝毫没有考虑她的提议，说她满足于每天种种菜，钉钉马掌，还有制造铠甲的生活。铠甲啊，我的老天。

琳恩决定打电话给葛瑞丝，告诉她泰勒的时候，她很期待和妹妹分享整个故事的：她如何去了孤儿院，只是填些询问单，没想到泰勒从角落望着她，目光几乎穿透了她，那双深褐色的眼睛几近黑色。对这突然降临的爱，琳恩完全没有抵抗力，她告诉萨姆已经找到孩子了，那时她还不知道女孩儿的名字和年龄，什么都不知道，但是知道这孩子是属于她的。

琳恩从未感受过如此平静的激情，在这种情绪之下，让她对萨姆说出，如果他不同意，她就要离开了他。“她可能是我们的，或者是我的。”琳恩说，没有任何的怨怼，只是陈述了一个事实。“我要她要定了。”

萨姆是爱琳恩的，所以接受了琳恩的决定，去见泰勒的时候，他也爱上了小女孩儿，当时小女孩儿的名字还叫泰娜瑞娜，由她的菲律宾母亲和黑人父亲取的。一切都还顺利。

琳恩重又调响了电视的声音。《早安美国》的来宾排坐在沙发上，谈论着她的案子。

“嘿，宝贝儿，”萨姆说，玩笑着捏了捏她的脚，“今天早上你可是茶水间的话题主角啊。”

“为我欢呼一下吧。”

现在他们讨论的是，如果朱利欧·奥蒂斯得到监护权，朱利安对霍德一家的记忆，他要如何处理。这也是葛瑞丝提过的一个问题。

“你说那个小女孩儿什么？五岁？”

“是。”

“那你要怎么办？”葛瑞丝的声音带着试探，“我是说，你有没有想过如果她想起一些事？”

“你在说什么？想起什么？”

“她以前的生活，”葛瑞丝说，“她真正的父母。”

“我和萨姆就是她真正的父母。”

“琳恩，你知道我想说的。她一定记得什么的。不管好坏，你得想好如何和她谈谈这方面的事。想想你的感受，你记得的。”

“我当时比她大，那不一样的。”

"琳恩……"

此后有一年的时间她都没跟葛瑞丝说话，直到圣诞节在母亲家聚餐时，只是礼貌地应酬一下。还好相聚的时间并不长。打开礼物之后，葛瑞丝打定主意要教泰勒玩儿旋转球，好在玩儿到第二轮时，时间就有些晚了，琳恩便说："我们该说再见，要回印第安纳波利斯了。"

现在泰勒十五岁了，可以调整自己了，对她说出真相也轻松一些，而对琳恩来说更轻松的是，当初她的判断是对的：五岁的泰勒，还太小，不记得之前的生活细节；而朱利安呢，才四岁大，如果琳恩把孩子判还给奥蒂斯先生，她会很快忘了在霍德家的日子。

但是这里有另一个因素需要考虑，就是《早安美国》的记者问霍德的："如果你没得到监护权，你会上诉吗？"

在宣布任何裁决之前，琳恩掂量了一下她的判决被高等法院驳回的可能性，如果发生在朱利安·霍德的身上，问题就很严重。因为如果她把监护权判给奥蒂斯先生，那么霍德家想要回女儿，就得等上好几年的时间。在这几年的时间里，朱利安可能已经习惯了新生活，而几年后她又要离开一回，第一回是在四岁，第二回在七岁，就和妈妈第二次让琳恩离开父亲的时间一样。第二回的分离可能造成双倍的伤害。

这么些年过去了，琳恩对父亲最深切也最亲切的印象就是在孩提时候，克服了开始的恐惧，以孩子的直觉认识到父亲真的需要她，他们相处的那几个月。她多么庆幸自己是那么小，需要抬起头来望着父亲俯身递给她冰淇淋甜筒，父亲把她举在肩头看游行队伍，在玩儿累了之后，父亲毫不费力地把她放到车后座上，好像父亲是故事书上的巨人，专属于她一人，伟大而温和，只为来照顾和保护她。

上大学的时候，和男友德雷克第一次去塞勒，德雷克问她：“如果我们找到他，你究竟想从他那儿得到什么，琳恩？”她如果告诉他自己对父亲的执迷的话，一定会被他取笑的，甚至他们可能在车上立马分手。德雷克和她一样，是个理性的人，相信事证后头的逻辑，正是因为这点他们才在一起的。

“我已经听到我妈这边的说法，”琳恩说，“现在我想听听我爸的。”

但是站在父亲家的门前那一刻，感性压倒了她的理性，之后的几个月里她又去过三四回，直到毕业的那一年，依然如此。然后转眼间她就去念法学院，空闲的时间更少了，在三年时间里她去看过父亲五次。之后，她去印第安纳波利斯实习，又留在律师事务所工作，她一周工作七八十个小时，以证明自己是个好搭档。就这样过了很长时间，她才有时间理智地想一想和父亲的关系。

一开始的时候，因为芮妮阻隔他们见面，这个共同的痛苦将他们相连，但是过了一阵，琳恩意识到母亲不再握有这个权利时，她的怒气消了，同时和父亲之间的纽带也随之消失。不管哪次见面，开头的几小时兴奋过去之后，他们便没有话题可以聊。父亲对政治没兴趣，他不看新闻，也不订报纸，而琳恩觉得要叫她再看一场赛车，或者听着父亲重复一遍喂看家犬吃到爆的白痴故事，她会疯了。她看得出，讲到她的学业父亲没半点儿兴趣，即便是她将以最好成绩毕业于法学院，父亲也很漠然。而同样的消息却让母亲在两天的日子里都哭哭笑笑，尽管琳恩去找父亲让母亲不开心，但是那个夏天遇见任何人，即便是先前母亲不跟别人说话的人，她也要谈起自己了不起的女儿，将以第一名的成绩从大学毕业。

琳恩录取到法学院念书时，父亲非常惊讶，他说律师让他想到白蚁，靠着被风雨刮倒的树木为生。“好吧，”她对父亲说，“录取也没什么，根本没钱交学费。”法学院也提供少量名额的奖学金，她递上申请，但是就她的调查，奖学金很少发给出自劳工家庭的女学生。她上大学的费用，就是什么演讲比赛的奖金啊，大学提供的少量奖学金，当地市政府的，还有电力公司提供的奖学金啊，东拼西凑来的。差额是外公取了战争津贴来补足的。而日常的生活费用，是妈妈挪用了存着想要买房子的钱。

“这个我来帮你张罗。”父亲对琳恩说，但是他说的好像是要买给女儿一个她想了很久的玩具，而不是欣赏她的抱负或聪明才智。一两年后，因为有回和妈妈争执，她感到不安，才从外婆那里知道，为了筹琳恩上法学院的学费，妈妈花了好几个月的时间，跑遍了南印第安纳的所有银行，当然都没有如愿。

但是不管怎样，父亲是我的，琳恩对自己说，依然固守着八岁小女孩儿的心思。父亲是我的。她不用和葛瑞丝分享，如同她要和妹妹分享妈妈、外婆、外公一样，而且知道，他们永远永远地更喜欢她的小妹妹。虽然现在想起来，特别是想到她爱萨姆也爱泰勒，就觉得不好意思，但是年幼的她，却很高兴找到一个属于自己的父亲。他们彼此需要，她相信，这种需要会把他们联结在一起。她和父亲是家人，她相信只要假以时日，他们可以了解内在的秘密的自己，以证实他们是真正的家人。

琳恩在等待着，一回又一回去看父亲，她在等待着，父亲会告诉她，自己是怎样的人，真正在意的是什么。有一回她也激了他一下，描述了一张她依然记得的照片。照片上，她站在摩天轮的前方，还有父亲与另一个男人，那个男人在她头脑后方伸起两根手指，做出魔鬼角。

“他块头很大，我记得，好像一头熊，”琳恩说，“我想，我是有些羡慕他的。”后面的“嫉妒恨”，她就不敢直接说出来。

“一定是弗农，”爸爸说，“好人一个。”他在椅子上移动了一下，朝琳恩的眼睛里望了一会儿。“因为他，你才坐在这里，还活着。他会做口对口人工呼吸，我们把你从河里捞起来之后，他让你回过气来。”他喝了口啤酒，看了看表，“还有一分钟比赛就要开始了。”他准备起身，琳恩拉住了他的手。

“他怎么样了？弗农？你们还见面吗？你们是……朋友吗？”

“几年前失踪了，”父亲说，“有一天，他从镇上消失了。”

他便没有再多说什么了，当时没有，之后也没有。他们在一起的日子里，他都不提这事，即便是在最后一年，父亲病重了，琳恩让他搬来印第安纳波利斯，方便照顾，父亲也没有说起他和弗农，他和母亲，或者和其他人之间的关系。父亲去了，琳恩永远也无法知道他是不是个喜欢男人的人，就像多年前加油站的服务员和德雷克说的那样，还是这只是个谣传呢，一句谣言让他没了工作，没了朋友，没了女儿的抚养权，仅仅因为一句话。

这些年来为了亲近父亲，已经在她和母亲之间造成隔阂，时不时地，这些伤口还是会疼痛。有一回，琳恩在一张白纸上画了道黑线，在左边一栏写上妈妈，右边一栏写上爸爸。她想写出来，看清楚，自己的哪些部分，天性、向往、成就，来自于哪一方的长辈。但是她想来想去，在父亲那一栏下只有法学院一项，看到这个她就愤然把纸条撕了。虽然得自父亲的遗传一定是很多的，如果没有这些她或许就不是现在的自己了，但是她还是忍不住好奇，如果是在父亲的屋檐下长大，如果由他抚养和监督，她还会在乎学业吗？除了乡野的泥土之外，她还能想象怎样的未来呢？

琳恩想象着如果朱利安·霍德长成十八岁的大女孩儿，面对想把她占为己有的独断之爱，要如何抚平爱的伤痕，一方面要满足法院判给她的父母，另一方面要与失踪的家人保持联络。

萨姆弹了一下琳恩的脚拇指，引起她关注："还要按哪里吗，法官？"

琳恩把脚放回到地上，吻了一下萨姆的脸颊，感谢他的按压："我得去写判决书了。"

她关上了书房的门，敲了一下键盘，结束计算机的睡眠状态，拿出标准拍纸簿，在窗前的位置上坐下。窗前有棵橡树，他们曾在上头为泰勒做过一个树屋，飘来的乌云让橡树的红叶子色泽变深了。如果下场雨，大部分的树叶明早就会落到地上。真有趣。那时他们还沿着围篱种了好些玫瑰，让花香可以飘到树屋里，她不记得看到过泰勒待在树屋里，但是她倒是听泰勒和朋友很怀旧地提起树屋。琳恩怀疑，现在泰勒会不会有时还是抱着书，去树屋里，或许已经太大了，不去了。

在拍纸簿的最上方，琳恩写下了奥蒂斯与霍德的名字。她把笔端放在纸上，却想不出第一句话该怎么写，更不要说之后的。

霍德夫妇是好父母，至少也没有反面的证据。霍德的律师却抗议说，奥蒂斯不适合抚养小孩儿，首先，对错误的出生证明他无法立即提供反驳文件；其次，他未婚，而且还在军中。律师提出这些理由，还不是没其他话可说。奥蒂斯的律师证明，他的当事人是在收到卡西·路克伍德一封讽刺意味的电子邮件之后，才知道卡西怀了孕，在他前往阿富汗数月后，她生下了女孩儿，并且在孩子出生两天后签字放弃了抚养权。琳恩研读了电子邮件的内文，真实性部分路克伍德在做证时也说明了，她还戏称，给女儿的名字取作胡里奥，在出生证明的生父栏上却写着另一个男人的名字，这是叫她最痛快的事。另一个男人不过是曾经在高中学校的公共空间遇见过。

收到路克伍德的电子邮件之后，身在阿富汗的奥蒂斯立即竭尽所能，虽然所做的也不算多，他找到律师安排测DNA，在近三年里，验出六回报告，有些是在美国验的，有些是在海外验的，每一张报告都显示，就统计学来看，他是朱利安的生父。奥蒂斯是个聪明而有条理的人，他留下了每一样联络证据，纸本的和电子版的，以证明他从一开始知道有朱利安，就开始努力争取抚养权，那时他还不知道卡西在出生证明上作了假。

奥蒂斯甚至还可以打印出好几封电子邮件，证明他对路克伍德说过好几回了，他想成个家，生很多孩子。奥蒂斯的律师为他争辩说，路克伍德因为怀恨奥蒂斯在上前线之前和她分手，以不告诉他有身孕作为报复，直到后来才说，已经太晚了。

尽管有前述证据，但是奥蒂斯二〇〇三年回印第安纳时，霍德一家还是屡屡拒绝了他要与朱利安见面的请求。他们合法化拒绝的理由是，说朱利安会依赖上奥蒂斯，而奥蒂斯在一两年里又要出征。对此奥蒂斯一方的回应是，由父母出庭证实，虽然奥蒂斯最想做的是海军，但是明年春天军队服役期满，他便不再上前线。

不过奥蒂斯并不如他律师所描述的那样，是个无可指责的落魄英雄。在卡西·路克伍德之前，他也交往过其他女孩儿。而在和卡西交往的同时，他还同时与另两个女孩儿周旋，让她们觉得他打算娶她们。而他的军旅生涯也表现平庸。他素有麻烦制造者的名号，怨言多，举止处在冒犯上司的边缘，也常把危险的任务推给其他战友。虽然庭上来做证的军人没有直说，但是琳恩也看得出来，如果不是在打仗，部队根本不会再征召他回去，而他决定明年离开队伍，也不尽如他所说的，是自我牺牲。

以她个人对他们的了解，琳恩对霍德一家的印象要比朱利欧·奥蒂斯的好很多，尽管他们不让朱利欧父女见面这一考虑错了，但是琳恩是理解他们的。只要能够保护泰勒免受伤害，她也不惜违法。或许当初妈妈也是这么想的。

但是这个案子不是好人坏人，或者什么感受的问题。作为法官，琳恩不能把爱作为选择的依据。唯一要考虑的是事实，因为并没有证据显示朱利欧·奥蒂斯是个十足的坏蛋，或者说他会虐待小孩儿，卡西·路克伍德的决定罔顾了奥蒂斯的权利，琳恩的责任是要把这一权利交还给他。

她听见门下纸条塞进来的声音，瞥见泰勒亮闪闪的紫色指甲。

“宝贝儿，”她叫道，“泰，是你吗？”

门打开了一点儿，泰勒朝里望了望：“我不想打扰你的，只是想你看一看葛瑞丝阿姨的邮件。”

琳恩把拍纸簿和笔往座位上一放，转过脸等心情平静下来。她非常生气，但是不想让泰勒认为是她打扰了她。

“她说了什么？”琳恩站起身来，示意女儿直接进来。

泰勒照着做了，修长的脚小心地踩在地上，好像怕弄出声音。女孩儿捡起纸，递到琳恩面前：“她只是说很想念你，想送你把宝剑，帮你获胜，如果你也想要的话。”

琳恩紧紧闭着嘴唇，望着手上的纸，却没有去看上头的字。

“我想她的意思或许有些古怪，”泰勒说，“每回事情严重的时候，葛瑞丝阿姨总是这么说。她还说，她觉得你是个好法官，一定会判得很公正的。”

“我不知道你和她有联络，”琳恩说，“她给你写了很多信吗？”

“我想想，一周也就一两回吧。”泰勒谨慎地望着琳恩，在掂量着该说多少次才好。如果她可以如此控制自己，那么长此下来，她有望变成一个好律师。

“你记得去年圣诞节的时候，她告诉我们她的网址吗？有一天我上去看了看，写邮件给她说我喜欢。你也该去看看的。”泰勒说，不再拘泥于言辞，声音也变高了，语速也变快了。“她那里陈列了很多东西，你可以选一个和你身体相似的，当然喜欢哪一个就选哪个，然后可以放上你脸部的照片，再拖一些铠甲上去，就可以看出你是怎样的骑士。”

“真的？”

“很有趣的。”泰勒又开始兴奋起来，“我喜欢葛瑞丝阿姨。去年春天我写《高文爵士与绿衣骑士》[1]的文章，她帮了我很大的忙。高文出发去探险时，有很多对他配备铠甲的描写，还有他的马具啊什么的。”

琳恩点点头，好像她了解一样，其实她完全不知道。谁是高文爵士她都搞不清。“我也可以帮你的。”

泰勒往下看，把手指插在黑色的短发里。她还是个小女孩儿的时候，就这样了，每回觉得尴尬，便低下头，把因为尴尬而颜色加深的奶油色脸颊藏起来。“我不喜欢问你。因为，你总是那么忙。你总是像现在这样，有那么多事要做。”泰勒开始哼哼唧唧地说话，这是另一个害羞的表现。

琳恩从桌上拿起一个活页夹，翻阅着：“所以你的文章是关于什么的？”

“你说高文爵士的那篇吗？葛瑞丝阿姨解释了每一片铠甲，它们为什么重要，这些设计显示了他是如何看待自己的，她还解释了绿衣骑士怎么就不穿任何铠甲，铠甲不是衣服，是一种防护。总之，启发我写了文章。昆廷老师真的很喜欢。他说，其他同学写的都是他在课堂上讲过的。”

“好吧！”琳恩说，打开书桌上的银色盒子，看看阅读眼镜有没有放在里面。没有。“我很高兴葛瑞丝的职业总算有了点儿价值。”

---

① 英语韵文浪漫诗的杰出代表。创作于诺曼时期向新时代过渡的十四世纪，它的题材属于亚瑟王和圆桌骑士的传说。

“噢，你该看看她的那些标价。看一个头盔就好。她说，做一个要很多道工序的。连蹄铁的工都要先摆一边儿，就是帮马钉马掌，除了少数几个老顾客她才做。”泰勒的手依然抓住头发，但是她努力展现出微笑来，“你该答应她，让她做把剑的，妈妈。听起来就很有价值。”

琳恩把妹妹的信折起来，用手压出一道折痕：“谢谢你把信带给我，宝贝儿，我现在真的要写判决书了。”

泰勒望着地上，又开始哼哼唧唧起来。那是什么调子？

琳恩听到第二句时，她就想起来了。这是泰勒编出来的一个小调，和着小调哼着她的名字泰娜瑞娜，就是一首摇篮曲。在把女儿领养回来之前，琳恩和萨姆就教导她把自己当作泰勒。这也是为她自己好，他们说，若是依然叫泰娜瑞娜，在入学之后，这只会把她变成一个外人。能够适应融入周围对她来说是很重要的。琳恩还记得自己曾与同事夸耀，泰勒喜欢她的新名字，一叫便马上答应，而且很高兴地戴着刻着泰勒字母的吊饰。几个月后，有回保姆不在，琳恩经过泰勒房间时，听见一个模糊的曲调。她以为是泰勒小声地开了音响，所以开了门，进去查看一番。声音是泰勒发出来的。她蜷着身体，面对着墙壁，床单拉到眼睛上方，她随着歌声摇着身体，自己哼唱着：“泰娜瑞娜……泰娜瑞娜……泰娜瑞娜。”琳恩走出房间，关上了门。这一幕她没对萨姆说，也没对任何人说。

现在她又听见了这个曲调，泰勒轻轻地哼着。

“我得去学校了。”泰勒说。她转身准备离开，走两步又停下了，转头问道：“你要把她还给她爸？妈妈？”

琳恩张开手臂，把泰勒的肩膀搂在怀里，望着女儿黑色的深邃眼睛，她说：“我也想告诉你，宝贝儿，但是我不可以说。你得从新闻上知道，和其他人一样。”泰勒伸手想要抓头发，琳恩握住她的手，放在自己手心里。“这么着，你想一想，”她说，“如果你比奥蒂斯和霍德一家先知道，这样对吗？”

眼泪在泰勒眼中打转，她又望着地上了，摇了摇头。

“好啦，没事，”琳恩说，“去上学吧，我们晚餐时见。”

门关上之后，琳恩坐到桌前，她的计算机又进入休眠状态。她敲了一个键，这回就直接写在计算机上，卡住的时候，再回去纸上写。

或许她该预料到有人会诋毁她的，她该从职场隐退，就以照顾家庭为由吧，这是别人质疑不了的。她下周就来和萨姆谈谈吧，等媒体忘了朱利安的案子，忙着追逐别的话题时。那时再和萨姆谈谈，就像她每回质疑自己时一样，他会说隐退对不起大家的信任。当然，他说得对。她不能一退了之，不能这样，不能对把她放在法官位置上的人做出这样的举动。

第二十四章
团聚

二〇〇七年六月
朝圣者的最后一站，印第安纳

贝蒂家的女眷们

芮妮在路口停了车，该往右转，经过栅栏后白底褐色花点的奶牛呢？还是往左转，从齐脚踝高的玉米田间走呢？

“你把地图放哪儿啦？”琳恩说，手在座位间的空隙摸索着，“我们要永远走不出这儿了。没路标。葛瑞丝应该到高速公路边上来接我们的。”她用力按着手机的按钮，“没人接。有得瞧了。”

“我确定是这条路。”芮妮说。她往奶牛的那边转去，虽然她并不十分笃定。肯恩的葬礼之后她就没来过这儿了，大概有十二三年了。在此之前，朝圣者的最后一站她也只去过两回，葛瑞丝住的屋子远在乡野，唯一的好处就是自她来这里快二十五年了，这里几乎没什么变化，一处被开发者完全忽略的地方。芮妮发现自己在转弯时朝奶牛点头，她怀疑奶牛其实是在看玉米苗，大概在密谋着想要打开栅栏的门，去大吃鲜嫩多汁儿的幼苗吧。

“我确定我穿错鞋了。”琳恩说，低头看了看她的绑带高跟鞋。

泰勒从后座倾身靠前：“妈妈，我就跟你说了要穿平底鞋或运动鞋的。”

“我没有平底鞋，也没有运动鞋。”

琳恩依然对女儿很生气，不过更让她气的是妹妹，想出这么一个家庭团聚的计划来。几个礼拜前，周六早上用餐时，泰勒突然提起说：“葛瑞丝阿姨想找大家聚一聚，庆祝我毕业，还拿到了奖学金。”

这句话里让人生气的地方很多，琳恩不知道该从哪里反驳起，而且这里的大家，后来证实还包括爱玛姨妈和莎拉，那对祖孙。在琳恩脑中，他们算不得是家人的。在表弟米尔顿和他妻子被捕之后，他们曾一起过了一个圣诞节，再之后他们就没见过面。当时琳恩用手提箱带了礼物来，她在多余的一间卧室里包装礼物时，爱玛走进来，关上门说道：“我要你告诉我，怎么样才能在法律上得到莎拉的抚养权。该做的每一步。”

琳恩一慌脸都红了。几天之前，她刚刚被列名为法官候选人，这消息只有萨姆知道。如果她帮爱玛，不久她的政敌就会发现米尔顿的事，只消几个精心策划的广告或演说，把她的名字和米尔顿扯到一起，她的前程就毁了。琳恩转身背对着爱玛，开始收拾地上的纸屑和彩带，机械地说着州里的法律和规定，还说每个州的细则不一样，对另一个州的案子她无法提供准确意见。她最后说道：“我会让我秘书打电话给你，让她把你家附近的家事律师名单列给你。”

爱玛并没有就此停住。“那个我上黄页电话号码簿找就好。”她说，琳恩手臂下夹着大大小小的礼物，要走出门去时，爱玛堵在门口：“琳恩，你欠我一份人情。如果不是我，你找不到你爸。”

这样琳恩只好尽力。圣诞假期过后，她用半天的时间把自己关在办公室里，和律师朋友联络，终于为爱玛找到一个辩护律师。

之后，她就成了影子顾问，研究俄亥俄州律师传真来的文件，在电话中提供意见，小心不在纸上留下痕迹。尽管后来事事顺当，她的选举没有传出什么不当传言，她以百分之六十二的得票高票当选，她还是不能原谅爱玛用有恩报恩的老观念来挟持她。从那个圣诞节后，她始终没有和爱玛见面，戈登姨父过世的时候，她也只送了鲜花卡片。那时莎拉还是小宝宝，现在该十三岁了。一个完全的陌生人，见了面，也不知该说什么。

葛瑞丝也让她感到同样疏离，妈妈纽曼家的圣诞，她三年才出现一回。总是说，在外头过夜时，找不到人照顾她的牲口。“如果你打算在你家办圣诞聚会，”几年前葛瑞丝对她说，“我就可以当天来回。单程只要一个多小时，就到了。当然如果你想来我这儿，随时都欢迎。如果遇到下雪，我们那儿可漂亮了。就算下雪，开车也不是很困难，除非刚刚下过。我们那里铲雪车是很勤快的。”

葛瑞丝就是太自以为是。刚刚一番话，先是邀了自己去印第安纳波利斯，又暗示了大家顺从她复杂的生活。葛瑞丝到底懂不懂什么叫复杂？就像现在这个聚会。她怎么有胆为泰勒拟什么规划？这两个人最多算得上彼此认识而已，不就是在脸谱网上留一留言，打通电话什么的？泰勒有个不切实际的梦想，就是要当作曲家，琳恩一直怀疑葛瑞丝鼓励了小女孩儿的梦想，现在证实了这一猜疑。琳恩和萨姆都认为，泰勒会走出这一梦想的，就像小女孩儿都会长大，都会认识到她们不是公主一样。所以他们两个人努力工作，积攒了大笔学费，可以让泰勒去上任何一间她向往的学校。尽管泰勒不断重复她最最在乎的是音乐，但是她每一科成绩都名列前茅，她以很高的分数从高中毕业，可以考取任何一所大学。这些证明了，泰勒是懂事的，总有一天会走上正途的。

泰勒跑进屋子里来，尖叫着，手中挥舞着州立大学的入学通知。尽管琳恩挤出笑脸来，吻了女儿一下表示祝贺，泰勒一定看出了她的失望。“这是作曲专业的顶尖学校，妈妈。他们很少接收大学生的，但是这回却选上了我。”

之后，只剩下琳恩和萨姆两个人时，萨姆说：“还真糟，法官。这是那些不需要学科成绩的艺术院校。”接着萨姆把她搂在怀里，笑道，“别忘了，我曾想当个健身房教练。”想到萨姆穿着过紧的短裤，在教引体向上，而不是解释公平雇佣法，琳恩笑了。“我们就给她一个机会，”他说，“她也可以接触到其他课程，她会找到其他感兴趣的事的。”

萨姆说得对，先上了大学，有机会找出自己的潜能，这会把泰勒引到正途上，过上一年，泰勒会转入更适合她天分的地方去。但是这不意味着琳恩会原谅葛瑞丝的瞎搅和。为了分散泰勒想去参加葛瑞丝聚会的热情，她说道：“我们也可以找大家来这里聚。场面你想要多大就多大。”她不理会女儿失落的眼神，葛瑞丝不过是耍耍花样罢了，琳恩轻松地说：“想请谁都可以，你也可以找葛瑞丝阿姨来，想想她来这里，可以帮她省去多少麻烦。”

泰勒擦去了眼角的泪水，依然低垂着眼说：“我不要一个盛大舞会，妈妈。找我朋友来吃个比萨之类的就好，”她又擦了一回眼泪，吐了三口气，“只是……”好像突然鼓起了勇气，她抬起眼睛望着琳恩的眼睛，“只是葛瑞丝阿姨是唯一以我得奖学金为傲的人。”

琳恩答应泰勒，会和萨姆商量一下。她相信丈夫可以和葛瑞丝谈一谈，既不会伤半点儿感情，又可以婉拒邀请，并提出一个泰勒可以接受的安排。让琳恩惊讶的是，萨姆回答说：“或许这主意不见得不好。‘艺术家’阿姨真实的生活，也许会给泰勒一剂醒药，这正是她需要的。”萨姆说他会缺席，假称要去狮子会上讲话，实际上是去帮泰勒买部新车。女儿回来就会发现，新车停在车库里，上头还打着一个大蝴蝶结。

芮妮放慢了车速，找着邮筒：“有人可以再告诉我一次，葛瑞丝是怎样说服爱玛也过来的吗？”

“她们一开始怎么联系上的我不知道，”泰勒说，“或许是葛瑞丝阿姨的博客或者脸谱网什么的，就像我们一样。总之，莎拉发现很多女童子军参加的项目不同，却都去参观了葛瑞丝阿姨的农场，所以，她问可不可以过来一两周，她可以来找很多很多宝贝，艺术品、手工、有机园艺、小公司的营运、野生动物，还有各种植物，她把单子传给我了。”

“好嘛，”芮妮说，“如果小丫头想在林子里跑一跑，让虫子咬一咬，那是她的事，葛瑞丝干吗要我们大家一起遭罪？”

泰勒用力往椅子后方一仰：“她这是为了我，为我办个聚会。”

“有很多地方可以聚，不用选在这种鸟不生蛋的地方。”

琳恩应该站在母亲一边的，显然对葛瑞丝请了她来她很生气，但是她不想让泰勒觉得她是火上加油。于是沉默是最好的选择。和母亲一起待在外婆的病房里，意识到外婆离开人世之后，她们两个人哭得跟一个人似的，那一刻改变了她们的关系。至今十五年了，她们的关系依然很脆弱。不管什么时候说话，她们都有一个默契，不提及卡尔，两个人小心翼翼免得踩了那个地雷。后来有了泰勒，她们对小女孩儿的爱成了地雷的自然屏蔽。

“噢，我的天，”琳恩说，她指着路上，“应该就是这条路啦。”

一个漆成亮金色的大盾牌，至少快有三米高，矗立在不远处的沙石路上。盾牌上方有一个形状奇特的设计漆成了红色。中央的地方，有一个花体的字母F，字母下方的竖线分离后圈画出左边的M和右边的B。在三个字母的交汇处，写着葛瑞丝·文森特，艺术家及兵器制造家。

芮妮想要琢磨出F、M、B三个字母的含意，琳恩碰了碰母亲的手臂，朝沙石路点点头说：“路更难走了。”前方有个骑士头盔状的邮筒，柱子闪着绿色，信箱至少有一般头盔的三倍大，图案和盾牌上的相似，只是形状小一点儿，边框是红色与金色镶嵌的，中间部位写着邮寄地址。

“哈！”泰勒叫道，“绿骑士。”

坐在车子前座的女人们不理会她。“想想可怜的邮差，走在这种路上，”芮妮说，“必须抬起盔甲，把手探进去，才能投信。”

在沙石路上开了很久，在芮妮几乎想要回头的时候，她看到了房屋，小小的，由褪色的灰色砖头堆砌，好像传奇故事中的隐士之家。两个畜棚，一个位于屋后，一个位于房屋左边，倒比屋子大上很多。侧边的畜棚是新砌的，是肯恩和葛瑞丝自己动手建造的，用深绿色代替了传统的红色，因此和周边树木的绿连在一起，蔓延出去。旧畜棚和屋子一样年纪了，是铁黑色的，虽然比石建物高且宽，但是位于后方几乎看不见，紧贴着屋檐下开了一圈窗户，会叫人误以为是一个个树洞。

芮妮想起来了，这就是葛瑞丝的作坊。葬礼上她并没有注意，但是她倒记得刚刚修好时，葛瑞丝电话里激动的声音。“你一定要来看看。我们把上层镂空了，白天的时候光线会照进来。我们用镂空处的木头做了工作台和凳子。这都是肯恩的点子。”

“开那么多窗户一定很热的。”芮妮说。

“啊，不会的，”葛瑞丝坚持说，“你来的时候就会看到了。下午的时候，阳光穿过了枝叶，洒进屋里来，太棒了。”

芮妮感觉到葛瑞丝期待她说些什么，但是她却想不出该说什么，一样也想不上来。从一开始预备来这个鸟不生蛋的地方，到她依然期待葛瑞丝恢复理智，忘了肯恩，回归正常生活，她一句话也说不上来。

“他对我很好的，妈妈。”葛瑞丝打破沉默说，“肯恩爱我。”

现在芮妮想到，是的。爱她，一年后就开枪把自己打死。她依然瞧不起这个男人，以这种方式伤害她的女儿，让她面对丈夫自杀的震撼和尴尬，他根本是不忠不义，只为自己想。

芮妮多么期待把葛瑞丝揽在怀里，好像抱着小宝宝一样，带她回纽曼的家，照顾着她。但是葛瑞丝不要她的照顾。之后有四五回，芮妮都差点儿要把葛瑞丝父亲的三角形陶土片拿给她，那个缺损的三角形，褪去的黑色线条，分开的道路，但是时机总也不对。为什么，她又说不上来。芮妮爱小女儿葛瑞丝超过世上的一切，但是葛瑞丝对她来说，却始终是个谜，一个终其一生都解不开的谜。

两只巨型的白犬围在车子周围，吠叫着，往空中嗅闻着，它们的皮毛上沾了树枝、落叶还有泥土。琳恩不耐地叹了口气，泰勒拍着窗户，叫着："嘿，狗狗。"芮妮则坐直了身体，握住方向盘的手指关节都发白了。让这些畜生乱跑，葛瑞丝到底在想什么？

葛瑞丝从屋里跑下台阶，说道："我来对付它们。"她吹了声口哨，狗循声过去。葛瑞丝让狗坐下，躺倒，然后再起身时，用放松的脚步跟着她走到一个围栏里，那里有两个狗屋，外面围了厚厚的干草。过了围栏，葛瑞丝指着两个狗屋的门，狗进去了，转过身，把头探出来，等着葛瑞丝拥抱它们的脖子，吻它们宽大的前额。

葛瑞丝第二回推围栏的门，以证实搭扣扣上了，芮妮才打开了车门。她才站起身来，葛瑞丝跑过来一个拥抱，差点儿又让她坐下去。"嘿，妈妈！"芮妮作势抚了抚她，葛瑞丝转身对着姐姐说："琳恩，真高兴你来了。"芮妮看着她的大女儿勉强拍了拍葛瑞丝的背。

"现在，"葛瑞丝说，朝泰勒张开手臂，"欢迎我们家的明星。"

她们彼此紧紧拥抱，摇晃着，接着身体分开，彼此对笑，然后好像用暗号交流了一番，然后开始笑着跳着，手依然紧握着。

“我也要参加。”一个年轻的声音说道。一个蓝头发的瘦长女孩儿快速跑到她们面前。

葛瑞丝和泰勒松开了握住的手，三个人手拉手围成一个圈。

“哇，”葛瑞丝大叫，“我得停下来了。”而且她真的停了，突然停下，两个女孩笑着和她一起滚到地上。

芮妮和琳恩站着，由上而下看着蓝头发的女孩儿，她朝她们笑了，伸出手来要人拉她起来。“这是紧帽，我做的，大部分啦。”她说。“葛瑞丝帮我调了一下形状。”她前后摇晃着头，蓝色的金属线反射着光，好像一潭泛着蓝光的瀑布。

“这不重吗？”琳恩问，想找点儿话说。

“你可以抬起来看看，”女孩儿说，把头朝琳恩靠了靠，“是钛金属，很轻，但是很结实。”

“我是琳恩。”

“我猜到了，”女孩儿点点头，“我是莎拉。你是芮妮阿姨吧。我是说芮妮姨婆。”

看到芮妮惊讶的神情，葛瑞丝把手放在莎拉的肩头，说道：“我们在做家族树，为女童子军做的，所以莎拉想把名字和人物对上。”

有车子开近的声音，大家都转过头去。“奶奶。”说完莎拉就朝车子猛冲过去，还没等爱玛把车停稳，她就开始对着车窗说话。

就像片刻前琳恩担心的，爱玛也担心紧帽会不会太重，会不会伤了莎拉的金发，或者刮伤她的头皮。

“脱下来吧，宝贝儿。”爱玛说，“我们可以买个假发架，你可以把紧帽放在房间里。那是给人看的摆饰。”

“我想一直戴着，”莎拉说，“很漂亮的。”

“不行，莎拉。”爱玛已经抬起紧帽，用手指拨开缠在上面的头发。

过去十一天来，她几乎没合眼，担心葛瑞丝会把莎拉带成什么样。今天可以把莎拉带回去了，也可以给她重上些规矩。倒不是她觉得葛瑞丝心怀恶意，而是这个侄女没当过妈，不晓得她什么时候会失了分寸。

当然现在已经没什么办法了，但是面对这个事实却让爱玛感到失落。她当初应该相信自己的第一感觉，在莎拉提出要去葛瑞丝那里住一阵时，直接不答应的。那时为了能够实现这一向往，莎拉先在计算机上打开葛瑞丝的网页，然后让爱玛坐在桌旁。“你看，”莎拉指着屏幕，说道：“去过她那儿的女童子军都会在博客上写。我只要去一周，找到的宝贝就可以让我的博客升两级。轻而易举。”这时的莎拉正是女孩儿初长成的年纪，爱玛控制了自己的情绪，说来参加童子军也是她的主意，她希望孙女成为一个有责任感的年轻人。她该放手，让莎拉去尝试的。

所以爱玛开了长途，从俄亥俄州送莎拉一路过来。她甚至也在葛瑞丝家住了一晚，好像这里是个乡村旅馆，而不是一个简陋的棚舍。在这回出访中，她总是笑着和侄女聊天，表现出欣赏的样子，好像院子里开花的梨树一样。只字不提她的担心，当然她的期望也绝口不提。

下回生日，爱玛就七十八了，尽管身体还硬朗，但是她也得面对现实。八年前，戈登突然就去了。如果同样的事发生在她身上，莎拉要怎么办？尽管儿子和媳妇已经出狱了，潘妮被判十八个月，米尔顿三年，但是他们一年只可以来看望莎拉两次，这好像是他们刑罚的延续。尽管爱玛关照莎拉对父母要热情，但是她知道孩子对两人已经没有感情了，而儿子媳妇对孙女也很淡漠。

她能指望谁呢？米尔顿被捕后，消息传遍了俄亥俄州。爱玛和戈登回到麦卡里斯特去安排变卖房产时，邻居们都远远望着他们，交头接耳。法院审判结案，儿子和媳妇去服刑后，爱玛和戈登带着莎拉去了一个村镇上的小房子，地点是他们从俄亥俄州地图上随机挑选的。交朋友几乎是不可能的事。在开始的几个月里，不管是就医时填写表格，还是在大卖场签单，或是在彩票上签字，她总觉得坐在桌子后的、收银机旁的、售票亭里的人，都在看着她的名字，想弄明白这位是不是就是米尔顿医师的妈妈，米尔顿医师因贪污保险费而受审关押。

等爱玛弄明白，其实米尔顿的案子并未如她想象的众所周知，邻居已经对她有了成见，那就是古板而冷漠。这是个小镇子，贴上标签便再难更改。她也跟戈登提过一两回，可以邀大家来家里喝茶，或者用餐，他只是瞪着她，斟上一杯酒，开始絮絮叨叨说着，她管教米尔顿的方式错了，现在带莎拉的方式也不对。

莎拉学校的师生和学生的家长对她倒是友善，但是因为没有亲戚朋友，孩子的应对显然很笨拙，在公众场合，她时常感到不安，说不上什么原因就脸红。女童子军组织在这方面是有帮助的，但是看到莎拉找到自己的道路时，爱玛又开始为她的前途担心。不管多好的老师，童子军里的头领，还是哪位小朋友的妈妈，他们都不能委以照顾莎拉的重任。如果不想让莎拉受孤儿院的苦，那么爱玛必须想出一个可以委托的家庭来，但是哪一家呢？她与芮妮一向不和，尽管她欣赏大侄女的成功，但是在几年前她需要帮助的时候，她只是勉强尽力，就只剩下葛瑞丝了。

莎拉在她身旁，拉着她去见其他亲友，不停地说着在农场里的事，让爱玛高兴的是，孙女在这是快乐的；同时让她担心的是，葛瑞丝这个她唯一的指望，年过四十了，还像个孩子似的，显然不适合照顾她的孙女，怕是永远也不适合了。

葛瑞丝的拥抱让爱玛很惊讶，好不容易从拥抱中挣脱出来，她朝琳恩和芮妮点点头。葛瑞丝的这一举动恰巧证实了她的孩子气，不能或者不愿认识到，对已经疏离的亲人来说，拥抱太过亲密是不合时宜的。

但是看看她们，莎拉望着葛瑞丝一脸喜滋滋的，而葛瑞丝也一样乐呵呵。

“爱玛姨妈，”琳恩说，把一个巧克力肤色的漂亮女孩儿拉到前面来，“这是泰勒，我女儿。”

葛瑞丝引着大家进屋子，女人们彼此问候着健康，说路上开了几小时，汽油的价钱，还有明后天会不会下雨。

“莎拉，”葛瑞丝说，把手搭在女孩儿的肩膀上，“你带大家去参观参观，怎么样？我想和泰勒说两句话。”她对其他人笑着，“莎拉对这里和我一样熟悉。”

莎拉对分派给她的新任务非常高兴，宣布说参观路线要从养鸭子的池塘开始，示意大家跟着她。

“琳恩，等等。”葛瑞丝叫道。她小跑几步，到有遮棚的走道上，拿回一双木底胶鞋，鲜亮的黄色上沾了些灰尘。“我去园圃时穿的。”她说，把鞋子递给姐姐，“我不想你的鞋子弄脏了。”

琳恩接过其中一只，用手指捏着，远远地荡了荡。

“干净的，”葛瑞丝说，“我早上刚用水冲过。”她把另一只胶鞋放在姐姐脚下，然后转过身，拉着泰勒的手，“跟我去作坊。”

葛瑞丝推开通往旧畜棚的大门，强光让泰勒眨了一下眼睛，她的嘴巴也因为惊讶而张开了，目光在墙壁上游移，众多的铠甲几乎堆得和高处的窗户一般高。

“这些大多是定做的，”葛瑞丝说，“是付了维修费放在这里的。”

泰勒抚着一个银色胸甲的细致复杂的雕饰：“这是你丈夫的，是吗？我是说房子，妈妈说的。”

葛瑞丝点点头说：“这是法国风的。看到鸢尾的纹章了吗？”

“这些都是你做的？”

“不止这里的呢。不过，也花了我好几年时间的。”她指了指挂在门后的一个样式笨拙的成品，泰勒问道：“那是什么？”“这是我的第一件盔甲。”葛瑞丝说。

那是在肯恩葬礼的晚上，意外间完成的。

事情是由来报信的警察开始的，接下来的几天她总在打电话给母亲，安排事情，葛瑞丝想说服母亲，可不可以过来几天，就几天，但是只要她一开口说“葬礼之后……”，母亲总是回答：“你就该和我一起回去了。”

“我不能，妈妈。”葛瑞丝说，“我有一个农场要照看呢。”妈妈说：“难道到这时候，还不该放弃了吗？”她无力反驳。

葬礼结束了，她和妈妈从教堂走向车子，葛瑞丝又想挽留母亲别走，但是这时妈妈说话了：“现在你摆脱这个负担了。没什么可以阻拦你了。你还年轻，想要怎么样，都有机会。”

母亲离开后很久，葛瑞丝都站在车道上，穿着匆忙中买的衣服和高跟鞋，手上捧着肯恩的骨灰坛，装着他尸骨的坛子意外的小，这要怎么处理呢？她和肯恩没商量过这些事。

她无法面对屋子，当时没办法，于是她转去了她和肯恩一起建造的畜棚。看到他的外套挂在那里，便脱光了自己的衣服，穿上他的外套，又把脚伸进丈夫的工作靴里。在水槽里的水快要加满前，她才想起来，派勒特不会再喝她装的水了。有狗跟前跟后，她喂了山羊，又取出了猫食。她拿起沙勒曼恩的碗，放到畜棚里阴凉一些的地方，春天夏天的时候，它喜欢窝在那块地方。然后坐在一个树墩上，那是她和肯恩留着当凳子的。树墩旁他们种下的枫树刚好挡住了上方的光线。沙勒曼恩闻了闻食物，就回到了她的身边，把头枕在她腿上，他们就这样待了好久。

她还记得当时有种空白的感觉，好像身体消失了，一堆虚幻的肢体是如此沉重，难以动弹。她之前常怀疑，书上描写的思想停格是怎么回事，现在她却了解了，她知道自己的头脑就在那儿，但是除了看不见的沉重之外，却什么都想不出来。

若不是夕阳照在一块金属上，她可能会在树墩上坐一整晚，直到冻僵。几周前，肯恩把破旧的棚子拉倒，还说，把这块锡留着，可以派上用场，说要做什么，她也忘记了。

那时她想也没想，就先把锡块儿捡了起来。接着她看到自己在暮光中，把生锈的金属拖到工作台上，在石造的炉台里生起火，拿出铁锤和铁钳，火候到了的时候，她先把锡块儿边缘放在火上，烧热后放到了她的铁砧上，她可以看到自己锤打着锡块儿边缘，使出全身的力气，还想起一句话，不晓得是在哪本书上，还是在哪篇诗歌当中的。“在古老的铁砧上退缩，唱着歌，归于平静，然后离开。”

但是葛瑞丝没有离开，她把锡块儿敲平了，又沿着铁砧把它折弯了，弯出一个盔甲的雏形。在早晨的光线中，受到锡块儿的启发，她突然想到该怎么处理肯恩的骨灰了。她抱起骨灰坛，撒了一点儿在橡树下，那是第一回肯恩带她来看他的家园时，他们野餐的地方；然后带着骨灰坛到了畜棚，放下来，用双手打开那把启发她当个铁匠的锁，里头锁着他们聪明的马，她在派勒特的马槽里也倒了一些；然后去了肯恩搭建的葡萄架下，他曾期望长出的葡萄可以打成汁儿，可以酿成酒；然后又撒了些在溪水里、林木间。但是在陌生的芝加哥人发现肯恩的空地处，她却没有撒。

她把最后一把灰烬撒在作坊的门外，旧的黑色畜棚也就是肯恩为她打造工作台的地方，原本都快废弃了。之后，她跨过门槛，来到新打平的锡块儿前。在那天剩下的时间，她做做停停，再做再停，把锡块儿打成胸甲，又打出一块背甲，一直忙到晚上。有个断掉的马笼头是派勒特曾经戴过，肯恩放在一边待修的，她从上头拆了绳索下来，把胸甲和背甲系在一起。

“你也做首饰？”泰勒站在中央工作台边，对着阳光拿起了项链，那是一串不对称的金属网线。

“我是从首饰起步的。”葛瑞丝说，“你可以问你妈妈。打小时候起我的课桌上都堆满了一些小东西，而不是课本，这快让她和你的外婆气疯了。”

泰勒放下项链，在桌上画着想象中的线条，把缺的线条补上，让图案对称起来。“完成之后会很漂亮的。你可以传一张照片给我吗？”

葛瑞丝来到桌边，拿起金属网，铺在手上。“这就是要给你的。”她说着把它捧到外甥女面前，“我现在来做完，就可以直接送你。”

泰勒尴尬得脸红了：“对不起……我的意思不是要……”

“别在意，”葛瑞丝说，“让我说给你听。”

这是一个闪着微光的花园，各式的花，雏菊、玫瑰、郁金香、鹤望兰、三色紫罗兰、喇叭形的百合。当葛瑞丝用手指沿着图案移动，泰勒才看出来花形中藏着的字母，分别用金属线缠绕而成，再延伸出来演变成其他字母，好像花园中的藤蔓。葛瑞丝的手放在链子中央的字母F上，花体字母F的脚卷起来，又分成了左边的字母M和右边的字母B。

“前头的大门上也有这个。”泰勒说。

“F是费雪的缩写，”葛瑞丝抚着下行的线条，“这是我外婆——你的曾祖母——娘家的姓，她就是贝蒂。看到了吗？”她的手指沿着一道钟形线连着贝蒂的开头字母和字母H——汉斯的首字，然后到下方写着爱玛和芮妮的地方。从芮妮的R延下去，葛瑞丝的手指滑到了下一代。“你在这儿。”

泰勒抚摸着她的字母T。葛瑞丝不但把她母亲的L和父亲的S连到她的T上，她还把他们首字母下方延了其他线条缠绕在T周围，好像在拥抱着她。

泰勒静静坐着，随着目光研究着复杂的家谱网。“这是你丈夫，”她说，抚摸着葛瑞丝和肯恩之间的连接，“他自杀了，是吗？”

“是的。”

“为什么？”泰勒低下头，好像这是件羞于说的事。她的一只手开始抚弄头发，“我想说……我的意思是，太沉重吗？生活？他是……还是……”

葛瑞丝望进泰勒眼里，看到些许感觉的碎片，这些感觉触动了孩子的心，是她年轻的头脑想要捕捉且加以描述的。“叫人绝望吗？”

泰勒点点头。

“也不全是。部分是。”葛瑞丝把泰勒眼睛上的头发拨开，“我觉得那是某种牺牲。这很重要，但是究竟是怎样的一种牺牲，我们却不知道。”

一滴眼泪从泰勒脸颊上滑过，她再次望着项链。“为什么芮妮外婆连着一个问号？”她靠近了看一下，“里面还有一个心形。”

“那是我的父亲，”葛瑞丝说，“我不知道他的名字。”她的手指又沿着藤蔓移到贝蒂那里，“看这里，看到了什么？”是一个很清晰的字母B，仔细看了会发现葛瑞丝把字母B下方的圆环略微弯成了心形，里头有和发丝一般细的金属线绕出了一个W。“她过世前，”葛瑞丝说，“就在外婆过世前，她对我说，她曾经爱上一个男孩名叫华莱士。我们心里藏着的那个人，影响着我们之后碰见的其他人。”

泰勒像葛瑞丝之前一样，把项链拿起来，把金色的花园铺在她的手背上：“而这个M呢？她又是谁？”

“我外婆的姐姐。”

葛瑞丝把贝蒂对她说的都转告了泰勒，说到了梅贝尔，说到华莱士，说到了贝蒂的毕业典礼和吉姆·布彻。“哪一天，”她说，接过泰勒手上的项链，“如果你愿意，我也可以把你的家添上去。”她站起来，把项链围在侄女的脖子上，“但是却终也不能平衡了，因为我说不上梅贝尔那一支的故事。”

泰勒又流下了一滴眼泪：“谢谢你做的。”

葛瑞丝俯身，以脸贴着女孩儿的脸颊。“现在，”她说，“去和大家一起吧，这是你的聚会。”

泰勒转身对着她，害羞地一笑：“你是说我的吗？”

“是的，宝贝儿。”葛瑞丝笑道，“你的聚会。你们先开始吧。我一会儿就到。”

葛瑞丝倚在门口，看着侄女走了几步，跳了几回，然后在屋里转着圈圈。畜棚的另一端出现了其他人的身影，莎拉一定带他们去看过羊群了，看它们在草地上漫步，走上步桥，在平台上挤撞，平台是多年前肯恩为第一对山羊建的。她看到泰勒朝大家挥手，一会儿，一家子的女人都聚在她周围，在明亮的光线下，大家靠在一起，泰勒一定在对大家讲着项链上字母的由来。想到泰勒在讲故事，并借由讲述而牢记，让葛瑞丝感到很开心。她要让这个故事由泰勒讲出来，等她把记得的都讲了，葛瑞丝才要出来加入她们。

关于梅贝尔和华莱士的传说，其他人可能会不信泰勒说的，她们一定会说，泰勒是不是听错了。葛瑞丝走到工作桌的旁边，打开抽屉，这个抽屉深度很深，几乎和桌面一样长。“给饰品用的。”肯恩曾说过。他在桌子两边都开了口。她可以选光线好的一端劳作，而链子、环子，还有小配件，都在手边，不会缠绕在一起。很久之前，她把外婆给的灰色修长盒子放在抽屉最里头，那是外婆在医院时遣她回去拿的。里头依然放着手套，淡绿色的缎带，还有梅贝尔的照片。她要把这个盒子拿给大家看，戴上外婆过世后她每天都戴着的项链，中央是玫瑰银扣的那条，她也要打开盒子，拿出照片，把她知道的都告诉大家。

她坐在桌边，从盒子里拿出梅贝尔的照片，迎着光线。她想知道，秋千上的黑发女孩儿后来怎么样了，是什么让她感到畏惧，那份畏惧浸透了她的眼睛，从她眼睛里流露出来。

葛瑞丝朝年轻的脸庞微笑着。不管什么原因，梅贝尔的离开改变了贝蒂的生活，而这一改变也成了她们一家人的源头。葛瑞丝为泰勒打造的项链，是一团连接，是藤蔓和花朵的缠绕，从很多角度来看，也是一张失去与悲伤的地图。得稍站得远一点儿，才看得出它的美丽，好像浴火重生的林地。葛瑞丝的生命，和她热爱的土地，就是从这许多的荒芜中诞生出来的。

她合上盒子，捧在胸前，弯腰抚摸土地，那是肯恩最后一捧骨灰洒落的地方。感恩的话和爱的絮语在她脑中盘旋，好像阳光下的飞尘，落在梅贝尔身上，落在华莱士身上，也落到了贝蒂和汉斯，还有肯恩身上……之后，当她迈出脚步，走向畜棚时，也落到聚在那里的家人身上，每一个身影都沾上了。

第二十五章

离开（二）

二〇〇七年六月

印第安纳州，印第安纳波利斯

梅贝尔

“妈妈？你还在睡着吗？贝妈妈？詹妮带着邦妮来看你了。”

梅贝尔用力抬起沉重的眼皮，她听见了黛丝的声音，但是眼前只有一个模糊的影子，影子里是一个年迈的老妇人。

“我的黛丝在哪儿呢？”

“我在这儿呢，妈妈，”模糊的影子说，“就在你旁边。”

“你都老了。”

黛丝笑了，抚了抚梅贝尔的脸颊。“当然，”她说，“但是没您老呢。”

模糊的影子靠近之后，梅贝尔看出这就是她可爱的黛丝了。老妇人走了，在她位置上站着一个女孩儿，她古铜色的头发卷成了松散的髻。“你的发型这样很好看的，”梅贝尔说，“我可以帮你固定发尾，免得头发掉下来。”

黛丝抬起手来，摸了摸头发，又变成老妇人。“詹妮来了，”她说，“带着邦妮一起。她们来看你了。”

“贝蒂？”梅贝尔想要起身，看着门口，她妹妹现身的地方。

“不，妈妈，邦妮。我的外孙女。你的重外孙女。”

年轻女孩儿出现在床边：“嘿，外婆。”年轻女人的手轻轻放在一个小女孩儿的肩上，小女孩儿大约十来岁，站在她前面，穿着柔软的粉色衣服。

“宝贝儿，”梅贝尔向小女孩儿伸手，她的头发又冷又湿，一缕一缕的，“我会抱着你的，贝蒂。我不会让你沉下去的。”

“是邦妮，外婆。这是邦妮，我们刚刚去游泳了。今天游泳池开了。”年轻女人把头转向黛丝，说道：“她这样多久了？”

“她快醒了。”黛丝说，她的声音低了下来，“等下她就会认出你了。”

“你最好告诉我，妈妈。”

梅贝尔继续朝小贝蒂伸出手，试着对她说不要怕水，但是她的妹妹依然在闪躲，好像有些怕梅贝尔似的，其他人依然在说着话。

“护士在这里。她说她的肾脏快不行了。我这才叫你过来的。任何时间都有可能。她不知道自己在说什么，但是护士说这不会久的。”

“我带邦妮回家，再过来。”年轻女人说，她俯身对邦妮说，“邦妮，和祖外婆说再见。”

穿着粉色衣服的小女孩儿在屋里移动，贝蒂走了。

梅贝尔挣扎着起身，她要跟着妹妹一起走。

远处有扇门打开了，贝蒂正要走出去。

从压迫她的重量下挣脱出来，梅贝尔跟上去了。她打开门，贝蒂果然在那里，穿着粉色雪纺纱的连衣裙，站在梳妆台前，把一柄小梳子插到绾起的头发里。

“嘿，贝蒂。”梅贝尔示意贝蒂转圈圈，雪纺纱的裙摆飘起来，落下去，飘起来，又落下去，好像春天的微风，在摆动着，两个女孩看着笑着。

“我的发型还好吗？”贝蒂问。

“别动。”梅贝尔说，她拿起梳妆台上的定妆小刷。有个线头缠到了一起，她拿起刷子顺平了，把线头藏进里面。“你真漂亮。”她说，一手绕到妹妹身前，脸颊靠着妹妹的脸。“妈妈会为你感到骄傲的。”她对着镜中的妹妹说。

“你会在三点差一刻的时候过去吗？”贝蒂拉平了她连衣裙的前面，扣上袖扣——小朵的银色玫瑰，“再晚，你可能就没位置了。”

梅贝尔希望她脸上的笑容可以让妹妹信服：“我当然会去。”

她多么希望可以过去啊。如果这一天可以像贝蒂期望的一样，该多好，但是半小时后，华莱士就要潜进畜棚，藏身于阁楼里等她。再之后，他们就回不了头了。尽管，现在这一刻，她还可以假装这天只不过是贝蒂的初中毕业日而已。

“华莱士也会来的，”贝蒂说，“他答应我要在典礼上和我跳舞。”

“你们不能在浸信会教堂里跳舞。”梅贝尔笑道。

“我知道，”贝蒂笑着，她双颊都红了，“但是华莱士会说到做到的。”突然她板起脸，抓着梅贝尔的手臂，“你觉得没事吧？我是说，布彻不会去的吧。”

“当然不会，”梅贝尔紧紧抱住贝蒂，“你不用担心他会坏你的事。”她拉住妹妹的手，后退一步，看了妹妹最后一眼，“你最好现在就走，校长希望同学们都坐好了，再让家长入席。”

贝蒂离开后，梅贝尔关上门，坐在床前，望着钟。她和华莱士已经做了尽可能周详的安排。今天一早，华莱士要走过两条街，去找在做家务的亨利·莱曼，交给他一个信封，让他在毕业典礼后交给贝蒂。里头是一张火车票，还有梅贝尔写给妹妹的密令：直接去火车站。不要回家。搭晚班车去路易斯维尔。在车站写着妈妈娘家姓氏的窗口，我们留着另一张车票。不用担心。相信我们。我们会等着你的。爱你的M和W。

出任何的意外，如果华莱士未能找到亨利，或者如果亨利不愿意带信，问了太多问题，华莱士都会想其他办法让她知道的。要用的物件也都备好在阁楼上了。现在她只要足足等上十分钟，以确保贝蒂不会忘带什么东西，又折回来。然后，梅贝尔又写了张字条，非常简短，放进自己衣服口袋里。她还要深呼吸一口，才去后面的走廊，把周六早上还在睡着的吉姆·布彻叫醒。

最近的几天，他都以为他的咸猪手是受她欢迎的。布彻望着镜子前穿上新衣的贝蒂，单单是一个眼神给她的直觉，就足以让她吞下所有厌恶，放下任何反抗。一进走道看到他的背影，梅贝尔就可以想象出他如何侧身潜入房间，歪着头，手敲着门把。

她想也没想，也没有任何犹豫，就采取了行动：轻轻碰了一下他的手臂。一个微笑。一个关于晚餐吃什么的问题，足以打破他的着迷。但是，能维持多久呢？

贝蒂去上学的时候，梅贝尔就由着继父把她搂在怀里，吻着她，好像她是新娘似的。

在肯德尔夫人服饰及干货店里的那一整天，她都不能平静。把衬衫折了又打开，打开又折起，把架子上的罐头拿下来，又放回去。在高中快放学的十分钟前，她谎称胃痛，请求肯德尔夫人让她早点儿回去歇着。然后她就去校园外等候，朝华莱士挥手，让他要亨利·莱曼带信给贝蒂，说这周放学他都不去等她一起回家。

她把整个故事对华莱士说了，省略了些细节，但是这也让华莱士脸上一阵白一阵红的，梅贝尔觉得他快气炸了。他是那种该怎么做会说出来的人，这让梅贝尔知道，世界上除了她之外，还有一个人爱着贝蒂。

一个大致的计划很快出炉了，他们在细节上很快取得了共识。接下来的几天里，他们故意让镇上的人看到他们在一起，在电影院角落的包厢里他们的头靠着；在周三晚上的教会活动中，他们手牵手溜过教堂后方；在五金店的水龙头陈列柜后方，半掩半露地拥抱，处处让人看到，却又表现出不想让人发现的样子。为了要凑足三个人的火车票钱，华莱士卖了怀表和自行车，而梅贝尔则以帮贝蒂买毕业礼物为由，恳求提前支领薪水。

梅贝尔的手梳了梳头发，该行动了。她相信华莱士已经藏身阁楼某处，虽然去查看太危险了。

就在上周，布彻又去见私酒贩了，张罗夏天的酒水。在交易前，他大费周章不叫旁人知道，但是威士忌已经到手之后，他便不在乎起来。梅贝尔到厨房，拿了瓶新酒，和两个干净的玻璃杯，放在餐盘上。她又从冰块上切了一碗碎冰来，因为她知道他夏天喜欢喝冰镇的威士忌。

在后走廊里，他正伸腿仰在秋千上，随着呼吸摇晃着。她放下餐盘，先把冰块装进杯子里，开了酒，斟满。她拿起一杯，把嘴唇浸在酒里，然后把酒杯放回餐盘上，趋身往秋千走去。现在必须行动了，就如这一周来在脑中计划的那样。

她俯身靠向他。“爸爸。”她柔声说，然后用手抚弄他的脸颊，等他惊醒过来。“爸爸。”他睁开眼了，她俯身去亲吻他。这一吻，可以叫她明白，自己有没有得到他的信任。她闭上眼睛，想象着他们是两个其他人，梅贝尔·费雪和吉姆·布彻从来不认识，他们根本不存在。他立即有了反应。一边继续吻着她，一边在秋千上起身，拉她坐到腿上。

“贝蒂走了，”梅贝尔用舌尖压着他的嘴唇，“在几小时内，她不会回来。”

听完这个，布彻的吻深及喉咙，并开始抓捏她的胸部。他动手解开她的衣服。

她伸手想阻止他，然后想起来，不，得温柔一点儿。她转而握住他的手，拉他的手到唇上。“不急啊，爸。”她说，“我们还有几小时呢。”她从他腿上站起来，依然拉着他的手，“瞧，我带了冰镇的酒给你。”

她递上一杯酒，其他的放在靠秋千极近的地方。他一口干了，她又递上第二杯，并把第一杯斟满。三杯下肚，他拉她起来，朝屋里走去。

“我有个好主意，”梅贝尔说，一边笑着，“去畜棚，会更刺激。而且……”她手臂环绕着布彻的脖子，把头倚在他的胸前，撒娇说，“而且万一贝蒂回来，她不会发现我们。”

布彻的回应是抱起了梅贝尔。她伸手拿了威士忌的瓶子，由他抱着走下台阶，穿过院子去畜棚。到了阁楼之后，他又喝了几口酒，梅贝尔躺在地上。她不敢看往远处的角落，华莱士可能就藏身此处。她只抬头，看着上方的柱子。布彻放下酒瓶朝她走来时，她闭上眼睛，张开双臂。

他解开她的扣子，脱下她的衣服，她发出持续的呻吟声，好像专注地唱着歌。她的身体是道屏障，可以抵挡一切。他可以击垮她，可以毁坏她，但是不可以逾越她。

他不能得到贝蒂。

所以就让他撞击吧，毁坏吧。她要让他相信，她发出的呻吟声是被臣服的声音。然后就如同计划的，在畜生大叫着以为自己得胜的时候，华莱士从干草捆后冒出来，用一截儿短绳，勒住激情之中的吉姆·布彻，因他触了天怒，而取了他的性命。

华莱士用一截儿短绳把没了气的尸体拉起，梅贝尔可以由下方抽身，在她穿上衣服的时候，华莱士扣上布彻的裤子。他们谁都没说话。梅贝尔打翻了一个威士忌的瓶子，酒打翻在地上，又打开一袋玉米种的袋子，找出事先藏在里面的空酒瓶。她随意地把酒瓶放在附近。华莱士打开两个篮子，拿出卷在下方的长绳索。绳索的一端他粗粗地打了个活结，把另一端丢往最低的一个柱子上，拉下来，再绕一圈，变成一个绳环。

他们站在尸体旁，看着从阁楼屋檐下垂荡的绳索。梅贝尔拉住华莱士的手，却没有望着他。过了一会儿，他走进屋檐，伸手拉住绳子，握住活结的一端，递给她，她侧身让他把尸体拖到活结处。靠屋檐几英尺远时，华莱士把布彻的身体竖起来，梅贝尔把绳索结套在他头上，扣紧活结。然后华莱士数数，他们同时放开了尸体。梅贝尔听见咔嚓一声，重量压在绳索上。好，气管断了。

华莱士捡起短绳索，弯小了塞进口袋里。待会儿，天黑之后，他会在火车上找个没人的地方，打开窗户，把绳索丢进风中。

他们花了些时间，看看有没有忘记什么。梅贝尔找到一个纽扣，从她衣服上掉下来的，此外便没有其他的了。他俩从阁楼上下来，华莱士守在门口，梅贝尔站在布彻轻轻摆动的身子正下方。她抬头望了望，估算一下地点，从口袋里掏出早先写好的字条，那是不到一小时前写的，打开来，好像刚看过一样，揉皱了，丢到地上。找到这张字条，杜松镇的人都会认为，她和华莱士私奔了，布彻是出于愚蠢的忌妒才上吊的。他们也会想到，没一个人留下了，贝蒂也走了。

梅贝尔祈祷事情照他们预想的发生，必须这样啊。

好像看穿了她的想法，华莱士走过来，拥她入怀里，领着她出了门。

如果有其他法子，该会更好的。

没有问题的。

贝蒂要付出一些小代价，这几小时里，她要觉得自己被抛弃了、被出卖了，经过一天一夜的担心和害怕，从她熟悉的世界出走，不确定要走向哪里，不知道能不能相信华莱士和梅贝尔就在远方等待着她。

但是梅贝尔会在芝加哥车站等她的，见面后她会抚去妹妹的担心，擦干妹妹的眼泪。晚一点儿，华莱士会带他们回到新家，等他们吃饱睡足之后，她会拉着贝蒂的手，告诉她全部的一切。贝蒂会懂的，她会原谅姐姐，反过来安慰她的。姐妹俩会比以前更亲密。在之后的人生里，不管再发生什么事，她们都不会再分开了。

（全文完）

致　谢

这本书能够顺利出版，要特别感谢三位女士，我的朋友席娜·纳斯罗德，我的经纪人莉萨·佳丽福，和我的编辑霍普·笛隆。首先是我朋友听见梅贝尔和贝蒂故事的起源，就鼓励我写下去，每有新人物出场，她都热切提问，鼓励我继续。每当我遇上困难，她也总是提供很多参考意见，让我回归故事主线。并且她给我介绍了我的经纪人。我非常感谢莉萨·佳丽福女士，她对此书有着非常的热情，并对故事有透彻的分析和清晰的评论，给我启发让故事变得更生动有趣，而她又引介了我的编辑霍普·笛隆。她的经验和智慧带我走入小说中朦胧的角落，然后让我自己看到，小说中有哪些缺失。

我也非常感谢肯尼迪女子基金会和肯尼迪艺术协会，他们提供资金援助，并且在我写作的初期和中期，大大增强了我的信心。

最后，对我所有的家人和朋友，我也要说声谢谢。真的非常感谢大家。

图书在版编目（CIP）数据

姐姐的眼泪 /（美）简森（Jensen，N.）著；蓝晓鹿译.
—长沙：湖南文艺出版社，2013.5
书名原文：The sisters
ISBN 978-7-5404-6069-3

Ⅰ. ①姐…　Ⅱ. ①简…②蓝…　Ⅲ. ①长篇小说 – 美国 – 现代　Ⅳ. ①I712.45

中国版本图书馆CIP数据核字（2013）第045249号

著作权合同登记号：图字18–2013–46

姐姐的眼泪

作　　者：［美］南希·简森
译　　者：蓝晓鹿
出 版 人：刘清华
责任编辑：薛　健　刘诗哲
监　　制：张应娜
策划编辑：马冬冬
特约编辑：王秀荣
版权支持：李彩萍　文赛峰
封面设计：吕彦秋
版式设计：李　洁
出版发行：湖南文艺出版社
（长沙市雨花区东二环一段508号　邮编：410014）
网　　址：www.hnwy.net
印　　刷：北京盛兰兄弟印刷装订有限公司
经　　销：新华书店
开　　本：880mm × 1230mm　1/32
字　　数：245千字
印　　张：11.5
版　　次：2013年5月第1版
印　　次：2013年5月第1次印刷
书　　号：978-7-5404-6069-3
定　　价：32.00元
（若有质量问题，请致电质量监督电话：010-84409925）